BLUTIGE SEILFAHRT *im* WARNDT

ELKE SCHWAB

CONTE *krimi*

Herzlichen Dank *an Herrn Volker Etgen, Vorsitzender des Vereins Erlebnisbergwerk Velsen e. V. und ehemaliger Vermessungsingenieur der Grube Warndt, für seine Unterstützung meiner Recherchen zum Thema Bergbau.*

*Das »**Erlebnisbergwerk Velsen**« bot mir durch mehrere Besichtigungen Einblicke in die Welt des Bergbaus, was für diesen Roman ebenfalls eine unerlässliche Hilfe war.*

Bibliografische Information der Deutschen Nationalbibliothek
Die Deutsche Nationalbibliothek verzeichnet diese Publikation in der Deutschen Nationalbibliografie; detaillierte bibliografische Daten sind im Internet über http://dnb.d-nb.de abrufbar.

ISBN 978-3-941657-66-3

Am Ludwigsberg 80-84
66113 Saarbrücken
Tel: (0681) 41624-28
Fax: (0681) 41624-44
E-Mail: info@conte-verlag.de
Verlagsinformationen im Internet unter www.conte-verlag.de

Umschlag und Satz: Markus Dawo
Umschlagfoto: Stefan Wirtz
Druck und Bindung: PRISMA Verlagsdruckerei GmbH, Saarbrücken

PROLOG

»Glückauf, liebe Gäste! Mein Name ist Arthur Hollinger. Ich werde Sie heute bei der Führung über das Grubengelände und durch das Erlebnisbergwerk Velsen begleiten«, stellte sich der große Mann der Gruppe vor.

Alle Besucherinnen und Besucher waren mit kleinen Schildern ausgestattet worden, auf denen ihre Vornamen vermerkt waren. Während sie sich damit beschäftigten, diese an ihren Jacken anzubringen, damit sie jeder lesen konnte, sprach der Mann weiter: »Bei uns unter Tage bevorzugen wir einen kameradschaftlichen Ton. Das heißt, dass wir uns mit ›Du‹ ansprechen, uns an der Hierarchie nicht stören und dabei unsere Vornamen meist sogar in Spitznamen abwandeln. Also mich hat man unter Tage nicht Arthur, sondern Addi gerufen. Ein Name, den ich heute anbiete. So wie ich auch das ›Du‹ anbiete. Ich hoffe, dass ihr alle damit einverstanden seid.«

Allgemeines Nicken und Lachen war die Antwort.

»Dann wollen wir mal beginnen.«

Hollinger war sich der Aufmerksamkeit der Gäste sicher und begann mit seinem Vortrag: »Schon Napoleon richtete in unserer Region eine Berghochschule ein, die zur damaligen Zeit einzigartig für Frankreich war. Der Schulstandort ist seit Mitte des 19. Jahrhundert in Saarbrücken. Zu dieser Zeit war die Grube Geislautern schon lange in Betrieb und wurde sogar durch zwei zusätzliche Schächte erweitert. Gegen Ende des 19. Jahrhunderts zeichnete sich dann aber ein Förderrückgang ab, der zur Schließung führte. Geislautern war die Muttergrube der Grube Velsen, der ihr gerade einen Besuch abstattet.«

Andächtig schaute die Gruppe von Neugierigen auf den großen Bergmann, der mit dunkler, sonorer Stimme diesen Vortrag hielt. Seine

Kleidung bestand aus imprägniertem Baumwollstoff. Seinen Helm hielt er in der Hand. Seine Schuhe waren mit Stahlkappen versehen. Darüber trug er Schienbeinschützer aus weißem, festem Kunststoff. Sogar Handschuhe hatte er bei sich, die während seines Vortrags im Lampengürtel befestigt waren.

»Mit dem Abteufen des Rosselschachtes wurde bereits im Jahr 1899 begonnen und ...«

»Was heißt Abteufen?«, rief einer der Zuhörer dazwischen.

»Das ist der Fachbegriff der Bergleute für das Ausheben eines neuen Schachtes, der senkrecht in die Tiefe gebaut wird.«

Der Fragende nickte und der Bergmann sprach weiter: »Diese neue Anlage wurde zunächst Grube Rosseln und im Jahr 1907 nach dem preußischen Oberberghauptmann Gustav von Velsen, der fünf Jahre lang Vorsitzender der Bergwerksinspektion Saarbrücken war, in Grube Velsen umbenannt. Den Schacht nannte man ab dem Zeitpunkt Gustavschacht. Zwischen 1907 und 1917 wurde die gesamte Tagesanlage großzügig ausgebaut und um einen weiteren Schacht – den Annaschacht – erweitert. Anna war Gustav von Velsens Frau. Später wurde er dann der Einfachheit halber Gustavschacht II genannt. Dieser ist heute noch in Betrieb und dient als Wetter- und Seilfahrtschacht für das Bergwerk Warndt. Das bedeutet, dass hier keine Kohle mehr gefördert wird, der Schacht wird lediglich für Personen- und Materialbeförderung und für die Bewetterung der Grube genutzt.

Und genau an dieser Stelle befinden wir uns jetzt. Wir stehen hier am Gustavschacht II.«

»Was heißt Bewetterung?«

»Bewetterung bedeutet in der Bergmannssprache die Zuführung frischer Luft in den gesamten Grubenbau. Eigentlich ist es nur ein anderer Begriff für Belüftung«, antwortete Hollinger. »Und dieser Schacht dient neben der Bewetterung auch der Personenbeförderung, auf die wir jetzt zu sprechen kommen. Das System, das diese Körbe oder Aufzugskabinen hoch und wieder hinunter befördert, nennt man Koepe-Förderung. Zu diesem System gehört der Förderturm, den wir alle sehen.« Die Menge schaute auf das mächtige Gerüst, an dessen höchster Stelle ein großes Rad zu sehen war.

»Der eigentliche Motor liegt hier.« Hollinger zeigte auf einen Sandsteinbau mit Rundbogenfenstern und Mauerblenden, an dessen Stirnseite zwei Freitreppen vorgelagert waren. Die Blicke der Besucher schwenkten auf das Gebäude, dem von außen seine Funktion nicht anzusehen war.

»Das ist das Fördermaschinenhaus. Während im linken Teil heute eine Werkstatt untergebracht ist, befindet sich im rechten Teil noch die ursprüngliche Zwillingsdampfmaschine der Dingler-Werke aus dem Jahre 1916. Sie ist heute noch in Betrieb und ist die älteste Dampffördermaschine im Saarland.« Die Besucher staunten.

»Und trotzdem funktioniert die Maschine noch wie am ersten Tag. Jetzt gehen wir in die Halle. Dort können wir das Wunderwerk bestaunen. Ich erkläre euch das Prinzip der Koepe-Förderung und wir schauen dabei zu, wie Siggi, unser Maschinist am Steuerstand, die alte Dampfmaschine in Betrieb nimmt und damit den Förderkorb aus fast elfhundert Metern Tiefe nach oben holt.«

»Darfst du das einfach so machen?«, fragte eine junge Frau, die vor Aufregung gerötete Wangen hatte.

»Für Besucher dürfen wir einmal im Monat eine Leerfahrt mit den Förderkörben machen. Das ist hier allgemein bekannt. Trotzdem geben wir unter Tage ein Warnsignal, damit kein Risiko für die aktiven Bergleute besteht, die aber um diese Zeit den Förderkorb niemals nutzen würden«, antwortete Hollinger.

Wie im Gänsemarsch folgte die Gruppe dem Bergmann in das Sandsteingebäude. Beim Anblick der riesigen, stählernen Zylinder, Scheiben und Walzen hielten sie die Luft an vor Staunen.

Rechts neben dem Eingang befand sich ein hölzerner Kasten, der in diesem stählernen Umfeld sofort ins Auge stach. Hinter einer Glasscheibe saß ein Mann vor einem Pult, das an das Cockpit eines Piloten einer großen Boeing erinnerte.

Mit der Hand gab Hollinger dem Mann ein Zeichen. Der nickte, schickte das vorgeschriebene Warnsignal in den Grubenbau, betätigte einige Hebel und die Dampffördermaschine setzte sich mit lautem Getöse in Bewegung. Langsam begannen sich die großen Räder zu drehen. Das Stahlseil wurde angezogen.

Hollinger winkte die Gruppe wieder nach draußen. Dort überquerten sie den freien Platz und steuerten auf den Förderturm zu.

»Der Turm wurde im Jahr 1917 fertiggestellt und ist zweiundvierzig Meter hoch«, rief er gegen Wind und Geräuschkulisse an.

Die mächtigen Räder hoch oben auf dem Schachtbock bewegten sich.

»Unter dem Gerüst ist die Schachthalle. Dort wird der Förderkorb auf der einen Seite in die Tiefe abgelassen, auf der anderen Seite gleichzeitig hinaufgezogen. Das ist das Koepe-Prinzip, also eine Endlosseilförderung. Das bedeutet, dass beide Körbe an einem Seil hängen und somit immer beide, wie bei einem Paternosteraufzug, in Bewegung sind. Die Stahlseile laufen über die Seilscheiben – die ihr dort, hoch oben auf dem Förderturm, sehen könnt. So entsteht keine Reibung, die das Material brüchig machen könnte. Ein Unterseil sorgt für das Gleichgewicht der beiden Körbe.«

Alle starrten auf den hohen Förderturm.

»Wir können jetzt die Schachthalle betreten und zusehen, wie der Korb aus der Tiefe nach oben gelangt«, sprach Hollinger weiter und steuerte die große Eisentür an.

Doch niemand folgte ihm. Er schaute sich um und sah in kreideweiße Gesichter.

»Was ist los?«, fragte er.

Alle zeigten mit entsetzten Blicken nach oben. Also schaute er ebenfalls in die angegebene Richtung und sah, was die Besucher in Schock versetzte.

Dort hing etwas am Stahlseil, das nach oben gezogen wurde. Erst als das Bündel über die Gerüststreben hinaus gelangte, war deutlich zu erkennen, was dort hochzogen wurde: ein Bergmann.

Alle schrien durcheinander.

Hollinger rannte zum Steuerstand im Maschinenhaus, damit der Maschinist am Pult die Fahrt stoppte, bevor der Mann an die Seilscheibe geriet.

Das Geschrei wurde immer lauter.

Hollinger rannte so schnell er konnte, brüllte schon in der Tür: »Halt! Maschine aus!«

Doch es war zu spät.

Als er wieder auf der Außentreppe ankam, sah er gerade noch, wie der Körper zwischen Stahlseil und Stahlscheibe eingequetscht wurde, während die großen Räder langsam zum Stillstand kamen.

Dort blieb der leblose Körper in einer Höhe von zweiundvierzig Metern hängen. Totenstille breitete sich aus.

KAPITEL 1

Kriminalhauptkommissar Jürgen Schnur stand ratlos auf dem zugigen Gelände und hielt krampfhaft seinen Blick nach oben gerichtet. Als der Anruf der Staatsanwältin in seinem Büro eingegangen war, hieß es, dass auf der Grube Velsen ein tödlicher Unfall passiert sei. Warum Ann-Kathrin Reichert ihn für einen Unfall am Schacht eines Bergwerks auf den Plan rief, wusste Schnur nicht. Normalerweise wurde für solche Fälle die Bergpolizei gerufen. Die Kriminalpolizei hatte keinerlei Befugnisse, auf einem Grubengelände, geschweige denn in einer Grube zu ermitteln. Er fühlte sich auf dem großen, zugigen Gelände voller Menschen und Maschinen deplatziert.

Die Beamten der Schutzpolizei sorgten dafür, dass sich die Schaulustigen, deren Geschrei immer aufgeregter wurde, auf einem Parkplatz versammelten. Die Kollegen der Spurensicherung veranstalteten auf dem Förderturm in vierzig Metern Höhe eine Art Freeclimbing. Sie waren damit beschäftigt Schutzfolien auszubreiten, um die Reste des Toten auffangen zu können, sollten sie sich von dem Stahlseil lösen. Männer in Bergmannskluft diskutierten heftig miteinander, ohne das Spektakel um sie herum noch wahrzunehmen.

»Ich dachte, der Betrieb auf dieser Grube sei eingestellt«, sagte Kommissar Erik Tenes und stellte sich neben seinen Vorgesetzten.

Erschrocken drehte Schnur sich um und fragte zurück: »Was tust du denn hier? Ich dachte, du bist noch in Reha.«

»Irgendwann muss doch mal Schluss ein«, antwortete Erik und grinste verkrampft. »Ich war jetzt drei Monate krank. Die Decke fällt mir auf den Kopf. Und sollte das passieren, komme ich in die nächste Reha für Polizisten mit Dachschaden. Willst du das wirklich riskieren?«

Schnur schaute Erik prüfend an. Sein Gesicht war blass und eingefallen, sein Lachen wirkte gezwungen. »Nein! Dann ist es besser, du kehrst in unseren sicheren Schoß zurück«, sagte er grinsend.

Der letzte Einsatz hatte Erik Tenes fast das Leben gekostet. Lange hatte er im Krankenhaus gelegen, um sich von seinen Verletzungen zu erholen, bevor er zu einer Rehamaßnahme geschickt worden war. Auch wenn er vorgab, wieder der Alte zu sein, so sah sein Vorgesetzter doch, dass er noch weit davon entfernt war. Trotzdem wollte er seinen Freund und Kollegen zurück in seinem Team haben, weil er hoffte, dass die Arbeit eine gute Medizin für ihn war. »Du weißt ja, dass ich jede Hilfe gut gebrauchen kann«, fügte er an. »Anke ist in Mutter-Kind-Kur.«

»Nur noch bis Freitag«, erklärte Erik. »Dafür ist Kriminalrat Forseti in Urlaub. Der wird uns am meisten fehlen.«

»Von wegen fehlen! Wenn Forseti weg ist, fühle ich mich auch wie im Urlaub.«

»Also um auf meine Frage zurückzukommen«, erinnerte Erik, »warum ist dieses Bergwerk noch in Betrieb? Ich dachte, die Bergwerke wären alle stillgelegt.«

»Die Grube Warndt wird erst 2012 stillgelegt«, antwortete Schnur. »Die beiden Anlagen Ensdorf und Warndt fördern bis zur letzten Sekunde.«

»Warndt? Sind wir hier nicht in Velsen?« Erik staunte.

»Velsen und Warndt zählen als ein Bergwerk.«

»Wieder was dazugelernt.«

Schnur schaute sich weiter um. Er sah die Polizeibeamtin Andrea Westrich. Sie befand sich unter den Schaulustigen. Ausgerüstet mit Block und Stift befragte sie die Zeugen dieses spektakulären Ereignisses.

Doch plötzlich wurde er abgelenkt, als eine Frage an sein Ohr drang: »Warum wurde ich hierherbestellt?« Er drehte sich um und sah in das verfrorene Gesicht von Dr. Thomas Wolbert. Die dunklen Locken des Gerichtsmediziners sahen bei jeder Begegnung heller aus, weil sich immer mehr graue Strähnen bildeten. Unbewusst fuhr sich Schnur über seine eigenen Haare und überlegte, wann er das letzte graue Haar herausgezupft hatte.

»Weil es einen Unfall mit tödlichem Ausgang gegeben hat.«

»Werde ich jetzt zu jedem Todesfall gerufen?«

Schnur zuckte mit den Schultern. »Die Staatsanwältin hat angeordnet, dass wir uns den Fall genauer ansehen. Ich habe mich auch darüber gewundert.«

»Warum schaltet sie sich in diesen Fall überhaupt ein?«, bohrte Wolbert weiter.

»Keine Ahnung. Vielleicht, weil das Thema Bergbau von den Medien immer sensibler behandelt wird, je näher die Schließungen der Gruben heranrücken«, spekulierte Schnur.

Plötzlich erschütterte ein lautes Brummen den Platz. Alle verstummten schlagartig und schauten in die Richtung, aus der das Geräusch kam.

Ein vier Meter hoher und zwölf Meter langer LKW der Feuerwehr bog von der Hauptstraße auf das Grubengelände ein. Es war ein großer Sattelschlepper, der einen sechsachsigen Anhänger mit Hubarbeitsbühne hinter sich herzog. Langsam rollte das mächtige Fahrzeug auf den Förderturm zu. Der Mann am Steuer wurde von den Kollegen der Schutzpolizei eingewiesen, um ohne anzustoßen die engen Kurven zu umfahren.

»Als hätten sie das einstudiert«, stellte Erik fest.

Vier Hydraulikstützen fuhren an den Seiten des LKWs heraus und hoben die komplette Einheit bestehend aus Steiger und Zugeinheit an. So glichen sie alle Unebenheiten des unbefestigten Bodens aus und stabilisierten die Gesamtkonstruktion der Maschine. Dann begann der Arm des Steigers sich langsam zu bewegen. Zunächst hob sich der untere Teil an, dann folgte der Oberarm. Zum Schluss wurde der dünnere Unterarm aufgerichtet und gesichert. Eine Bühne hing an dessen Ende. Als er in Position war, stoppte die Maschine.

Der Gerichtsmediziner folgte mit blassem Gesicht den Mitarbeitern des Labors, dem Polizeifotografen und einem Feuerwehrmann. Sie bekamen Helme gereicht, die sie aufsetzten, bevor sie in den Korb stiegen.

»Hoffentlich bin ich schwindelfrei«, murmelte er.

»Wie gut, dass ich da nicht raufmuss«, stellte Schnur erleichtert fest.

Doch der Korb setzte sich nicht in Bewegung.

Alle starrten auf Schnur, der seinen Blick stoisch auf der Arbeitsbühne ruhen ließ. Es dauerte eine Weile, bis Erik seinen Vorgesetzten in die Seite rammte und anmerkte: »Es hängt alles nur noch an dir.«

»Wie? Was?«, frage Schnur. Erst jetzt fielen ihm die wartenden Blicke auf.

»Ich vermute mal, dass du als zuständiger Chefermittler mit den Jungs nach oben fahren sollst«, antwortete Erik.

»Warum? Wir wissen doch gar nicht, ob es sich um Mord handelt.« Schnur wurde mulmig zumute.

»Du bist hier, um das zu entscheiden.«

Schnur fuhr sich nervös über sein Kinn und zögerte.

»Hast wohl deinen Rasierapparat vergessen, Barbarossa«, spottete Erik. Er wusste, wie peinlich genau Schnur stets seine roten Bartstoppeln entfernte, kaum dass sie sichtbar werden konnten. Als könnte er damit diesen elenden Spitznamen vergessen machen.

»Noch einmal Barbarossa und ich schicke dich nach oben«, murrte Schnur.

Er zog den Schutzanzug und die Schutzhaube über, die ihm ein Mitarbeiter der Spurensicherung entgegenhielt, und stapfte zur Arbeitsbühne.

⚒

Das kratzende Dröhnen des Walzenschrämladers war laut bis in die Fußstrecke von Flöz 7 in über tausend Metern Tiefe zu hören. Während die beiden Schneidwalzen unaufhörlich rotierten, schrämte die vordere die Kohle im oberen Bereich ab und die hintere Walze die Kohle vom unteren Bereich des Flözes. Direkt im Anschluss wurden hydraulisch gesteuerte Stahlschilde in Bewegung gesetzt, um den Hohlraum, der durch den Abbau entstand, gegen den enormen Gebirgsdruck abzusichern. Die Männer bedienten die Maschinen mit großer Sicherheit. Jeder wusste genau, was er zu tun hatte.

Plötzlich klingelte das Telefon.

Steiger Georg Remmark nahm den Hörer in die Hand, während die lauten Maschinen weiterliefen. Er lauschte eine Weile. Dann legte er auf, richtete seinen Blick auf die Männer und winkte mit seiner Grubenlampe vertikal auf und ab. Ein Zeichen dafür, dass sie ihre Arbeit anhalten sollten. Sofort stellten sie die Maschinen ab.

Die Stille, die plötzlich eintrat, war gespenstig. Nur der Luftzug der Bewetterung war zu hören. Unruhe machte sich unter den Männern breit. Während der Kohleförderung ohne ersichtlichen Grund abzubrechen, war ungewöhnlich. Endlich gab der Steiger mit seiner Kopflampe ein rotierendes Zeichen. Dies bedeutete, ihm in die Bandstrecke zu folgen.

»Was ist passiert?«

»Es hat über Tage einen Unfall gegeben«, antwortete Remmark. »Jemand ist mit dem Korb bei der Leerfahrt verunglückt. Deshalb müssen wir aufhören und am Warndtschacht ausfahren.«

»Wie ist das passiert? Wie kann man bei der Seilfahrt verunglücken?«, fragten die Kameraden ungläubig.

Remmark zögerte kurz, bevor er den genauen Bericht wiedergab, den er über das Telefon erhalten hatte. »Es heißt, es wäre einer von uns.«

»Das war niemals ein Unfall«, widersprach Michael Bonhoff, den alle unter Tage »Mimose« nannten. »Wie soll das möglich sein? Niemand kann am Stahlseil festhängen, bis er unter die Seilscheibe gerät.«

»Kein Grund durchzudrehen, Mimose«, rief Remmark unfreundlich und fügte noch lauter an: »Es war ein Unfall! Was soll es sonst gewesen sein?«

Nur große Augen aus kohleverschmierten Gesichtern starrten ihn verständnislos an.

»Was glaubt ihr, was passiert, wenn hier ein Mord vermutet wird? Dann wimmelt es nur so von Polizei, die Grube wird heute schon dichtgemacht. Wollt ihr das?«

Allgemeines Kopfschütteln.

»Ich kann nur hoffen, dass es keinen von uns erwischt hat«, fügte Remmark noch hinzu.

Alle schauten sich um, bis Paolo Tremante sagte: »Pitt fehlt.«

»Den habe ich heute noch gar nicht gesehen«, trug Hans Rach bei. »Ist er überhaupt mit uns runtergefahren?«

»Ja. Er war heute Morgen bei der Anwesenheitskontrolle dabei«, versicherte Remmark.

»Scheiße! Dann müssen wir nach ihm suchen«, bestimmte Tremante.

»Okay«, stimmte Remmark zu. »Schaut überall nach, wo er sein könnte. Als ich ihn das letzte Mal gesehen habe, benahm er sich äußerst seltsam. Überhaupt! Seit bei ihm zu Hause eingebrochen wurde, verhält er sich, als würde ihm ständig jemand folgen.«

»Hat Verfolgungswahn, der Ärmste«, meinte Tremante.

»Vielleicht wollte er sich mal wieder früher rausschmuggeln«, sagte Bonhoff scheinheilig. Ihm war eingefallen, dass sich Dempler bei ihm abgemeldet und gleichzeitig gebeten hatte, das nicht zu melden. Bonhoff konnte nur hoffen, dass Dempler bald wieder wohlbehalten bei ihnen eintraf.

»Heute findet die Leerfahrt für die Besucher statt«, pflichtete ihm Tremante bei.

»Pitt weiß das – wie wir alle hier«, stellte Remmark klar.

»Es könnte sein, dass er mit diesem Korb nach oben wollte«, spekulierte Tremante weiter.

Remmark nickte und befahl: »Okay! Dann wissen wir, wo wir suchen müssen. Am Schacht rufe ich den Maschinisten an. Der kann uns sagen, ob jemand die Schachttür geöffnet hat.«

Die Männer zogen los.

»Und kein Wort über den Zustand unseres Kameraden!«, rief Remmark ihnen noch nach.

Bonhoff ging ein paar Meter hinter Remmark und Tremante her. An jedem Streckenabzweig riefen sie laut nach dem vermissten Kameraden. Die beiden bemerkten ihn nicht. Sie unterhielten sich lautstark, bis sie in Streit gerieten. Immer wieder schauten sie sich um, weshalb Bonhoff zusah, dass sich sein Abstand zu ihnen vergrößerte.

Doch leider konnte er dadurch nur noch Bruchstücke ihres Gesprächs verstehen. Worte wie »Streit« und »selber Schuld« vernahm er ganz deutlich.

Sofort fühlte er sich unwohl. Wovon sprachen die beiden?

Sie erreichten den Schacht, doch von Peter Dempler keine Spur.

Plötzlich ertönte das Signal für die Seilfahrt.

Wie aus dem Nichts tauchten von allen Seiten die Männer auf und schrien: »Was ist hier los?« – »Fährt der Korb wieder?« – »Wollen die da oben uns verarschen? Wir sollten doch im Warndt ausfahren, oder?«

Bonhoff gesellte sich unauffällig dazu und brüllte mit. Erleichtert stellte er fest, dass weder Remmark noch Tremante bemerkt hatten, dass er ihr Gespräch mitgehört hatte.

⚒

Langsam wurde die Arbeitsbühne angehoben. Schnur wechselte einen Blick mit dem Gerichtsmediziner, der sich ebenfalls verkrampft am Geländer festhielt, während sie immer höher und höher fuhren. Nebel stand in der Luft, sodass ihre Sicht lediglich über das Grubengelände reichte, auf dem alles in trostlosem Grau, Braun und Schwarz schimmerte.

Endlich gelangten sie an die Seilscheibe am oberen Ende des Förderturms, zu der Stelle, an der der Tote unter dem Stahlseil eingeklemmt war.

Zunächst konnte Schnur nichts einordnen. Dunkelrot, Dunkelgrün und Dunkelbraun vermischt mit Weiß und Gelb, verschlungen mit rostigem Metall und Stahl offenbarten sich vor seinen Augen. Bis er endlich verstand. Der Tote war regelrecht zerquetscht worden, sodass Haut, Knochen, Organe und Fettgewebe an beiden Seiten des Stahlseils auf der Seilscheibe herausquollen.

Dr. Wolbert gab einige Anweisungen, woraufhin die Mitarbeiter des Labors begannen, die Einzelteile behutsam in Säcke zu verstauen. Währenddessen suchten die beiden Kollegen der Spusi den Teil des Stahlseils ab, den sie von ihrem Standort aus erreichen konnten.

Schnur fühlte sich deplatziert. Schon das zweite Mal in dieser kurzen Zeit. Warum stand er in vierzig Metern Höhe – mit Höhenangst – bei einem Toten, der nicht mehr als solcher zu erkennen war? Mit Mühe überwand er sich und stellte Wolbert seine erste Frage: »Kannst du herausfinden, ob das Opfer noch gelebt hat, bevor es zwischen Stahlseil und Seilscheibe geraten ist?«

»Ich denke schon«, antwortete der Gerichtsmediziner. »Das Opfer ist nicht total zerstückelt. Es gibt unversehrte Teile, an denen ich verwertbare Spuren finden kann. Nur …«

»Nur was?«

»Ich finde den Kopf nicht.«

Gleichzeitig mit Wolbert richtete er seinen Blick nach unten. Dort sahen sie die Plane, die von anderen Mitarbeitern der Spurensicherung und dem Labor schon vor einer Weile aufgespannt worden war, um herabfallende Körperteile des Opfers aufzufangen.

»Kann es sein, dass der Kopf des Opfers heruntergefallen ist?«, rief Wolbert gegen den starken Wind an.

Die Männer in ihren Schutzanzügen nickten. Einer hob einen viereckigen Behälter hoch. Wolbert zeigte ihnen den erhobenen Daumen und sagte zu Schnur: »Damit besteht eine gute Chance, herauszufinden, was kurz vor dem Tod des Opfers passiert ist.«

»Wenigstens etwas.«

»Außerdem sind beide Hände unversehrt«, sprach Wolbert weiter und drehte sich zu den Resten um, die gerade sicher verwahrt wurden. »Eine steckt noch im Handschuh. Die andere ist frei. Die werden wir sofort sichern.« Er wollte Schnur die besagten Teile zeigen, doch der Kommissariatsleiter winkte hastig ab und sagte: »Das ist gut. Dann können wir vielleicht feststellen, ob es sich um einen Unfall oder um Mord handelt.«

»Unfall halte ich fast für unmöglich«, gab Wolbert zu bedenken. »Es sei denn, er hat sich in dem Seil verfangen und wurde sofort bewusstlos.«

»Kann man sich unter Tage einfach so in einem Seil verfangen, das einen Aufzug zieht?«

»Keine Ahnung«, gestand Wolbert. »Ich bin Gerichtsmediziner. Kein Bergmann.«

»Problem Nummer eins, das wir hier haben«, knurrte Schnur mürrisch, »denn ich bin Kriminalkommissar und auch kein Bergmann. Mal sehen, wie viele Probleme in diesem Fall noch auftauchen.«

Eine laute Sirene ertönte. Vor Schreck wäre Schnur fast aus dem Korb gefallen. Erst als er wieder aufsah, erkannte er den Grund für den Lärm. Das Stahlseil wurde weiter angezogen.

»Warum warten die nicht, bis wir wieder unten sind?«, brüllte er wütend.

»Weil wir alles von dem Toten mitnehmen müssen. Auch das, was unter dem Seil eingeklemmt ist.«

Fröstelnd schaute Schnur weg und beobachtete, wie die Kollegen in luftiger Höhe an dem Stahlseil nach Spuren suchten. Es sah an dieser Stelle beschädigt aus. Aber er konnte sich keine Gedanken darum machen, weil er spürte, wie ihm schwindelig wurde. Hastig richtete er seinen Blick nach unten. Sofort verging das Schwindelgefühl wieder. Aus dieser Höhe sahen die Häuser und die Menschen unter ihm klein aus. Deutlich konnte er die Anordnung der verschiedenen Gebäude erkennen, die alle zur Grube Velsen gehören – oder mal gehört haben. Ein freier Platz hob sich deutlich vom Rest der Umgebung ab. Dort stand früher eine riesige Halle für die Kohlenwäsche, die nach der teilweisen Stilllegung der Anlage abgerissen worden war. Von oben sah es wie eine klaffende Wunde aus. Er drehte sich von dem schwarzen, trostlos aussehenden Stück Land weg und schaute in die Richtung, in der sich die vielen Hallen aneinanderreihten. Hinter der leer stehenden Maschinenhalle befand sich inzwischen eine Müllverbrennungsanlage, deren Bau lange umstritten war. Jetzt nahm sie hier den größten Platz des ehemaligen Grubengeländes ein. Große Müllwagen fuhren ständig auf das Gelände und wieder herunter. Sein Blick wanderte weiter über das ehemalige Zechenhaus und die Waschkaue bis hin zu dem Berg, in dem inzwischen ein Besucherbergwerk untergebracht war. In diesen Berg waren Stollen und Schächte getrieben worden, um junge, angehende Bergleute auf die Arbeit unter Tage vorzubereiten. Schnur bedauerte, dass er dieses Bergwerk nicht schon längst besucht hatte. Ein bisschen Fachwissen über die Arbeit unter Tage würde seinen Ermittlungen in dem Fall bestimmt nicht schaden. Was sich über Tage befand, wusste er in etwa, weil er oft genug an der Grube Velsen vorbeigefahren war. Doch die Welt darunter war ihm fremd. Er sah die sogenannte Kaffeeküche, wo die Bergleute mit deftigem Essen verköstigt wurden. Dort wäre er jetzt lieber – anstatt in vierzig Metern Höhe.

Er beobachtete, wie mehrere Autos in hohem Tempo auf das Grubengelände einbogen.

Das sah nicht gut aus.

Hastig rief er: »Hat jemand ein Fernglas?«

Der Mann direkt neben ihm reichte ihm eins. Aus den Wagen stiegen Bergmänner. Aufgrund des gesperrten Gustavschachts hatten sie über den Warndtschacht über Tage fahren müssen. Eigentlich kein besonderer Aufwand, weil dort ihre Autos parkten. Doch die Neugier trieb sie zurück nach Velsen. Das hektische Treiben machte Schnur nervös.

»Ich muss sofort da runter«, rief er.

»Keine Panik«, versuchte Wolbert zu beruhigen, doch Schnur erklärte ihm: »Dort unten gibt es jetzt Ärger. Und ich bin dafür verantwortlich zu entscheiden, ob wir es hier mit einem Unfall oder einem Verbrechen zu tun haben.«

»Und was willst du ihnen sagen?«

»Das, was du mir jetzt sagst«, entgegnete Schnur. »Was ist das hier? Unfall, Selbstmord oder gar Mord?«

»Ich kann es wirklich erst sagen, wenn ich die Einzelteile seziert habe«, antwortete Wolbert ausweichend.

»Aber einen Eindruck hast du doch schon. Oder?«

Wolbert zögerte, während die Bühne langsam nach unten fuhr. Erst als sie auf dem sicheren Boden aufsetzten, sagte er: »Die Überreste des Toten sagen etwas darüber aus, in welcher Position er am Seil hing: mit herunterhängenden Armen.«

»Was sagt dir das?«

»Dass ihn irgendjemand an diesem Seil fixiert hat, als er bewegungsunfähig war.«

»Das schließt Selbstmord also aus?«

»Ja. Für mich deutet das, was wir bisher wissen, auf Mord hin.«

⚒

Je näher Schnur den Menschen kam, umso lauter hörte er das Geschrei. Es klang so, als wüssten die Bergleute schon alles: wer der Tote auf dem Förderturm war und wie er dorthin gelangen konnte. Erst als er sich mit in die Hüften gestemmten Fäusten dazustellte, verstummten alle und starrten ihn an.

»Mein Name ist Jürgen Schnur, ich bin Kriminalhauptkommissar und leite die Ermittlungen in diesem Fall«, sagte er zur Begrüßung. »Wer glaubt, etwas Hilfreiches beitragen zu können, soll sich an mich wenden.«

»Das ist kein Kriminalfall, sondern ein Unfall«, erklärte ein großer kräftiger Mann, dessen Gesicht rot schimmerte. »Und außerdem ist dafür das Bergamt zuständig und nicht die Kriminalpolizei.«

»Und wer sind Sie?«

»Georg Remmark – genannt Schorsch.«

»Gut! Und welchen Beruf üben Sie aus?«

Verdutzt starrte Remmark auf Schnur, bevor er antwortete: »Ich bin Steiger, hier in der Grube. Schon seit zehn Jahren.«

»Schön! Als Steiger in der Grube können Sie wohl schwerlich ein Verbrechen von einem Unfall unterscheiden. Überlassen die die Polizeiarbeit also der Polizei.«

»Einverstanden. Dann gehen Sie auch dorthin, wo Sie gebraucht werden. Hier jedenfalls nicht.«

»Die Entscheidung liegt sicher nicht bei Ihnen. Also beantworten Sie einfach meine Fragen, umso schneller sind wir hier fertig«, beharrte Schnur, wobei er seinen Ärger über diesen überheblichen Mann unterdrückte. »Was bringt Sie darauf, dass hier ein Unfall vorliegt? Nach meinen Erkenntnissen ist es unmöglich, einfach so an einem Stahlseil festzuhängen, ohne dass fremde Hilfe dazu nötig wäre.«

»Pitt ging es den ganzen Morgen schon schlecht«, erklärte Remmark hastig.

»Wer ist Pitt?«

»Peter Dempler. Der Mann, der verunglückt ist.«

»Wie sind Sie so schnell auf ihn gekommen?«

»Er ist der Einzige, der fehlt. Und er war es auch, der mir heute Morgen schon Sorgen gemacht hat, weil es ihm nicht gut ging«, erklärte Remmark nun sachlicher. »Er hat sich alleine von der sechsten Sohle auf den Weg zum Schacht gemacht und wollte ausfahren. Mit dem Förderband über die fünfte Sohle zum Warndtschacht zu gelangen war zu der Zeit nicht möglich, weil die Bänder stillstanden. Zwischen den Schichten hält sich normalerweise kein Anschläger auf der sechsten Sohle am Schacht auf. Vielleicht hat er versucht, über die Fahrten hoch zur fünften Sohle zu gelangen ...«

»Fahrten?«

»... Leiter soll das heißen«, murrte Remmark. »Jedenfalls würde ich ihm das zutrauen. Möglich, dass er abgestürzt ist und versucht hat, sich am Seil festzuhalten. Dabei hat er das Bewusstsein verloren.«

»Verlieren Bergleute häufiger das Bewusstsein während der Arbeit?«

»Nein! Was soll diese Frage?«

»Sie stellen hier die abenteuerliche Theorie vom bewusstlosen Bergmann auf«, erwiderte Schnur. »Das klingt sehr verwegen.«

»Pitt war in letzter Zeit häufiger krank«, fuhr Remmark fort. »Aber er wollte keinen gelben Schein machen, weil das mehr Arbeit für die Kameraden bedeutet.«

»Ich werde mich von den Fakten überzeugen lassen, die die Spurensicherung und die Gerichtsmedizin herausfinden werden«, stellte Schnur klar. »Die Annahme, dass der Kollege krank war, reicht nicht, um dort oben zermalmt zwischen Stahlseil und Seilscheibe zu landen.«

Plötzlich entstand Unruhe in der Menschenmenge. Alle starrten in eine Richtung. Neugierig trat Schnur zur Seite, um sehen zu können, was diese Männer so aufbrachte.

Ihre roten Haare leuchteten unwirklich an diesem grauen Ort. Mit ihrem eleganten Gang in den hohen Schuhen, in denen sie sich trotz des unwegsamen Geländes mit einer bemerkenswerten Sicherheit bewegte, zog sie die Blicke der Bergmänner an. Mit einem Lächeln auf den Lippen, das zeigte, dass sie solche Blicke gewohnt war, stellte sie sich vor die vielen Menschen und sagte: »Mein Name ist Ann-Kathrin Reichert, ich bin die zuständige Staatsanwältin.«

»Warum kommt nicht das Bergamt?«, fragte Remmark.

»Weil die Kollegen vom Ministerium für Wirtschaft und Wissenschaft mich angerufen haben, um dem Bergamt Amtshilfe zu leisten«, stellte die Staatsanwältin klar.

Damit musste sich Remmark zufriedengeben.

»Gut, dass wir das geklärt haben. Ich bin hier, um mir zusammen mit Kriminalhauptkommissar Schnur ein Bild von dem Fall zu machen, damit wir entscheiden können, wie wir diesen Todesfall behandeln«, sprach sie weiter.

»Wie wollen Sie das beurteilen?«, meinte Remmark. »Sie wissen überhaupt nichts über die Arbeit unter Tage!«

»Sie glauben gar nicht, zu was ich fähig bin«, gab Ann-Kathrin eisig zurück.

Totenstille kehrte ein.

Schnur freute sich über diese Eröffnung.

»Dann wollen wir mal!« Mit diesen Worten wandte sich die Staatsanwältin an Schnur.

»Der Tote wurde schon abtransportiert«, sagte der Kriminalist.

»Das ging aber schnell! Wie soll ich jetzt sehen, was passiert ist?«

Ein Blick auf die schwere Hubarbeitsbühne verriet, dass das große Gerät bereits abfahrbereit war.

»Nach oben wirst du auch nicht mehr kommen«, stellte Schnur fest. Er zeigte auf den höchsten Punkt des Förderturms, von dem sie den Toten geborgen hatten.

»Dann bleibt mir nichts anderes übrig, als diesen Teil der Tatortbesichtigung zu überspringen.« Ann-Kathrin zuckte mit den Schultern. »Mit dem zuständigen Bergamt habe ich alle Einzelheiten geklärt. Sie haben mir zugesagt, dass ich mit dem verantwortlichen Steiger runterfahren kann, um mir den Tatort unter Tage anzusehen.«

»Der ist davon überzeugt, dass es ein Unfall ist«, brummte Schnur. »Und er wird auch versuchen, dir das einzureden.«

»Ich kann mir schon selbst eine Meinung bilden.« Ann-Kathrin grinste verschmitzt.

»Auf keinen Fall lasse ich dich allein da runter. Ich werde dich begleiten«, ereiferte sich Schnur.

»Mein Beschützer«, schnurrte Ann-Kathrin. »Ich hatte ohnehin vor, dich mitzunehmen. Denn zufällig ist es auch deine Aufgabe, dir diesen Ort anzuschauen.«

Schnur spürte, dass er rot wurde, und blickte verlegen zu Boden, in der Hoffnung, dass es niemand bemerkte. Doch Ann-Kathrin stieß ihr kehliges Lachen aus, womit es ihr wieder gelang, sämtliche Blicke auf sich zu ziehen.

»Ich bin der zuständige Steiger.« Mit diesen Worten trat Georg Remmark vor die Staatsanwältin.

Schnur erschrak. Hatten sie so laut geredet, dass sie jeder verstehen konnte? Das behagte ihm nicht. Hinzu kam die Aussicht auf eine Fahrt in tausend Meter Tiefe, die bei ihm sofort Beklemmung auslöste. Aber das wollte er auf keinen Fall zugeben.

»Okay! Wie kommen wir in den Hades?«, fragte er.

»Hades?«, hakte Remmark nach.

»In die Grube meinte ich«, korrigierte Schnur schnell. »Soweit ich weiß, ist dieser Schacht in Velsen für die Spurensicherung gesperrt. Und wie lange unsere Leute dort arbeiten müssen, kann ich jetzt noch nicht sagen. Das könnte länger dauern.«

»Hier wären wir ohnehin nicht runtergefahren«, stellte der Steiger brummig klar. »Sie müssen die richtige Ausrüstung bekommen. So dürfen Sie nicht in die Grube. Dafür müssen wir zum Warndtschacht fahren, weil dort alles ist, was wir brauchen. Von dort fahren wir runter.«

»Sind dort die Kleiderkörbe der Bergleute?«, fragte die Staatsanwältin.

»Ja«, brummte Remmark. »Dort ist die Waschkaue.«

An Schnur gerichtet sagte Ann-Kathrin: »Du solltest einen Beamten der Spurensicherung zum Warndt schicken, damit er den Kleiderkorb des Opfers sichert.«

»Jeder hat zwei Körbe«, berichtigte Remmark.

»Warum das denn?«, fragte Schnur.

»Na, einen für die dreckige Bergmannskluft und einen für die sauberen Sachen.«

KAPITEL 2

Am Warndtschacht wurden Ann-Kathrin Reichert und Jürgen Schnur mit Steigeranzug, Grubenhelm, Schutzbrille, Lampe, Filterselbstretter und Staubmaske ausgerüstet, bevor sie den Förderkorb ansteuerten. Mit zwölf Metern pro Sekunde ging es hinab zur fünften Sohle. Am Füllort angekommen öffnete Remmark die Schachttüren und ließ dem Kommissar und der Staatsanwältin den Vortritt.

Keine stickige Enge oder finstere Höhle erwartete die beiden dort. Sie sahen hohe, halbrunde Gänge voller Licht, Lärm und Bewegung. Gebogene Stahlträger verbunden mit Stahlgitternetzen über ihren Köpfen stützten die Hohlräume ab. Durch die Gitter war grobes Gestein zu sehen, das aussah, als wollte es jeden Augenblick die Halterung sprengen und auf sie herabstürzen.

Sie stiegen eine stählerne Treppe hinunter und betraten eine Plattform, auf der sich einige Männer laut schreiend verständigten. Weiterer Lärm kam von Maschinen, die die Besucher nicht sehen konnten. Rohre mit unterschiedlichen Durchmessern verliefen quer am halbrunden Gewölbe über ihnen. Darauf standen schwarze, mit Wasser gefüllte Plastikwannen in der Größe von Wäschekörben, auf die Ann-Kathrin fragend wies. Remmark brummte etwas von Explosionsschutz, ohne sein Tempo zu verringern. In den Betonboden waren Schienen eingelassen, auf die sie achten mussten, um nicht zu stolpern. Einige Meter weiter wartete am Bahnhof ein Personenzug. Remmark wies die beiden an einzusteigen.

Schnur spürte Beklemmung. Der Waggon war eng und ohne Fenster. Er schaute auf Ann-Kathrin, doch die Staatsanwältin wirkte unbekümmert wie immer. Er gab sich einen Ruck und kletterte in die Kabine.

Nach einer knappen halben Stunde holpriger Fahrt durch stickige warme Luft und Wetterschleusen, vorbei an lärmenden Maschinen, hatten sie ihr Ziel erreicht. Schnurs Hände waren feucht. Zum Glück konnte das niemand sehen. Es wäre ihm peinlich zuzugeben, dass er mit Klaustrophobie zu kämpfen hatte.

Sie stiegen aus. Remmark ging voraus, zeigte auf einen Stollen zu seiner Linken und brummte: »Durch diesen Querschlag müssen wir gehen, dann kommen wir in den Streb, in dem meine Partie zurzeit arbeitet.«

Einige Minuten schritten sie schweigend durch den dunklen Querschlag. Die Lampen an ihren Helmen sorgten für ständig hin und her springende Lichtkegel. Und doch konnte Schnur in einiger Entfernung eine weitere Bahn erkennen. Dort waren die Waggons offen.

»Das ist die Kulibahn«, erklärte Remmark, als er Schnurs Blick bemerkte. »Damit fahren wird bis zur oberen Ecke des Strebes. Dort müssen Sie dann die Staubmasken anziehen, die ich Ihnen mitgegeben habe.«

Die Kulibahn war so schmal, dass sie für die Fahrt hintereinander sitzen mussten. Remmark übernahm den vorderen Platz und Schnur überließ der Staatsanwältin die Mitte. Der Gang, in den sie hineinfuhren, war noch enger und dunkler als der bisherige Weg. Die Temperaturen stiegen an, bis es stickig und heiß wurde. Irgendwann wurde es wieder heller und gleichzeitig auch lauter.

Die Kulibahn hielt an.

Remmark, Schnur und Ann-Kathrin setzten ihre Staubmasken auf und stiegen aus dem schmalen Zug. Remmark bediente einen Taster, der an der Wand des Gangs befestigt war, und löste ein Signal aus. Schlagartig wurde es stiller, aber wohl fühlte sich keiner. Schnur wollte sich in Ruhe umschauen, doch Remmark wies ihn an, ihm zu folgen. Sie blickten in einen schmalen Gang, der rechtwinklig schräg nach unten abzweigte. Zu ihrer Rechten befanden sich schwere Stahlketten knapp über dem Boden, auf denen Kohle und sonstiges Gestein lagerten. Eine große Maschine mit schraubenähnlichen Zahnrädern vorne und hinten nahm den meisten Platz in diesem engen Schlauch ein. Stählerne Stützen ragten in der Mitte der Strecke in die Höhe. Heiße Luft blies ihnen von unten entgegen. Nur langsam verbesserte sich die Sicht. Doch leider sah Schnur die über den Boden verlaufende Querstrebe zu spät. Er stolperte und landete schmerzhaft auf seinem Knie.

Schwarzgesichtige Bergmänner grinsten breit, einige lachten, während Schnur sich rasch wieder erhob und so tat, als spürte er nichts. Andere schauten staunend auf Ann-Kathrin, als sie merkten, dass eine Frau unter der Ausrüstung steckte. Nach fast 300 beschwerlichen Metern, in denen sie sich nur sehr langsam und vorsichtig bewegen konnten, erreichten sie den Walzenschrämlader, der an der unteren Ecke des Strebes stand.

»Was sollen wir hier?«, fragte Schnur mürrisch. »Ich will Anhaltspunkte dafür finden, ob wir es hier mit Unfall oder Mord zu tun haben, und nicht die Reise zum Mittelpunkt der Erde nachspielen!«

»Ich will Ihnen zeigen, wo Pitt gearbeitet hat«, antwortete Remmark. »Er war Schildfahrer.«

Schnur schaute den Steiger fragend an.

»Die Hydraulikschilde, über die Sie gerade gestolpert sind, stützen das Gebirge ab, das durch das Abfräsen der Kohle mit dem Walzenschrämlader frei wird.«

Plötzlich rief einer der Bergmänner: »Was ist los? Kann ich laufen lassen? Die Grubenwarte hat schon dreimal nachgefragt, warum die Förderung steht.«

Remmark gab ihm ein Zeichen und meinte zu Schnur: »Jetzt können Sie gleichen sehen, was ich meine.«

Dann hörte man durch einen Lautsprecher die Ansage: »Vorsicht am Panzer.« Und sofort begann wieder der ohrenbetäubende Lärm.

Sie sahen, wie sich die Zähne der Walze in die schwarze Wand hinein frästen. Die Kohle fiel direkt vor ihnen auf die schweren, stählernen Ketten des Panzerförderers am Fuß des Strebes. Dann bewegten sich die stählernen Mitnehmer, deren Bodenstreben für Schnur zur Stolperfalle geworden waren. Die Platten über ihnen, die die Decke vor Einbruch sicherten, senkten sich und rückten vor, bis sie fast an die Kohlewand anstießen, und fuhren wieder hoch.

In der Zwischenzeit rumpelte und krachte es brachial von der anderen Seite. Schnur und Ann-Kathrin drehten sich erschrocken um. Remmark erklärte schreiend, dass die Kohle gerade auf den nächsten Panzer in der Fußstrecke fiel und durch den Brecher gefahren wurde. Große, unregelmäßige Kohle- und Gesteinsbrocken fuhren auf der einen Seite in den

Kasten von der Größe eines VW-Busses hinein und kamen am anderen Ende zerkleinert wieder heraus, wo der Transport ebenfalls auf einem schweren Kettenförderer fortgesetzt wurde.

Hinter den Schilden lag eine Aushöhlung, die in totaler Schwärze versank. Der Blick der Staatsanwältin blieb genau dort haften. Sie fühlte sich magisch angezogen – als sei sie immer noch das neugierige Mädchen, dem keine Gefahr zu groß war. Sie beugte sich vor, um durch den schmalen Spalt zwischen zwei Schilden hindurchzuschauen, als Remmark sie an ihrem langen Grubenmantel packte und zurückzog.

»Halt, Frau Staatsanwältin! Der Raum hinter den Schilden ist tabu! Die ungeschützte Stelle, die nach dem Abbau hinter dem Streb zurückbleibt, nennt man den *Alten Mann*.«

»Warum wird der nicht abgestützt?«

»Weil alle Versuche, diesen Raum zu sichern, zu teuer wären. Und da der Kohleabbau ohnehin schon zu teuer ist, wird dafür kein Geld investiert.«

»Klingt gefährlich.«

»Ist es auch! Wer dort verschüttet wird, kann nicht mehr geborgen werden.«

Mit schnellen Schritten entfernte sich Remmark, winkte den beiden Besuchern ihm zu folgen und steuerte die nächste Kulibahn an.

»Wo fahren wir jetzt hin?«, fragte Schnur, als sie sich wieder hintereinander in die engen Sitze quetschten.

»Zur Zwischensohle. Dort fährt uns die nächste Kulibahn zur sechsten Sohle.«

»Ist ihr Kollege auf der sechsten Sohle verunglückt?«

»Möglich.«

Schnur war es ganz recht, dass er diese Entfernungen nicht laufen musste. Doch kaum hatte er diesen Gedanken ausgedacht, hieß es: »Aussteigen! Den Rest müssen wir zu Fuß zurücklegen.«

Nach einem Kilometer erreichten sie den Gustavschacht.

»Hier muss es passiert sein«, sagte Remmark.

»Hier kann es nicht passiert sein«, widersprach Schnur.

»Wir haben uns auch schon die Köpfe darüber zerbrochen«, gab Remmark zu. »Er muss hier hinaufgestiegen sein. Vielleicht fiel er in Ohnmacht und stürzte in den Schacht.« Er zeigte auf eine metallene Treppe, die an der Außenseite des Schachtes bis zum Dach des Korbs führte.

»Auch die Theorie funktioniert nicht.« Schnur hustete und krächzte weiter: »Der Abstand zwischen dem Toten und dem Fahrstuhl …«

»… Korb …«

»… war dafür viel zu groß.«

»Wie groß?«, hakte Remmark nach.

»Nach den Messungen der Spusi beträgt der Abstand zweihundertfünfzig Meter.«

Remmark zog seinen Helm aus und kratzte sich am Kopf. Seine grauen Haare lagen wie ein lockiger Kranz um die kahle Stelle an seinem Hinterkopf. Er schwieg eine Weile. Nur die Geräusche einiger entfernter Maschinen und der starke Luftzug der Bewetterung waren zu hören. Dann meinte er: »Okay! Ich habe eine Idee, wie es passiert sein könnte.«

»Wie?«

»Pitt hatte mir schon gleich morgens im Zechensaal kurz vor der Anfahrt zu verstehen gegeben, dass er sich nicht wohlfühlt. Ich wollte ihn heimschicken, aber er meinte, es sei nicht so schlimm. Vermutlich wurde es dann doch zu einer ernsten Sache und er ist über Bandberg II zur fünften Sohle hochgefahren.«

»Vermutlich? Sie wissen also nicht, was Ihre Leute so während der Schicht treiben?«, hakte Schnur nach.

»Doch! Auf die Jungs ist Verlass«, beharrte Remmark. »Wenn Pitt wirklich zur fünften Sohle gefahren ist, ohne sich bei mir abzumelden, dann hat er einem seiner Kameraden Bescheid gesagt.«

»Aber der Kollege müsste diese Mitteilung doch an Sie weitergeben!« Schnur spürte, dass hier etwas nicht stimmte.

»Kann sein, dass derjenige es vergessen hat. Ich habe mich schon umgehört, aber bis jetzt hat mir keiner bestätigt, dass Pitt sich bei ihm abgemeldet hätte.«

»Okay.« Schnur winkte ab. »Und mit welchem Gerät ist Dempler auf die fünfte Sohle gekommen? Das Wort habe ich eben nicht richtig verstanden.«

»Bandberg II.«

»Was ist das?«

»Damit meine ich einen schräg nach oben führenden Stollen mit einem Förderband, das die Kohle von der sechsten Sohle zur fünften Sohle fährt, weil sie nur von dort weiter bis zum Warndtschacht transportiert werden kann.«

»Wie kommen wir dorthin?«

Remmark ging die Hälfte der Strecke zurück, die sie gerade gekommen waren. Dort sahen sie, wie die Kohle, die eben noch im Streb abgebaut worden war, auf Förderbändern durch einen engen Tunnel nach oben transportiert wurde.

»Hier beginnt der Bandberg II. Er führt zur fünften Sohle in Richtung Warndtschacht.«

»Aber der Mann kam aus dem Schacht in Velsen.«

»Entweder wir nehmen jetzt den Weg, den Pitt aller Wahrscheinlichkeit nach genommen hat, oder wir fahren wieder über Tage«, brummte Remmark genervt.

Der Anblick des düsteren Tunnels, dessen Beleuchtung mehr als spärlich ausfiel, löste Atemnot bei dem Kommissar aus. In dieser Enge lief das Band in zügiger Geschwindigkeit und war mit schwarzem Gestein beladen.

»Wie weit ist es bis zur fünften Sohle?«, fragte Schnur weiter.

»Etwa 1200 Meter. Ein Katzensprung.«

»Ich habe wohl keine andere Wahl.« Schnur rieb sich nervös über sein Kinn. »Schließlich müssen wir herausfinden, was hier unten passiert ist.«

Über eine Leiter gelangten sie zur Aufstiegsstelle des Bandes, sprangen auf und eine rasante Fahrt nach oben begann. Schnur spürte, wie ihm die Luft wegblieb. Die Seiten schienen immer näher zu rücken. Er warf einen fragenden Blick auf die Staatsanwältin, doch Ann-Kathrin Kramer wirkte eher amüsiert als beängstigt.

»Alles ok?«, fragte Remmark.

»Und wie!«, gab die Staatsanwältin zurück.

⚒

Andrea Westrich unterdrückte ein Fluchen, als sie sich Paolo Tremantes Bemühungen ausgesetzt sah, sich bei ihr einzuschmeicheln. Seine schwarzen Haare lagen ordentlich gekämmt. Graumelierte Schläfen verliehen ihm etwas Seriöses. Den ersten Eindruck, den sie von ihm gewonnen hatte, musste sie jedoch schnell korrigieren. Seine Sprüche waren mehr als trivial, seine Selbstsicherheit wirkte lächerlich.

Sie schüttelte energisch ihren Kopf. »Ich bin Polizeibeamtin und bitte Sie, auf Distanz zu bleiben.«

»Schöne Frau«, sprach er mit einer Betonung, die Andrea auf die Palme brachte. »Warum haben Sie so einen unschönen Beruf?«

»Das geht Sie nichts an!« Andrea setzte einen Blick auf, der den kleinen, drahtigen Mann in seine Schranken wies.

»Amore!«, riefen einige Kameraden belustigt, die das Schauspiel beobachtet hatten. »Lässt du wieder deinen Charme spielen?«

Tremante winkte ab und lächelte die Kriminalistin ergeben an.

»Was macht Sie so sicher, dass der Tote Ihr Kollege Peter Dempler ist?«

»Guarda, Bella Donna«, begann Tremante, woraufhin Andrea ihn sofort unterbrach und sagte: »Auf Deutsch bitte!«

»Scusa, bella mia!« Er faltete beide Hände und verbeugte sich leicht vor ihr. »Er ist mit uns runtergefahren, doch dann hat ihn niemand mehr gesehen. Auch als wir nach der Schicht hochgefahren sind – heute im Warndt, Sie wissen schon warum – war er nicht dabei.«

»Kann es nicht sein, dass er mit einer anderen Gruppe von Männern gefahren ist?« Andrea schaute sich um und sah, dass sich der Platz mehr und mehr mit Bergleuten füllte, das Stimmengewirr wurde immer lauter und die Stimmung aggressiver. »Wie ich sehe, arbeiten hier sehr viele. Da kann sich doch einer schon mal in eine andere Gruppe verlaufen.«

»Niemals! Wir fahren mit unserer Partie zusammen runter und nach der Schicht wieder rauf.« Tremante schüttelte energisch den Kopf.

»Partie?«

»Gruppe, Signora. Das ist Bergmannssprache«, antwortete Tremante mit einem Lächeln. »Partie heißt Gruppe.«

»Also könnte Peter Dempler auch mit einer anderen Partie über Tage gefahren sein.«

»No Signora! Glauben Sie mir, es hat unseren Kameraden erwischt. Povero Ragazzo!«, erklärte Tremante mit weinerlicher Stimme. »Seine Lampe und seine Fahrmarke hat er noch nicht zurückgegeben. Fragen Sie doch in der Lampenstube nach!«

»Hatte Dempler mit jemandem Streit unter Tage?«

»No no! Sempre il bene. Er wollte immer, dass alle gut miteinander sind. Niemals würde er streiten.«

Andrea blickte ihn misstrauisch an. Sie überlegte, ob das eine Masche des Italieners war, oder ob er ernsthaft glaubte, was er sagte. Der sentimentale Ausdruck in seinem Gesicht war so plötzlich gekommen, dass sie Schauspielerei dahinter vermutete.

»Warum hat er sich dann von seiner eigenen Partie getrennt?«

»Se sapessimo! Wenn wir das wüssten ...« Mit beiden Händen wies Tremante zu der Stelle am Förderturm, an der der Tote geborgen worden war, und fügte an: »Wir können ihn nicht mehr fragen.«

Andrea war sich sicher, dass dieser Mann ihr etwas vorspielte.

⚒

Am oberen Ende des Förderbandes sprangen sie nacheinander vom Band.

Jürgen Schnur stöhnte, als er sein Gleichgewicht wiederfand. »Warum tu ich mir das an?«

Ann-Kathrin lachte und meinte: »Sag nur, du hast als Kind keine solchen Sachen gemacht?«

»Welche Sachen?«

»Auf fahrende Züge aufspringen und wieder abspringen. Auf ein Fahrstuhldach springen, während die Kabine in die Tiefe geht.«

Schnur schaute die Staatsanwältin an, als würde er sie zum ersten Mal sehen. Ihr Gesicht war kohleverschmiert. Einzelne Strähnen ihrer roten Haare kamen unter dem Helm zum Vorschein und schimmerten ebenfalls schwarz.

Sie schauten sich um und erkannten schnell, dass es auf der fünften Sohle genauso wie auf der Sechsten aussah, mit dem Unterschied, dass hier viel mehr Betriebsamkeit herrschte. Waggons, beladen mit Material, fuhren an ihnen vorbei, Bergleute eilten hin und her und riefen sich mit lauten Stimmen Informationen zu.

»Also, hier läuft das Förderband, das mit Kohle beladen ist. Über Bandberg II und die Hauptstrecke kommt sie dann in den Kohlenbunker 3 auf Sohle fünf, von dort auf das nächste Förderband, das bis zum Warndtschacht auf die vierte Sohle führt«, erklärte Remmark. »Genauso – also über die Bänder – können auch die Kameraden zum Warndt gelangen, was wir aber kaum noch machen, weil die Fahrt unter Tage viel länger dauert als über Tage. Es sei denn, die Seilfahrt in Velsen ist blockiert – so wie jetzt.«

»Aber wir wollen zum Gustavschacht«, stellte die Staatsanwältin klar. »Denn dort ist es passiert.«

»Wir fahren mit dem Zug, weil es ein gutes Stück von hier entfernt ist«, sagte Remmark.

Doch Schnur lehnte ab. Seine Klaustrophobie machte ihm ohnehin zu schaffen. Sein Herz klopfte in seiner Brust. Die Luft wurde knapp. Überall, wo er hinschaute, sah er nur finstere Gänge, die schwach ausgeleuchtet waren. Der Gedanke, wieder in die enge Kabine des Personenzuges zu steigen, machte alles nur noch schlimmer.

»Ich schlage vor, wir gehen zu Fuß«, sagte er und legte so viel Entschlossenheit in seine Stimme, wie es ihm in dieser Situation möglich war. »Sollte ein Kampf stattgefunden haben, könnte es sein, dass wir auf Spuren stoßen.«

»Wie Sie meinen«, brummte Remmark und marschierte los.

Sie entfernten sich immer weiter von der Abstiegsstelle, bis es still wurde. Nur ihre eigenen Schritte und ihr Schnaufen waren in dem düsteren Gang zu hören.

»Hier ist es verdammt leise«, stellte Schnur nach einer Weile fest. »Und finster.«

»Hier wird an den Stellen an Material und Strom gespart, an denen nicht mehr gearbeitet wird.«

»Heißt das, dass hier sämtliche Kohle bereits abgebaut ist?«, fragte Schnur.

Remmark nestelte an seiner Jackentasche, fischte etwas heraus, was er sich in den Mund schob, und antwortete: »Hier ist kein weiterer Abbau mehr geplant. Aus und vorbei! Kohle ist hier im Erdreich noch mehr als genug zu finden.«

Schnur spürte, dass er das Thema falsch angepackt hatte. Der Abbaustopp war bei den Bergleuten nicht auf große Freude gestoßen.

»Sie ahnen ja gar nicht, wie viele hunderttausend Tonnen Kohle hier unter der Erde noch schlummern. Dafür bräuchte man Tausende von Bergleuten und mehrere Hundert Jahre Zeit, um das alles abzubauen.«

»Das glaube ich Ihnen«, versuchte Schnur umzuschwenken. »Aber deshalb sind wir nicht hier.«

»Was glauben Sie, wie die Stimmung hier unten ist?«, brüllte Remmark weiter, als hätte Schnur nichts gesagt. »Abbaustopp! Wenn es nicht so traurig wäre, würde ich lachen. Die Länder wollen keine Subventionen mehr für den Abbau von Kohle bezahlen und faseln uns etwas von CO_2-Ausstoß und Klimawandel. Und warum?«

»Die faseln nicht nur etwas von CO_2-Ausstoß, die Umweltbelastung ist eine Tatsache«, mischte sich nun die Staatsanwältin ein. »Das Verbrennen von Steinkohle setzt nun mal CO_2 frei, sodass es sich in der Atmosphäre anreichern kann und das Klima erwärmt. Viele Millionen Tonnen CO_2 wurden dadurch schon freigesetzt. Selbst das modernste Kohlekraftwerk stößt im Vergleich zu einem Gaskraftwerk doppelt so viel CO_2 aus. Klimaschutz ist mit Bergbau unmöglich.«

Remmarks Stimme ging in ein wütendes Brüllen über, als er widersprach: »Das ist doch alles Blödsinn! Wie gewohnt schießt unsere Regierung über das Ziel weit hinaus. Auf nationaler Ebene hat sie bis 2005 bereits eine 25-prozentige Minderung an CO_2-Emissionen in Deutschland erreicht. Trotz Bergbau oder besser gesagt mit Bergbau. Glauben Sie mir, es ist ein großer Fehler, alle Gruben zu schließen und absaufen zu lassen. Was würde das ändern? Selbst eine Abschaltung aller deutschen Kohlekraftwerke wird den CO_2-Anstieg nur minimal verlangsamen. Man glaubt es nicht, aber der weltweite Anstieg der Energieerzeugung durch Kohle lässt die gewonnene CO_2-Reduzierung schnell wieder verschwinden.«

»Ihre Verteidigung des Kohleabbaus kann ich verstehen«, gab Ann-Kathrin zu. »Es ist jedoch eine unbestrittene Tatsache, dass trotz Ihrer Beteuerungen bisher keine Lösung für das Klimaproblem gefunden wurde. Der Versuch, in Kraftwerken das bei der Verbrennung fossiler Energien entstehende CO_2 aufzufangen und in geologischen Lagerstätten zu speichern, scheitert daran, dass diese Speicherung sehr viel Energie verbraucht, für die wiederum umso mehr Kohle verbrannt werden muss. Damit nimmt die Gesamtbelastung durch den Bergbau zu – und nicht ab. Es nützt alles nichts! Die Ursachen des Klimawandels müssen bekämpft werden.«

»Es gibt inzwischen schon neue Kraftwerkstechnologien, die eine deutlich reduzierte CO_2-Belastung möglich machen. Man sollte uns einfach nur die Zeit geben, weiter an dieser Entwicklung zu arbeiten. Aber nein, die Regierung beschließt, diese Gruben zuzuschütten – also werden sie zugeschüttet. Dann ist es aus und vorbei mit dem Kohleabbau im Saarland.« Remmark schnaubte wie ein Pferd. »Was glauben Sie, was die uns mit dem endgültigen Abbaustopp antun? Woher bekommen wir in Zukunft unsere Energie? Es ist doch jetzt schon so, dass wir alles teuer von den Scheichs und Russen kaufen, damit wir heizen können. Dabei haben wir das beste Material für Wärme und Energie zu Hause im eigenen Boden.«

»Hinzu kommen die Bergsenkungen …«, setzte die Staatsanwältin erneut mit Gegenargumenten an. Aber auch dagegen schien der Steiger immun zu sein. Er sprach einfach weiter: »Andere Länder bauen doch auch Kohle ab. Und nicht nur ein bisschen, sondern gehen in die Vollen, damit wir denen hinterher die Kohle wieder teuer abkaufen. Hinzu kommt, dass ein Verzicht auf Steinkohle aus dem eigenen Land keinen Nutzen fürs Klima bringt. Die Importkohle kommt nämlich aus weniger umweltschonender Produktion, womit wir die Gesamtbelastung letztendlich doch nur weiter in die Höhe treiben. Ein erheblicher Gewinn für die Umwelt wäre, alle Kohlekraftwerke der Welt mit deutscher Spitzentechnik für Kraftwerke auszustatten. Aber nein! Wir begraben unsere Technik und unseren Fortschritt.« Remmark schob sich ein neues Stück Kautabak in den Mund. »Und was tun wir, wenn die Preise für Gas und Öl unbezahlbar geworden sind? Neue Gruben schaufeln?«

»Die Deutsche Kohle hat sich doch in den letzten Jahren nur noch durch Subventionen halten können. Sogar der Import von Kohle ist für uns billiger als der Abbau im eigenen Land«, argumentierte die Staatsanwältin nun, doch auch damit war Remmark nicht zu überzeugen. Er tippte sich an die Stirn. »Ach was! Irgendwann stehen wir da, können die explodierenden Kosten für die Energie aus dem Ausland nicht mehr tragen und erinnern uns, dass wir doch eigentlich einen eigenen Energieträger haben. Nur wo? Dann ist alles zugeschüttet und begraben worden. Es würde zwanzig Jahre dauern, um wieder an den Stand heranzukommen, den wir jetzt haben. Und wie schwer es wäre, dann wieder von vorne anzufangen! Diese Arbeit können nur Männer machen, die das richtig gelernt haben. Mit dem iPod oder Laptop in der Hand holt keiner die Kohle nach oben. Da sind schwere, körperliche Arbeit und Fachwissen gefragt. Da muss man vom bequemen Stuhl aufstehen, runter unter Tage fahren und ranklotzen.« Remmark schnappte nach Luft. »Alle unsere Fertigkeiten, unsere Technik, unsere Standorte – all das, was in die Entwicklung gesteckt wurde, um den heutigen Standard zu erreichen. Das alles zerstören wir innerhalb von wenigen Wochen, weil die Politiker das so entschieden haben. Mal sehen, wie lange es dauert, bis die merken, dass Atomkraftwerke viel gefährlicher sind.«

Remmark spuckte eine braune Masse direkt neben Ann-Kathrins Füßen auf den Boden.

Die Staatsanwältin beachtete diese Geste nicht. Sie wusste, dass die Bergmänner anstatt zu rauchen Kautabak zerkauten und wieder ausspuckten. Sie hatte außerdem keine Lust mehr, mit diesem Mann über politische Entscheidungen zu diskutieren, weil Remmark resistent gegen ihre Argumente war. Sie ging weiter und schaute sich um. Die Verschachtelungen unter Tage, die Löcher, in denen alles im schwarzen Nichts verschwand, all das erregte ihr Interesse weitaus mehr als ein querköpfiger Hitzkopf. Höhlen waren schon immer ihre Leidenschaft gewesen. Und wenn sie es sich genau anschaute, hatte eine Grube einen gewissen Höhlencharakter.

Plötzlich stieß sie auf eine Stahltür. Sie trat darauf zu und fragte: »Was ist hinter dieser Tür?«

»Eine alte Gezähekammer.«

»Was ist eine Gezähekammer?« Ann-Kathrin stutzte.

»Eine Gezähekammer ist ein Raum, in dem wir das Arbeitsmaterial lagern, das wir nicht ständig mit uns tragen können«, antwortete Remmark. »Diese Kammer ist der Anfang einer vorzeitig eingestellten Strecke. Dort sind wir nur einige Meter vorgestoßen, bis die Planungsabteilung die Arbeiten wegen des Abbaustopps beendet hat.«

»Also sowas wie eine Sackgasse?«

»Genau. Am Montag, wenn die Auszubildenden das erste Mal unter Tage arbeiten, lasse ich sie diesen Eingang zumauern.«

»Wofür werden die Männer überhaupt noch ausgebildet?«

»Sie können mit den Fertigkeiten, die sie hier lernen, in Gruben im Ruhrgebiet sofort zu arbeiten beginnen – solange die Gruben dort noch in Betrieb sind. Oder ins Ausland gehen.«

Ann-Kathrin setzte ihren Weg fort. Die beiden Männer folgten ihr, bis sie auf eine Heiligenfigur in einer Wandnische stießen. Darunter standen die Namen: Karl Fechter und Winfried Bode.

»Was ist den beiden passiert?«, fragte sie.

Remmark schnaubte und schob sich das nächste Stück Kautabak in den Mund. Hektisch bewegte er seine Kiefer, als er antwortete: »Dort ist vor Jahren ein Stollen eingebrochen.«

»Wann war das?«

»Vor elf Jahren – im Herbst 1999«, antwortete Remmark. »Haben Sie nichts von dem Unglück gehört?«

Ann-Kathrin überlegte eine Weile. »Gehört schon. Ich kann mich aber nicht mehr an Einzelheiten erinnern.«

»Mehrere Bergleute sind hier verschüttet worden. Alle konnten nur noch tot geborgen werden.« Eine kurze Pause entstand, dann fügte Remmark an: »Bis auf diese beiden.«

Die Stille, die nun folgte, war bedrückend.

»Gehörten diese beiden Kameraden zu Ihrer Gruppe?«, fragte Schnur.

»Eher umgekehrt. Fechter war vorher der Steiger und ich gehörte zu seiner Partie. Winni Bo war Streckenhauer. Er hing immer mit Fechter zusammen.«

»Winni Bo?«, fragte Schnur staunend.

»So nannten wir Winfried Bode, weil wir schon einige Winnis hatten und Verwechslungen vermeiden wollten«, erklärte Remmark.

»Und was ist mit den Leichen?«

»Sie konnten trotz erheblichen Aufwands nicht gefunden werden. Keine Spur von ihnen.« Remmark spuckte. »Sie waren so tief verschüttet, dass wir sie dort liegen lassen mussten. Deshalb haben wir eine Statue der heiligen Barbara, die Schutzpatronin der Bergleute, an dieser Stelle angebracht – als Gedenkstätte sozusagen.«

Das nahm Schnur zum Anlass, wieder auf den eigentlichen Grund zu sprechen zu kommen, weshalb er überhaupt in diesen tiefen unterirdischen Katakomben umherirrte: »Okay. Wir sind aber hier, um den Fall unseres Toten in luftiger Höhe zu bearbeiten. Wir sollten also weitergehen!« Er wollte so schnell wie möglich wieder an die Oberfläche zurückkommen.

Einige Zeit schritten sie zu dritt die Strecke entlang und sprachen kein Wort. Bis Remmark schließlich am Schacht stehenblieb und auf ein Gitter zeigte.

»Hier!«

Bei genauem Hinsehen konnte Schnur über dem Gitter eine Schiene erkennen, auf der Rollen liefen, an denen das Gitter befestigt war. Zwischen den unregelmäßigen Eisenstäben konnte man deutlich das Stahlseil erkennen.

Schnur schaute sich um. In einiger Entfernung sah er einen Bergmann, der mit zügigen Schritten in der Dunkelheit verschwand. Ein anderer trat aus einem Seitenstollen und verschwand wieder auf der gegenüberliegenden Seite.

»Warum ist es hier so ruhig?«

»Weil hier nicht gearbeitet wird. Allerdings herrscht zum Schichtwechsel hier Hochbetrieb.«

Schnur nickte und richtete seine Aufmerksamkeit wieder auf die Schachttür. »Sieht nicht so aus, als könnte jemand zufällig durch das Gitter fallen.«

»Wie meinen Sie das?«

»Dass es kein Unfall war. Jemand muss das Gitter geöffnet haben.«

»Niemand hat das Gitter geöffnet«, widersprach Remmark.

»Was macht Sie so sicher?«

»Wenn das Gitter geöffnet wird, bekommt unser Fördermaschinist über Tage ein Warnsignal, damit er den Korb nicht weiterfährt. Aber Siggi hat nichts dergleichen gemeldet.«

»Aber irgendwie ist der Mann an das Seil geraten.« Schnur warf einen Blick durch die Gitter auf das Stahlseil und fügte an: »Es ist auch sehr unwahrscheinlich, dass jemand an einem solchen Seil aus Versehen hängenbleibt.«

»So unwahrscheinlich ist das nicht«, widersprach Remmark. »Wenn Sie genau hinsehen, erkennen Sie die einzelnen dünneren Seile, aus denen das dicke Führungsseil zusammengesetzt ist.«

Schnur nickte.

»Die heißen Litze. Manchmal passiert es, dass sich eine Litze ablöst. Dann ragt sie aus dem Seil wie ein fingerdicker Dorn. Und der besteht aus stabilem Stahl. Daran kann ein Mensch hängenbleiben.«

»Und wie?«

»Mit dem Lampengürtel zum Beispiel.«

»Aber wie ist er dorthin gekommen?«

»Vielleicht ist er tatsächlich durch das Gitter geklettert und wollte über die Fahrten im Schacht nach oben. Dabei wurde er ohnmächtig.«

»Diese Leitern befinden sich also innerhalb des Schachtes?«

»Ja. Die sind für Notfälle, wenn der Korb mal ausfällt oder mitten in einer Fahrt stehen bleibt. Das ist schon mal vorgekommen, als hier noch mehr los war. Früher haben wir hier noch mit mehreren Hundert Mann gearbeitet. Da fuhren die Körbe mit Menschen und Material ständig rauf und wieder runter. Sie können sich gar nicht vorstellen, wie viel Betrieb hier mal geherrscht hat.« Remmark schnappte wieder nach Luft. Als niemand auf seine Worte reagierte, sprach er weiter: »Mit 3000 Mann haben wir täglich 6000 Tonnen nach oben befördert. Das waren noch Zeiten. Doch im Laufe der Jahre wurden immer weniger Bergleute beschäftigt. Den Rest kennen Sie ja.«

»Ich habe genug gesehen. Leider müssen wir den ganzen Weg wieder zurück, weil der Gustavschacht noch gesperrt ist«, murrte Schnur.

Remmark steuerte den Zug an, der bereits auf sie zu warten schien.

⚒

Schon wieder spürte Andrea Westrich die prüfenden Blicke der Männer, während sie sich ihre langen Haare zurückband. Sie suchte Arthur Hollinger, der die Besucher des Erlebnisbergwerks betreute. Nach der Bergung der Leiche war er erstaunlich schnell aus ihrem Blickfeld verschwunden, obwohl alle aufgefordert waren, den Platz nicht zu verlassen.

Eine Windböe traf sie so heftig, dass sie gegen einen kleinen Mann stieß, der diese Begegnung sofort mit einem freudigen Grinsen kommentierte. Andrea schaute auf und sah ein rundes Gesicht, das voller Kohlenstaub war. Sie konnte nicht anders, sie musste ebenfalls lachen.

»Glückauf!«, rief der Mann mit rauer Stimme gegen den Wind.

»Glückauf!«, erwiderte Andrea, die sich den Bergmannsgruß ebenfalls angeeignet hatte.

»Wen suchen Sie?«

»Arthur Hollinger, den Touristenführer des Erlebnisbergwerks.«

»Der ist in die Kaffeeküche gegangen«, rief der Mann. »Wer Addi kennt, weiß, dass er immer beim Essen ist, wenn er mal nichts zu tun hat. Und das kommt oft vor.« Der Bergmann lachte.

Andrea bedankte sich und machte sich auf den Weg zur Kantine. Der Gedanke an einen Kaffee behagte ihr. Der Wind und die Kälte machten ihr zu schaffen. Sie war für diese Witterung nicht richtig angezogen, weil sie nicht damit gerechnet hatte, an einen Tatort gerufen zu werden.

Sie öffnete die schwere Tür. Ihr Bick fiel auf eine Theke, die Wurst, Fleisch und Salate in großer Vielfalt anbot. Dahinter entdeckte sie eine

Kaffeemaschine – genau das, was sie jetzt brauchte. Doch erst als die Tür hinter ihr zugefallen war, bemerkte sie, wie leise es plötzlich war. Erstaunlich wenig Betrieb herrschte in der Kaffeeküche. Das wunderte sie. Draußen in Wind und Kälte war alles voller Menschen. Und hier in der halbwegs warmen Stube gähnten leere Stühle. Nur ein Mann saß in der hinteren Ecke und biss gerade in ein Wiener Würstchen.

Andrea bestellte sich an der Theke einen Kaffee und trat auf den Mann zu.

»Sind Sie Arthur Hollinger?«

»Der bin ich.« Er schaute auf. Seine dunklen, mit Grau durchzogenen Haare standen wirr vom Kopf ab. Sein Gesicht war gerötet, seine braunen Augen schauten sie fragend an.

»Sie sind bestimmt von der Polizei«, meinte er und bot ihr an, sich neben ihn zu setzen. Ein Ruf von der Theke verkündete Andrea, dass der Kaffee fertig war. Schnell schnappte sie sich die heiße Tasse und ließ sich neben dem Bergmann nieder.

»Wissen Sie schon, wer der Tote ist?«, fragte Hollinger.

Andrea antwortete: »Wir wissen leider noch nicht sehr viel. Deshalb müssen wir einige Fragen stellen.«

»Das war ein Unfall, das kann ich Ihnen jetzt schon sagen«, sagte Hollinger mit vollem Mund.

»Schön. Trotzdem habe ich einige Fragen an Sie.«

»Schießen Sie los!«

»Wie jeder aus Ihrer Gruppe mitbekommen hat, hing der Tote an dem Seil, das den Aufzug hochzog«, begann die Kriminalistin.

»Das heißt nicht Aufzug, das heißt Förderkorb«, korrigierte der Bergmann.

»Und für die Führung heute Morgen haben Sie den Förderkorb außer der Reihe hochfahren lassen. Eine Leerfahrt sozusagen«, fuhr Andrea fort.

Hollinger hörte auf zu kauen.

»Worauf wollen Sie hinaus?« Diese Frage klang nun weniger freundlich, dachte Andrea. Sie war wohl dabei, einen wunden Punkt zu treffen.

»Darauf, dass der Unfall vielleicht nur deshalb passieren konnte, weil eine unplanmäßige Fahrt mit dem Aufzug gemacht worden ist.«

»Diese Fahrt war nicht unplanmäßig!« Hollingers Tonfall wurde kälter. »Es steht hier auf jedem Dienstplan, dass immer am ersten

Dienstag im Monat eine Führung der Besucher durch das Erlebnisbergwerk stattfindet, die ich mit einer Leerfahrt des Förderkorbs beginne. Immer zur selben Uhrzeit.«

Andrea versuchte, den Mann zu beruhigen, doch er war noch nicht fertig: »Hinzu kommt das Signal, das wir bei jeder Fahrt mit dem Korb geben. Bevor der Korb in Betrieb genommen wird, werden laute Signale gegeben. Die Signale hört man auf allen Sohlen. Alle wissen dann, dass die Leerfahrt beginnt.«

»Ich habe verstanden«, kommentierte Andrea, um den Redefluss des aufgebrachten Mannes zu stoppen. »Das deutet ja dann eher auf Mord hin als auf einen Unfall.«

Hollinger verschluckte sich fast, als er seine Wurst mit einem Schluck Bier herunterspülen wollte. Hastig meinte er: »Das war ein Unfall, wie Schorsch gesagt hat.«

»Mit Schorsch meinen Sie Georg Remmark?«

»Genau. Schorsch kennt dort unten jeden Winkel und jeden Kameraden. Er kann die Lage besser einschätzen als jeder andere – glauben Sie mir!«

»Das würde ich ja gerne. Aber Remmark ist Bergmann und kein Kriminalbeamter«, erklärte Andrea mit Nachdruck in der Stimme. »Er muss nicht herausfinden, was wirklich passiert ist. Aber wir!«

»Schorsch weiß mehr, als Sie denken. Wenn der sagt, dass es ein Unfall ist, dann ist das so.«

»Und wenn nicht?«, entgegnete Andrea. »Sollte es sich doch um Mord handeln, wäre es für alle anderen Kameraden gefährlich dort unten. Ein Mörder wäre unter ihnen, der jederzeit wieder zuschlagen könnte.«

»Ich glaube, Sie gucken zu viele Krimis im Fernsehen.« Hollinger schmunzelte. »Das hört sich ja nach Edgar Wallace an. Aber glauben Sie mir: Hier liegen die Dinge anders. Die Kameraden hier halten zusammen und bringen sich nicht gegenseitig um.«

»Was macht Sie so sicher?«

Hollinger lehnte sich zurück, überlegte kurz und antwortete dann: »Wissen Sie: Das Wichtigste in unserem Beruf ist die Kameradschaft, die uns verbindet. Es existiert so etwas wie ein Ehrenkodex für Bergleute. Die Gefahr unseres Berufs schweißt uns zusammen. Jeder ist auf den anderen angewiesen. Deshalb ist der Zusammenhalt eine überlebenswichtige Sache. Jeder muss sich auf den anderen hundertprozentig verlassen können. Hinzu kommt die Tiefe, in der wir uns befinden. Tausend Meter unter der Erde – da ist man von oben abgeschnitten. Dort unten leben wir in unserer eigenen Welt. Bei Unfällen oder sonstigen kritischen Situationen können wir nicht auf Hilfe von außen warten. Also müssen wir uns selbst helfen. Aus dem Grund tun wir auch alles, um Gefahren zu vermeiden. Das tun wir mit lauten Signalen oder sonstigen Kennzeichen. Für alles, was uns gefährlich werden könnte, haben wir spezielle Zeichen, die uns genau angeben, worauf wir achtgeben müssen. Damit vermeiden wir Unfälle – soweit es eben möglich ist. Wir bewegen uns dort unten mit der absoluten Gewissheit, dass jeder auf den anderen aufpasst. Dort läuft niemand herum, der seinesgleichen tötet.«

Andrea lauschte seinen Worten und spürte, dass dieser Mann aus voller Überzeugung sprach. Und doch war dort unten in der Tiefe etwas passiert. Die Art, wie das Opfer zu Tode gekommen war, ließ zu viele Fragen offen.

»Ist das der einzige Grund, warum Sie fest an einen Unfall glauben?«

Hollinger starrte Andrea verständnislos an, woraufhin sie ihre Frage deutlicher stellte: »Kann es sein, dass Ihnen besonders viel daran liegt, uns davon zu überzeugen, dass polizeiliche Ermittlungen nicht nötig sind?«

»Polizeiliche Untersuchungen sind sowieso nicht nötig«, gab er überzeugt zurück. »Wenn hier eine Untersuchung nötig wäre, wäre das Bergamt zuständig und nicht Sie.«

»Da muss ich Sie enttäuschen. Das Bergamt hat die Staatsanwaltschaft gebeten, diesen Fall genau zu prüfen.«

Arthur Hollinger stutzte. Er starrte Andrea mit großen Augen an.

»Also noch mal: Warum halten Sie so verbissen an der Unfalltheorie fest?«

Eine Weile wand sich der Bergmann, bis er endlich zugab: »Was glauben Sie, was passiert, wenn das Gerücht aufkommt, dass in Velsen unter Tage Bergleute getötet werden?«

»Bergleute? Ich weiß nur von einem!«

Arthur rollte die Augen und meinte: »Sie sprachen doch selbst davon, dass wir alle in Gefahr sind.«

Andrea nickte und hakte nach: »Was würde passieren?«

»Die Zeche wird sofort geschlossen«, zischte er. »Und zwar vor der vereinbarten Zeit.«

Andrea konnte den Mann nur fragend anschauen.

»Dann bin ich meinen Job los. Oder ich muss an die Ruhr, weil dort noch einige Gruben in Betrieb sind. Ganz zu schweigen von der Möglichkeit, umzuschulen. Das traue ich mir in meinem Alter nicht mehr zu.«

⚒

Alle Blicke waren auf Jürgen Schnur gerichtet. Sorgfältig hatte er sein Gesicht eingeseift und geschrubbt. Trotzdem schimmerte es immer noch schwarz.

»So wurde aus Barbarossa der Sarotti-Mohr«, stellte Erik nach einer Weile des Schweigens fest.

Andrea lachte, doch Schnur blickte grimmig zu Erik und fragte: »Habt ihr auch was gemacht, während ich in den Hades hinabgestiegen bin?«

»Haben wir. Recherche über Tage«, kam es von Andrea.

»Und was habt ihr herausgefunden?«

»Mein Eindruck ist, dass alle Bergmänner an der Unfall-Theorie festhalten. So, als hätten sie sich abgesprochen und wollten gar nicht wissen, was wirklich passiert ist – Hauptsache, es wird als Unfall deklariert und wir verschwinden schnell wieder.«

»Warum?«, fragte Schnur.

»Sie haben Angst, die Grube würde geschlossen, wenn sich herausstellt, dass es Mord war und jemand der Bergleute im Verdacht steht, dort unten seine Kollegen umzubringen. Hinzu kommt die Angst vor Umschulung oder Versetzung ins Ruhrgebiet. Die Männer sind alle nicht mehr die Jüngsten.«

»Das bringt uns nicht weiter«, stöhnte Schnur.

»Nun erzähl mal, was du in tausend Metern Tiefe herausgefunden hast«, drängte Erik.

Schnur verzog freudlos sein Gesicht bei der Erinnerung an seine Exkursion und berichtete: »Der Steiger Remmark hat uns nach langem Zögern eine Stelle gezeigt, an der das Opfer tatsächlich an das Stahlseil gelangen konnte.«

Erstaunt horchten alle auf.

»Es ist der Zugang zum Personenförderkorb auf der fünften Sohle.«

»Mehr nicht?«

»Doch. Diese Tür ist gesichert. Immer wenn sie geöffnet wird – geplant oder ungeplant, ob mit Korb oder ohne – bekommt der Maschinist oben ein Signal. Wir haben ihn nach der genauen Zeit gefragt, als der Mann verunglückte, und zu dieser Zeit kam kein Signal oben an.«

»Was heißt das für uns?«

»Dass wir herausfinden müssen, wie man diese Tür öffnen kann, ohne dass es der Maschinist mitbekommt.«

»Also doch Mord?«

»Stark anzunehmen.« Schnur rieb sich über sein Kinn. »Es ist fast unmöglich, sich an diesem Seil aus Versehen festzuhaken und bis nach oben gezogen zu werden.«

»Und wie hat Remmark den Sachverhalt erklärt?«

»Er behauptet, Dempler sei schon am frühen Morgen mit Kreislaufbeschwerden zur Arbeit angetreten. Gegen Remmarks Rat sei er mit eingefahren, um zu arbeiten. Er hält es für möglich, dass Peter Dempler aus irgendeinem Grund über die Schachtleiter nach oben wollte. Dann wurde ihm schlecht oder er verlor das Bewusstsein und stürzte von der Leiter. In seiner Not wollte er sich am Seil festhalten. Dabei könnten sich die vielen Werkzeuge an seinem Gürtel an dem Seil verhakt haben.«

»Klingt weit hergeholt«, brummte Erik.

»Wenn wir nichts Besseres finden, wird die Staatsanwältin den Todesfall als Unfall erklären«, sagte Schnur genervt. »Also erzählt mir nichts, was ich schon weiß.«

»Was sagt sie denn dazu?«, fragte Andrea, um Schnur zu bremsen.

»Sie will die Ergebnisse sämtlicher Befragungen abwarten, bevor sie sich entscheidet.«

»Das kann ja lustig werden. Die Jungs sagen nicht die Wahrheit«, sagte Erik.

Schnur seufzte und meinte: »Genau da liegt der Hund begraben. Es wird so oder so nicht lustig.«

»Was meinst du damit?«

»Stellt euch mal vor, dieser Fall wird von der Staatsanwaltschaft als Mord eingestuft. Wie sollen wir dort unten ermitteln? Zum einen haben wir dann das Bergamt im Nacken. Und zum anderen machen die Bergleute sofort dicht, wenn wir mit unseren Fragen kommen.«

KAPITEL 3

Laut arbeitete sich der Walzenschrämlader durch das Kohleflöz hindurch. Während die am vorderen Ende der Maschine befindliche Walze den oberen, den Hangenschnitt vornahm, führte die hintere Walze, die deutlich niedriger lag, den Sohlenschnitt durch. So konnten pro Arbeitsgang fast drei Meter Kohleflöz gleichmäßig abgebaut werden – eine effektive Abbaumethode, die Michael Bonhoff immer wieder faszinierte.

Und gleichzeitig betrübte – bei dem Gedanken, dass schon bald der gesamte Bergbau im Saarland stillgelegt werden sollte.

Wie gewohnt bediente er zusammen mit zwei Kollegen die große, lärmende Maschine. Doch dieses Mal wurde seine Routine gestört, weil Paolo Tremante die Arbeit von Peter Dempler übernehmen musste. Demplers Aufgabe hatte darin bestanden, die schweren Hydraulikschilde an den abgebauten Teil anzupassen, damit der Raum zwischen Streb und Panzerförderer vor Einsturz geschützt blieb.

Tremantes Anblick ließ Bonhoff an die Bergung der menschlichen Überreste zwischen Stahlseil und Seilscheibe denken. Normalerweise lenkte ihn die Arbeit ab. Aber heute war das unmöglich, weil gerade er fast täglich an Demplers Seite gewesen war.

Tremante, den alle unter Tage »Amore« nannten, war ein ewiger Spaßvogel, der sogar mit der Lampe an seinem Helm versuchte, durch Zeichen Späße zu machen. Bonhoff ignoriere seine Grimassen. Im Grunde genommen konnte er noch nie über »Amores« Späße lachen. Und heute schon gar nicht.

Mit lautem Getöse fielen die herausgeschnittenen Kohlebrocken auf den Panzerförderer, dessen starke Doppelketten sich unaufhaltsam bewegten. So beförderten sie die Kohle in die Fußstrecke am unteren

Ende des Strebs, wo sie auf den Fußstreckenpanzer herabfiel, der sie mit ständig bewegenden schweren Ketten weiter transportierte.

Bonhoff konzentrierte sich auf die große Maschine, die mit brachialer Gewalt die Meissel ihrer Walzen in die Kohlewand hineinstieß. Ein Teil des schwarzen Staubs wurde mit Wasserdüsen, die am Walzenschrämlader angebracht waren, gebunden und nach unten gezogen. Von der Kopfstrecke aus sorgten Bewetterungsrohre für Frischluftzufuhr.

Die Zeit wollte an diesem Tag nicht vergehen. Die Männer arbeiteten mechanisch. Sie alle waren gut ausgebildet, sodass jeder die Aufgabe eines anderen übernehmen konnte. Das brachte Bonhof auf den Gedanken, dass sie alle entbehrlich waren. Kein schöner Gedanke.

Störung am Bandstreckenpanzer!

Durch den Strebfunk konnten die Männer deutlich hören, wie die Grubenwarte bekanntgab, dass die Förderung bis auf Weiteres stehen bleiben sollte. Für diesen Tag war die Schicht beendet.

Bonhoff sah, wie sich Tremante dem Steiger Remmark anschloss. Die beiden Männer verließen mit schnellen Schritten den Streb in Richtung Fußstrecke, sodass Bonhoff keine Chance hatte, ihnen zu folgen.

Er wartete eine Weile. Doch nichts geschah. Er blieb allein. Das Gefühl, nicht wirklich zu dieser Gemeinschaft zu gehören, hatte er schon lange. Immer wieder beobachtete er, wie sich die Jungs aus seiner Partie zusammenschlossen und diskutierten, ihn aber nicht daran teilhaben ließen.

Bisher hatte ihm jedoch die Gewissheit genügt, dass er auf die anderen zählen konnte, wenn man in eine gefährliche Situation geriet. Auf diese Loyalität hatte er sich noch immer verlassen können.

Bis jetzt.

Mit mulmigem Gefühl folgte er den Männern aus seiner Gruppe. Er schlängelte sich durch das enge Fahrfeld an der Schrämmaschine vorbei zur Fußstrecke, um von dort auf die Hauptstrecke der sechsten Sohle zu gelangen. Als er in den Querschlag einbog, konnte er gerade noch sehen, wie die Kameraden im Zugang zum Bandberg II verschwanden. Das bedeutete, dass sie zur fünften Sohle fuhren, dorthin, wo Dempler verunglückt war.

Ohne zu überlegen sprang er ebenfalls auf das Band, das in hohem Tempo durch den finsteren Tunnel fuhr. Seine Kopflampe hatte er schon vorher ausgemacht, um nicht bemerkt zu werden. Oben angekommen schwang er sich an eine der Ketten, mit denen die Bandkonstruktion am Ausbau befestigt war. Die Kopflampen seiner Arbeitskollegen konnte er schon von Weitem sehen.

Sie standen neben dem Bandantrieb an der Bandwendeanlage. Eine Lampe hing direkt über ihnen, was es ihm leichter machte, die Bewegungen und Gesten seiner Kameraden zu sehen. Nur konnte er kein Wort verstehen. Am Abwurf fielen die Kohlenbrocken mit lautem Getöse in den Trichter und von da auf das nächste Band Richtung Warndt. Das einzige, was Bonhoff wahrnehmen konnte, war die große Aufregung, die unter den Männern herrschte.

Nur wusste er nicht so genau, was diese Aufregung ausgelöst hatte. Trauer? Das konnte sich Bonhoff nicht vorstellen. So dick war niemand mit Dempler befreundet gewesen. Also was erregte die Männer wirklich?

Plötzlich spürte er eine Hand an seiner Schulter. Erschrocken drehte er sich um.

Hans Rach grinste ihn an. Bonhoff erschrak. Ihn hatte er vergessen.

»Na, Mimose«, meinte er grinsend, womit er Bonhoff schon gleich dort hatte, wo er ihn haben wollte. Er hasste diesen Spitznamen.

»Du musst uns nicht nachspionieren. Stell dich dazu!«

Das Grinsen im Gesicht des Kollegen wirkte hämisch.

Bonhoff schaute sich um und sah mit klopfendem Herzen, wie sich ihm auch die anderen Kameraden näherten.

Sollte er jetzt erfahren, was mit Peter Dempler wirklich passiert war?

⚒

Erik Tenes saß an seinem Schreibtisch und starrte auf den Kalender. Nur noch zwei Tage und die Kollegin Anke Deister würde aus ihrer Mutter-Kind-Kur zurückkommen. Er konnte ihre Rückkehr kaum noch erwarten. Sie hatten in den letzten sechs Wochen nur wenig miteinander telefoniert. Und wenn er sie endlich mal erreicht hatte, war Ankes Tochter Lisa die Hauptperson und musste Erik immer alles bis ins Detail berichten. Erik freute sich über die wiedergewonnene Lebensfreude dieses Kindes. In letzter Zeit war Lisa schwermütig geworden. Ankes Einsatz im Ausland hatte dazu beigetragen. Sie hatte ebenfalls unter der Verschlossenheit ihrer Tochter gelitten. Vermutlich war ihr deshalb diese Kur so wichtig worden – um das Verhältnis zwischen Mutter und Kind wieder zu verbessern. Und nach dem Geplapper der Kleinen zu urteilen, war ihr das gelungen.

Nach Ankes Rückkehr aus dem Ausland waren sie sich näher gekommen. Es fühlte sich aber immer noch sehr zerbrechlich an. Anke wirkte verletzt und versuchte wieder Vertrauen in einen anderen Menschen aufzubauen. Erik wusste, dass sie bisher mit Männern kein Glück gehabt hatte. Vermutlich hatte er ihr zu viel über seine eigenen Verfehlungen erzählt und damit ihre Annäherung auf eine harte Probe gestellt. Er schüttelte über sich selbst den Kopf.

Plötzlich ging die Tür auf und sein Vorgesetzter Jürgen Schnur spähte ins Zimmer.

»Träumst du?«, fragte er.

Erik schaute überrascht auf den Dienststellenleiter. Als er nichts sagte, fügte Schnur an: »Wir haben Dienstbesprechung! Schon vergessen?«

Die hatte Erik tatsächlich vergessen.

»Ich komme«, murrte er. Zu gerne hätte er noch einige Minuten weiter an Anke gedacht. Er folgte Schnur in dessen Büro.

Dort saßen bereits alle beisammen und grinsten ihn an. Rasch schnappte er sich einen Stuhl und setzte sich, damit er die Blicke mit seiner Größe von einsfünfundneunzig nicht noch länger auf sich zog. Die Verspätung war ihm auch so schon peinlich genug.

»Wir haben die ersten Ergebnisse der Spurensicherung«, begann Schnur, als endlich Ruhe in dem Büro herrschte. Dabei schaute er angestrengt auf einen Bericht, als hätte er Mühe, die Buchstaben darauf zu entziffern.

»Aber sonst alles klar?«, fragte Erik mit einem süffisanten Grinsen in die Stille.

»Wer lesen kann, ist klar im Vorteil«, fügte Andrea an.

Nun lachten alle laut.

Schnur wollte eine ernste Miene auflegen, doch das gelang ihm nicht. Zuerst verzog er nur leicht seine Lippen, bis er in das Gelächter einstimmte.

»Ich lese hier einen Namen, den ich nicht zuordnen kann.«

»Welchen Namen?«

»Robert Ollig«, antwortete Schnur. »Wer ist das?«

»Das ist der neue Teamchef der Spurensicherung«, erklärte Andrea. »Er hat die Nachfolge von Theo Barthels angetreten.«

Schnur rieb sich über sein Kinn und meinte: »Schön, dass ich das auch mal erfahre.«

»Theo wird erst zum Monatsende offiziell verabschiedet.«

Schnur nickte und begann, über die Ergebnisse zu sprechen: »Der Tote ist eindeutig als Peter Dempler identifiziert worden.« Er schaute in die Runde und fügte an: »Jetzt stehe ich vor dem Problem, wer dafür zuständig ist, die Witwe zu informieren.«

»Todesnachrichten werden in solchen Fällen von Vertretern des Betriebsrats überbracht«, meldete sich Anton Grewe zu Wort.

»Gut zu wissen«, bekannte Schnur. »Dann müssen wir uns nicht darum kümmern.«

»Was hättest du ihr auch sagen können?«, fragte Andrea. »Bisher gilt immer noch die Unfalltheorie. Wenn wir von der Kriminalpolizei dort ohne Vorwarnung auftauchen, wühlt das nur unnötig auf.«

»Deshalb müssen wir so schnell wie möglich klären, wie wir diesen Fall weiter behandeln«, stimmte Schnur zu.

»Was sagt die Staatsanwältin?«

»Sie wartet ab, was wir herausfinden. Erst dann will sie sich festlegen.« Schnur wirkte zerknirscht. »Deshalb werden wir jetzt den Bericht der Spurensicherung weiter besprechen und die Ergebnisse analysieren. Ich hoffe, dass wir anhand der Spurenlage weiterkommen.« Allgemeine Zustimmung. Schnur las weiter vor: »Die Suche nach Fingerabdrücken am Stahlseil in luftiger Höhe hat nichts ergeben. Der Zugang zum Förderkorb auf der fünften Sohle wurde ebenfalls genau untersucht. Dort sind außer denen von Dempler noch jede Menge andere Abdrücke.«

»Das klingt auch nicht gerade nach Mord«, bemerkte Erik.

»Innerhalb des Schachtes ist eine Leiter. Nach Angaben seiner Kollegen hatte Dempler diese Leiter schon mal benutzt, um nach oben zu gelangen. Dort waren aber keine Fingerabdrücke zu finden.«

»Endlich ein Hinweis auf Mord.« Aufregung machte sich breit.

»Aber es gibt keinen Hinweis darauf, dass die Tür zum Schacht geöffnet wurde. Normalerweise bekommt der Maschinist ein Signal, wenn sich die Tür öffnet. Das ist zur Sicherheit, damit er den Korb nicht hochfährt, während sich jemand im Schacht aufhält oder gerade beim Betreten des Korbes ist.«

»Heißt das, dass das Opfer über einen anderen Weg in den Schacht gekommen sein muss?«, fragte Andrea.

»Ich weiß nicht, ob es einen anderen Zugang zum Schacht gibt. Der Steiger, der die Staatsanwältin und mich durch die Stollen geführt hat, hat uns jedenfalls keinen gezeigt.«

»Vielleicht hat er dieses Detail vor dir verheimlicht.«

Kurze Zeit trat Stille ein, die Schnur mit einem Räuspern unterbrach: »Dieser Fall wird auf jeden Fall schwierig für uns werden. Es fängt schon damit an, dass wir nicht einschätzen können, wie viele Informationen uns die Bergleute zukommen lassen und wie viel sie uns verschweigen.«

⚒

Der Tote aus der Tiefe prangte die Überschrift in großen Lettern auf der Titelseite der *Saarbrücker Zeitung*.

Norbert Kullmann saß am Küchentisch, wollte sich gerade eine zweite Tasse Kaffee einschenken, als er die Kanne sinken ließ.

»Was ist?«, fragte Martha, seine Frau. »Schmeckt der Kaffee nicht mehr?«

Kullmann schüttelte den Kopf.

»Seit Anke in der Mutter-Kind-Kur ist, bekomme ich nichts mehr von meiner ehemaligen Dienststelle mitgeteilt.«

»Falls du es vergessen hast, erinnere ich dich daran, dass du schon seit sechs Jahren in Pension bist«, sagte Martha.

Über den Tonfall seiner Frau erstaunt schaute Kullmann auf und sah in ein Gesicht, das Empörung ausdrückte. Seine Ehe dauerte inzwischen genauso lange wie seine gerade angesprochene Pensionszeit. Obwohl Kullmann Martha schon einige Jahre gekannt hatte, so hatte er ihr doch erst den Heiratsantrag gestellt, als er aus dem Berufsleben als Kriminalkommissar ausgestiegen war. Er hatte sich mit ihr ein ruhiges Eheleben versprochen, während er sich von Marthas Kochkünsten verwöhnen ließ. Doch immer wieder hatten seine ehemaligen Mitarbeiter aus der Abteilung für Tötungs- und Sexualdelikte bei der Kriminalpolizeidirektion Saarbrücken seine Hilfe in Anspruch genommen. Allen voran Anke Deister – sein ehemaliger Schützling. Sie hatte viel von ihm gelernt. Und immer, wenn ein Mordfall knifflig geworden war, hatte sie auf Kullmanns reichen Erfahrungsschatz zurückgegriffen, sodass sich der Hauptkommissar a.D. eigentlich gar nicht wie ein Rentner gefühlt hatte. Martha war dabei stets nachsichtig gewesen, obwohl er sich sogar in große Gefahr begeben hatte. Deshalb überraschte es ihn, dass sie nun so widerspenstig reagierte.

Es wunderte ihn, dass ihn niemand zu diesem Fall konsultierte. Hatte er sich also nur eingebildet, dass sie ihn brauchten? War es letztendlich nur eine »gute Tat« von Anke, ihm das Gefühl zu geben, gebraucht zu werden? Er konnte es nicht glauben.

Und nun diese Schlagzeilen. Ein Fall, der nicht nur sein Interesse weckte, sondern sogar regelrecht in seinen Fingerspitzen juckte.

Ein Toter aus einem Bergwerk – der Grube Warndt.

Zu genau erinnerte er sich an diesen Ort. Dort hatte sich vor einigen Jahren ein schweres Unglück ereignet, bei dem mehrere Bergleute zu Tode gekommen waren. Er war zur Unglücksstelle gerufen worden, weil das Oberbergamt ihn damals zur Amtshilfe hinzu gebeten hatte. Aber er hatte nichts Verdächtiges feststellen können. Dabei war ihm in Erinnerung geblieben, dass die Grube Warndt mit der Grube Velsen unterirdisch verbunden war. Hinzu kam, dass die Schließungen für das Jahr 2012 inzwischen beschlossene Sache waren. Ein Thema, das trotz allem immer wieder heiß diskutiert wurde.

Und nun tauchte ein Bergmann am Seil des Personenförderkorbs auf und wurde zwischen Stahlseil und Seilscheibe zu Tode gequetscht.

Das klang für Kullmann auf keinen Fall nach einem Unfall, wie es die Zeitung mit dem Artikel andeuten wollte. Das klang nach Mord.

Aber sein Telefon stand still. Stattdessen saß seine Frau ihm mit einem vorwurfsvollen Gesichtsausdruck gegenüber.

»Ich kann dich beruhigen«, meinte Martha in die Stille, die am Küchentisch ausgebrochen war, nahm die Kaffeekanne und schenkte Kullmann ein. »Anke kommt am Freitag zurück. Spätestens nächste Woche bist du wieder im Boot.«

Kullmann brummte. Nächste Woche könnte zu spät sein, dachte er sich. Sagte aber nichts dazu. Er wollte seine Frau nicht verärgern. Die Geduld, die sie bisher immer bewiesen hatte, wollte er nicht überstrapazieren. Also schenke er ihr ein Lächeln und trank weiter von seinem Kaffee.

⚒

Michael Bonhoff ahnte, dass es gefährlich werden könnte, was er gerade tat. Peter Demplers Tod aber war so spektakulär, dass er alle seine Bedenken über Bord warf. Keiner der Bergleute brach sein Schweigen nach außen. Auch nicht gegenüber der zuständigen Bergpolizei. Und schon gar nicht bei der Kriminalpolizei. Allen war daran gelegen, die Arbeit bis zur Schließung zu behalten. Welche Berufe kämen sonst noch für sie infrage? Der Gedanke an Bürotätigkeit ließ jedem Bergmann schaudern. Ebenso die Vorstellung der Arbeitslosigkeit. Das Leben in den Grubensiedlungen, die eigens für die Bergleute gebaut worden waren, würde ohne die intakten Bergwerke schal und langweilig werden. Die Bergleute liebten ihren Job, sie liebten die körperliche Arbeit, die Herausforderung und die Kameradschaft. Keine Sekunde davon wollten sie verschenken. Niemand von ihnen wollte in die Übertagearbeit, denn das bedeutete Kontrolle, Überwachung. Etwas total Fremdes für sie.

Bonhoff empfand das genauso. Und doch stand er vor dem großen Gebäude der Landespolizeidirektion in Saarbrücken, um dort hineinzugehen und eine Aussage zum Tod von Peter Dempler zu machen.

Die Idee, wieder umzukehren und alles noch einmal zu überdenken, schlich sich in seinen Kopf. Vielleich sah er wirklich Gespenster. Vielleicht hatten seine Kameraden sogar recht, dass sie ihm den Spitznamen Mimose gaben. Vielleicht, ganz sicher, ganz bestimmt. Seine eigene Unentschlossenenheit ging ihm auf die Nerven.

Plötzlich drang eine Frage an sein Ohr: »Kann ich Ihnen helfen?«

Erschrocken schaute sich Bonhoff um und erblickte einen Polizeibeamten in Uniform, der im Türrahmen eines runden, niedrigen Gebäudes stand und ihn streng anschaute.

»Äh, ja. Ich möchte zu Kommissar Grewe.«

»In welcher Abteilung arbeitet Kommissar Grewe?«

»Er ist Kriminaloberkommissar und bearbeitet den Todesfall auf der Grube Warndt.«

»Sind Sie angemeldet? Oder vorgeladen?«

»Weder noch«

»Dann brauche ich Ihren Namen.«

Bonhoff fühlte sich bereits wie in einem Verhör. Er überlegte, schnell das Weite zu suchen, als sein Gegenüber sagte: »Ich habe gerade Dienststellenleiter Schnur am Telefon. Er möchte Ihren Namen wissen.«

»Michael Bonhoff.«

Plötzlich änderte sich alles vor Bonhoffs Augen. Der Beamte lächelte freundlich, gab ein Zeichen, ihm zu folgen, und steuerte mit schnellen Schritten die letzte Tür des langen Gebäudekomplexes an.

»Im dritten Stock«, erklärte er noch am Fahrstuhl und verabschiedete sich.

Oben angekommen stand ein Mann mit kurzen, krausen Haaren im Flur und begrüßte ihn mit den Worten: »Ich bin Hauptkommissar Jürgen Schnur. Sie wollen mit uns über den toten Bergmann sprechen?«

Bonhoff fühlte sich ertappt. Unsicher folgte er dem Hauptkommissar. Sie durchschritten einen langen Gang, bis Schnur anhielt und ihn in ein lichtdurchflutetes Büro bat. Dort ließen sie sich zu beiden Seiten des Schreibtisches nieder.

»Wie standen Sie zu dem Toten und welche Hinweise haben Sie für uns?«

»Ich habe in derselben Partie mit ihm gearbeitet. Da ist mir so manches aufgefallen.« Bonhoff sah dem Kripobeamten die Aufregung deutlich an, die sich plötzlich auf dessen Gesicht abzeichnete. Trotzdem blieb er vorsichtig.

»Ich rufe meine Kollegen«, sagte Schnur und begann zu telefonieren.

»Ich habe gehört, dass Anton Grewe hier arbeitet«, funkte Bonhoff dazwischen. »Eigentlich wollte ich mit ihm sprechen.«

»Kein Problem. Er ist ebenfalls auf dem Weg hierher.«

Es dauerte nicht lange und Schnurs Mitarbeiter füllten den Raum.

Bonhoff starrte jeden prüfend an, bis sein Blick an dem Mann mit den schwarzen Haaren hängen blieb. Sofort schlich sich ein Lächeln auf sein Gesicht.

Der Polizeibeamte reagierte nicht.

Dafür alle anderen in dem Büro. Alle ließen ihre Blicke zwischen den beiden Männern hin und her wandern und warteten, was nun kommen würde.

»Erkennst du mich nicht mehr?«, frage Bonhoff.

Anton Grewe richtete sich auf, schaute den schlanken Mann in verwaschenen Jeans und Baumwollhemd, das unter der schwarzen Lederjacke hervor lugte, an. Der Fremde trug seine dunkelblonden Haare sehr kurz geschnitten, was sein schmales Gesicht und vor allem seine lange Nase betonte. Die dunklen Augen des Besuchers sahen geschminkt aus, als habe er mit einem Kajal-Stift einen schwarzen Strich unter den Lidern gezogen. Es verlieh seinem Gesicht einen besonderen Ausdruck. Tiefe Lachfalten hatten sich um seinen Mund gebildet, den ein Dreitagebart einrahmte.

Nach einigen Minuten schüttelte Grewe nur den Kopf und murmelte: »Tut mir leid.«

»Ich bin es«, sprach der Mann weiter. »Mimose!«

Grewe atmete hörbar tief ein.

»Dieser Spitzname sollte dir doch etwas sagen«, sprach Bonhoff weiter. »Wir haben mal zusammen im Stoß gearbeitet.«

Grewes Augen wurden groß. Alle starrten ihn an. Kein Geräusch unterbrach die Stille.

»Jetzt erinnere ich mich«, stieß Grewe endlich aus. Er schüttelte den Kopf, schaute dabei jedoch nicht auf Michael Bonhoff, sondern auf den Boden. Trotzdem konnten alle sehen, wie sein Gericht rot anlief.

⚒

Schnur fühlte sich wie vor den Kopf gestoßen. Anton Grewe war ein ehemaliger Bergmann und er hatte nichts davon gewusst. Da stand er hilflos vor einem Todesfall in einer ihm völlig fremden Welt und in seinen eigenen Reihen befand sich ein Fachmann, der es nicht für nötig hielt, sein Wissen in die Ermittlungsarbeiten einzubringen.

Das musste er mit Grewe besprechen. Während sich die Laune seiner Mitarbeiter um ihn herum verbesserte, weil sich alle über diese Enthüllung freuten, verdunkelte sich Schnurs Stimmung zusehends. Es war Andrea, die plötzlich innehielt und die anderen mit ihrer Mimik auf den Dienststellenleiter aufmerksam machte. Augenblicklich wurde es wieder ruhig.

Grewe ahnte bereits, was in seinem Chef vorging. Also kam er ihm zuvor, indem er sagte: »Von April 1986 bis November 1990 habe ich als Bergmann auf der Grube Warndt gearbeitet.«

»Du erinnerst dich aber plötzlich sehr genau an die Daten«, bemerkte Schnur bissig.

Die Temperatur in dem Zimmer schien schlagartig zu sinken. Die

Freude, die diese Neuigkeit zunächst ausgelöst hatte, war verschwunden. Alle Beamten wirkten betroffen. Bis auf Andrea. Mit einem Schmunzeln meinte sie: »Du wirst diese sprudelnde Quelle an Informationen über den Bergbau doch nicht schon gleich versiegen lassen, bevor sie eine Chance hatte, sich hier zu beweisen?«

Verwirrt schaute Schnur auf die Mitarbeiterin. Seine Laune war schlecht. Er war der Chef. Und das sollten alle respektieren. Doch als er Andreas entwaffnendes Lächeln sah, spürte er, wie sein Widerstand brach. Wie schaffte diese Frau das nur? War es die lange Zeit, die sie beide sich schon kannten? Er schüttelte den Kopf und beschloss, bei Gelegenheit ernsthaft darüber nachzudenken. In diesem Augenblick stand für ihn jedoch im Vordergrund, dass Grewe ihn unwissend zur Grube geschickt hatte. Das konnte er nicht einfach so hinnehmen.

»Über das Thema unterhalten wir uns später«, sagte er.

Egal, wie sehr er sich dagegen sträubte – aber Andrea hatte recht. Er musste jetzt den Vorteil daraus ziehen.

»Herr Bonhoff! Sie haben mir eben berichtet, dass Sie sich unter Tage in einer Position befinden, in der Sie interessante Beobachtungen machen konnten.«

Der Angesprochene nickte.

»Erzählen Sie uns bitte davon. Deshalb sind Sie doch hier, oder?«

Bonhoff zog die Schultern ein, als müsste er sich vor einem Angriff schützen, nickte nervös und begann zu berichten: »Schorsch sprach davon, dass sich Pitt gestern Morgen äußerst seltsam benommen hätte.«

»Mit Pitt meinen Sie Peter Dempler?«, hakte Schnur nach.

»Genau«, antwortete Bonhoff.

»Was meinte er mit seltsam benommen?«

»Verwirrt. So, als hätte er Medikamente genommen. Er hätte wirres Zeug geredet«, erzählte Bonhoff weiter. »Aber ich bin an diesem Morgen mit ihm zusammen runtergefahren. Da wirkte er wie immer – völlig normal.«

Schnur rieb sich über sein Kinn »Das allein ist aber kein Grund, an der Aussage von Georg Remmark zu zweifeln. Es könnte ihm später schlecht geworden sein.«

»Später hatte er sich bei mir abgemeldet und ist über den Bandberg II auf die fünfte Sohle gefahren«, widersprach Bonhoff. »Auch da ist mir nichts aufgefallen.«

»Wissen Sie, warum er dorthin gefahren ist?«

»Nein. Es war nur seltsam, weil er nicht wollte, dass ich das beim Steiger melde.« Bonhoff rieb sich nervös über seine Nase und meinte: »Und heute habe ich beobachtet, wie einige der Kameraden während der Schicht ebenfalls über den Bandberg II nach oben gefahren sind. Ich bin ihnen gefolgt.«

Stille trat ein.

»Haben Sie etwas herausfinden können?«

»Ich konnte kein Wort verstehen, weil es zu laut war.«

»Haben die Kameraden Sie gesehen?«

»Leider ja. Ich habe mich natürlich herausgeredet. Aber ob sie mir geglaubt haben …«

»Warum sind Sie den Kollegen gefolgt?«

Zögerlich antwortete Bonhoff: »Weil ich nicht daran glaube, dass Pitt verunglückt ist. Aber leider kann ich das nicht beweisen. Hinzu kommt, dass ich unter Tage allein mit dieser Meinung bin.«

»Für uns ist es wichtig herauszufinden, ob wir es mit Mord zu tun haben«, stellte Schnur klar. »Deshalb werden wir wieder nach Velsen fahren und dort ermitteln.«

Bonhoff lachte und sagte: »Die Kameraden werden Ihnen keine Hilfe sein. Für sie ist es ein Unfall.«

»Warum stellen Sie sich gegen Ihre Kameraden?«

»Weil ich Angst habe, ich könnte der Nächste sein, der tödlich verunglückt.«

⚒

»Warum verschwieg Hermes gelegentlich die Wahrheit, obwohl er als Götterbote dazu berufen war, die Botschaften der Götter an die Sterblichen zu überbringen?«, fragte Schnur.

Anton Grewe wand sich auf dem Stuhl, der seinem Vorgesetzten gegenüberstand, und meinte zögerlich: »Weil er Schaden vermeiden wollte.«

»Soll ich raten, welchen Schaden du vermeiden wolltest, als du mir verschwiegen hast, dass du aus dem Bergbau kommst?«

Grewes Gesicht wurde rot. Nur mit Mühe gelang es ihm, Schnur anzusehen, während er zugab: »Ich wollte nicht derjenige sein, der zum Ermitteln nach unter Tage geschickt wird.«

»Und warum nicht?«

»Ich habe den Beruf damals aufgegeben, weil ich mich dort deplatziert gefühlt habe.« Ein Schweißfilm bildete sich auf Grewes Stirn. Er wartete einen Augenblick, in der Hoffnung, diese Antwort würde Schnur genügen. Doch so war es nicht. Sein Vorgesetzter wollte mehr wissen. Also gab er zu: »Ich bin für diese harte Arbeit nicht geeignet.«

»Du hast aber doch diesen Beruf gelernt, sonst könntest du ihn nicht ausüben. Warum der Aufwand, wenn es sowieso kein Job für dich war?«

»Ich komme aus einer Bergmannsfamilie.«

»Ich staune«, gab Schnur zu. »Das wusste ich bisher auch nicht.«

»Ich habe nicht darüber gesprochen, weil ... weil ...«

»... es dir peinlich ist?«

»Es ist mir peinlich, dass ich diese Tradition gebrochen habe«, gestand Grewe. »Der Bergmannsberuf war in unserer Familie etwas Besonderes. Alle waren stolz darauf.«

»Aber?«, hakte Schnur nach.

»Ich fühle nicht wie ein Bergmann – und ich fühle mich nicht zum Bergmann geboren. Damals nicht und heute auch nicht. Aber davon wollte meine Familie nichts wissen. Da heißt es, dass der Beruf weitervererbt wird. Großvater Bergmann, Vater Bergmann, Sohn ebenfalls Bergmann. Niemand wagte es damals, diese Tradition zu brechen. Also habe ich die Klappe gehalten und bin runtergefahren. Mit dem Ergebnis, dass ich mich dort unten ständig wie ein Außenseiter gefühlt habe. Bis ich es geschafft habe, mich von meiner Familie abzuseilen. Ich bin vom Warndtdorf zuerst nach Saarbrücken gezogen. Und später nach Grosbliederstroff in Lothringen.«

»Leben deine Eltern noch in Dorf im Warndt?«

»Ja. Dort in der Grubensiedlung. Dort gehen sie auch nicht mehr weg.«

»Dann kannst du mir bestimmt sagen, wie du unsere Angelegenheit im Fall des toten Bergmanns einschätzt.« Schnur schaute erwartungsvoll auf den Beamten mit den schwarzen Locken. »Die Fakten und die Fotos kennst du. Haben wir es hier mit einem Unfall oder mit Mord zu tun?«

»Ich soll jetzt also wie ein Bergmann denken?«

Schnur nickte.

»Dann sage ich, dass es kein Mord war.«

Verdutzt schaute Schnur den Mitarbeiter an, worauf Grewe anfügte: »Kein Bergmann bringt einen anderen um. Diese Männer sind echte Kameraden und halten zusammen.«

»Das ist mir als Argument zu schwach«, gestand Schnur. »Ich hätte ein bisschen mehr erwartet.«

»Dafür brauche ich mehr Fakten, um die Sachlage besser beurteilen zu können«, gab Grewe zu.

Schnur grübelte eine Weile, bis er sagte: »Diese Fakten werden wir noch zusammentragen. Dann schauen wir, wie wir in diesem Fall weiter vorgehen werden.«

»Soll ich zur Mutter des Toten fahren?«, bot sich Grewe an.

»Nein. Das übernehme ich.«

»Warum?«

»Weil du die Akte über den Fall lesen sollst, um festzustellen, wo wir etwas übersehen haben. Vermutlich gibt es einige Ungereimtheiten, die nur du als Fachmann für den Bergbau feststellen kannst.«

KAPITEL 4

Nahe an der Grenze zu Frankreich im Waldgebiet des Warndt liegt der Ort *Dorf im Warndt.* Kurz vor dem ersten Weltkrieg als Kleinsiedlung gegründet war der Ort durch neue Bauabschnitte immer weiter vergrößert worden. Erst in den sechziger Jahren war die Werkssiedlung der Saarbergwerke entstanden. Ein Wohngebiet, das sich durch seine praktische Bauweise hervortat, weil auf engem Raum sehr viele Wohnungen untergebracht waren. Einige Bäume zierten die Siedlung, deren Laub die Rasenflächen zwischen den einzelnen Häuserblocks bedeckten. An der ersten Kreuzung, die Jürgen Schnur und Andrea Westrich passierten, prangten eine weiß getünchte Walze einer Schrämmaschine und ein Kohlewagen. Diese beiden Exponate ließen keinen Zweifel daran, dass sie richtig waren.

Schnur bog in die Barbara-Straße ein und ließ den Wagen langsam rollen, damit er die Hausnummern ablesen konnte. Am Haus mit der Nummer 12 bremste er ab.

»Hier ist es!«

Sie stiegen aus und steuerten die Tür an, an deren Seite eine ganze Reihe von Klingeln mit Namen angebracht war. Peter Demplers Wohnung lag im Erdgeschoss.

Andrea drückte auf den Klingelknopf. Schon nach wenigen Sekunden ertönte der Summer.

Sie traten ein.

In der Wohnungstür direkt neben dem Hauseingang stand eine Frau, deren Gesicht eingefallen wirkte. Auch ihre Augen waren geschwollen, als habe sie geweint.

»Wer sind Sie?«

Schnur stellte sich und seine Kollegin vor, woraufhin die Augen der

Frau sofort aufblitzten, als sie fragte: »Sie wollen mir doch nicht sagen, dass mein Peter ermordet wurde?«

»Wir wollen nur sichergehen«, meinte Schnur und überreichte der Witwe den Inhalt aus den Kleiderkörben ihres Mannes.

»Niemals!«, schrie die Frau fassungslos. »Wer sollte so etwas tun?« Sie beachtete den Karton nicht, sondern ließ ihn einfach auf den Boden fallen. Andrea hob ihn schnell wieder auf.

Aus der Wohnung auf der gegenüberliegenden Seite trat eine ältere Frau mit einem neugierigen Gesicht heraus.

»Wollen wir uns nicht lieber in Ihrer Wohnung unterhalten?«, fragte Schnur.

Frau Dempler nickte und ließ die beiden Polizeibeamten eintreten. Was sie nun zu sehen bekamen, erstaunte sie. Alles war in der Farbe Orange gehalten. Die Tapeten schimmerten in dieser aufdringlichen Farbe, die Gardinen ließen das Tageslicht in orangenen Tönen herein. Tischdecken, Geschirr, Blumenvasen, Kerzen und Wandschmuck – einfach alles.

Schnur verkniff sich eine Bemerkung, doch die Frau erkannte, was in ihm vorging.

»Mein Mann und ich lieben diese Farbe«, sagte sie. »Das Schwarz durch seine Arbeit bringt er sogar mit nach Hause. Das ist so trostlos, deshalb wollten wir uns etwas gönnen, was genau das Gegenteil davon ist.«

Ein überdimensional vergrößertes Foto, das die halbe Wand der Essecke einnahm, zeigte die Tagesanlage der Grube Warndt. Lange verweilte Schnurs Blick darauf. Frau Dempler machte keinerlei Anstalten, den beiden Besuchern einen Platz anzubieten. Also ließen sie sich nach einer Weile unaufgefordert am großen Tisch nieder, der in der Mitte des Raums stand. Die Tür zum Nebenzimmer stand offen. Dort sahen sie eine Küchenzeile, die aus einzelnen alten Geräten bestand. Die Hängeschränke darüber waren weiß und wirkten ebenfalls altmodisch.

»Das Bergamt hat uns im Fall Ihres Mannes um Amtshilfe gebeten. Deshalb wollen wir uns absichern, dass wirklich nichts übersehen worden ist«, erklärte Andrea.

Die Witwe ließ sich auf den Stuhl am Kopfende des Tisches sinken und begann zu weinen. Schnur und Andrea warteten geduldig, bis sie endlich den Kopf hob, die Nase geräuschvoll hochzog und bestimmte: »Ich will ihn sehen!«

»Schon bald«, versprach Schnur, »denn Sie müssen ihn identifizieren. Aber den Termin vereinbaren Sie am besten mit dem Gerichtsmediziner.«

»Warum das denn?«, fragte die Frau pikiert.

»Sie dürfen nur in die Gerichtsmedizin, wenn der Chefpathologe selbst anwesend ist.«, erklärte Schnur, um nicht die Wahrheit sagen zu müssen.

Frau Dempler schaute auf die Beamten. Nach einer Weile nickte sie. Tränen liefen über ihre Wangen.

Die Küchenuhr im Nebenzimmer tickte so laut, dass jeder die Sekunden mitzählen konnte. Genau eine halbe Minute dauerte es, bis Frau Dempler sagte: »Verunglückt ist er auf keinen Fall.« Dabei schob sie ihr Kinn vor, als wollte sie damit ihre Aussage unterstreichen. »Wie ich gehört habe, wurde er bis zur Seilscheibe hochgezogen. Wie soll er denn an dieses Stahlseil gekommen sein?«

»Er könnte im Schacht gewesen sein, um die Leiter hochzuklettern, als der Korb hochgezogen wurde.«

»Niemals! Er wusste, dass man nicht einfach so in den Schacht geht, um die Leiter hochzusteigen. Peter arbeitet schon jahrelang unter Tage. Da weiß man, worauf man achten muss.«

»Wir haben gehört, er sei krank gewesen und trotzdem nach unten gefahren. Kann es nicht sein, dass er in einem Zustand von Unkonzentriertheit diesen Fehler gemacht hat?«

»Peter war kerngesund.«

Das deckte sich auch mit der Überprüfung des Kleiderkorbs. Nirgends hatten sie einen Hinweis darauf finden könnten, dass Dempler Medikamente einnahm oder sonst etwas für seine Gesundheit tun musste. Die beiden schauten sich fragend an, worauf Frau Dempler sofort reagierte und schrie: »Was geht hier vor? Warum sollte Schorsch so etwas behaupten?«

»Wie kommen Sie darauf, dass diese Behauptung von Herrn Remmark stammt?«

»Er ist der Steiger«, entgegnete Frau Dempler. »Nur er weiß, wer krank ist, wer Urlaub macht oder wer stubbt.«

»Stubbt?«

»Blau macht oder krankfeiert.«

»Stimmt. Von Remmark kommt die Behauptung, dass Ihr Mann krank gewesen sei. Und deshalb sind wir hier. Wir wollen uns von Ihnen bestätigen lassen, ob Ihr Mann wirklich krank war, als er gestern zur Arbeit ging, und was ihm genau fehlte.«

»Ihm fehlte nichts. Er war so gesund wie immer.«

Eine Weile sagte keiner der drei etwas.

Kindergeschrei drang durch das Fenster. Die Bäume rauschten und bogen sich im Wind. Ein Automotor wurde lauter und lauter, bis er ausgeschaltet wurde. Das Schlagen von Autotüren und laute Stimmen ertönten.

»Ich kann Ihnen sagen, wer sein Hausarzt ist«, kam es leise von Frau Dempler, während sie stoisch auf die Bodenvase blickte, in der eine orangefarbene künstliche Blume stand. »Der bestätigt Ihnen, dass Peter kerngesund war.«

Andrea notierte sich die Angaben.

»Also glauben Sie nicht an einen Unfall?«, hakte Schnur nach.

»Niemals.« Sie schaute dem Kommissar direkt in die Augen, doch dann wich sie seinem Blick hastig aus und starrte wieder auf die Bodenvase.

Schnur spürte Misstrauen in sich aufsteigen. Die Entschlossenheit dieser Frau, den Tod ihres Mannes lieber als Mord denn als Unfall zu akzeptieren, war merkwürdig. Auch ihr Verhalten machte ihn stutzig. Sie benahm sich wie eine Schuldige, dabei wirkte ihre Trauer echt. Sie verheimlichte ihm etwas. Etwas, das mit dem Tod ihres Mannes im Zusammenhang stehen könnte. Aber er übte sich in Geduld und sprach seine Zweifel nicht laut aus. Er ließ etwas Zeit verstreichen, bis er sagte: »Kann es sein, dass Sie uns noch etwas sagen wollen, bevor wir gehen?«

Frau Dempler atmete tief durch und schüttelte den Kopf.

Schnur resignierte und erhob sich von seinem Platz. Mit Erstaunen sah er, dass Andrea noch sitzen blieb. Er beobachtete die Kollegin, deren Blick fest auf der Witwe haftete, als sie mit ihrer sanften Stimme sagte: »Sie wissen, dass jedes noch so kleine Detail für uns wichtig sein kann.«

Frau Demplers Gesichtsausdruck veränderte sich. Schnur sah plötzlich darin eine Bereitschaft zu reden.

»Das aber nicht«, wehrte sie leise ab.

»Sie können es uns ruhig anvertrauen und wir sagen Ihnen, ob es hilfreich ist oder nicht.«

Schnur staunte, wie gefühlvoll Andrea mit dieser Frau umging.

Frau Dempler schnaubte und murmelte dann: »Bei uns ist eingebrochen worden.«

»Oh!« Andrea staunte und warf einen Blick auf Schnur.

Der fragte: »Wann?«

»Vorgestern Abend.«

»Wo waren Sie, als es passierte?«

»Wir waren bei Nachbarn, einige Häuser weiter, zum Abendessen eingeladen.«

»Haben Sie den Einbruch angezeigt?«

»Noch nicht«

»Warum nicht?«

»Es ist nichts gestohlen worden.«

»Das ist aber kein Grund, einen Einbruch nicht anzuzeigen«, sagte Schnur und fügte an: »Wir müssen die Kollegen der Spurensicherung herbestellen. Vielleicht können sie etwas Verwertbares finden.«

»Von mir aus«, stimmte die Witwe zu.

⚒

Anton Grewe fühlte sich so schlecht wie lange nicht mehr. Wut und Angst stauten sich gleichzeitig in ihm an. Seit er in der Abteilung für Tötungsdelikte arbeitete, hatte er dieses miese Gefühl nicht mehr erlebt. Zuerst war Norbert Kullmann sein Dienststellenleiter gewesen – ein Vorgesetzter, wie man ihn sich nicht besser wünschen könnte. Dann kam dessen Nachfolger, Dieter Forseti – ein herber Rückschlag. Aber nichtsdestotrotz hatten alle Kollegen das Beste daraus gemacht. Sie hatten zusammengehalten, bis sich Forseti allein in seiner neuen Position wiederfand. Bis er auf der Karriereleiter weiter nach oben gefallen war und Jürgen Schnur seinen Posten übernahm. Schnur war einfach nur klasse. Viel zu menschlich, um wirklich ein Chef sein zu können. Und viel zu korrekt. Und doch eine Führungspersönlichkeit.

Grewe liebte seinen Job, seit er in dieser Abteilung arbeitete, mit jedem Tag mehr. Er liebte die Kollegen, die für ihn wie eine Familie geworden waren.

Und nun fühlte er sich wie am Pranger.

Ausgerechnet Bonhoff war hierhergekommen, um seine Bedenken loszuwerden. Und Grewe sollte nicht an Zufälle glauben. Bonhoff war der Kamerad, mit dem Grewe die meiste Zeit unter Tage verbracht hatte.

Bonhoff, der der Auslöser dafür war, dass Grewe letztendlich den Beruf als Bergmann aufgegeben hatte.

Nie hatte er sicher wissen können, ob Bonhoff es ehrlich mit ihm meinte oder ob er ein Spiel mit ihm trieb. Bonhoff hatte mit seiner androgynen Art kokettiert, sodass Grewe fast explodiert wäre. Und diese Unsicherheit wurde begleitet von der Angst, von den Kameraden durchschaut zu werden. Dabei war es sein größter Wunsch gewesen, so akzeptiert zu werden, wie er war.

Sein Rufname unter den Kameraden, Tony, sprach dafür, dass sie einen anderen in ihm sahen, als er war. Es war ihm damals nicht gelungen, offen zu seinen Neigungen zu stehen. Am Ende hatte er sich für Flucht entschieden.

Und nun stand ausgerechnet Bonhoff vor ihm und seiner gesamten Abteilung und offenbarte eine Wahrheit, die Grewe bisher vor Schnur verschwiegen hatte.

Einerseits hätte Schnur seinen Lebenslauf in seiner Personalakte nachlesen können, meinte Grewe, als suche er nach einer Entschuldigung für sein Fehlverhalten. Aber andererseits war ihm klar, dass er einen Vertrauensbruch begangen hatte. Schnurs Gesicht hatte einen Ausdruck angenommen, den Grewe noch nie an ihm gesehen hatte.

Er schalt sich selbst einen Vollidioten. Die Wut richtete er gegen sich selbst. Doch im gleichen Atemzug spürte er Angst. Angst vor dem, was nun auf ihn zukäme. Wenn Schnur ihn aus den Ermittlungen ausschloss, würde Grewe zugrunde gehen. Wenn Schnur von ihm verlangte, mit ihm in den Stollen zu fahren, wäre das für Grewe eine zweite Chance. Auch wenn es eine schwere Aufgabe für ihn wäre. Denn der Gedanke, wieder in diese raue Welt unter Tage zu fahren und sich den ehemaligen Kameraden zu stellen, ließ ihn frustriert in seinem Bürostuhl zusammensinken.

Doch am meisten fürchtete sich Grewe davor, wieder mit Michael Bonhoff in Kontakt zu treten. Er ahnte, dass damit alte Wunden aufgerissen wurden. Schließlich hatte sich Grewe nicht gerade mit Ruhm bekleckert, als er hatte einsehen müssen, dass Bonhoff für ihn unerreicht bleiben würde.

Er fuhr sich mit seinen Fingern durch seine dichten schwarzen Haare, als könnte er damit ungeschehen machen, was damals passiert war. Dabei fiel sein Blick auf die Akte.

Rasch besann er sich. Er musste sich detailliert über den Fall informieren, damit er seinem Vorgesetzten bei den Ermittlungen nützlich sein konnte. Das war die Chance, seinen Fehler wiedergutzumachen. Und gleich stieß er auf eine Frage, die für die Entscheidung, ob Unfall oder Mord vorlag, von großer Bedeutung sein könnte. Er konnte sie beantworten – er musste sie beantworten, damit Schnur nicht von falschen Voraussetzungen ausging. Und vielleicht konnte er sich damit als als guter Ermittler beweisen. Hoffnung keimte in ihm auf.

⚒

Während Andrea Westrich das Steuer des Wagens übernahm, bediente Schnur sein Handy, um mit der Dienststelle Kontakt aufzunehmen.

»Wen rufst du an?«, fragte Andrea.

»Ich will, dass Erik nach weiteren Einbrüchen in der Gegend im Warndt sucht.«

»Warum? Ist das für uns wichtig?«

»Ja«, meinte Schnur. »Sollte das der einzige Einbruch gewesen sein, könnte ein Zusammenhang mit Demplers Tod bestehen.«

Andrea reichte ihm ihren Notizzettel und meinte: »Das ist der Hausarzt von Peter Dempler. Die Kollegen können ihn fragen, ob er wirklich krank war oder nicht.«

»Danke! Was wäre ich nur ohne dich?«, fragte Schnur und gab die Anweisungen an seine Mitarbeiter im Büro weiter.

Kurze Zeit später steuerte die Polizeibeamtin das Grubengelände Warndt an. Sie parkten den Wagen auf dem großen Platz vor der Kantine, stiegen aus und schauten sich um. Das Foto aus Demplers Wohnung kam ihnen wieder in den Sinn. Die detailgetreue Abbildung sahen sie nun in echt vor ihren Augen. Das große Gelände wurde durch den weithin sichtbaren und markanten Förderturm dominiert, der mit Glas, Stahl und Beton eingefußt war. Ebenso die ihn umgebenden Gebäude, in denen sich Waschkaue, Lampenkaue, Zechensaal und Versammlungsraum befanden. Direkt am Eingang lag das Pförtnerhaus.

Es dauerte nicht lange, schon sahen sie aus einer der vielen Hallen, die sich unter dem hohen Förderturm duckten, einige Männer auf den Platz treten. Sie erkannten Georg Remmark, der allen voran auf sie zukam.

»Was wollen Sie schon wieder hier?«, fragte er unfreundlich. »Ich dachte, wir wären uns einig, dass unser Kamerad verunglückt ist.«

»Sie sind sich vielleicht einig. Wir nicht!«, gab Schnur zurück. »Und da wir dafür bezahlt werden, Klarheit zu schaffen, werden wir wohl noch öfter hier aufkreuzen.«

»Das wird Ihnen nicht viel nützen.«

»Heißt das, dass Sie vorhaben unsere Arbeit zu behindern?«

Remmarks Gesicht wurde schlagartig blass. Etwas leiser und unsicherer als zuvor stammelte er: »So war das nicht gemeint.«

»Wie denn?«

»Ich meinte, dass Sie nichts finden werden, was auf einen Mord schließen lässt. Den müsste einer von uns begangen haben. Aber wir tun so etwas nicht.«

»Das Hohelied der Kameradschaft unter den Bergleuten«, mischte sich Andrea in das Gespräch ein. »Euer Berufsethos, nicht wahr?«

»Genauso ist es«, bestätigte Remmark mit einem Blitzen in den Augen. »Wir helfen uns gegenseitig und bringen uns nicht um. Sowas ist Ihnen wohl fremd, was?

»Nein, ich frage mich nur, welchen Grund Sie hatten, uns anzulügen, als Sie behauptet haben, Peter Dempler sei krank gewesen und trotzdem mit Ihnen unter Tage gefahren.«

»Wer sagt, ich hätte gelogen?«, fragte Remmark fassungslos.

»Das sagt niemand«, bekannte Schnur. »Nur hat Demplers Frau Ihre Behauptung nicht bestätigt. Laut ihrer Aussage war ihr Mann kerngesund.«

Gemurmel entstand unter den Bergleuten.

»Wissen Sie«, begann Remmark, »die Frauen sind nicht immer so genau über ihre Männer informiert. Pitt wollte nicht, dass jeder mitbekommt, was mit ihm los war.«

»Vor den Kameraden könnte ich so ein Verhalten verstehen. Aber nicht vor der eigenen Frau«, widersprach Schnur.

»So sind wir Bergleute halt.«

Die anderen Männer brummten zustimmend.

»Hat er Ihnen gegenüber den Einbruch in sein Haus erwähnt?«, fragte Schnur weiter.

Remmark rang mit sich, bis er zugab: »Ja. Weil nichts gestohlen wurde, wollte er den Einbruch nicht melden.«

Plötzlich kam Schnur ein Gedanke. Er erinnerte sich an einen alten Fall. Dort war ebenfalls ein Einbruch nicht gemeldet worden. Sofort sprudelte es aus ihm heraus: »Oder der Einbrecher hat Diebesgut gefunden, das eigentlich nicht in Peter Demplers Haus gehört.«

Remmark kratzte sich an seinem Haarkranz und murrte: »Ich habe ihm gesagt, er soll den Einbruch melden. Aber dazu kam es nicht mehr, da war er schon tot. Mehr kann ich Ihnen nicht dazu sagen.« Er drehte sich um und fragte die Kameraden: »Weiß jemand von euch, was in Pitts Haus gestohlen wurde?«

Allgemeines Kopfschütteln war die Antwort. Das gab Schnur zumindest die Gewissheit, dass alle von dem Einbruch wussten. Aber genauso erkannte er, dass er hier nicht weiterkam. Er ahnte, dass diese Männer sich bereits abgesprochen hatten, was sie der Polizei sagen wollten und was nicht.

⚒

Kaum waren sie im dritten Stock der Kriminalpolizeiinspektion angekommen, eilte ihnen Erik entgegen und berichtete: »Ich habe mit dem Hausarzt gesprochen. Peter Dempler war nach seinen Angaben wirklich kerngesund. Er kam regelmäßig zur Nachuntersuchung und es hat nie Befunde gegeben.«

Schnur nickte.

»Und was habt ihr über die Einbrüche herausgefunden?«

»Einbrüche ist ein bisschen viel gesagt«, meinte Erik. »Wir haben alles durchgecheckt und nur von einem einzigen Einbruch im Dorf im Warndt erfahren.«

»Wann war das und bei wem?«

Erik las von seinem Notizblock ab: »Uwe Bendrup! Im Jahr 2006. Uwe Bendrup war Bergmann.«

»War?«

»Er ist im gleichen Jahr tödlich verunglückt.«

Schnur rieb sich über das Kinn, während er mit großen Schritten durch den Flur hastete und sein Büro ansteuerte. Dabei rief er: »Das ist nicht das, was ich erwartet habe.«

»Was hast du denn erwartet?«

»Irgendetwas, das uns einen Hinweis darauf gibt, dass ein Zusammenhang zwischen dem Einbruch bei Peter Dempler und seinem gewaltsamen Tod gibt. Etwas, das uns die Gewissheit gibt, dass hier kein Unfall vorliegt.«

»Ich glaube, da kann ich weiterhelfen«, ertönte es plötzlich hinter ihnen.

Schnur drehte sich um. Im Türrahmen seines Büros sah er Anton Grewe. Seine Haare waren zerzaust, als wäre er in einem heftigen Sturm geraten. Sein Gesicht so blass, dass Schnur schon einen Kreislaufkollaps befürchten musste.

»Und wie?«

»Ich habe gerade die Akte gelesen«, begann Grewe zögerlich. »Dort steht, dass die Frage geklärt werden muss, ob es noch andere Zugänge zum Schacht gibt außer den Schachttüren.«

»Und?«

»Der Schacht ist durchgehend gemauert. Außerdem ist er gut gesichert, weil die Körbe dort mit großer Geschwindigkeit bewegt werden. Deshalb gibt es keinen Schlupfwinkel, durch den man unbemerkt in den Schacht klettern kann. Jedes Mal, wenn die Schachttür geöffnet wird, bekommt der Maschinist ein Signal. Das dient der Sicherheit, dass er den Korb nicht fährt, während sich möglicherweise jemand im Schacht aufhält.«

»Von dem Signal haben wir bereits gehört«, sagte Schnur.

Grewe nickte und meinte dazu: »Es steht in der Akte, dass kein Signal gegeben wurde. Also ist der Mann nicht auf gewöhnlichem Weg dorthin gelangt.«

»Aber, wie ist er dorthin gelangt?« Schnur wurde ungeduldig.

»Es gibt nur die Möglichkeit, die Sicherung an der Schachttür zu überlisten.«

»Du kennst diese Möglichkeit?«

Alle starrten gespannt auf Grewe. Die Erkenntnis, dass dieser elegante und feingliedrige Mann mal als Bergmann unter Tage gearbeitet hatte, war schon auf großes Staunen gestoßen. Welche Überraschung würde er ihnen jetzt enthüllen?

»Ja.« Jetzt leuchtete sein Gesicht puterrot. »Ich weiß, wie man diese Türen öffnen kann, ohne den Alarm auszulösen.«

»Und wie?«

»Am oberen Ende befindet sich ein Kontaktschalter. Sobald die Tür aufgeht, wird der Kontakt unterbrochen und der Alarm ausgelöst. Man muss einfach nur die Sicherung für kurze Zeit abschalten, die Tür öffnen, wieder schließen und hinterher schaltet man die Sicherung wieder ein.«

Schnur stieß einen Pfiff aus. »Das spricht für eine akribische Planung dieser Tat. Ich muss die Spusis nochmal runter schicken, damit sie diese Sicherung nach Fingerabdrücken untersuchen.«

»Das wäre endlich ein konkreter Hinweis«, stellte Erik euphorisch fest.

»Wirklich konkret wird es erst, wenn wir das Ergebnis unseres Gerichtsmediziners haben«, widersprach Schnur.

⚒

Die Fahrt über die stark befahrene Autobahn Richtung Homburg zog sich endlos in die Länge. Nieselregen benetzte die Windschutzscheibe. Die Scheibenwischer quietschten leise. Das Radio plärrte Werbung für alle möglichen Artikel von Babynahrung bis zum Stromanbieter, während Ann-Kathrin bei geöffnetem Fenster rauchte und versuchte, die Luft im engen Innenraum dabei nicht zu verpesten.

»Kannst du mir mal erklären, warum ausgerechnet wir beide zu einer Autopsie fahren müssen, bei der uns das Schlimmste erwartet?«, fragte die Staatsanwältin nach einer Weile. »Als Dienststellenleiter musst du doch in der Lage sein, solche Aufgaben an andere weiterzugeben. Das weißt du doch? Oder hat dir das noch keiner gesagt?«

Schnur überholte einen LKW, bevor er antwortete: »Ich will mit dir reden.«

»Hätten wir das nicht auch in einem gemütlichen Café nach Dienstschluss machen können?«

»Nein.«

Ann-Kathrin ließ den Zigarettenstummel fallen und schloss die Fensterscheibe. Fragend schaute sie Schnur an, der anfügte: »Ich werde heute Abend nach Dienstschluss nach Hause fahren. Zu meiner Frau.«

»Ach! Willst du mir erzählen, dass du deine Ehe retten willst?«

»Genau das.« Schnur spürte, wie er ins Schwitzen kam. Er hatte sich dieses Gespräch leichter vorgestellt. »Wir sind fast dreißig Jahre verheiratet. Das wirft man nicht einfach so weg.«

»Das wusstest du aber schon, als wir uns kennengelernt haben.«

Schnur sagte nichts dazu.

»Erklär mir doch bitte deinen Sinneswandel«, forderte die Staatsanwältin auf. »Ich habe nämlich das Gefühl, dass mir etwas entgangen ist.«

»Dir ist nichts entgangen.« Schnur wand sich, musste sich weiter auf das Autofahren konzentrieren. »Meine Frau hat herausbekommen, was ich treibe.«

»Was ist daran falsch? Sie kann es doch ruhig wissen.«

»Eben nicht!«

»Wenn du meinst, dass ich deine Launen einfach so hinnehme, hast du dich getäuscht. Ich bin kein Spielball, den man wegwirft, wenn man genug davon hat.«

Schnur spürte, wie seine Hände am Lenkrad feucht wurden.

»Das hat doch mit Wegwerfen nichts zu tun.«

»Was ist passiert, dass du plötzlich auf Ehemann machen willst?«

»Nicht plötzlich«, wehrte sich Schnur. »Es ist nur so, dass meine Frau mich vor ein Ultimatum stellt.«

»Besser geht es doch nicht.«

Schnur schaute zerknirscht auf die Autobahn, während er versuchte, die richtigen Worte zu finden: »Ich kenne meine Frau schon seit der Schulzeit. Ich will sie nicht verlieren.«

»Und was ist mit mir? Was hast du für mich vorgesehen?«

Nervös rieb sich Schnur über sein Kinn. Erst jetzt erkannte er, dass er wirklich nicht wusste, was er wollte.

»Überleg dir gut, was du tust«, kam es drohend von Ann-Kathrin.

»Ich werde mich nicht einfach so abservieren lassen. Für solche Spielchen hast du dir mit mir die falsche Frau ausgesucht.«

⚒

Das Gebäude der Rechtsmedizin war ein alter, zweigeschossiger Bau mitten auf dem Universitätsgelände in Homburg. Schnur parkte den Wagen direkt davor. Sie stiegen aus und eilten durch den stärker werdenden Regen hinein. Nach wenigen Stufen steuerten sie durch einen kleinen Flur auf ein Büro zu, in dem sie sich anmeldeten. Dort wurden ihnen blaue Plastikschürzen, Kappen und Mundschutz gereicht, die sie sich schweigend überzogen. Erst dann durften sie den Sezierraum betreten.

Dr. Thomas Wolbert stand an einem hohen stählernen Tisch, der übersät war mit Stücken in unterschiedlichen Größen, deren Anblick an ein Schlachthaus erinnerte. In der Mitte des Tisches verlief eine Mulde, durch die das Wasser ablief, mit dem die Körperteile gereinigt wurden. Die Flüssigkeit war rot und dominierte den stählernen Tisch. Erst bei genauem Hinsehen konnte Schnur einen Arm mit einer unversehrten Hand erkennen. Auch einen Kopf, der jedoch nur zur oberen Hälfte unbeschadet war. Dort, wo dunkle Haare ein wachsweißes Gesicht einrahmten.

Wolbert hielt in seiner behandschuhten Hand ein Skalpell, das er anhob, um den beiden Besuchern damit zuzuwinken, die gerade eintraten.

»Ihr wollt euch das wirklich zumuten?«, fragte er durch den Mundschutz.

Schnur beschloss, lieber nichts zu sagen. Er ahnte, dass es nicht leicht werden würde. Die Staatsanwältin meinte nur: »Wir lieben die Herausforderung.« Dabei warf sie einen vielsagenden Seitenblick auf den Kriminalkommissar.

Der Pathologe widmete sich wieder den menschlichen Überresten, die vor ihm auf dem Tisch lagen. Erst beim zweiten Hinsehen konnte Schnur erkennen, dass die Teile so angeordnet waren, dass sie den Mann an einem Stück darstellten.

»Was kannst du uns schon sagen?«, fragte er hastig, um sich von dem Anblick abzulenken. »Ist der Mann durch die Quetschung gestorben oder war er schon tot, als er hochgezogen wurde?«

»Nur langsam«, bremste Wolbert den Eifer des Polizeibeamten.

»Wir haben nicht ewig Zeit«, drängte Schnur. »Von dieser kleinen Kleinigkeit hängt es nämlich ab, ob wir den Fall überhaupt bearbeiten müssen oder nicht.«

»Trotzdem muss ich mich zuerst absichern! Erst dann werde ich dir das Ergebnis sagen. Keine Sorge. Es dauert nicht mehr lange.«

»Was kannst du uns sagen?«

»Organisch kann ich nicht mehr viel feststellen, weil die Organe alle zerquetscht worden sind – außer einer Niere und die war gesund. Sein Kopf ist am Unterkiefer zertrümmert.«

»Wie das?«

»Vielleicht durch ein seitliches Herabhängen«, überlegte Wolbert laut. »Dadurch ist leider auch die Halswirbelsäule zerstört – ebenso die Haut, das Gewebe und die Kapillaren an dieser Stelle.«

»Wäre das von Bedeutung gewesen?«

»Durch Würgen kann ein Mensch ohnmächtig werden, das ist aber nicht mehr festzustellen«, antwortete Wolbert. »Und so, wie er an dem Seil hing, als er hochgezogen wurde, gibt es nur zwei Möglichkeiten: Entweder er war bewusstlos oder tot.«

»Und das würde ich gerne wissen.«

»Seine beiden Arme sind unversehrt«, sprach der Mediziner ohne Pause weiter. »An der linken Hand hing noch der Handschuh. Dort war nichts zu finden. Rechts fanden wir einiges unter den Fingernägeln. Das ist bereits nebenan im Labor zur Untersuchung.«

Schnur nickte.

»Ich werde jetzt die Wundränder der einzelnen Teile untersuchen«, sprach Dr. Wolbert weiter. »Nur dort kann ich sehen, ob der Mann noch gelebt hat, als er eingequetscht wurde.«

»Warum hast du das noch nicht gemacht?«, murrte Schnur.

»Weil ich zuerst einmal Gewebeproben und Blutproben für die toxikologische Untersuchung entnommen habe. Außerdem mussten wir zuerst einmal untersuchen, welche Teile von unserem Opfer fehlen. Er ist – soweit das möglich war – komplett. Bis auf das, was direkt unter das Seil gekommen ist.«

»Also kannst du auch an den Körperteilen feststellen, ob er mit Gewalt an das Seil gefesselt wurde?«

»Kann ich … vielleicht … Ich fange jetzt sofort an und zähle jedes Ergebnis auf. Wenn du mir keine weitere Fragen mehr stellst, sind wir umso schneller fertig.«

Schnur lehne sich an die gekachelte Wand und schloss die Augen. Die Kühle an seinem Rücken tat ihm gut, denn die Bilder, die sich in seine Gedanken gefressen hatten, waren grausig.

»Also«, sagte Dr. Wolbert so laut, dass Schnur erschrocken zusammenzuckte. »Ich kann dir mit Sicherheit sagen, dass der Mann noch gelebt hat, als er zwischen Stahlseil und Seilscheibe geriet.«

»Woran erkennst du das?«

»Es gibt prämortale Schürfwunden an beiden Unterarmen.« Der Gerichtsmediziner zeigte auf die Kratzer, die dunkelrot schimmerten. »Weiterhin kann ich Gewebseinblutungen an den Wundrändern feststellen, was eine Vitalfunktion voraussetzt. Also hat der Mann noch gelebt. Weiterhin habe ich Stahlstifte aus dem Unterleib gezogen. Ob die nun postmortal oder prämortal dorthin gelangt sind, ist schwer feststellbar. Es könnte sein, dass diese Verletzungen zum Todeszeitpunkt entstanden sind.«

»Also doch ein Unfall.«, Ann-Kathrin staunte.

»Wir müssen noch die toxikologischen Befunde abwarten«, bremste Dr. Wolbert sie. »Es könnte sein, dass er durch ein Beruhigungsmittel sediert wurde.«

»Wann wissen wir das genau?«, fragte Schnur ungeduldig.

»Wenn ich meinen endgültigen Bericht fertigstelle«, antwortete Wolbert genauso ungehalten.

»Und wann bekomme ich den?«

»Mit den Ergebnissen der Toxikologie und weiteren mikroskopischen Untersuchungen, die ich jetzt gleich an den Proben vornehmen werde, kann ich dir morgen früh den Bericht zuschicken.«

⚒

Die Tür ging auf und ein Mann mit Cowboy-Stiefeln, Lederjacke, langen grauen Haaren und einem Schnauzer, der zu beiden Seiten den Mund einrahmte, betrat Schnurs Büro am frühen Morgen.

Verwundert schaute der Kriminalbeamte auf den Kalender, um sich zu vergewissern, dass heute nicht der 11.11. war – der Beginn der närrischen Zeit. Aber nein. Es war Donnerstag, der 7. Oktober. Was hatte diese Maskerade also zu bedeuten?

»Hello«, begrüßte ihn der Mann auch noch in einem grässlichen Akzent, der amerikanisch klingen sollte. »How are you?«

»Wer sind Sie?«, fragte Schnur unhöflich.

»My name ist Robert Ollig«, stellte sich der Mann vor.

»Ich habe viele Jahre bei der Crime Scene Investigation in Greenville gearbeitet. Und jetzt bin ich der neue Leiter der Spurensicherung der Kriminalpolizei in Saarbrücken.«

Schnur stieß die angehaltene Luft aus und reichte dem Mann die Hand.

»Wenn der Prophet nicht zum Berg geht, kommt eben der Berg zum Prophet«, sprach der Mann weiter und lachte.

»Sie haben die deutsche Sprache also nicht verlernt«, meinte Schnur dazu nur, ohne in das Lachen seines Gegenübers einzustimmen.

»So what! My German is perfect.«

»Gut zu wissen. Also, was führt den Berg zum Propheten?«

»My analysis.«

»Auf Deutsch bitte!«

Schnur gab sich Mühe, nicht die Nerven zu verlieren. Er versuchte, nicht darüber nachzudenken, dass dieser Cowboy ab sofort die Arbeit übernehmen sollte, die dreißig Jahre lang Theo Barthels gemacht hatte. Diese Vorstellung kam ihm fast unwirklich vor.

»All right!« Der Mann fuhr sich über seinen viel zu langen Schnauzer und sprach weiter: »Hier habe ich den Bericht über die Einbruchsspuren im Haus der Eheleute Dempler. Der Einbrecher hatte Handschuhe getragen. Jedoch konnte ich das Werkzeug anhand der Spuren an der Tür identifizieren. Es gehört zum sogenannten Gezähe, das ist eine Rohrpumpenzange, wie ein Bergmann sie benutzt.«

Schnur spürte, wie sein Adrenalinpegel anstieg. Das klang tatsächlich nach einem Zusammenhang. Nun blieb zu hoffen, dass sie auch unter Tage einen entscheidenden Hinweis gefunden hatten. Doch was er in dieser Sache zu hören bekam, gefiel ihm gar nicht.

»Wir durften nicht mehr hinunterfahren. Das Bergamt will sich selbst um die Spuren an der Schachttür kümmern.«

Schnur stöhnte. Fast achtundvierzig Stunden waren seit Peter Demplers Tod vergangen und sie wussten immer noch nicht, ob ein Unfall oder ein Verbrechen vorlag.

»Good bye!«, rief der große, dürre Mann noch beim Hinausgehen und warf die Tür schwungvoll hinter sich zu.

Schnur wollte gerade die Kollegen in sein Büro rufen, als das Telefon auf seinem Tisch klingelte. Es war der Gerichtsmediziner. Ihn hatte er vergessen, was er wohl dem sonderbaren Auftritt des Teamleiters der Spurensicherung zu verdanken hatte.

»Hast du noch etwas herausfinden können?«, fragte er ohne große Hoffnung.

»Allerdings. Das habe ich. Aber nicht bei der toxikologischen Untersuchung. Dort war alles normal. Peter Dempler wurde nicht durch ein Beruhigungsmittel außer Gefecht gesetzt.«

»Sondern?«

»Ich habe mir die Nackenpartie des Mannes noch mal unter dem Mikroskop genau angesehen und dort etwas festgestellt«, begann Dr. Wolbert. »Peter Dempler hat vor seinem Ableben einen heftigen Schlag ins Genick bekommen.«

»Was bewirkt so ein Schlag ins Genick genau?«

»Damit kann man einen Menschen bewusstlos schlagen, wenn nicht sogar tot. Aber in unserem Fall hat der Mann noch gelebt, also hatte ihn der Schlag nicht getötet, sondern nur betäubt.«

»Ganz sicher?«

»Ich konnte an noch übriggebliebenen Haut- und Knochenresten eindeutige Einblutungen erkennen, die auf den Beginn eines Hämatoms hindeuten. Und wie du selbst weißt, bilden sich Hämatome nur bei Lebenden, weil dabei Blut aus den verletzten Blutgefäßen austritt und sich im Körpergewebe unter der Haut ansammelt. Dafür sind Vitalfunktionen notwendig.«

»Könnte das Hämatom nicht auch schon viel früher bei einer Schlägerei entstanden sein?«

»Nein. Dafür war der Austritt des Blutes noch nicht weit genug vorangeschritten. Dieses Hämatom war gerade dabei, sich zu bilden – also noch ganz frisch.«

Schnur bedankte sich und beendete das Gespräch. Das war mehr als er sich erhofft hatte. Er wollte gerade die Kollegen zur Besprechung rufen, als die Tür aufging und Anton Grewe seine Nase hereinstreckte.

»Konnte Buffalo Bill uns weiterhelfen?«, fragte er.

Im Hintergrund hörte Schnur ein leises Kichern. Also rief er: »Kommt alle rein und lungert nicht vor meiner Bürotür herum. Ich nehme an, mit Buffalo Bill ist unser neuer Spusi-Chef gemeint.«

Lachend kamen Andrea und Erik hinter der Tür hervor und setzten sich dem Dienststellenleiter in dessen Büro gegenüber, damit die Besprechung beginnen konnte.

»Also«, begann Schnur. »Endlich wissen wir ganz sicher, dass wir es mit einem Mord zu tun haben.«

Er wiederholte, was ihm der Pathologe am Telefon gesagt hatte. Auch das Ergebnis der Spurensicherung über den Einbruch erwähnte er.

Anschließend stellte Erik die Frage, die alle beschäftigte: »Und wie gehen wir jetzt vor?«

»Wir greifen zu Plan B«, erklärte Schnur.

»Gab es überhaupt einen Plan A?«, fragte Erik.

»Plan A wäre die klassische Ermittlungsarbeit gewesen«, antwortete der Vorgesetzte. »Doch da wir wissen, dass wir nicht mehr unter Tage ermitteln dürfen, müssen wir sie austricksen.«

»Und wie willst du das machen?«

»Ich habe mich mit der Personalabteilung der Grube in Verbindung gesetzt und dort erfahren, dass sie in der Partie von Remmark einen Nachfolger für den verstorbenen Peter Dempler suchen. Also werden wir Anton Grewe als verdeckten Ermittler runter schicken.«

KAPITEL 5

Langsam schlenderte Kullmann über den Bahnsteig an Gleis 12. Kalter Wind blies, er schob den Kragen seines Mantels höher. Auf der Anzeigetafel stand »Ankunft des TGV 9566 aus Mannheim um 11.01 Uhr«.

Er schaute auf die Uhr und stellte zufrieden fest, dass es nicht mehr lange dauerte. Er drehte sich um und setzte seinen Marsch über den zugigen Bahnsteig fort. Dabei kreisten seine Gedanken immer wieder um die jüngsten Ereignisse in der Grube Warndt. Seit Tagen dachte er an nichts anderes. Die Details vom damaligen Unglück erschienen wieder so klar vor seinen Augen, als sei es gerade erst passiert. Ein Stollen war eingebrochen. In diesem Stollen waren acht Bergmänner vermutet worden, die alle zu einer Partie gehört und dort gearbeitet hatten. Doch am nächsten Tag hatte sich herausgestellt, dass zehn Männer vermisst wurden. Zwei Bergmänner, die gar nicht in dieser Partie arbeiten sollten, blieben ebenfalls spurlos verschwunden. Die Namen waren ihm wieder eingefallen: Winfried Bode und Karl Fechter.

Die Aussagen der übrigen Männer aus der Mannschaft hatten sich als widersprüchlich erwiesen, weshalb der damalige Amtsleiter Wollny Kullmann unter Tage geschickt hatte, um sich selbst ein Bild davon zu machen. Doch die Welt da unten war für Kullmann zu fremd gewesen, um tatsächlich Hinweise auf ein Verbrechen feststellen zu können. Deshalb hatte er dem Bergamt zugestimmt, das den Fall als Unfall deklarierte.

Und nun war genau in diesem Bergwerk wieder etwas passiert. Aber niemand kam auf ihn zu, um ihn zu dem damaligen Sachverhalt zu fragen.

War es möglich, dass sie noch gar nicht auf den alten, fast elf Jahre zurückliegenden Fall, gestoßen sind?

»Meine Damen und Herren. Der Zug TGV 9566 aus Mannheim in Richtung Paris wird zehn Minuten später eintreffen. Wie bitten um Ihr Verständnis«, lautete die scheppernde Durchsage durch den Lautsprecher am Bahnsteig.

Kullmann schaute auf. Er war so in Gedanken versunken gewesen, dass er vergessen hatte, wo er war. Rasch drehte er sich um und ging ein Stück zurück. Denn sobald Anke und ihre Tochter aus dem Zug steigen würden, wollte er, dass sie ihn sahen. Es sollte eine Überraschung sein. Weder er noch seine Frau Martha hatten ein Sterbenswörtchen darüber verloren.

Er behielt die Uhr im Auge und verfolgte die sich ständig ändernden Meldungen auf den Anzeigetafeln, bis endlich der erlösende Gong ertönte und eine Durchsage folgte: »Meine Damen und Herren. Auf Gleis 12 fährt jetzt ein der TGV 9566 von Mannheim über Saarbrücken nach Paris. Abfahrt um 11.15 Uhr. Nächster Halt Paris, Gare de l'Est. Bitte Vorsicht bei der Einfahrt.«

Sechs Wochen hatte er Anke und ihre Tochter Lisa nicht mehr gesehen. Sechs lange Wochen. Sie hatte darauf bestanden, dass niemand sie besuchte. Das hatte er schweren Herzens akzeptiert.

Schon von weitem konnte er den Zug sehen. Quietschend rollte er ein, verlangsamte sein Tempo, bis er endlich stehen blieb. Die Schiebetüren öffneten sich.

Lisa sprang die hohe Stufe hinunter und rannte auf Kullmann zu.

»Opa Norbert! Opa Norbert!«, rief sie so laut, dass es jeder am Bahnsteig hören konnte.

Kullmann bückte sich nach ihr und fing sie auf, als sie auf ihn zusprang. Ihre Haare waren kurz geschnitten und standen wild vom Kopf ab. Kullmann konnte nicht anders, er musste mit seiner freien Hand den Blondschopf durchwühlen. Lisas Augen funkelten vor Freude Ein Anblick, der Kullmanns Herz höher schlagen ließ. Es sah so aus, als hätte Anke mit dieser Kur ihr Ziel erreicht.

Plötzlich stand Anke vor ihm.

Auch ihre Haare waren kurz geschnitten, wodurch sie zehn Jahre jünger aussah.

Kullmann setzte Lisa ab und umarmte seine frühere Mitarbeiterin herzlich.

Anke lachte und meinte: »Du tust so, als sei ich hundert Jahre lang fort gewesen.«

»So kommt es mir vor«, gab Kullmann zu. »Sechs Wochen sind eine lange Zeit.«

»Aber es war eine gute Zeit für Lisa und mich.«

»Das sehe ich. Und es tut mir gut, euch so glücklich und entspannt zu sehen.«

Sie verließen das Bahngleis, schoben sich durch das Gedränge der vielen Menschen, bis sie auf dem Parkplatz ankamen.

Kullmann verstaute das Gepäck im Kofferraum seines Wagens, während Anke dafür sorgte, dass Lisa sich auf dem Rücksitz anschnallte.

»Ich bin ganz viel gewommen!«, rief Lisa aus dem Fond des Wagens.

»Das heißt geschwommen«, korrigierte Anke.

»Meine ich ja!«

»Dann bist du eine Wasserratte geworden«, kommentierte Kullmann.

Lisa lachte über das lustige Wort.

»Sie hat in der Kur das Schwimmen für sich entdeckt«, meinte Anke. »Mal sehen, wo ich hier mit ihr hingehen kann.«

»Das Calypso-Bad, in der Nähe des Messegeländes«, schlug Kullmann vor.

»Stimmt. Ich denke, dort ist es genau richtig für Lisa. Vor allem, wenn ich vormittags mit ihr hingehen kann.«

»Vormittags musst du arbeiten«, hielt Kullmann dagegen.

»Ich überlege, die nächste Woche noch Urlaub zu machen.«

Kullmann verschlug es die Sprache. Er konzentrierte sich auf den dichten Verkehr und versuchte dabei, so teilnahmslos wie möglich dreinzublicken. Doch das gelang ihm nicht, denn schon fragte Anke: »Was ist mit dir? Hast du ein Problem damit, dass ich eine Woche Urlaub anhängen will?«

»Nein.«

»Aber?« Anke ließ nicht locker. »Ich sehe dir doch an, dass dich etwas beschäftigt.«

Eine rote Ampel zwang Kullmann zu stoppen. Dann wandte er sich seiner Beifahrerin zu und gestand: »In dieser Woche ist ein Bergmann auf der Grube Warndt getötet worden. Das ist ausgerechnet die Grube, in der ich mal ermittelt habe. Aber niemand aus Schnurs Team hat mich bisher in die Ermittlungen einbezogen. Niemand braucht mehr meine

Hilfe. Deshalb hatte ich gehofft, dass du am Montag wieder arbeiten gehst, damit ich endlich informiert werde.«

»Ich kann dir sagen, warum dich bisher noch niemand um Rat gefragt hat«, meinte Anke.

Kullmann sah in den Augenwinkeln, dass sie grinste.

»Und warum?«

»Weil die Kollegen noch nicht einmal herausgefunden haben, ob es sich um einen Unfall oder um Mord handelt.«

»Woher willst du das wissen?«

»Erik hat mich gelegentlich angerufen«, antwortete Anke. »Er meinte, dass sie nicht ermitteln können, solange diese Frage nicht geklärt ist. Und solange sie nicht ermitteln, brauchen sie auch deine Hilfe nicht.«

»Wie kann das ein Unfall sein?«, begehrte Kullmann auf. »Das war Mord.«

»So einfach scheint es nicht zu sein. Aber ich weiß nicht, wie sich der Fall in der Zwischenzeit weiterentwickelt hat.«

»Wann hast du mit Erik telefoniert?«

»Am Mittwoch.«

»In der Zwischenzeit kann viel passiert sein. Das sind zwei Tage.«

Anke schmunzelte und meinte: »Dann werde ich meinen Urlaub wohl noch ein bisschen aufschieben müssen.«

»Das will ich nun auch wieder auch nicht«, brummte Kullmann. »Dann bekäme ich ein schlechtes Gewissen.«

»Das brauchst du nicht«, gestand Anke. »Jetzt hast du mich auf den Fall neugierig gemacht.«

⚒

»Erik, wo bist du mit deinen Gedanken?« Der Angesprochene schaute auf und sah seinen Vorgesetzten Jürgen Schnur vor seinem Schreibtisch stehen.

»Ich versuche schon die ganze Zeit, Anke zu erreichen«, gab er zerknirscht zu.

»Sie kommt heute nach Hause, dachte ich.«

Erik nickte.

»Lass sie doch erst mal ankommen!«, fuhr Schnur den Mitarbeiter an. »In der Zwischenzeit kannst du tun, was ich dir aufgetragen habe.«

Erik richtete seinen Blick auf den Bildschirm seines PC's und las vor: »Paolo Tremante ist einmal aktenkundig geworden und zwar wegen Verführung einer Minderjährigen. Aber ich glaube nicht, dass uns das in unserem Fall weiterhilft.«

»Nicht wirklich«, gab Schnur zu.

»Deshalb habe ich noch ein bisschen weitergesucht und bin auf den Unfall unter Tage gestoßen, den du am Dienstag angesprochen hast.«

Schnur erinnerte sich daran, dass Georg Remmark ein Unglück erwähnt hatte, das bereits elf Jahre zurücklag. Er sah wieder die Gedenkstätte vor sich, die für die zwei vermissten Kameraden dort eingerichtet worden war.

»Remmark hatte dieses Unglück bereits erwähnt. Es liegt elf Jahre zurück«, resümierte er.

»Hat er auch erwähnt, dass es Unstimmigkeiten bei den Aussagen der Bergleute gegeben hat?«, fragte Erik.

Schnur horchte auf. »Nein. Was steht in der Akte?«

»Die Gruppe von Steiger Karl Fechter war an einem Donnerstag, dem 16. September 1999 zusammen zur Zwölf-Uhr-Schicht unter Tage gefahren. Das Unglück ereignete sich in der Nacht vom 16. September auf den 17. September 1999. Erst danach wurden Fechter und Bode vermisst gemeldet.« Erik schaute Schnur an und wartete auf dessen Reaktion.

»Das verstehe ich nicht.«

»Ich auch nicht. Das Unglück ereignete sich in der Nacht. Aber Karl Fechter und Winfried Bode hatten in der Mittagschicht gearbeitet. Sie hätten also gar nicht mehr unter Tage, geschweige denn in dem Bereich sein dürfen, der eingestürzt ist.«

»Wurde in dem Fall ermittelt?«

»Ja. Und rate mal, wer hinzugezogen wurde?« Erik grinste.

»Wer?«, drängte Schnur.

»Norbert Kullmann – unser ehemaliger Chef.«

Schnur staunte. Er ging einige Schritte vor Eriks Schreibtisch auf und ab und sagte dann: »Da hat unser Altmeister bereits in der Grube Warndt ermittelt und meldet sich mit keinem Wort bei uns.«

»Vielleicht weiß er es noch nicht«, überlegte Erik laut.

»Es hat unübersehbar in der Zeitung gestanden«, hielt Schnur dagegen. »Er weiß es mit Sicherheit. Ich werde ihn sofort anrufen und fragen, was los ist …«

»Ich würde noch warten«, rief Erik dazwischen.

»Warum?«

»Er holt Anke und Lisa vom Bahnhof ab. Lass sie doch erst mal ankommen.«

»Touché!«, gab Schnur grinsend zurück.

⚒

Anton Grewe saß seit Stunden ungestört in seinem Büro. Das Telefon stand still. Keine E-Mails auf dem Rechner. Nichts.

Die Kollegen ließen ihn in Ruhe. Das war ihm auch recht so, denn er musste sich mental auf diese schwere, körperliche Arbeit einstellen. Im Streb soll er als Schildfahrer tätig werden, weil Peter Dempler in dieser Funktion gearbeitet hatte.

Grewe sah die Maschinen vor seinem geistigen Auge, rief sich die Arbeit ins Gedächtnis zurück und erkannte mit Schrecken, dass er im Lauf der Jahre eine ganze Menge vergessen hatte. Zum Glück blieb ihm noch das ganze Wochenende, um sich wieder damit vertraut zu machen. Er würde die Zeit nutzen.

Außerdem überlegte er, wo seine Bergmannskluft abgeblieben war. Er durfte sich keine neue besorgen, das würde auffallen. Die alte, abgetragene war genau richtig. Jürgen Schnur hatte beschlossen, dass Grewe vorübergehend wieder zu seinen Eltern ins Warndtdorf ziehen sollte. Das passte perfekt zu der Vita, die für diese Aktion für ihn erstellt worden war.

Er musste glaubhaft rüberbringen, dass er sich von seiner Frau im Pütt getrennt hatte und deshalb ins Saarland zurückgekommen war. Hoffentlich funktionierte das. Denn kein Bergmann kehrte in Zeiten wie diesen dem Ruhrgebiet den Rücken. Dort liefen die Bergwerke noch mindestens acht Jahre, während hier im Saarland in zwei Jahren Schluss sein sollte.

Deshalb hatte Schnur beschlossen, dass Grewe in sein Elternhaus einzog. Das war ein äußerst unangenehmer Teil seiner Arbeit gewesen, den alten Herrschaften klarzumachen, dass er sich als Maulwurf unter die Männer schlich, um den Mörder zu finden.

Grewe spürte Zweifel, ob sein Vater auch wirklich den Mund halten würde. Dessen Loyalität zu den Kameraden reichte sehr weit. Hoffentlich gab es auch einen Funken Loyalität seinem eigenen Sohn gegenüber, auch wenn der sich als untüchtiger Bergmann erwiesen hatte.

Grewe spürte, wie seine Hände zitterten.

Alle diese alten Gefühle, die er erfolgreich verdrängt hatte, kehrten wieder zurück. In einer Heftigkeit, die ihn erschreckte. Er musste in diesem Fall funktionieren. Große Verantwortung lag auf ihm, die mehr von ihm verlangte, als alte Befindlichkeiten zu beklagen. Also musste er nach vorne schauen und durfte sich nicht ständig an den alten Geschichten aufreiben.

Eine Entschlossenheit breite sich in ihm aus, die ihn mit neuer Energie erfüllte. Er nahm den Telefonhörer in die Hand und begann die Nummer seiner Eltern zu wählen. Doch mit jeder Taste, die er drückte, schwand seine Energie ein bisschen mehr, bis seine Handinnenfläche feucht wurde und er schnell wieder auflegte, bevor es durchklingeln konnte.

Das enttäuschte Gesicht seines Vaters tauchte ganz unvermittelt vor seinem geistigen Auge auf. Die Traurigkeit und Resignation, die Grewe darin gesehen hatte, als er ihm gestanden hatte, dass dieser Job einfach nichts für ihn war. Für seinen Vater war eine Welt zusammengebrochen. Grewe hatte mit einer alten Tradition gebrochen – hatte sich vom Bergmannsberuf abgewandt. Außer ihm gab es keinen zweiten Sohn, der diese Rolle hätte übernehmen können.

Und heute – zwanzig Jahre später – wollte er in die Grube hinabsteigen, um einen Kameraden zu finden, der sein mörderisches Spiel trieb. Dabei war niemandem klar, ob es wirklich ein Bergmann war, der Peter Dempler umgebracht hatte. Dieser heikle Auftrag basierte nur auf Vermutungen. Auf Annahmen der Kriminalpolizei, weil niemand eine andere Lösung für diesen Mordfall wusste.

Kein Bergmann ging davon aus, dass einer der ihren zu so einer Tat fähig wäre. Auch dieser Aspekt erschwerte es ihm, seinen Vater von der Notwendigkeit dieser Aktion zu überzeugen.

Grewe ahnte, was er seinem Vater damit antat. Denn der alte Herr wurde in diese Ermittlung indirekt mit einbezogen, was für ihn nichts anderes als Verrat am Kameraden bedeutete.

Grewe schaute auf die Uhr und erschrak. Wie lange saß er schon tatenlos am Schreibtisch und brütete vor sich hin? Er musste endlich mit den Vorbereitungen beginnen.

Wieder hob er die Hand ans Telefon. Seine Bewegungen fühlten sich steif an, als seien seine Gelenke eingerostet. Doch dieses Mal gelang es ihm, die Nummer seines Vaters zu wählen und auch durchklingeln zu lassen. Schon nach dem zweiten Läuten hob sein Vater ab.

⚒

Erik saß in seinem Wagen vor dem Appartementhaus, in dem Anke und ihre Tochter Lisa lebten. Er zögerte. Am Vortag hatte er sie nicht angetroffen. Vermutlich war Anke von Norbert und Martha Kullmann eingeladen worden, um die Heimkehr zu feiern. Im trauten Familienkreis – wobei diese Familie nicht auf Verwandtschaft beruhte. Erik spürte, wie ihm warm ums Herz wurde. Er wusste viel über diese Menschen, die sich selbst zur Familie ernannt hatten, weil sie Gleichgesinnte waren, deren Lebenswege sich gekreuzt hatten. Wie gerne würde er dazugehören.

Doch jetzt, am Samstagmorgen, saß er vor Ankes Wohnung und fragte sich, ob der Zeitpunkt der richtige war, sie und ihre Tochter zu besuchen.

Plötzlich fuhr ein Auto vor und hielt direkt neben seinem. Er drehte sich um und erkannte Anke, die ihm lachend zuwinkte. Verlegen ließ er die Seitenscheibe runterfahren.

»Auf wen wartest du?«, fragte Anke und grinste verschmitzt.

Es war das Grinsen, das Erik so an ihr liebte. Das er schmerzlich vermisst hatte. Ihre Augen funkelten. Ihre kurzen Haare betonten ihr strahlendes Gesicht noch mehr. Er war überrascht, wie hübsch sie aussah. Mit dieser Frisur hatte er sie noch gar nicht gesehen.

»Ich wollte dich besuchen.«

»Fein!«, rief sie. Schon mischte sich eine weitere Stimme dazu. Es war Lisa, die aus dem Fond des Wagens etwas rief. Doch Erik konnte sie nicht verstehen.

Schnell stieg er aus und folgte Ankes grünem Subaru, den sie geschickt in ihre Garage einparkte. Dort stand alles voller Balkonmöbel, daneben die Sommerreifen für den Wagen und Reiterzubehör, sodass es wirklich schon an ein Wunder grenzte, dass der große Wagen noch hineinpasste.

Sie stieg aus und holte Lisa ebenfalls aus dem Wagen, die vor lauter Ungeduld schon gegen die Scheibe trommelte.

»Erik, Erik«, rief sie und sprang mit einem Satz in Eriks Arme.

Anke lachte und meinte: »Jetzt wollte ich, dass du mir hilfst, die Einkäufe hochzutragen. Aber so wie es aussieht, hat dich Lisa in Beschlag genommen.«

Es gelang Erik trotzdem, Anke zur Hand zu gehen. Gemeinsam trugen sie mehrere Tragetaschen in den dritten Stock, in dem ihre Wohnung lag. Lisa sprang munter in der Wohnung herum und erzählte unentwegt von ihren Abenteuern, die sie im Schwarzwald erlebt hatte. Erik tat der Anblick des kleinen Mädchens gut. Ihre Traurigkeit war spurlos verschwunden, ein Zeichen dafür, dass diese Kur ihre Wirkung nicht verfehlt hatte. Währenddessen half er Anke dabei, ihre Lebensmittel einzuräumen, eine Tätigkeit, die er bisher immer als nervig angesehen hatte. Doch in diesem Augenblick tat es ihm richtig gut, mit anzupacken, sich die richtigen Schränke weisen zu lassen und alles an seinen Platz zu legen. Das vermittelte ihm ein Gefühl von Vertrautheit. Dabei fühlte er sich Anke viel näher, als er es je erlebt hatte.

Als sie fertig waren, ließen sie sich auf dem Sofa nieder. Anke wollte gerade damit beginnen, von ihrer Kur zu erzählen, als es an der Tür klingelte.

Vorbei war der Zauber, der gerade zwischen ihnen entstanden war. Erik verwünschte denjenigen, der diese Idylle zerstört hatte. Doch als er Norbert Kullmann eintreten sah, nahm er seine Verwünschungen wieder zurück.

⚒

Andrea rieb ihre müden Augen. Die Aufgabe, nach Auffälligkeiten im Leben der Bergmänner zu suchen, erwies sich als stinklangweilig. Diese Männer hinterließen den Eindruck, als hätten sie noch nie etwas anderes in ihrem Leben gemacht, als in der Grube zu arbeiten.

Plötzlich stieß sie auf etwas.

Sie riss die Augen weit auf und staunte. Das sah richtig gut aus. Und dann gleich noch etwas. Und noch etwas. Endlich Ergebnisse, mit denen sie etwas anfangen konnte

Sie druckte die Informationen aus, riss den Zettel aus dem Drucker und steuerte im Eiltempo Schnurs Büro an, dessen Tür offenstand.

Der fühlte sich unbeobachtet. Er saß vor einem kleinen Spiegel und rasierte sich mit einem elektrischen Rasierapparat das Kinn. Dabei ging er äußerst akribisch vor, um nur ja kein Härchen zu übersehen.

Andrea beobachtete ihn eine Weile, bis er vom Spiegel aufsah und die Kommissarin bemerkte.

»Hast du Neuigkeiten oder willst du von mir das Rasieren lernen?«

»Neuigkeiten«, antwortete Andrea schnell. »Rasieren kann ich mich schon.«

Schnur lachte und räumte seine Utensilien vom Schreibtisch.

»Dann pack mal aus. Was hast du über die Bergleute herausgefunden?«

»Also, über die Männer, die in Georg Remmarks Gruppe arbeiten, nichts. Dafür habe ich festgestellt, dass vor zwei Jahren der Lokführer Harald Stark einen tödlichen Unfall erlitten hat. Er hatte damals zu Remmarks Gruppe gehört.«

»Wie ist er verunglückt?«

»Er geriet beim Rangieren der Grubenlok unter einen der Waggons.«

»Inwiefern ist das wichtig für uns?«, fragte Schnur.

»Ich bin ja noch nicht fertig. Erik hat doch schon herausgefunden, dass im Jahr 2006 Uwe Bendrup tödlich verunglückt ist. Auch er gehörte damals zu Remmarks Gruppe. Er wurde zwischen Schildkappe und Gebirge zu Tode gequetscht.« Andrea schaute von ihrer Notiz auf und fügte an: »Ich weiß zwar nicht, was eine Schildkappe im Bergbau ist. Ich sehe einfach nur die merkwürdigen Parallelen.«

»Welche Parallelen?«

»Im Rhythmus von zwei Jahren sterben immer wieder Bergleute aus derselben Gruppe. Und immer wieder heißt es, es sei ein Unfall gewesen.«

»Jetzt mach mal einen Punkt. Das sind zwei Unfälle. Da kann man wohl kaum von Parallelen sprechen.«

»Die Liste ist noch länger.«

»Heißt das, dass es dort noch mehr Todesfälle gegeben hat?«, fragte Schnur.

»Genau das. 2004 starb Alois Witzke. Hier steht, er hielt sich im Alten Mann auf und wurde verschüttet.« Andrea schaute fragend auf Schnur, der ihr sogleich die Antwort darauf gegeben konnte: »Der *Alte*

Mann ist der ungeschützte Bereich, der nach dem Herausnehmen der Kohle zurückbleibt. Dort geht kein Bergmann freiwillig hinein.«

»Da haben wir es«, rief sie aufgeregt. »Und einfach so gerät auch bestimmt kein Bergmann zwischen Schildkappe und Gebirge.«

»Das ist wirklich ein ungewöhnlicher Unfall«, gab Schnur zu. »Die Schilde stützen das Gebirge über dem Streb. Sie bestehen aus hydraulischen Stützpfeilern mit Platten, auf denen die Last des Gebirges aufliegt. Immer wenn das Schild nachrückt, wird diese Platte heruntergefahren, das Schild rückt auf und die Platte fährt wieder hoch. Warum sich ein Bergmann dort oben aufhält, weiß ich nicht. Das sieht schwer nach Fremdeinwirkung aus, denn selbst kann er die Schildkappe von dort oben aus nicht hochgefahren haben.«

Eine Weile schwiegen sie, bis Andrea anfügte: »Ich habe noch einen weiteren tödlichen Unfall ausgegraben. Der liegt noch länger zurück, Im Jahr 2002 starb ein Horst Stänger. Er sei angeblich in den Kohlebrecher geraten.«

Schnur pfiff durch die Zähne.

»Ich frage mich, wie all diese Unfälle so still und heimlich unter den Teppich gekehrt werden konnten. Den Tod von Peter Dempler wollten sie auch als Unfall abhaken, wären wir nicht dazwischen gekommen. Wo waren wir, als die anderen Männer gestorben sind?«

Schnur grübelte eine Weile, bevor er antwortete: »Die anderen Männer sind alle unter Tage gestorben. Unfälle passieren nun mal unter Tage. Deshalb sollten wir mit diesen Informationen vorsichtig umgehen.«

»Trotzdem sehe ich auffallende Parallelen.«

»Ich gebe dir Recht«, meinte Schnur, um seine Kollegin zu beruhigen. »Aber wie ich deinen Angaben entnehme, war bei keinem dieser Todesfälle die Bergpolizei eingeschaltet.«

»Doch! Das Bergamt hat jeden Fall untersucht.«

»Gut zu wissen. Deshalb müssen wir zuerst einmal im Hintergrund recherchieren, bevor wir die Pferde scheu machen. Die Sache könnte nämlich äußerst brisant werden, wenn wir viel Wind machen, nachdem das Bergamt schon ermittelt hat.« Ein prüfender Blick, der Schnur bestätigte, dass Andrea seine Anweisung verstanden hatte, dann fügte er an: »Der Name Uwe Bendrup sagt mir etwas. Aber was?«

»Bei ihm wurde damals ebenfalls eingebrochen – wie bei Peter Dempler«, erklärte sie, »kurz vor seinem Tod.«

Schnur nickte.

»Das hat Erik herausgefunden«, fügte Andrea noch an. »Wo steckt Erik überhaupt?«

»Er wollte Anke besuchen. Sie ist heute von ihrer Kur nach Hause gekommen.«

»Oh! Wann fängt sie wieder an zu arbeiten?«

»Am Montag. Warum?«

Andrea fuhr sich durch ihre langen Haare, verzog das Gesicht zu seiner schiefen Grimasse und meinte zögerlich: »Weil ich dann wohl wieder in meine alte Abteilung wechseln muss.«

»Nein. Du bleibst hier«, bestimmte Schnur. »Solange Bernhard in der Fortbildung ist und Esther in ihrem einjährigen Urlaub, wären wir sonst unterbesetzt.«

»Danke! Ich freue mich für jeden Tag, den ich länger hierbleiben kann.«

»Sobald Kriminalrat Forseti aus dem Urlaub zurück ist, werde ich ihn davon überzeugen, dich ganz hierzubehalten«, versprach Schnur.

Andrea fühlte sich geschmeichelt.

»Dann wollen wir uns mal wieder um den Fall kümmern«, meinte Schnur. »Erik hat heute Morgen noch etwas Interessantes herausgefunden. Erinnerst du dich, dass sich im Jahr 1999 ein Grubenunglück ereignet hat, bei dem zehn Männer starben?«

Andrea schüttelte den Kopf.

»Damals hat es in den Berichten der Bergleute Unstimmigkeiten gegeben.« Schnur legte eine kurze Pause ein, bevor er weitersprach: »Zwei der Männer hätten zur Unglückszeit gar nicht in diesem Stollen sein sollen, und genau diese beiden Männer sind niemals gefunden worden.«

⚒

Kullmann steuerte seinen Wagen langsam über die Kaiserstraße auf sein Haus zu. Als er den Grumbachtalweg passierte, richtete sich sein Blick wie gewohnt nach links. Seit Anke wieder zu Hause war, fühlte er sich ruhiger. Er hatte keinerlei Recht, sich in ihr Leben einzumischen. Und schon gar nicht, wenn sie eine Kur für sich und ihr Kind antrat. Und doch war es ihm über die sechs Wochen nicht wirklich gelungen abzuschalten. Er sorgte sich um sie, als sei sie seine Tochter.

Auch wenn seine Frau mit ihm nicht darüber gesprochen hatte, so war ihm doch schnell klar gewesen, dass Martha ähnlich empfand. Sogar den Mord hatte er vergessen. Anke und Lisa gaben ihm das Gefühl, in einer richtigen Familie zu leben. Davon konnte er gar nicht genug bekommen.

Doch was war das?

Dort stand Eriks neuer Wagen. Beim letzten Fall war sein BMW zu Schrott gefahren worden. Der Anblick des neuen Volvo ließ ihn sofort wieder an die Grube denken. Ohne nachzudenken, blinkte Kullmann und bog in den Grumbachtalweg ein.

Nach dem Klingeln wurde er von Lisa stürmisch begrüßt. Er nahm sie mit Freude auf den Arm, obwohl sie immer schwerer wurde, und trug sie in die Wohnung hinein.

Auf dem Sofa saß Erik.

Er setzte das Mädchen auf dem Boden ab, trat auf den Kriminalkommissar zu und grüßte ihn: »Ich hätte mir unser Wiedersehen an einem anderen Ort gewünscht.«

»Ich auch«, gab Erik zurück, womit er Kullmann ein Stirnrunzeln entlockte.

»Wie meinst du das?«

»Wir sind bei unseren Ermittlungen auf das Grubenunglück im Jahr 1999 gestoßen. Damals bist du zur Grube Warndt gerufen worden, um die Unstimmigkeiten zu klären, die durch die Aussagen der Bergleute aufgekommen waren.«

»Stimmt. Und warum habt ihr mich nicht gerufen?«

»Zuerst war nicht klar, ob es sich wirklich um Mord handelt«, erklärte Erik. »Erst seit Donnerstag wissen wir das mit Bestimmtheit.«

»Da liegen aber zwei Tage dazwischen.«

»Wir dachten, dass du dich mit Anke unterhalten willst nach dieser langen Zeit, die sie in Kur war.«

»Ach! Am Donnerstag war Anke noch nicht zurück.«

»Warum bist du nicht zu uns gekommen?«, fragte Erik nun ungeduldig zurück, womit er Kullmann aus dem Konzept brachte.

Er ließ sich neben Erik auf die Couch sinken und erkannte, dass er sich wie ein alter Narr verhalten hatte. Wollte seinen Kopf durchsetzen und warten, dass man ihn um Hilfe bat. Dabei war er bisher auch nicht so anmaßend gewesen, sondern hatte sich immer wieder mal auf seiner ehemaligen Dienststelle blicken lassen. Er rieb sich über die Stirn und meinte: »Du hast recht. Ich hätte ja zu euch kommen können.«

Anke trat mit duftenden Kaffeetassen ins Wohnzimmer, stellte sie vor ihren beiden Gästen auf den Tisch und setzte sich.

»Ich hoffe, ihr vertragt euch, wenn ich mal nicht dabei bin«, sagte sie und grinste spitzbübisch. »Was ist los?«

Erik verzog sein Gesicht und antwortete: »Da du am Montag ohnehin wieder zur Arbeit kommst, kann es ja nicht schaden, dich schon gleich in den Fall einzuweihen, den wir gerade bearbeiten.«

»Ich war mir noch gar nicht so sicher, ob ich wirklich wieder am Montag kommen will«, protestierte Anke.

»Es wäre aber gut für uns«, meinte Erik. »Bernhard ist auf einer Fortbildung und Esther hat unbezahlten Urlaub. Sie hat einen neuen Typen aufgerissen, mit dem sie jetzt Hochseefischen geht – oder so was ähnliches.«

Kullmann grinste und meinte: »Martha freut sich, wenn sie Lisa wieder betreuen darf.«

Anke gab nach: »Wenn das so ist, kannst du uns ruhig auf den neusten Stand der Ermittlungen bringen.«

Erik berichtete so detailliert über den toten Bergmann zwischen Seilscheibe und Stahlseil, dass Anke angewidert das Gesicht verzog. Nachdem er die wenigen Fakten ihrer Ermittlungen aufgezählt hatte, ebenso die Überraschung darüber, dass Anton Grewe mal als Bergmann gearbeitet hatte, fügte er an: »Deshalb wird Grewe am Montag mit unter Tage fahren und undercover ermitteln. Die Männer dürfen nicht wissen, dass er von der Kripo ist.«

»Das ist gefährlich«, gab Kullmann zu bedenken. »Dort unten sind die Männer allein auf sich gestellt. Wenn dort etwas passiert, können wir nicht einfach so eingreifen.«

Erik grinste und meinte: »Du kennst dich ja schon mit Gruben und Unter-Tage-Arbeit aus.«

Kullmann sagte nichts dazu, also sprach Erik weiter: »Als ich damit anfing, über die Hintergründe der Bergleute zu ermitteln, bin ich auf ein schweres Unglück gestoßen. Vor elf Jahren sind zehn Männer in einem Stollen in der Grube Warndt verschüttet worden. Aber nur acht Leichen konnten geborgen werden. Und wer war damals der ermittelnde Kommissar?«

Beide schauten sofort zu Kullmann.

Verlegen wand sich der Alt-Kommissar unter den Blicken und meinte: »Ich habe die Widersprüche in den Aussagen der Bergleute untersucht. Es ging um die beiden Männer Winfried Bode und Karl Fechter, die eigentlich gar nicht hätten in diesem Stollen sein dürfen. Die einen wollten sie dort gesehen haben. Die anderen wiederum an einer ganz anderen Stelle. Hinzu kam, dass sich viele der Bergleute mit dem Zeitpunkt, an dem sie Fechter gesehen haben, nicht mehr so sicher waren. Über Tage hieß es, dass die beiden eine weitere Schicht angehängt hätten, was häufiger vorgekommen sei. Aber Angehörige waren keine da, um das zu bestätigen.«

»Und was hast du damals herausgefunden?«

»Es war kompliziert«, gab Kullmann zu. Von der Akte, die er in der Hand hielt, las er ab: »Georg Remmark war es, der gemeldet hatte, dass die beiden eine Schicht anhängen wollten. Der war auch zusammen mit Winfried Bode und Karl Fechter von anderen Bergmännern gesehen worden. Das alles wurde genauestens überprüft, aber nichts wies darauf hin, dass Remmark eine Falschaussage gemacht hätte. Hinzu kam, dass Remmark damals als Sprengmeister unter Tage gearbeitet hatte. Aber auch andere hatten eine Sonderausbildung für Sprengarbeiten. Karl Fechter selbst, der ja verschollen war. Ebenso Alois Witzke, Harald Stark und Michael Bonhoff.«

»Braucht man das unter Tage?«, fragte Erik.

»Mit Sprengungen wurden früher die Strecken unter der Erde vorangetrieben«, erklärte Kullmann daraufhin. »Ob sowas heute noch praktiziert wird, weiß ich nicht.«

»Aber was hat der Sprengmeister mit dem Unglück zu tun? Hatte er es durch Sprengung ausgelöst? Oder vielleicht sogar das Opfer selbst?«

»Nein. Auf diesen Aspekt hin habe ich alles gründlich untersucht. Ob das Sprengmaterial noch komplett vorhanden war. Ob es noch an seinem Platz war. Das Unglück hatte nichts mit Sprengungen zu tun.«

»Klingt trotzdem merkwürdig«, gab Anke zu.

»Ich habe auch weiter ermittelt, aber nichts herausfinden können. Diese Bergmänner halten zusammen wie Pech und Schwefel! Deshalb hoffe ich, dass Anton Grewe nicht entlarvt wird, sonst wird es gefährlich für ihn. Ich habe versucht, Aussagen von Angehörigen zu bekommen. Dabei habe ich festgestellt, dass nur einer der beiden Männer einen

Angehörigen hatte, nämlich Karl Fechter. Winfried Bode war Witwer und kinderlos.«

»Und deshalb hast du dich nicht bei uns gemeldet?«, fragte Erik.

»Ich war überzeugt davon, dass ihr das auch ohne mich herausfindet. Und so ist es ja auch«, brummelte Kullmann.

»Trotzdem wäre es für uns hilfreich, wenn du am Montag an unserer Besprechung teilnimmst. Immerhin kennst du die Gegebenheiten dort schon.«

Kullmanns Augen bekamen einen Glanz. Aber er bestätigte den Termin ganz beiläufig, als sei es für ihn nebensächlich.

»Also konzentrieren wir uns ab sofort auf Winfried Bode und Karl Fechter«, kombinierte Anke. »Wir müssen deren Leben durchleuchten. Vielleicht waren sie ja gar nicht dort, sondern haben sich irgendwohin abgesetzt, und ihre Leichen wurden deshalb niemals gefunden!«

»Das ist ein interessanter Aspekt«, gab Kullmann zu. »Dafür müssen sie aber an einer anderen Stelle aus der Grube herausgekommen sein, wo sie niemand sehen konnte.«

»Gibt es solche Fluchtwege?«, fragte Erik.

»Keine Ahnung«, gab Kullmann zu. »Aber das müsste herauszufinden sein.«

Erik nickte.

»Ich erinnere mich noch genau daran, dass Karl Fechter damals alleinerziehender Vater war«, sinnierte Kullmann. »Nach seinem Tod musste der Sohn wieder zurück zu seiner Mutter, was ihm nicht gepasst hatte. Ihn könnten wir zuerst fragen.«

»Wie heißt der Sohn?«

»Tim Fechter.«

KAPITEL 6

Grewe fühlte nichts, als er auf den großen Parkplatz vor der Grube Warndt fuhr. Wie automatisch suchte er den Platz, den er damals immer schon für seinen Wagen ausgewählt hatte.

Der Gedanke, diesen Einsatz für Jürgen Schnur und sein Team durchzuführen, motivierte ihn. Er hatte sich einen bösen Lapsus geleistet, als er Schnur seine Vergangenheit als Bergmann verschwiegen hatte. Deshalb war er jetzt dazu bereit, diesen Fehler wiedergutzumachen. Er packte sein Kleidernetz, in dem sich seine Arbeitskleidung befand, stieg aus und ging in Richtung Torhaus.

Der kastenförmige Förderturm, umgeben von einer aufwändigen Stahl-Beton-Konstruktion, stach ihm schon von weitem ins Auge. Grewe passierte das Pförtnerhaus mit einem »Glückauf«. Er ging durch die Mannschaftskauen an den Getränkeautomaten vorbei zu den Büros der bergmännischen Steiger, die sich direkt neben dem Zechensaal befanden.

Dort empfing ihn Georg Remmark.

Grewe erschrak, als er den ehemaligen Kameraden wiedersah. Remmark sah alt und blass aus. Das war wohl der Preis dieser harten Arbeit.

»Wusste ich doch, dass ich deinen Namen kenne«, meinte er mit rauer Stimme. »Wo warst du die letzten zwanzig Jahre?«

»Aufm Pütt«, antwortete Grewe.

»Aufm Pütt?«, wiederholte Remmark erstaunt. »Und kommst ins Saarland, wo am 30. Juni 2012 der ganze Bergbau stillgelegt wird?«

Das war die Frage, die alle Beamten bei ihrer Planung für diesen Einsatz befürchtet hatten. Er riss sich zusammen und erzählte seine Geschichte von der Scheidung, und dass er deshalb den Pütt verlassen musste.

»Wegen einer Scheidung muss man doch nicht gleich seine ganze Existenz aufgeben«, lautete Remmarks erstaunter Kommentar dazu.

»Naja. Meine Frau war die Tochter des Betriebsinspektors. Mir wurde nahegelegt, zu verschwinden.«

»Dumm gelaufen.« Remmark schlug Grewe so fest auf die Schulter, dass der schon befürchten musste, sie sei gebrochen. »Wenn ich mich richtig erinnere, bist du der *Tony*, gell?«

Es fiel Grewe schwer, auf diese Frage mit einem »Ja« zu antworten. Wie hatte er diesen Spitznamen immer gehasst!

Doch Remmark bemerkte nicht, was in ihm vorging. Mit lauter Stimme meinte er: »Also Tony, du kennst dich ja aus. Geh zum Badewärter und lass dir eine Rolle zuteilen.«

»Alles klar.«

Grewe staunte nicht schlecht, als er sah, wie ihm der Badewärter dieselbe Nummer aushändigte wie damals – vor zwanzig Jahren. Es war die 533. Sein erster Weg führte ihn zum Weiß-Bad. Sofort spürte Grewe das Unwohlsein, wie er es schon vor Jahren täglich empfunden hatte, als der Bergbau noch sein Lebensinhalt war. Nichts hatte etwas daran geändert – weder die Regelmäßigkeit dieser Handlung noch die Selbstverständlichkeit, mit der die Männer mit ihrer Nacktheit umgingen. Er zog den gerade erst überreichten Schlüssel heraus, öffnete den Riegel und ließ an der langen Kette den Kleiderkorb von der Decke herunter. Dann zog er sich aus, verstaute alles einschließlich Handtuch und Seife, die ihm der Badewärter gegeben hatte, in diesem Korb und zog den Korb wieder nach oben, bevor er diese Konstruktion verriegelte. Mit Badelatschen an den Füßen und Kleidernetz in der Hand ging er durch die Mannschaftsduschen ins direkt anschließende Schwarzbad. Dort hingen die Körbe mit der Arbeitskleidung an der Decke. Den Namen hatte sich diese Duschanlage durch die Kohlenschwärze verdient, die dort überall ihre Spuren hinterlassen hatte. Der Kohlenstaub ging durch die Kleider hindurch und verschmutzte die Bergmänner bis auf die Haut, weshalb sie einen Arbeitstag unmöglich ohne Dusche beenden konnten.

Grewe ließ seine Rolle runter. Ein vom Vorbesitzer der Rolle vergessener Lokschlüssel baumelte an einem Schießdraht unter der Rolle.

Wie die anderen Männer zog er sich in diesem Bereich an und folgte den Kameraden in den Zechensaal. Überall bildeten sich Grüppchen, bis das laute Läuten einer Gebetsglocke das Anfahrtsgebet ankündigte.

Alle Männer verstummten und nahmen kurz den Helm vom Kopf. Danach wurde es scheinbar doppelt so laut wie vorher.

Rund um Remmark stand seine Partie. Remmark stellte ihnen Anton Grewe als Nachfolger des verstorbenen Kameraden vor.

Ein lautes »Glückauf« erschallte. Dann traten zwei Männer aus der Menge. Hans Rach, der kleine, gemütliche Grubensteiger, drückte Grewe die Hand und sagte: »Glückauf zurück in unserer Mitte. Schön, dass das Saarland dich wieder hat.«

Grewe war bei dieser Begrüßung gerührt. Er konnte dem Mann nicht fest in die Augen schauen.

Ein weiterer Kamerad schälte sich aus der Menge und rief: »Tony, alter Junge! Kannst das Mausen nicht lassen, was?«

Erschrocken schaute sich Grewe um und erblickte Paolo Tremante. Der alte Casanova sah zwar älter aber immer noch gut aus, dachte er sich. Die grauen Strähnen verliehen ihm etwas Seriöses. Mit Handschlag begrüßte er ihn. Doch Tremante schlang seine Arme um Grewe, dass ihm für einige Sekunden die Luft wegblieb. Die Kraft hätte er dem Italiener gar nicht zugetraut.

Aber der Reviersteiger war noch nicht fertig. Brummig rief er: »Darf ich meine Rede fortsetzen?«

»Klar doch, Schorsch!« Tremante lachte so entwaffnend, dass Remmark seinen Ärger sofort wieder vergaß. Zwei junge Männer standen hinter ihm, die er als Auszubildende Bruno und Kevin vorstellte, die an diesem Tag zum ersten Mal unter Tage arbeiten sollten.

»Wir werden alle dazu beitragen, dass diese Jungs unseren Job anständig lernen.«

Die Zustimmung zeigte sich durch lautes Gelächter. Erst danach ging es durch einen langen Gang, der über die Werkstraße zur Lampenstube führte. Grewe hatte ein starkes Déjà-vu-Gefühl, als er sich seine Lampe an den Gürtel band. Er nahm die rote Fahrmarke mit der Nummer 533. Rot stand für Frühschicht.

Dann ging es durch eine Pendeltür zum Schacht. Dort wartete der Schachthauer, der die Fahrmarken einsammelte, womit sichergestellt wurde, wer an diesem Morgen unter Tage gefahren war. Anschließend betraten sie den Korb. In rasender Geschwindigkeit ging die Fahrt hinunter in die Tiefe von fast tausend Metern. Am Füllort stiegen sie aus und steuerten den Bahnhof an, wo der Zug schon auf sie wartete. Die

Fahrt in Richtung Velsen begann. Nach einer halben Stunde mussten sie in die Kulibahn umsteigen, die sie bis zum Eingang der Kopfstrecke transportierte. Am Ende der Kulibahn sprangen die meisten schon kurz vorm Haltesignal ab.

Grewe konnte erst an dieser Stelle Michael Bonhoff erkennen, der im Transportwagen vor ihm gesessen hatte. Bonhoff vermied jeden Blickkontakt mit ihm, was Grewe darauf zurückführte, dass er sich nicht verraten wollte. Nur »Mimose« wusste, in welcher Funktion Grewe wirklich hier unten war.

»Ihr wisst, was ihr zu tun habt«, rief Remmark, doch die Männer hörten ihn nicht mehr. Jeder ging zielstrebig an seinen Platz. An Grewe und die Lehrlinge gewandt, sagte er: »Als erste Tat unter Tage mauert ihr eine Tür zu. Das ist eine Arbeit, die ihr machen könnt, ohne dass ich dabei sein muss. Tony, du kannst ihnen dabei helfen. Anschließend gehst du zu Hans, unserem Abteilungssteiger, und lässt dir zeigen, welche Aufgabe du übernehmen musst. Pitt war Schildfahrer. Und Kevin und Bruno, ihr meldet euch dann wieder bei mir.«

Alle nickten und folgten dem Steiger. Sie gingen den Streb hinunter bis an Schild Eins, dem Beginn des Strebs.

Remmark sprang über einen querliegenden Bund Verzugsmatten und lief so schnell, dass die anderen Mühe hatten, ihm zu folgen. Dann gelangten sie zum Bandberg I. Über das Band fuhren sie wieder hinauf auf die fünfte Sohle und blieben an einer alten, verrosteten Eisentür stehen.

»Hier wird zugemauert. Das Material findet ihr da drüben im Querschlag.« Das war alles, was Remmark dazu sagte. Dann verschwand er.

Zurück blieben Grewe und die beiden jungen Lehrlinge mit erstaunten Gesichtern.

⚒

Trotz der Dunkelheit war Kullmann am frühen Morgen so wach und aufgekratzt, dass er Ankes staunende Blicke nicht wahrnahm. Er packte die Zeitung, die er gerade am Frühstückstisch las, in seine Aktentasche und machte sich startklar. Auch Martha war hellwach. Mit gut gelauntem Geplapper nahm sie Lisa in den Arm.

»Habt ihr eine besondere *Hallo-Wach-Teesorte* oder warum seid ihr so munter am frühen Morgen?«, fragte Anke mürrisch.

Kullmann lachte und meinte: »Nein. Wir sind nur fröhlich, dass das Leben wieder seinen gewohnten Gang geht.«

»Damit meinst du, dass du als Pensionär deine ehemalige Arbeit antreten kannst«, sagte Anke und musste plötzlich selbst lachen. Dann fügte sie noch schelmisch an: »Habe ich dir eigentlich gefehlt oder meine Funktion als Kriminalbeamtin?«

Kullmann knuffte sie zart auf die Schulter und meinte: »Rede keinen Unsinn! Du weißt, was du uns bedeutest.«

Dann verließen sie das Haus. Verkehrslärm schlug ihnen entgegen.

Anke erschrak und stöhnte: »Ich hatte schon vergessen, wie laut es an dieser Straße ist.«

»Du wirst dich schnell wieder daran gewöhnen«, beteuerte Kullmann und nahm die vielen Stufen hinunter zur Garage.

Die Fahrt begann. Der Verkehr wurde immer stärker, je näher sie der Innenstadt kamen. Dann bog Kullmann rechts ab und steuerte das große Gebäude der Landespolizeidirektion an.

Im dritten Stock wurden sie gleich von Lärm empfangen.

Kullmann warf einen Blick in Schnurs Büro. Dort standen Erik, Schnur, die Staatsanwältin und eine für Anke fremde Frau und diskutierten hektisch.

»Was ist hier los?«, fragte er.

Auf seine Frage folgte zunächst einmal großes Schweigen.

Anke stellte sich neben ihren ehemaligen Chef und ließ ihren Blick über die erstaunten Gesichter wandern. Sie ahnte, dass hier etwas vor sich ging, was nicht förderlich für die Ermittlungen war.

Schnur war der erste, der sich aus seiner Erstarrung löste. Er trat hinter dem Schreibtisch hervor und begrüßte Anke mit einer herzlichen Umarmung.

»Wie gut du aussiehst«, rief er aus. »Die Kur hat dich ja regelrecht verwandelt.«

»Du Charmeur«, meinte Anke. Sie spürte, dass das Kompliment sie verlegen machte. Zum Glück sprach er gleich geschäftig weiter: »Darf ich dir unsere neue Mitarbeiterin vorstellen? Andrea Westrich.«

Die Frau trat auf Anke zu. Sie trug ihre dunklen Haare bis weit über die Schultern. Anke konnte einige graue Strähnen darin erkennen. Mit dunkler, angenehmer Stimme begrüßte sie Anke und hielt ihr die Hand zum Gruß entgegen. Anke schlug ein.

»Und unser verschollener Alt-Kommissar Norbert Kullmann ist auch wieder da«, sprach Schnur weiter, nachdem das erledigt war. »Dich haben wir schon vermisst. Wenn du heute nicht hier aufgekreuzt wärst, hätten wir dich mit Polizeieskorte abholen lassen.«

Kullmann lachte. Doch er ließ sich nicht ablenken. »Du hast meine Frage von eben noch nicht beantwortet: Was war hier gerade los?«

»Es geht um die Ermittlungen«, gab Schnur zu.

»Das hörte sich für mich wie ein Streit an.«

»Ach was!«, wehrte Schnur ab.

Doch jetzt trat die Staatsanwältin vor und antwortete: »Ich habe große Bedenken, was diese Undercover-Aktion betrifft. Anton Grewe unter Vortäuschung falscher Tatsachen in die Grube zu schicken, halte ich für zu gefährlich.«

Kullmann pfiff durch die Zähne. Das hörte sich nicht gut an. Als Herrin des Verfahrens war Ann-Kathrin durchaus in der Lage, diese Aktion zu verbieten. Doch die Chancen, den Fall aufzuklären, wären damit gleich null.

»Wer kennt es nicht: das Trojanische Pferd?«, fragte Schnur wie aus heiterem Himmel.

»Was hat das mit Anton Grewe zu tun?«, fragte Ann-Kathrin zurück.

»Ganz einfach: Nur durch List und Täuschung kommen wir ans Ziel«, antwortete Schnur. »Das Bergamt gestattet uns nicht, unter Tage zu ermitteln. Hinzu kommt, dass die Bergmänner dicht machen. Die halten zusammen. Auch wenn wir sie über Tage abpassen, bekommen wir keine Informationen. Als Außenstehende kommen wir nicht weiter. Egal was passiert, es bleibt da unten. Da gibt es keine Gesetze, weil niemand dahin kommt. Da gibt es keine Grenzen, weil niemand darauf achtet, dass sie eingehalten werden. Aus ermittlungstaktischen Gründen ist dieser Undercover-Einsatz die einzige Möglichkeit, die wir haben, den Fall aufzuklären. Und Grewe war selbst einmal Bergmann, also fällt er nicht auf. Eine bessere Alternative gibt es nicht.«

»Ich habe Bedenken, weil die Situation dort unten so ist!« Ann-Kathrin betonte das »weil« besonders. »Sollte Anton Grewes Rolle als Trojaner auffallen, bekommen wir es nicht mit, weil es für ihn keinerlei Verbindung nach oben gibt. Wir können ihm nicht helfen, wenn er in Gefahr gerät.«

»Grewe ist Bergmann. Warum sollte er auffallen? Sein Beruf ist unsere einmalige Chance, diese Aktion durchzuziehen. Oder wir schließen den Fall als Unfall ab«, murrte Schnur. »Aber dagegen sprechen mittlerweile weitere Fakten, die sogar auf vergangene Verbrechen hinweisen, die alle als Unfall abgehakt worden sind.«

»Von welchen Fakten sprichst du?«, horchte Kullmann auf. »Doch wohl nicht vom Unglück vor elf Jahren?«

»Auf das Unglück komme ich noch zu sprechen«, meinte Schnur. »Aber jetzt meine ich etwas anderes: Und zwar starb im Jahr 2002 Horst Stänger, weil er in einen Kohlebrecher geraten war. Im Jahr 2004 kam Alois Witzke ums Leben, weil er sich im *Alten Mann* aufhielt, als der zusammenbrach. 2006 hat es Uwe Bendrup erwischt, weil er zwischen Schildkappe und Gebirge zu Tode gequetscht wurde. 2008 war Harald Stark an der Reihe. Er war Lokführer und wurde zwischen zwei Waggons eingeklemmt.«

»Das klingt für mich nach Unfällen«, kommentierte Kullmann.

»Das soll es nach außen ja auch. Aber überleg doch mal: Welcher Bergmann geht freiwillig in den *Alten Mann*?«

Kullmann erinnerte sich noch gut an diesen Begriff aus der Bergmannssprache, weil er ihm damals – vor elf Jahren – bitter aufgestoßen war. *Alter Mann*! Zuerst hatte er gedacht, die Rede sei von ihm gewesen, weil er der Älteste dort unten gewesen war. Doch dann hatte man ihn eines Besseren belehrt. Der Belustigung der Bergmänner über Kullmanns Reaktion hatte er es zu verdanken, dass er genau wusste, wovon Schnur sprach. Und er musste ihm recht geben. Kein Bergmann ging freiwillig in diesen Hohlraum, der nach dem Kohleabbau zurückblieb.

»Und nun glaubst du, dass wir hier keinen Mörder unter Tage suchen, sondern einen Serienmörder?«, fragte Kullmann, nachdem er diese neuen Informationen aufgenommen hatte.

»Ich weiß es nicht«, gab Schnur zu. »Ich habe Andrea und Erik beauftragt, sich die Unfallakten der alten Fälle geben zu lassen und mit den Angehörigen zu sprechen. Ich will jedes Detail aus ihrem Leben wissen, bevor sie zu Tode kamen. Vielleicht spricht jetzt jemand etwas freimütiger als damals, weil viel Zeit vergangen ist.«

»Der Gedanke an einen Serienmörder ist mir noch gar nicht gekommen«, sagte Ann-Kathrin erschrocken. »Das ist ein Grund mehr, diese Undercover-Aktion sofort abzubrechen.« An Schnur gewandt, fügte sie an: »Damit wird Grewe nicht einem gewöhnlichen Mörder ausgesetzt – obwohl das schon eine böse Untertreibung ist –, sondern gleich einem Serienmörder.«

»Wir wissen doch nicht, womit wir es zu tun haben. Und wenn wir weiterschlafen, werden wir es nie herausbekommen …«

Ann-Kathrin hob beide Hände und brachte Schnur zum Schweigen. »Du hast noch jeden Fall aufgeklärt. Warum also nicht auch diesen?«

»Habe ich das nicht gerade erklärt?«, brauste Schnur auf.

»Nicht in dem Ton, sonst werde ich die Aktion sofort abblasen«, drohte Ann-Kathrin.

Diese Drohung ließ alle verstummen.

Kullmann ahnte, was der wahre Grund für diese Meinungsverschiedenheit war. Die Vertraulichkeit, die er gerade zwischen Jürgen Schnur und der Staatsanwältin beobachtet hatte, verhieß nichts Gutes. Eine solche Beziehung konnte nicht gut enden, zumal Schnur verheiratet war.

»Entschuldige«, gab Schnur kleinlaut bei. »Ich sehe wirklich keine andere Chance. Grewe kennt alle Fakten dieses Falles und war einverstanden, wieder in die Bergmannskluft zu steigen.«

»Okay.« Ann-Kathrin nickte. »Ich will über alles bis ins Detail informiert werden. Sobald ich das Gefühl habe, dass uns die Sache entgleitet, blase ich die Aktion wieder ab.«

Mit schnellen Schritten rauschte die rothaarige Frau aus dem Büro.

⚒

Grewe schaute die jungen Männer einzeln an und stellte fest, dass er sich in dieser Gruppe ganz unbefangen geben konnte. Diese Lehrlinge waren zum ersten Mal unter Tage und würden nicht merken, wenn ihm ein Fehler unterlief. Erleichtert drückte er die Klinke an der alten Eisentür herunter, um sie zu öffnen. Doch die Tür gab nicht nach. Sie war verschlossen.

»Hat einer von euch den Schlüssel dazu?«, fragte er.

Kopfschütteln war die Antwort.

»Sollen wir die Tür etwa mit zumauern?«

»Keine Ahnung. Der Steiger hat von einem Querschlag gesprochen«, erinnerte der junge Mann, der sich als Kevin vorgestellt hatte. »Vielleicht ist dort der Schlüssel.«

Grewe ging einige Meter weiter, bis er zu seiner rechten Seite auf den besagten Gang traf. Dort lagerte alles, was sie zum Mauern benötigten. Aber kein Schlüssel zur Tür.

Kevin rüttelte an der unnachgiebigen Tür und fragte: »Was ist eigentlich dahinter, das wir einfach zumauern sollen?«

»Laut Schorsch eine Gezähekammer«, antwortete Grewe.

»Und warum sollen wir diese Kammer für immer verschließen?«

Grewe zuckte mit den Schultern. Er wusste es selbst nicht.

»Steht sie unter Wasser, weil sie so lange nicht mehr benutzt wurde?«, fragte der andere, der sich als Bruno vorgestellt hatte.

»Das kann nicht sein«, widersprach Grewe. »Das Wasser wäre unter der Tür durchgelaufen.«

»Also gibt es keinen Grund, diese Kammer zuzumauern.«

»Möglicherweise doch«, meinte Grewe. »Es könnte sein, dass sie einstürzt, wenn die Stahlrundstützen dem Gebirgsdruck nachgeben.«

»Und wenn dort noch Material gelagert wird, dass wir gebrauchen könnten?«, zweifelte Kevin weiter.

»Das glaube ich nicht, wenn diese Kammer schon seit so langer Zeit verschlossen ist«, konterte Grewe.

»Schauen wir trotzdem nach, was sich hinter dieser Tür verbirgt?«

Grewe kam Remmarks Auftrag ebenfalls merkwürdig vor. Vor allem der Zeitpunkt, zu dem diese Gezähekammer einfach zugemauert werden sollte – ein Raum, für den sich angeblich jahrelang niemand interessiert hatte. Das klang rätselhaft. Und doch zögerte er. Schon gleich am ersten Tag aufzufallen, wäre nicht die beste Lösung.

»Wie sollen wir das anstellen?«, fragte Kevin. »Ohne Schlüssel!«

Die jungen Männer hatten Grewes Zögern nicht bemerkt.

»Ich gehe den Schlüssel holen!«, schlug Bruno vor.

»Und wie? Der kann nur beim Steiger sein. Und der rückt ihn bestimmt nicht raus – sonst hätte er es schon getan.«

»Vielleicht hat er es einfach nur vergessen.«

»Blödsinn! Der wollte ihn uns nicht geben.«

»Du meinst, wir sollen nicht wissen, was in dieser Gezähekammer ist?«

»Hört mal zu«, mischte sich Grewe in das Geplänkel ein.

Die beiden schauten ihn erwartungsvoll an.

»Schaut mal nach oben!«, wies er die jungen Männer an.

Sie richteten ihre Blicke an die Firste und sahen dort einen roten Punkt.

»Das ist ein Polygonpunkt«, erklärte Grewe.

»Wir wissen, was das ist«, meinte Kevin schlau.

»Dann wisst ihr auch, was das zu bedeuten hat.«

Verdutzt schauten die Auszubildenden Grewe an und schüttelten die Köpfe.

»Ein Polygonpunkt ist ein Richtungspunkt, was bedeutet, dass hier wohl mal eine Strecke vorangetrieben wurde.«

Alle starrten auf die eiserne Tür.

»Also befindet sich hinter dieser Tür keine Gezähekammer, sondern eine Strecke, die nicht weiter vorangetrieben wurde.« Die jungen Männer staunten.

»Das ist ja nicht zu fassen«, stöhnte Kevin.

»Es ist natürlich möglich, dass diese Strecke später als Gezähekammer genutzt wurde«, erklärte Grewe weiter.

»Aber das macht es für uns noch viel interessanter herauszufinden, was sich wirklich hinter dieser Tür befindet«, beharrte Kevin.

»Nur wie kriegen wir sie auf?«, fragte Bruno

»Wie wäre es hiermit?« Grewe zeigte auf das Brecheisen, das er aus dem Querschlag mitgenommen hatte: »Wir brechen die Tür auf, schauen uns an, was sich dahinter verbirgt, und mauern sie hinterher zusammen mit der alten Eisentür zu. Dann merkt keiner, dass wir uns Schorschs Anweisungen widersetzt haben.«

Die Augen der jungen Männer leuchteten.

⚒

Kullmann war es, der die betretene Stille beendete. Mit einem Räuspern begann er zu sprechen: »Du sagtest, dass du auf das Grubenunglück aus dem Jahr 1999 zu sprechen kommen wirst.« Schnur nickte und überlegte eine Weile, bis er endlich sagte: »Ein Gruben-Unglück würde normalerweise keine intensivere Untersuchung notwendig machen. Was mich an diesem Fall stört, sind die beiden Männer, die angeblich ebenfalls verunglückt sind, aber niemals gefunden wurden.«

»Du sprichst von Karl Fechter und Winfried Bode?«, hakte Kullmann nach.

»Genau!«

»Ich habe damals alles überprüft. Auch die Sprengsätze, die für das Vorantreiben der Stollen gelagert waren. Ebenso Georg Remmark, den damaligen Sprengbeauftragten. Aber es gab keine Auffälligkeiten. Auch in den Trümmern wurde nichts gefunden, was auf eine Sprengung hingewiesen hätte.«

»Aber was hatten diese beiden Männer dort zu suchen? Zu einer Zeit, als ihre Schicht schon lange beendet war?«, fragte Schnur.

»Damals erklärte man mir, dass Fechter sich angeblich auch mit anderen Steigern ausgetauscht habe. Er sei öfter bei anderen Partien gewesen, um die Männer dort bei ihrer Arbeit zu begleiten«, erklärte Kullmann das Ergebnis seiner damaligen Recherche. »Und ich war damals in Sachen Bergbau genauso schlau wie du jetzt. Ich ging davon aus, dass diese Aussagen korrekt sind.«

»Klingt trotzdem hanebüchen«, gab Schnur zu verstehen. »Durch Grewe wissen wir, dass es nicht üblich für einen Steiger ist, sich anderen Partien anzuschließen. Ein Steiger hat Interesse daran, die Leistung seiner eigenen Mannschaft voranzutreiben.«

Kullmann nickte, sagte aber nichts dazu.

Schnur fuhr sich über sein rasiertes Kinn und erklärte: »Ich habe mit Arthur Hollinger, dem Touristenführer des Erlebnisbergwerkes Velsen, einen Termin vereinbart. Er hat damals unter Tage gearbeitet, war sogar Partie-Mann gewesen. Deshalb will ich mit ihm über den Unfall sprechen, weil ich glaube, dass er uns interessante Einzelheiten erzählen kann.«

»Hat er gefragt, warum du dich so für diesen Unfall interessierst?«, fragte Kullmann.

»Nein. Ich habe nur einen Termin für eine Führung durch das Erlebnisbergwerk vereinbart. Das ist ebenerdig in einen Berg hinein gebaut und das traue ich mir zu. Welche Fragen ich ihm dann stellen werde, wird er noch merken.«

»Da komme ich mit.« Kullmanns Augen leuchteten. »Dieses Erlebnisbergwerk interessiert mich schon lange.«

»Also fahren wir los.«

»Und was mache ich?«, fragte Anke.

Schnur schaute sie verdutzt an und wusste nicht, was er sagen sollte.

»Ich hätte eine Idee, was Anke in der Zwischenzeit machen könnte«, mischte sich Kullmann ein.

»Und das wäre?«

»Sie kann nach Karl Fechters Sohn suchen. Er heißt Tim und müsste heute Mitte oder Ende zwanzig sein.«

»Gute Idee!«, rief Schnur und war bereits im Flur und auf dem Weg zum Fahrstuhl, sodass Kullmann Mühe hatte, ihm zu folgen.

Am Aufzug holte er ihn ein.

Der Weg zum Erlebnisbergwerk Velsen führte über die Stadtautobahn in Richtung Klarenthal. Als sie die Autobahn verließen, fiel ihr Blick auf die beiden Fördertürme des ehemaligen Bergwerks Luisenthal. Diese Grube war durch das schwerste Grubenunglück in der saarländischen Geschichte bekannt geworden. Obwohl diese Tragödie schon lange zurücklag, blieb sie den Menschen immer noch sehr lebhaft im Gedächtnis. Im Jahr 1962 waren dort 299 Bergleute gestorben.

»Grubenunglücke passieren«, meinte Kullmann leise.

»Ich werde deine Arbeit bestimmt nicht anzweifeln«, erklärte Schnur. »Ich will einfach nur auf Nummer sicher gehen.«

»Und warum glaubst du, dass der Todesfall von letzter Woche mit dem Unglück vor elf Jahren zusammenhängt?«

Schnur steuerte den Wagen durch ein Waldstück. Er überlegte eine Weile, bis er sagte: »Es gibt zu viele Ungereimtheiten. Da sind Fakten, die du damals noch nicht auf dem Tisch hattest. Im heutigen Zusammenhang sehen sie ganz anders aus. Erstens wissen wir, dass die beiden Männer Karl Fechter und Winfried Bode bis heute nicht aufgetaucht sind. Hinzu kommt, dass Georg Remmark anschließend den Posten als Steiger übernehmen konnte.«

»Das wusste ich damals auch schon«, gab Kullmann zurück. »Ich hatte wirklich jeden Sprengsatz nachzählen lassen, in der Hoffnung, dass einer abhanden gekommen war. Aber nichts dergleichen. Außerdem hatte ich die Unglückstelle nach Resten einer Sprengladung untersuchen lassen.«

»Das Unglück ist es nicht allein. Hinzu kommen die vielen Todesfälle immer im Abstand von zwei Jahren – und jedes Mal als Unfall abgehakt. Wäre Peter Dempler nicht auf so spektakuläre Art und Weise zu Tode gekommen, würde dieses mysteriöse Sterben unter Tage weitergehen.«

Sie erreichten die Grube Velsen, bogen links ab und parkten den Wagen vor der Kaffeeküche.

⚒

»Hau Ruck!« »Hau Ruck!« »Hau Ruck!« Bei jedem weiteren Versuch, die Tür mit der Brechstange aufzubrechen, spornten sich die Männer aufs Neue an.

Die Tür schien unnachgiebig.

Erschöpft verschnauften sie eine Weile, bis Grewe sie aufforderte weiterzumachen. Sein schlechtes Gewissen trieb ihn ständig dazu an nachzusehen, ob sie jemand beobachtete. Aber sie waren in diesem Streckenteil ganz für sich allein.

Wieder legten sie mit einem »Hau Ruck« los.

Endlich gelang es ihnen. Knirschend und quietschend öffnete sich die schwere Tür.

Aufgeregt plapperten alle durcheinander, bis Grewe sie zur Stille ermahnte. »Wollt ihr, dass jemand mitbekommt, was wir hier tun?«

»Hier ist doch niemand. Wer soll uns hier schon ertappen?«, fragte Kevin. Seine Augen blitzten vor Neugier.

Grewe stimmte ihm zu. Auch seine Nerven waren zum Zerreißen gespannt.

Alle starrten ihn fragend an, was er nun tun wollte. Die Entscheidung lag also letztendlich bei ihm. Wohl fühlte sich Grewe dabei nicht. Trotzdem gab er nach und zog die Tür ganz weit auf, sodass sie hineinschauen konnten.

Sie wussten nicht, was sie erwartet hatten. Auf keinen Fall das, was vor ihnen lag – im Abstand von einem Meter eine weitere Tür aus massivem Holz.

Verwirrt schauten sie sich an, bis Grewe vortrat und versuchte die Holztür zu öffnen. Doch auch diese war verschlossen. Er wollte gerade diese verbotene Expedition beenden, als er sah, dass die beiden Riegel dieser Tür auf der Außenseite lagen. Vorsichtig schob er sie zurück und zog die Tür auf. Die Innenseite war voller tiefer Krater, als sei sie mit einem Pickel bearbeitet worden. Ein mulmiges Gefühl überkam Grewe. Diese Spuren wirkten wie von Menschenhand erzeugt und nicht durch heruntergefallenes Geröll. Was war hier geschehen?

Der Gang, der sich hinter dieser Tür erstreckte, war niedrig. Das Gewölbe hatte sich weit herunter gesenkt. Sie mussten sich bücken, um weiter hineinschauen zu können.

»Seht ihr! Das Gebirge hat die TH-Bögen heruntergedrückt«, erklärte Grewe. Alte teilweise verbogene Eisengitter hielten die Gesteinsmassen zurück, die sich bedrohlich durch die Zwischenräume drängen wollten. »Vielleicht war die Kammer deshalb verriegelt.«

Die herabhängende Decke sah gefährlich aus, was Unentschlossenheit unter den Auszubildenden auslöste. Auch Grewe spürte Beklemmung bei dem Gedanken, dort hinein zu gehen. Doch jetzt waren sie schon so weit gegangen, jetzt wollte er nicht einfach die Tür wieder schließen. In seinem Hinterkopf nagte die Frage, warum Remmark ausgerechnet jetzt von ihnen verlangte, eine angebliche Gezähekammer mitsamt Tür zuzumauern und sie somit für immer zu verschließen. Die Spuren auf der Innenseite der Holztür verstärkten seine Zweifel noch zusätzlich.

⚒

Sie betraten die Kaffeeküche. Laute Stimmen polterten durch den kahlen Raum. Hinter der Theke wurden Wurst und Fleisch verkauft.

Kullmann und Schnur mussten nicht lange suchen. Am Tisch in der hinteren Ecke saß Arthur Hollinger und biss gerade genüsslich in einen Lyoner-Weck. Vor ihm lag die *Saarbrücker Zeitung* aufgeschlagen. Sie gesellten sich zu ihm. Überrascht schaute er von der Zeitung auf. Mit vollem Mund fragte er in Kullmanns Richtung: »Kann es sein, dass wir uns kennen?«

»Guten Appetit«, meinte Kullmann nur dazu. »Ich warte lieber, bis Ihr Mund wieder leer ist.«

Hollinger spülte alles mit einem Schluck Kaffee herunter und reagierte gereizt: »Das ist mein Bergmannsfrühstück. Ich gehe hier nicht eher weg, bis ich alles aufgegessen habe.«

»Soll mir recht sein.«

Schnur besorgte zwei Tassen Kaffee für sich und seinen ehemaligen Vorgesetzten, der sich inzwischen neben Hollinger niedergelassen hatte.

»Sie haben meine Frage noch nicht beantwortet«, erinnerte der Bergmann.

»Ja, wir kennen uns«, antwortete Kullmann. »Ich habe hier vor elf Jahren ermittelt, als das Unglück passiert ist.«

Hollingers Miene verdüsterte sich. Er stand auf und brachte das Geschirr zur Theke. In dieser Zeit gelang es Kullmann, einen Blick auf das aufgeschlagene Blatt der Zeitung zu werfen. Es überraschte ihn nicht, dass Hollinger einen Bericht über den Bergbau las.

Als der massige Mann zurückkehrte, meinte er: »Ich dachte, ich soll Ihnen das Erlebnisbergwerk zeigen?«

»Deshalb sind wir hier«, antwortete Schnur.

»Sie haben Glück, dass Sie es noch sehen können«, murrte Hollinger mit einem Fingerzeig auf die Zeitung. »Inzwischen ist es nämlich von den Politikern beschlossene Sache, dass das Erlebnisbergwerk im Jahr 2012 verfüllt werden soll.«

»Was heißt das?«, fragte Kullmann.

»Das heißt, dass die Stollen einfach mit Beton zugeschüttet werden und nichts mehr davon übrig bleibt.«

Das klang nicht gut.

Hollinger verließ mit schnellen Schritten die Kaffeeküche, überquerte den großen Platz und hielt an einer Kammer an, in der Helme, Kopflampen und Grubenjacken für die Touristen bereitlagen.

»Hier! Bedienen Sie sich!«, forderte er barsch auf. »Ohne diese Sachen dürfen Sie nicht reingehen.«

Nachdem Schnur und Kullmann ausgerüstet waren, traten sie auf den gegenüberliegenden Berg zu. Ein mit rotem Backstein gemauerter Eingang zog ihre Blicke auf sich. Darüber stand in großen Buchstaben »Erlebnisbergwerk Velsen« und darunter befand sich ein gusseisernes Tor, das Hollinger mit einem Schlüssel aufsperrte. Dahinter öffnete sich eine Stahltür mit lautem Zischen automatisch und schon befanden sie sich in der nachgebauten Welt des Bergbaus.

Staunend folgten sie dem Bergmann, der ihnen gerade erklärte, dass sie sich auf der dritten Sohle befanden, wobei die Höhenunterschiede zwischen den einzelnen Sohlen im Erlebnisbergwerk wesentlich geringer seien, als die in der echten Grube. Weiterhin berichtete er von den verschiedenen Epochen, denen die stählernen Stützrundbögen entstammten, die eindeutig unterschiedliche Bauweisen aufwiesen. Knapp unter der Decke befanden sich schwarze Wannen, die Kullmanns Aufmerksamkeit auf sich zogen.

»Was ist das?«, fragte er.

Hollinger bremste ab und erklärte: »Diese Behälter bestehen aus Plastik und sind voller Wasser. Sollte mal eine Explosion unter Tage ausgelöst werden, platzen die Behälter und das Wasser löscht das

Feuer beziehungsweise bindet den Staub. Eine einfache, aber effektive Lösung.«

Kullmann staunte.

»Hier befinden wir uns an einem Blindschacht«, erklärte er. »Das bedeutet, dass dieser Schacht nur unter Tage verschiedene Sohlen verbindet, aber nicht über Tage führt.«

Vor ihnen befand sich ein Personenförderkorb, der deutlich kleiner war als der, mit dem Schnur in die Tiefe gefahren war.

»Kann der Korb gefahren werden?«, fragte Kullmann.

»Ja. Hier ist alles voll funktionstüchtig.«

Sie gingen weiter.

»Außerdem haben wir hier einen sogenannten Wetterberg, der für die Bewetterung unter Tage sorgt.«

»Das ist wirklich genauso wie unter Tage«, stellte Kullmann staunend fest. »Und so ein Juwel wollen die Politiker zuschütten?«

Hollinger brummte: »Die einzige Chance, die wir haben, ist, einen Sponsor zu finden. Für jeden Scheiß haben die Politiker Geld – nur nicht für uns.«

»Sie haben noch zwei Jahre Zeit«, sprach Kullmann weiter. »In der Zeit findet sich bestimmt jemand.«

»Wir sind ja auch nicht untätig«, murrte Hollinger. »Schon morgen habe ich einen Führungstermin mit einem potenziellen Sponsor vereinbart. Mal sehen, was dabei herauskommt.«

»Und dieses Bergwerk ist haargenau einem echten Bergwerk unter Tage nachgebaut worden?«, hakte Kullmann nochmal nach, weil ihm gerade ein Gedanke durch den Kopf schoss.

»Bis auf den Unterschied, dass die Abstände zwischen den Sohlen geringer sind. Aber ansonsten stimmen hier alle Verhältnisse ganz genau.«

»Dann können Sie uns bestimmt erklären, in welcher Situation das damalige Unglück passiert ist.«

»Hier ist es nicht passiert.«

»Das weiß ich. Aber diese detailgenaue Nachbereitung macht es Ihnen doch möglich, uns einen übereinstimmenden Ort und die Zusammenhänge des Unglücks bildlich zu veranschaulichen«, drängte Kullmann.

Hollinger nahm seinen Helm ab und kratzte sich am Kopf. Dann meinte er: »Okay! Ich verstehe.«

Er ging mit schnellen Schritten los und steuerte einen schmalen Gang an, dessen Boden plötzlich nicht mehr betoniert war.

»Hier ist eine Kopfstrecke«, sagte er. »Die befindet sich oben am Streb, wo die Kohle abgebaut wird. Der Streb ist genauso ansteigend, wie das Flöz im Gestein liegt. Hier haben wir einen Winkel von 20 Gon.«

»Gon?«, fragten Kullmann und Schnur wie aus einem Mund.

»Gon ist das im Bergbau gebräuchliche Winkelmaß. 100 Gon entsprechen 90 Grad.«

Sie begannen, durch einen schmalen Gang in die Tiefe zu klettern. Rechts standen stählerne Geräte, die wie hydraulische Stützen aussahen. Dazu erklärte Hollinger: »Das sind die Schilde. Sie stützen den Bereich ab, in dem die Kameraden die Kohle abbauen. Was zurückbleibt, ist …«

»… der *Alte Mann*, ich weiß«, ergänzte Kullmann naserümpfend.

Am unteren Ende stießen sie auf eine Maschine, deren Anfang und Ende sich wie zackenartige Schrauben wanden.

»Das ist der Walzenschrämlader, der die Kohle aus der Wand schrämt.« Hollinger drückte einige Knöpfe, schon begann die Maschine unter lautem Getöse zu laufen.

Anschließend stiegen sie einige Stufen über eine stählerne Treppe hinab, bis sie wieder auf unbefestigtem Boden standen. Dort befanden sich Stahlstützen in unregelmäßigen Abständen.

»Jetzt sind wir in der Fußstrecke. Während die Kohle abgebaut wird und die Schilde hinterherrücken, müssen gleichzeitig auch die Kopf- und Fußstrecke mit wandern. Die werden durch diese Senkstützen gesichert«, erklärte Hollinger. »Durch den ständigen Abbau der Kohle entsteht auf die Begleitstrecken ein höherer Druck, weshalb hier zusätzliche Senkstützen angebracht werden müssen.« Kullmann und Schnur nickten. »Und an genau so einer Fußstrecke ist das Unglück damals passiert.«

Endlich war es heraus.

Kullmann verstand es in diesem Augenblick wesentlich besser als damals, als er in dem Fall ermitteln sollte. Damals war er nicht auf die Idee gekommen, sich alles im Erlebnisbergwerk erklären zu lassen.

Schnur schien nicht sonderlich beeindruckt, denn er fragte: »Und wie war es möglich, alle acht Männer aus der dafür zuständigen Partie zu finden, aber weder Karl Fechter noch Winfried Bode?«

»Ich war damals Drittelsteiger beim Reviersteiger Fechter«, antwortete Hollinger unfreundlich. »Aber leider kann ich nicht sagen, was unser

Steiger in seiner Freizeit gemacht hat. Wenn er tatsächlich zu dieser Partie gegangen ist, dann hatte er einfach Pech gehabt. Und warum ihn und seinen Freund Winni Bo niemand gefunden hat, kann ich nicht erklären. Wir Bergleute haben uns nicht an der Suche beteiligen dürfen. Das macht bei uns die Grubenwehr.«

»Sie waren damals Drittelsteiger?«, horchte Kullmann auf.

»Ja.«

»Warum wurde nach Fechters Verschwinden Georg Remmark Reviersteiger? Sie wären doch an der Reihe gewesen.«

»Ich war für den Posten damals schon zu alt. Ich bin nach dem Unglück nicht mehr lange unter Tage gefahren.«

»Also war die Hierarchie unter Ihnen schon lange geklärt, bevor das Unglück geschah?«

⚒

Der Gang war so niedrig, dass Grewe nur auf Händen und Füßen hindurchkriechen konnte. Hinter sich hörte er das Schnaufen der beiden jungen Männer, die ihm folgten. Hoffentlich würden sie nicht bereuen, was sie jetzt taten. Sand rieselte direkt vor seinen Augen auf den Boden. Er versuchte, es zu ignorieren. Und doch rumorte die Frage in ihm, wie lange die alten TH-Bögen das bedrohlich herabhängende Gebirge noch stützen konnten.

Der Gang führte schnurgeradeaus. Der Lichtkegel seines Helms sprang hektisch hin und her. In dem diffusen Licht sah alles unruhig aus. Schatten bewegten sich, kamen auf ihn zu. Doch sobald er seinen Kopf ruhig hielt, stellten sie sich als Täuschung heraus. Deshalb war es für Grewe unmöglich, etwas zu erkennen, was weiter als zwei Meter vor ihm lag. Dahinter versank alles in undurchdringlicher Schwärze. Auch konnte er seine Lampe nicht vom Gürtel entfernen, weil er beide Hände zur Fortbewegung brauchte. Seine Beklemmung wuchs, je enger der finstere Gang wurde. Neben der Sicht glaubte er, dass auch sämtliche Geräusche verschluckt wurden. Er fühlte sich plötzlich mutterseelenallein in diesem Höllenschlund. Mit zittenden Händen und Beinen kroch er weiter, bis er einen kalten Hauch auf seinem Gesicht spürte. Er zuckte zusammen. Gänsehaut fuhr über seinen Körper. Unwillkürlich schnappte er nach Luft. Was hatte ihn berührt?

Von den Lehrlingen vernahm er nicht die geringste Reaktion. Waren sie überhaupt noch da? Dann sah er etwas, das ihn erschrocken innehalten ließ.

»Was ist?«, hörte er Kevin dicht hinter sich fragen.

»Hier ist etwas oberfaul«, meinte Grewe nur.

»Was denn?«

Grewe zeigte auf heruntergebrochenes Geröll, das sich wie ein schwarzer Berg vor ihnen auftürmte und das Weiterklettern fast unmöglich machte. Mehr konnten sie nicht sehen, weil alles von der totalen Finsternis verschluckt wurde. Nun zog Grewe endlich seine Kopflampe vom Helm und richtete den hellen Lichtstrahl direkt darauf. Da erst erkannten sie es. Die Wand war eingebrochen. Dahinter lag ein weiterer Gang, der wesentlich älter, enger und schwärzer aussah. Er führte steil nach oben.

Grewe ahnte, dass der kalte Hauch in seinem Gesicht von der Luftzufuhr aus diesem Gang gekommen war,

Sie kletterten über die heruntergebrochenen Steine und landeten an einer Stelle, die ihnen wesentlich mehr Platz bot. Trotzdem mussten sie sich auch dort gebückt bewegen, weil die Decke sehr niedrig hing.

Grewe schwenkte das Licht seiner Lampe langsam herum, bis er auf etwas stieß, was ihm bekannt vorkam.

»Schaut mal hier!«

Zwischen dem Geröll konnten sie mehrere Stahlstützen ausmachen. Auch ein nur teilweise verschütteter Durchgang erstreckte sich vor ihnen.

»Was ist das?«, fragte Bruno atemlos, nachdem er sich zwischen Kevin und Grewe vorgearbeitet hatte.

»Das sieht wie ein verlassener Streb aus«, antwortete Grewe. »Das könnten alte Hydraulikstützen sein.«

»Scheiße!«, fluchte plötzlich Kevin hinter ihnen.

Erschrocken drehten sich Bruno und Grewe um und sahen, wie er ganz aufgebracht einige Steine zur Seite schob.

»Was ist das?« Nun ging Kevins Stimme in ein Kreischen über.

»Was ist was?« Grewe und Bruno drängten sich zu der Stelle, auf die Kevin mit Panik in den Augen zeigte.

Es dauerte eine Weile, bis Grewe begriff, was dort zwischen den Steinen hervorlugte: dreckiger Stoff einer Bergmannskluft.

Erschrocken riss er die Augen auf und sagte: »Das sieht nicht gut aus.«

»Was machen wir jetzt?«, fragte Bruno.

»Wir sollten uns vergewissern, dass wir uns nicht täuschen«, antwortete Grewe.

Mit vereinten Kräften schoben sie weitere Steine zur Seite, bis es ihnen gelang, eine größere Fläche des Stoffs freizulegen. Er hatte die Farbe des Gerölls angenommen, das darauf gelegen hatte, weshalb sie ihn kaum von den Steinen unterscheiden konnten.

Von einer unheimlichen Vorahnung getrieben räumten sie nun auch die schweren Steine weg, um endlich Gewissheit zu bekommen, was sie da entdeckt hatten.

Etwas Ledriges kam zum Vorschein. Braun und welk. Sie starrten darauf, ahnten etwas, wollten es aber nicht wahrhaben. Wie mechanisch räumten sie weiter, bis sich ein verbeulter Helm abzeichnete. Das Entsetzen stand in ihren Gesichtern, als sie die braune ledrige Masse darunter als Gesicht erkannten. Der geöffnete Mund und die heraus-stehenden Zähne ließen keinen Zweifel daran.

Vor ihnen lag ein toter Bergmann.

KAPITEL 7

»Ihr habt was?«, brüllte Remmark so laut, dass es in Grewes Ohren klingelte. Dabei hatte er dem Steiger noch nicht einmal sagen können, was sie entdeckt hatten. Lediglich die Aussage, dass sie die Tür aus reiner Neugier aufgebrochen hätten, um sich das dort gelagerte Werkzeug anzusehen, versetzte den massigen Mann derart in Rage. »Was fällt euch ein, euch über meine Anweisung hinwegzusetzen?«

Mit betretenen Mienen standen die beiden Auszubildenden vor Remmark, während Grewe Mühe hatte, dem ungehobelten Mann kein Kontra zu geben, so maßlos ärgerte er sich über sein Verhalten. Nach mehr als zwanzig Jahren bekam Grewe wieder einmal die Bestätigung dafür, dass er für die Welt unter Tage nicht geschaffen war. Das kumpelhafte Benehmen konnte auch schnell in Respektlosigkeit umschlagen, was diese Männer gerne mit einem Lachen abtaten. Anton Grewe sah darin jedoch etwas anderes, nämlich eine Geringschätzung seiner Person. Schon immer hatte er sich bei diesem Umgangston unwohl gefühlt, wie ein Schuljunge, der für etwas getadelt wurde. Genauso jetzt. Dabei sollte es umgekehrt sein, Remmark sollte sich ertappt fühlen. Doch dazu war dieser Grobklotz von sich selbst zu sehr eingenommen.

Sie waren Remmark in den hell erleuchteten Teil des Querschlags gefolgt. Grewe schaute sich um und ließ seinen Blick über die obligatorischen schwarzen Plastikwannen wandern, die auf einer Stahlkonstruktion unterhalb der Decke standen. Leitungsrohre, Kabel und Bewetterungsschläuche liefen an den Wänden entlang. Auf dem Boden verliefen Schienen. Feuerlöscher und Erste-Hilfe-Kästen hingen an den Wänden. Bis er weiter hinten das Telefon entdeckte. Am liebsten wäre er ohne zu fragen dorthin gegangen, um seine Kollegen anzurufen, so brannte es ihm unter den Fingernägeln. Aber da fiel ihm ein, dass das von unter Tage gar nicht möglich war. Er musste seine Rolle als Bergmann weiterspielen – ob es ihm nun passte oder nicht.

Wer hätte auch ahnen können, dass er gleich in den ersten Stunden seiner Undercover-Ermittlungen auf eine Leiche stoßen würde?

»Jetzt werdet ihr gefälligst zurückgehen und alles zumauern«, befahl Remmark.

»So einfach ist das aber nicht«, widersprach Grewe.

Schon wieder wollte Remmark losschreien, doch es gelang Grewe, ihn davon abzuhalten. Hastig kam er ihm zuvor: »Wir sind auf etwas gestoßen, was wir nicht einfach zumauern können.«

»Was soll das sein?«

»Eine Leiche.«

»Ihr wollt mich verarschen.«

Grewe und die beiden Auszubildenden gaben darauf keine Antwort.

Eine Weile herrschte bedrücktes Schweigen, bis Remmark brummte: »Ich glaube, ich muss mich mal beim Pütt erkundigen, warum du dort wirklich weggehen musstest. Die Geschichte mit der Scheidung nehme ich dir nicht mehr ab.«

Grewe spürte, wie ihm das Blut in den Adern gefror. Fassungslos starrte er den Steiger an, dessen Augen hasserfüllt waren.

»Was hat das damit zu tun, dass wir auf einen toten Bergmann gestoßen sind?«, fragte Grewe, wobei er Mühe hatte, seine Stimme fest klingen zu lassen.

»Ich frage mich, wie ein Toter in eine Kammer gelangen soll, die über zehn Jahre immer nur verschlossen war?«, gab Remmark zurück.

Nun wurde es richtig ungemütlich. Verzweifelt schüttelte Grewe den Kopf, bis ihm endlich etwas einfiel: »Er liegt nicht in der Gezähekammer!«

»Für wie blöd hältst du mich eigentlich! Die Tür führt nur zur Gezähekammer.«

Hastig erklärte Grewe die genaue Situation, in der sie den Toten gefunden hatten.

Endlich gab Remmark nach, steuerte das Telefon an und rief die Grubenwarte an.

⚒

Anke fühlte sich wie vor den Kopf gestoßen, als sie Schnur mit Kullmann im Gefolge aus dem Büro rennen sah. Da verzichtete sie auf ihren Urlaub, um die Ermittlungsarbeiten in einem schwierigen Fall vorantreiben zu können und musste miterleben, wie sie einfach stehen gelassen wurde.

Sie überlegte, in ihr Büro zu gehen und die Tür hinter sich zu schließen. Dann würde ihr niemand die Enttäuschung ansehen. Denn es gab noch etwas, was sie beschäftigte: Die neue Mitarbeiterin Andrea Westrich.

Sie wurde von allen Kollegen in den höchsten Tönen gelobt, was für die Abteilung nur gut sein konnte. Als Anke im Ausland im Einsatz war, nach ihrer Rückkehr eine Weile krankgeschrieben und dann zur Rehabilitierung in Mutter-Kind-Kur geschickt worden war, hatte ein Ersatz für sie kommen müssen. Und da war tatkräftige Unterstützung nur von Vorteil. Doch dadurch hatte sie niemand vermisst. Andrea war einfach zur rechten Zeit gekommen und hatte alle mit ihren Fähigkeiten überzeugt.

Seit Anke von dieser neuen Kollegin erfahren hatte, spürte sie eine bohrende Angst, dass Andrea ihr beruflich im Weg stehen könnte. In diesem Herbst standen neue Beförderungen an. Anke hoffte schon lange auf den Posten der Oberkommissarin. Doch ihre lange Fehlzeit hatte bestimmt nicht dazu beigetragen. Dafür war Andrea eingesprungen.

Ob die Neue nun die Beförderung bekam?

Mit diesen Gedanken wollte sie Andrea nicht begegnen. Ihre Begrüßung war freundlich verlaufen und so wollte sie auch die Zusammenarbeit mit ihr gestalten. Ihre persönlichen Empfindungen musste sie einfach zurückstellen. Sie trat den Rückzug in ihr Büro an, als sie ausgerechnet Andrea rufen hörte: »Ich freue mich, dass wir uns endlich kennenlernen.« Es war ihre sanfte, dunkle Stimme, die Anke dazu bewog, stehenzubleiben und sich zu der neuen Kollegin umzudrehen.

Ihre leicht schrägstehenden Augen strahlten Wärme aus. Alles an dieser Frau machte auf Anke einen angenehmen, sympathischen Eindruck. »Ich habe so viel Gutes von Ihnen gehört, dass ich ganz neugierig geworden bin.«

»Das Gleiche kann ich von Ihnen sagen«, gab Anke zu, wobei sie sich den säuerlichen Nachgeschmack nicht anmerken ließ.

»Wollen wir uns duzen?«, fragte Andrea. »Das erleichtert uns die Zusammenarbeit.«

Anke nickte. Auf Andreas Lachen musste sie plötzlich ebenfalls lachen. Erleichtert spürte sie, dass das Eis gebrochen war. Und schlagartig war ihre Laune besser. Plötzlich schämte sie sich sogar für ihre negativen Gedanken von vor wenigen Minuten.

Ein Telefon begann zu läuten. Eintönig schallte der Klingelton durch den langen Flur.

»Oh! Das ist mein Apparat«, erkannte Anke nach einer Weile. Sofort drehte sie sich um und sprintete in ihr Büro.

⚒

Die Stimmen in der Kaffeeküche wurden immer lauter. Während Kullmann genüsslich seinen heißen Lyoner mit Kartoffelsalat aß, versuchte Schnur sich weiter mit Arthur Hollinger über den Unfall vor elf Jahren zu unterhalten. Doch plötzlich murrte er: »Warum interessieren Sie sich so für diese ollen Kamellen?«

Schnur wich erschrocken zurück. Einmal schockierte ihn der unfreundliche Ton, zum anderen das Herunterspielen einer Tragödie.

»Ich glaube, dass ein tödlicher Unfall niemals zu einer ollen Kamelle werden darf«, meinte er nur.

»Ich wundere mich halt, dass Sie gerade jetzt mit Ihren Fragen hier auftauchen, nachdem ein Kamerad von uns tödlich verunglückt ist«, wurde Hollinger deutlicher. Dabei war seine Stimme laut genug, alles andere in diesem Raum zu übertönen. »Sie haben wohl nichts zu tun, weil im Saarland zu wenig gemordet wird, deshalb beißen Sie sich an uns fest.«

Kullmann vergaß zu kauen. Erschrocken schaute er auf und bemerkte, dass Schnur um eine Antwort rang. Schnell sprang er für ihn in die Bresche und sagte: »Wir sind hier, weil ich mich durch diesen neuen Unfall wieder an das damalige Unglück erinnert habe. Die beiden verschwundenen Männer sind bis heute nicht aufgetaucht. Ich dachte mir, dass es vielleicht nach so vielen Jahren neue Erkenntnisse über die Ereignisse gibt.«

Verwirrt schaute Hollinger auf den alten Mann und fragte: »Glauben Sie ernsthaft, dass man sich nach elf Jahren besser erinnert als nach elf Stunden?«

Kullmann wackelte mit dem Kopf, als wollte er abwägen, und sagte dann: »Manche Dinge ergeben erst nach einem gewissen Abstand einen Sinn. Das Unglück geschah vor elf Jahren. Da ich die Akte niemals schließen konnte, habe ich immer wieder in regelmäßigen Abständen in dieser Sache ermittelt. Warum also nicht auch heute?«

Damit brachte er Hollinger zum Schweigen.

Schnur atmete unauffällig wieder aus und begann endlich, seine Frikadelle zu essen.

Plötzlich klingelte sein Handy.

Er hob ab, musste jedoch die Kaffeeküche verlassen, um den Anrufer verstehen zu können.

Als er zurückkehrte, erklärte er: »Das war Anke. Unter Tage ist eine Leiche gefunden worden.«

Kullmann stellte den Kaffee wieder ab, den er gerade trinken wollte, und schaute Schnur überrascht an. Hollinger wechselte die Gesichtsfarbe und sagte nervös: »Das kann doch nicht wahr sein.«

»Doch, ist es«, bestätigte Schnur.

»Dann ist das ein Fall für das Bergamt!«

»Tut mir leid, aber hier liegen die Dinge anders«, widersprach Schnur.

»Warum das denn?«

»Weil das Bergamt meine Dienststelle über den Leichenfund informiert hat. Es besteht die Möglichkeit, dass es einer der beiden Männer ist, die damals spurlos verschwunden sind.«

»Umso besser! Wollen wir?«, drängte der Altkommissar tatenfreudig.

»Aber nur mit mir zusammen«, erklärte Hollinger. »Ohne einen von uns dürfen Sie nicht einfach unter Tage fahren.«

»Einverstanden«, stimmte Schnur zu und fügte rasch an: »Der Schacht hier in Velsen ist wieder frei. Also brauchen wir nicht extra über Tage bis zum Warndt zu fahren, um dann wieder unter Tage das ganze Stück zurückzufahren.« Die Erinnerung an die beengte Zugfahrt in tausend Metern Tiefe löste jetzt noch Atemnot in ihm aus.

Er zeigte Hollinger die Wegbeschreibung, wo der Tote gefunden worden war. Anke hatte sie ihm über das Telefon diktiert. Der ehemalige Bergmann nickte und meinte dazu: »Ich weiß, wo das ist. Dort haben wir vor Jahren eine Gezähekammer abgeschlossen, weil Einsturzgefahr bestand.«

Wieder betraten sie die Kammer, in der sie erst vor wenigen Minuten ihre Grubenmäntel und Helme abgelegt hatten. Dieses Mal hielt ihnen Hollinger komplette Bergmannskleidung mit Helm, Kopflampe und Filterselbstretter entgegen und sagte: »Ohne diese Sachen dürfen Sie nicht runterfahren. Also ziehen Sie sich hier um, ich warte am Schacht auf Sie.«

⚒

»Ihr bleibt, wo ihr seid!«, befahl Remmark den Auszubildenden vor dem Eingang zur Gezähekammer. »Tony kommt mit mir, das reicht.«

Grewe bückte sich und kroch zum zweiten Mal durch den niedrigen Gang. Er glaubte, bohrende und strafende Blicke in seinem Rücken zu spüren. Außer seinem Atem und dem angestrengten Schnaufen des Steigers war kein Laut zu hören. Die Stille war die reinste Anklage. Mit Remmark im Nacken fühlte es sich an wie der Gang nach Canossa. Erst als sie direkt vor den Überresten des Toten angekommen waren, fiel das erste Wort: »Scheiße!«

Es dauerte eine Weile, bis Remmark anfügte: »Was ist hier passiert?«

Grewe sagte nicht, was er vermutete. Er beobachtete Remmark, der sich den Helm abnahm und am Kopf kratzte. Eigentlich wirkte Remmark genauso, wie Grewe ihn bisher kennengelernt hatte. Eine Beobachtung, die ihn schon fast enttäuschte. Aber was hatte er erwartet? Einen Zusammenbruch in dieser finsteren Höhle? Ein Geständnis in tausend Metern Tiefe?

Nach einer Weile wandte sich der Steiger um und leuchtete in die Reste des Strebs, der sich hinter ihm erstreckte.

»Das gibt es doch nicht«, meinte er fassungslos. »Damals hat der Markscheider errechnet, dass hier Kohle sei, und hatte recht. Nur wusste er nicht, dass schon lange alles abgebaut war.«

»Gibt es keine Pläne, wo die Kohle bereits abgebaut wurde?«, fragte Grewe erstaunt.

»Schau mal hier, Schlaumeier!«, befahl Remmark grimmig.

Grewe richtete seinen Blick auf die Stelle, die der Steiger anleuchtete. Dort schimmerte Stahl durch den schwarzen Dreck, der sich an dieser Stelle überall verteilt hatte.

»Ein Stahlschild«, antwortete Grewe.

»Eben nicht!« Remmark ließ Grewe zappeln, bis der endlich nachgab und fragte: »Was ist es dann?«

»Das ist ein Hydraulikstempel eines Ausbaugespanns.«

Grewe wusste nicht, wovon Remmark sprach.

»In den sechziger Jahren gab es noch keine Hydraulikschilde für den Strebausbau. Damals wurde noch mit sogenannten Ausbaugespannen gearbeitet. Das heißt, anstelle der heutigen Schilde wurden damals Stempel als Stützen eingesetzt, die mechanisch dem Kohleabbau folgten, so wie das heute die Schilde automatisch machen.«

»Das heißt also, dass dieser Streb schon sehr alt ist«, erkannte Grewe und bekam noch nachträglich eine Gänsehaut bei dem Gedanken, dort hindurchgekrochen zu sein.

»Richtig!« Remmark nickte. »Dieser Bereich wurde von den Franzosen abgebaut und die haben den Gespannausbau stehen lassen – was schon mal vorkommt, wenn er alt und verschlissen ist. Vermutlich haben die Franzosen dort abgebaut, ohne es im Kartenwerk zu registrieren.«

Plötzlich wurden sie auf Geräusche aufmerksam, die nicht dorthin gehörten. Sie schauten sich erschrocken um.

Grewe staunte nicht schlecht, als er Jürgen Schnur herankriechen sah. Sein Gesicht war kalkweiß unter dem Helm und ein Schweißfilm hatte sich auf seiner Oberlippe gebildet.

»Wen sehe ich …« Er hielt inne. Um ein Haar hätte er sich verraten.

Remmark riss den Kopf herum und starrte prüfend auf Grewe. »Was wolltest du gerade sagen?«

»Ich wollte fragen«, stammelte Grewe, »wenn ich richtig sehe, hast du nicht die Grubenwarte angerufen.«

»Doch«, meinte Remmark und beruhigte sich sofort wieder. »Aber wie es aussieht, haben die meine Informationen neben dem Bergamt auch an die Kripo weitergegeben.«

»Kripo?« Grewe tat erstaunt.

»Ja. Ich kenne diesen Mann. Er hat hier herumgestochert, als Pitt umgekommen ist.«

⚒

Anke erkannte, dass sie aus der Übung war. Sie wusste zunächst nicht, wo sie anfangen sollte, zu suchen, bis ihr das Einwohnermeldeamt einfiel und sie ihre Recherche am PC begann.

Die Tatsache, dass ein Toter in der Grube Warndt gefunden worden war – noch dazu ein Mann in Bergmannskleidung, der schon mumifiziert war – spornte sie an. Alles sah danach aus, als würde dieser Fall Fahrt aufnehmen. Und das an dem Tag, an dem Anke nach langer Zeit ihren Dienst wieder antrat. Das konnte sie gut gebrauchen, denn Motivation war genau das, was ihr an diesem Morgen gefehlt hatte. So, als hätte ihr das Leben zu Hause besser gefallen.

Ein Klopfen, die Tür ging auf und Erik kam mit einer Kaffeekanne herein. Sofort erkannte sie die nächste gute Seite ihres Jobs. »Wie habe ich das vermisst«, stellte sie mit einem Leuchten in den Augen fest.

»Und ich erst«, gab Erik zu und schenkte in die von Anke gereichten Tassen ein.

»Bist du immer noch für den Kaffee in unserer Abteilung zuständig?«, fragte Anke.

»Nein. Das hat Andrea übernommen. Aber für dich will ich eine Ausnahme machen.«

Anke lächelte verlegen. Sie beobachtete Erik, ob er etwas gemerkt haben könnte. Seine Mimik war schwer zu deuten. Rasch trank sie von ihrem Kaffee und verbrannte sich den Mund.

»›Vorsicht heiß‹ hätte ich wohl vorher sagen müssen«, neckte Erik, worüber beide herzhaft lachten.

Es verging eine Weile, bis Erik sagte: »Ich bin so froh, dass du wieder da bist.«

»Jetzt bin ich es auch.«

»Jetzt?« Erik stutzte. »Vor ein paar Minute noch nicht?«

»Nein. Jürgens Verhalten hat mich geärgert. Als Chef hätte er sich doch ein bisschen mehr einfallen lassen können.«

Erik verzog sein Gesicht zu einer Grimasse und erklärte: »Jürgen hat wohl Ärger mit der Staatsanwältin. Das bringt ihn mehr aus dem Konzept, als er erwartet hätte.«

»Was meinst du damit?«

»Ich glaube, dass ihm seine Frau mit Scheidung droht.«

»Oh!« Anke erschrak. »Das ist natürlich ein Hammer.«

»Was hast du inzwischen über Tim Fechter herausgefunden?«, lenkte Erik schnell ab.

»Immerhin, dass ich mal beim Einwohnermeldeamt anfangen könnte zu suchen«, gab Anke zu, wofür sie einen erstaunten Blick erntete.

»So weit bist du schon? Da muss ich mich aber beeilen, um das noch aufzuholen.«

»Du bist ganz schön übermütig«, tadelte Anke. »Immerhin bin ich aus der Übung.«

»Ich hoffe, nicht allzu lange. Wenn wir Jürgen weiter als Chef haben wollen, wäre es nicht schlecht, wenn er mit guten Ergebnissen glänzt.«

»Ich gebe mir ja Mühe!«

»Und auf deinem Zeugnis wird stehen: ›Sie bemühte sich‹«, spottete Erik weiter.

»Du bist nicht nur übermütig, du bist frech«, schimpfte Anke. »Ich sollte dir mal ...« Weiter kam sie nicht, als Erik sich über den Schreibtisch beugte und ihr mit einem Grinsen ins Wort fiel: »Au ja!«

Ankes Gesicht fühlte sich heiß an. Was geschah hier?

Auch Erik lehnte sich mit einem verlegenen Räuspern zurück.

Da klopfte es an der Tür und Andrea trat ein. »Stör ich?«

»Nein«, antworteten Erik und Anke wie aus einem Mund.

Erstaunt ließ die dunkelhaarige Frau ihren Blick zwischen den beiden hin und her wandern, bevor sie die Tür hinter sich schloss und fragte: »Schon was von dem Toten gehört, der in diesem mysteriösen Stollen gefunden wurde?«

»Noch nicht«, bedauerte Anke. »Willst du auch einen Kaffee?«

»Gern.«

Schnell kramte Anke eine Tasse aus ihrem Schreibtisch, staubte sie hastig mit einem Taschentuch ab und stellte sie auf den Tisch, damit Erik einschenken konnte.

»Dafür habe ich etwas herausgefunden, was uns das Warten auf neue Nachrichten von Schnur und Kullmann erleichtern wird«, meinte Andrea geheimnisvoll.

»Und was?« Anke und Erik horchten auf.

»Alle Unglücksopfer haben etwas gemeinsam.« Sie setzte sich neben Erik und legte einige Papiere auf den Schreibtisch.

»Erzähl schon!«, drängte Erik.

»Von Uwe Bendrup wussten wir inzwischen, dass unmittelbar vor seinem Tod in seiner Wohnung eingebrochen worden war«, begann Andrea.

Erik nickte. Anke hörte nur gespannt zu.

»Ebenso bei Peter Dempler.«

»Ja!«

»Interessant!«

»Das hat mich auf die Idee gebracht, auch bei den anderen Unfallopfern nach Einbrüchen zu suchen«, erklärte Andrea.

»Und?«

»Bingo! Alle Unfallopfer waren kurz vor ihrem Unglück Opfer von Einbrüchen.«

»Wow«, stieß Erik aus. »Das klingt so, als hätte unser Chef die ganze Zeit recht gehabt und alle diese Todesfälle hängen zusammen.«

»Das klingt für mich nach einem Serienmörder«, schaltete sich Anke weniger euphorisch ein. »Und so einem gefährlichen Menschen setzt er unseren Kollegen Anton Grewe aus.«

»Was wurde denn gestohlen?«, unterbrach Erik Ankes Gedankengang.

»Das ist ja das Dubiose«, antwortete Andrea geheimnisvoll. »Horst Stänger starb 2002. Bei ihm war mehrere Tage vor seinem Tod eingebrochen worden. Sie hatten es bei der Polizei angezeigt mit der Bemerkung, dass nichts gestohlen worden sei.«

»Wirklich dubios.«

»2004 starb Alois Witzke. Ich hatte vorhin seine Frau am Telefon. Dass dort eingebrochen worden war, war nirgends bekannt, weil sie es nicht angezeigt hatten. Bei ihnen sei nichts gestohlen worden, weshalb sie nicht wussten, ob sie sich lächerlich machen würden, wenn sie zur Polizei gehen würden.«

»Jetzt wird es richtig seltsam«, meinte Anke.

Andrea berichtete weiter: »Uwe Bendrups Witwe konnte ich nicht erreichen. Dort muss ich später noch mal anrufen. Dafür hat mir Harald Starks Witwe etwas Interessantes gesagt: nämlich, dass sie sich Geld auf die Seite gelegt hätten für die Zeit nach der Schließung der Grube. Und genau dieses Geld sei gestohlen worden.«

»Wo leben diese Menschen?«, fragte Anke, wofür sie erstaunte Blicke erntete. »Damit meine ich, dass es für sowas heutzutage Banken gibt. Dann kann dir keiner dein Erspartes klauen.«

»Höchstens die Bank selbst. Also ist das genauso sicher wie daheim unter dem Kopfkissen«, gab Erik sarkastisch zurück.

»Jedenfalls könnte das der Grund sein, warum wir bei den Bergmännern nichts Auffälliges gefunden haben. Sollten dort große Mengen von Geld vorhanden sein und sie bewahren es in ihren Häusern auf, finden wir es nicht heraus«, erklärte Andrea.

»Stimmt! Aber was ist daran schlimm, wenn man spart, und die Polizei kann es sehen?«, fragte Anke.

»Das ist ja das Verdächtige.« Andrea zuckte mit den Schultern. »Fragen können wir sie nicht, weil wir ja offiziell nicht ermitteln.«

»Und wie hast du deinen Anruf bei Frau Witzke erklärt?«

»Ich habe mich als Angestellte einer Sicherheitsfirma ausgegeben, die die Häuser vor Einbrüchen sichert.«

»Ganz schön raffiniert.« Anke lachte.

Erik hob die Hand, als befänden sie sich in der Schule und müssten jeden Beitrag anmelden.

»Ich wage kaum noch, mich in eurer Frauengespräch einzumischen«, gab er zu. »Aber ich hätte eine Vorschlag, warum die Bergleute höhere Geldsummen nicht auf die Bank bringen.«

»Erzähl.«

»Das ist Geld, das sie nicht ehrlich verdient haben.«

»Aber wie? Erpressung? Oder Bankraub?«, fragte Anke.

»Wenn es so ist, dann müssen wir diese Summen mit solchen Verbrechen zeitlich abgleichen.«

»Das kann ich machen«, bot sich Andrea an.

»Ich werde einspringen, sobald ich Tim Fechter gefunden habe.«

»Es könnte aber auch etwas sein, was sich nur dort unten in tausend Metern Tiefe abspielt. Das bekämen wir nie heraus.«

»Oder Grewe findet es heraus«, hielt Anke dagegen. »Deshalb ist er doch unten.«

»Dafür begibt er sich aber nicht in eine solche Gefahr«, stellte Andrea klar. »Oder meinst du, dass das alles irgendwie zusammenhängt?«

»Ja, es wird immer komplexer und wir dürfen nichts tun«, murrte Erik.

»Zumindest darf ich jetzt etwas tun«, meinte Anke und warf einen Blick auf ihren Bildschirm. »Ich darf nach Tim Fechter suchen.«

»Okay. Ich suche nach Banküberfällen zu den bestimmten Zeiten.« Mit diesem Entschluss brach Andrea auf.

»Und ich informiere die Spurensicherung, damit sie sich den Fundort des toten Bergmanns anschauen«, beschloss Erik.

Schon war Anke wieder allein im Büro.

⚒

In dem unbequemen Steigeranzug fühlte sich Schnur wie zugeschnürt. Er warf einen Blick auf Kullmann, der in der hellbeigen Jacke wie ein Ball aussah. Doch in seinem Gesicht konnte er nicht die geringste Spur von Unsicherheit erkennen. Der alte Meister schien sich regelrecht darauf zu freuen, in die Tiefe zu gelangen.

Hollinger auf der anderen Seite sah hingegen so grimmig aus, als würde er überlegen, die beiden Polizeibeamten während der Fahrt nach unten zu erschlagen. Diese Abneigung stachelte Schnurs Neugier nur noch mehr an.

Auf der fünften Sohle hielt der Korb an. Sie stiegen aus.

Zum Glück mussten sie von dieser Seite aus nicht in einen Zug steigen, um an den Fundort zu gelangen. Das erleichterte Schnur und ließ ihn tief durchatmen.

Die Strecke, die sie gingen, schien endlos zu sein. Die Schweigsamkeit, die zwischen den drei Männern herrschte, wirkte bedrückend. Immer wieder schaute Schnur an die Decke, an der die Neonröhren hingen. Das Licht gab ihm ein gutes Gefühl. Nach einer Weile hörten sie in der Ferne laute Stimmen. Sehen konnten sie nichts.

Je näher sie kamen, umso deutlicher wurden die Stimmen, bis sich eine Gruppe von Männern aus der Dunkelheit herausschälte. Die Grubenwehr war bereits vor Ort und hatte den Betriebspunkt für die Bergung freigegeben. Neben ihnen standen Michael Bonhoff und Paolo Tremante und diskutierten.

»So trifft man sich wieder«, stellte Tremante fest, als er den Kriminalhauptkommissar erkannte.

»Tja. Die Arbeit ruft.«

»Sie sollten zum Bergmann umschulen«, feixte Tremante. »Dann können Sie jeden Tag hier runterfahren und arbeiten. Es scheint Ihnen bei uns ja gut zu gefallen.«

Schnur überging diese Bemerkung und steuerte die Tür an. Als er sah, wie niedrig der Gang war, wurde ihm schlecht.

Kullmann stellte sich neben seinen Nachfolger und meinte: »Da muss man ja auf allen Vieren klettern.«

»Das ist mein geringstes Problem«, gestand Schnur mit kalkweißem Gesicht.

»Und mein größtes! Mein alter, gut gefütterter Körper wird sich bestimmt melden«, meinte Kullmann mit einem Schulterzucken, kniete sich unter Ächzen und Stöhnen und setzte dazu an, durch den Gang zu krabbeln.

Schnur traute seinen Augen nicht. Kullmann war über zwanzig Jahre älter als er und hatte keinerlei Probleme damit, in dieses finstere Loch zu klettern. Das spornte ihn an. Diese Blöße wollte er sich nun doch nicht geben. Rasch bückte er sich und gab sich alle Mühe, den Altkommissar einzuholen, damit er als erster am Fundort ankam.

Obwohl es für Kullmann anstrengend war, musste der Alte lachen, als er Schnur an sich mit entschlossener Miene vorbeirobben sah.

Die Dunkelheit nahm zu. Trotz der Lampen an den Helmen.

Schnur versuchte, diese Tatsache zu übersehen und krabbelte weiter. Wieder hörte er Stimmen, ohne etwas zu sehen. Er hielt an und leuchtete die Enge ab. Da erkannte er eine eingestürzte Wand. Steinbrocken in verschiedenen Größen lagen verstreut einige Meter vor ihm. Das musste der Ort sein, an dem der Tote gefunden worden war.

Hurtig kletterte er weiter.

»Wen sehe ich ...«, hörte er eine bekannte Stimme. Er erstarrte vor Schreck und hielt inne. Hoffentlich verplapperte sich Anton Grewe nicht.

Doch mehr kam nicht. Das nächste, was Schnur hörte, war die Stimme von Remmark, der Grewe unfreundlich fragte: »Was wolltest du gerade sagen?«

Dann hörte er Grewe sagen: »Ich wollte fragen, wenn ich richtig sehe, hast du nicht die Grubenwarte angerufen.«

Das ließ Schnur aufatmen. Der Kollege hatte sich also rechtzeitig wieder gefangen. Und Schnur erkannte an sich selbst, dass diese Beobachtung ihn aus seiner Klaustrophobie herausgerissen hatte. Das war das erste Mal, dass er in einer solchen Situation keine Beklemmung gespürt hatte. Motiviert krabbelte er durch das Loch, das sich durch den Einsturz der Wand gebildet hatte, hindurch und stellte fest, dass es auf der anderen Seite noch düsterer war.

Vorbei die Motivation. Seine Atemnot meldete sich wieder.

Kullmann zwängte seinen fülligen Körper unter Stöhnen hindurch. Als er neben Schnur ankam, meinte er betroffen: »Hier kann man auch nicht stehen, so niedrig ist die Decke.«

»Tja. Wenn ich gewusst hätte, dass die hohen Herren der Kriminalpolizei schon vor dem Bergamt eintreffen, hätte ich diesen Ort natürlich festlich hergerichtet«, kam es von Remmark. »Jetzt könnte es passieren, dass Sie mehr Luft verbrauchen, als wir hier haben.«

»Was wollen Sie damit sagen?«, fragte Kullmann schnaufend. Gerne hätte er mehr Strenge in die Stimme gelegt, doch die Atemnot machte ihm zu schaffen.

»Dieser Streb ist vermutlich ein alter Teil einer französischen Grube«, erklärte Remmark. »Die Bewetterung des Strebs scheint nur noch durch schleichendes Wetter zu funktionieren. Durch Risse und nach dem Mauereinbruch auch durch die Gezähekammer werden Wetter hoch durch den Streb auf die vierte Sohle gezogen, wo es offensichtlich Verbindungen zu deutschen Grubenbauten gibt. Damit will ich sagen, dass wir hier keine Luft für unnötige Schnüffler zu viel haben.«

Schlagartig spürte Schnur, wie sich seine Brust zuschnürte. Und seine Klaustrophobie meldete sich mit aller Wucht zurück. Er schaute zu Kullmann, doch der strahlte einen beneidenswerten Kampfgeist in dieser beengten Situation aus, als er sagte: »Dann können Sie das Feld getrost uns überlassen!«

»Sie kenne ich doch«, stellte Remmark auf diese Bemerkung hin erst fest. »Sie haben damals hier unten herumgeschnüffelt, als dieses Unglück passiert war. Aber herausbekommen haben Sie nichts.«

»Stimmt! Deshalb bin ich heute hier. Damals wurden zwei Männer vermisst, die bis heute nicht gefunden worden sind. Und jetzt will ich mir den Toten anschauen.«

»Sie glauben, dass es Winfried Bode oder Karl Fechter ist?«

»Wie viele Männer werden außer den beiden noch vermisst?«, stellte Kullmann eine Gegenfrage, die Remmark verstummen ließ. »Na also«, fügte Kullmann zufrieden an.

Endlich verließ Remmark seinen Platz, damit Kullmann und Schnur sich die Überreste anschauen konnten.

Doch was sie zu sehen bekamen, half nicht weiter. Der Tote war mumifiziert, sein Gesicht teilweise vom Helm bedeckt. Dafür lugten unversehrte Zähne hervor. Die Kleidung hatte die Farbe der Umgebung angenommen.

»Gibt es keine besonderen Kennzeichen, die ein Bergmann mit sich trägt, wenn er unter Tage fährt?«, fragte Schnur.

»Normalerweise kann man einen Kameraden an Filterselbstretter oder an der Lampe erkennen, weil diese Nummern mit denen der Fahrmarken identisch sind. Aber hier sehe ich nichts davon. Ist vielleicht verschüttet worden.«

Schnur stellte fest: »Die Zähne sehen noch intakt aus. Damit können wir ihn identifizieren.«

»Das werden Sie aber nicht hier unten in diesem Stollen machen!«, funkte Remmark dazwischen.

»Sie werden es nicht glauben, aber wir haben eine Rechtsmedizin in Homburg. Dort bringen wir den Toten hin«, erklärte Schnur süffisant und fragte weiter: »Wer hat den Toten gefunden?«

Anton Grewe hob schüchtern die Hand.

»Er und die beiden Auszubildenden, die vor der Tür stehen«, präzisierte Remmark.

»Wie ist Ihr Name?«

»Anton Grewe.«

»Haben Sie die Lage des Toten verändert?«

»Nein. Wir haben nur einige Steine zur Seite geräumt, um zu sehen, auf was wir gestoßen sind.«

»Heißt das, dass der Tote komplett zugedeckt dort lag?«

»Naja, komplett wohl nicht, sonst hätte Kevin ihn nicht entdeckt.«

»Sie sind aber über ihn hinweggestiegen?«

Grewe schaute verwirrt drein, bevor er meinte: »Wir sind über den Steinhaufen gestiegen!«

»Das frage ich nur, weil wir dann mit Knochenbrüchen rechnen können, die postmortem entstanden sind«, erklärte Schnur. »Die Information ist für unseren Gerichtsmediziner wichtig.«

»Wir konnten doch nicht ahnen, dass ...«

»Ich mache Ihnen ja keinen Vorwurf«, beschwichtigte Schnur, dem das Spiel Spaß zu machen begann. »Kommen Sie morgen früh zur Kriminalpolizeiinspektion nach Saarbrücken. Ich werde dort Ihre Aussage aufnehmen müssen.«

»Für solche Sachen geben wir normalerweise Sonderurlaub«, schaltete sich Remmark ein, »aber da sich die Arbeit nicht von alleine macht und wir zu wenige sind, muss er morgen hier antreten.«

»Wir brauchen eine Aussage. Das werden Sie doch verstehen«, drängte Schnur. »Es wird höchstens eine Stunde dauern. Dann kann er ja später noch unter Tage fahren.«

Remmark verstummte.

Ein Rascheln hinter ihnen weckte plötzlich ihre Aufmerksamkeit. Schnur staunte nicht schlecht, als er sah, wie Kullmann in den schwarzen Gang kroch, der steil nach oben führte. Er wollte seinen ehemaligen Chef gerade zurückrufen, als Kullmann seine Expedition von alleine beendete. Mit kohlrabenschwarzem Gesicht drehte sich der Altkommissar um, ein Anblick, der Schnur grinsen ließ.

»Schade, dass ich hier unten meinen Fotoapparat nicht einsetzen darf«, brummte Remmark und kratzte sich am Kopf. »Der Anblick war wirklich zu köstlich.«

»Manchmal habe ich eben Glück«, gab Kullmann zurück und fragte: »Wo führt der Gang hin?«

»Das ist kein Gang, das ist das Fahrfeld eines alten Strebs«, korrigierte Remmark.

»Einverstanden«, brummte Kullmann. »Und wo führt das Fahrfeld hin?«

»Auf die vierte Sohle«, antwortete Grewe. »Ich bin schon durchgeklettert.«

»Ist Ihnen etwas auf dieser Strecke aufgefallen?«

»Nein. Was sollte mir auffallen?«

»Wir müssen damit rechnen, dass sich irgendwo in diesem unterirdischen Labyrinth noch ein weiterer Toter befindet«, erklärte Kullmann.

»Vom Querschlag bis hierher lag niemand«, stellte Grewe klar.

⚒

Anke saß bei Martha Kullmann am Küchentisch und aß das aufgewärmte Mittagessen. Die Knödel in Specksoße mit Sauerkraut und Püree dufteten allein schon so köstlich, dass Anke mehr aß, als sie eigentlich wollte. Doch der Genuss von Marthas häuslicher Küche war ihr zu lange versagt geblieben, weshalb sie in diesem Augenblick das Kalorienzählen einfach sein ließ. Lisa berichtete aufgeregt von ihrem Tag. Nach ihrer langen Fehlzeit hatte sie die Schule wieder besucht und an ihren Worten erkannte Anke, dass es ihr gut gefallen hatte. Damit hatten sich ihre Befürchtungen nicht bewahrheitet, dass Lisa diese lange Pause falsch interpretieren könnte, nämlich dass sie nicht mehr zur

Schule gehen müsste. Das Gegenteil war der Fall. Je mehr Lisa erzählte, umso deutlicher erkannte Anke, dass sie den Ehrgeiz besaß, die fehlende Zeit aufzuholen. Nicht umsonst hatte Anke ständig mit ihr geübt – was nicht immer einfach gewesen war. Denn Lisa hatte keine Notwendigkeit darin gesehen, an einem schönen Kurort trockenen Lernstoff durchzunehmen. Doch jetzt strotzte sie vor Stolz, weil sie viel mehr wusste als alle anderen in der Klasse.

»Die Lehrerin hat viele Fragen gestellt, die nur ich beantworten konnte«, sagte sie gerade ganz stolz, als die Haustür aufgesperrt wurde.

Gespannt schauten alle zur Küchentür.

Herein trat ein kohlrabenschwarzer Mann. Nur die Augen leuchteten hell. Darin blitzte der Schalk.

Kullmann sah so verschmutzt aus, wie Anke ihn noch nie gesehen hatte. Sie lachte laut los. Lisa stimmte in das Lachen mit ein. Nur Martha fand das nicht so witzig.

»Das glaube ich jetzt nicht«, schimpfte sie los. »Je oller, je doller!«

Und Lisa lachte noch lauter.

»Ich dachte, ich hätte einen erwachsenen Mann geheiratet«, nörgelte Martha weiter. »Und dazu noch einen Pensionär. Da habe ich mich ja gründlich getäuscht – in jeder Hinsicht. Zuerst einmal vergeht kein Tag ohne Arbeit für meinen Rentner und dann kommt so ein Dreckspatz nach Hause.«

»Dreckspatz! Dreckspatz!«, rief Lisa ganz außer sich.

Anke wollte sie unterbrechen, doch Martha meinte nur: »Lass sie doch. Sie hat doch recht.«

Kullmann trat auf die Kleine zu und stupste ihr mit dem Finger auf die Nasenspitze, wobei er einen schwarzen Fleck hinterließ. »Jetzt siehst du mit deiner schwarzen Nase aus wie Micky Maus«, flüsterte er ihr ins Ohr.

Kreischend vor Lachen hüpfte Lisa vor einen Spiegel. Sie war begeistert und wollte sich den Kohlenstaub nicht mehr aus dem Gesicht wischen lassen.

»Du gehst sofort in den Keller, ziehst diese schmutzigen Sachen aus und duschst dich!«

Kullmann zog den Kopf ein und schloss die Küchentür wieder hinter sich. Dann folgte ihm Martha, um ihm einen Morgenmantel hinterherzutragen.

Als der Altkommissar erneut die Küche betrat, sah man seinem Gesicht die Bemühungen an, den schwarzen Kohlenstaub abzuwaschen. Trotzdem schimmerte immer noch das Schwarz um seine Augen herum.

»Sag nur, du bist in die Grube gefahren?«, fragte Martha, während sie ihrem Mann einen Teller mit aufgewärmtem Essen auf den Tisch stellte. »Und da soll ich mir keine Sorgen machen.«

Kullmann lachte verschmitzt. Alle sahen ihm an, dass ihm der Tag gut gefallen hatte. Er setzte sich an den Tisch und zog die Zeitung aus seiner Aktentasche mit der Bemerkung: »Die hätte ich nicht mit mir herumschleppen müssen. In der Kaffeeküche in Velsen lag sie auf dem Tisch.« Er begann zu blättern, bis er den Bericht über das Erlebnisbergwerk fand, und legte ihn offen auf den Tisch.

»Dieses Bergwerk soll geschlossen werden«, berichtete er. »Das wäre schade, denn dort kann man ebenerdig in den Berg gehen. Dort sieht alles genauso aus wie unter Tage. Eine gute Gelegenheit, das Andenken an den Bergbau zu bewahren.«

»Das werde ich mir mal anschauen«, beschloss Anke. »Und Lisa kann bestimmt auch mitgehen.«

»Auf jeden Fall«, bestätigte Kullmann. »Nur musst du dich beeilen, bevor sie es schließen. Für so was gibt es kein Geld mehr.«

»Schade! Aber wie sagt Peter Müller so schön: ›Hauptsach gudd gess‹«, spottete Anke.

Das erinnerte Kullmann daran, dass er Hunger hatte. Schnell aß er von den deftigen Klößen in Specksoße und lobte ausgiebig Marthas gutes Essen.

»Nun erzähl schon, wie es war«, drängte Anke. »So wie du aussiehst, warst du nicht nur im Erlebnisbergwerk, sondern auch ganz unten.«

Kullmann nickte, wischte sich mit der Serviette über das Kinn und begann zu erzählen, welche Eindrücke er in der Tiefe und in diesen engen Gängen gewonnen hatte. »Ihr werdet es nicht glauben«, schloss er, »aber ich bin wesentlich besser dort unten zurechtgekommen als Jürgen. Der hat nämlich ganz schön mit Klaustrophobie zu kämpfen.«

Anke lachte und meinte: »Du bist einfach ein Tausendsassa.«

»Und ein ewiges Kind«, fügte Martha tadelnd an.

Nach dem Essen setzten sich Anke und ihr ehemaliger Chef und Mentor ins Wohnzimmer, wo Kullmann im Kamin ein Feuer entfachte, damit gemütliche Wärme entstand. Martha blieb mit Lisa in der Küche, wo sie sich von Lisa die Funktionen eines i-Pad erklären ließ.

Als das Feuer endlich Wärme spendete, sank Kullmann in seinen Sessel zurück, zündete sich eine Pfeife an und begann von seiner Expedition ins Reich der Tiefe zu berichten.

Als er endete, resümierte Anke: »Das bedeutet also, dass diese beiden Männer nicht bei dem Unglück ums Leben gekommen sind.«

»Richtig! Ohne die Leiche wäre niemals herausgekommen, dass dort unten etwas nicht mit rechten Dingen zugegangen ist.« Kullmann nickte.

»Und nicht nur das«, tat Anke geheimnisvoll.

Neugierig horchte Kullmann auf.

Anke berichtete, dass allen tödlichen Unfällen der Bergmänner Einbrüche in deren Häuser vorausgegangen waren, die sie nicht gemeldet hatten, weil angeblich nichts gestohlen worden war.

Kullmann hielt beim Paffen inne. Anke stutzte.

»Wenn dir etwas gestohlen wird, das du ohnehin nicht besitzen darfst, meldest du es nicht.«

KAPITEL 8

Sie trafen sich auf dem Grubengelände in Velsen. Von dort aus wollte Anton Grewe die Fahrt zur Landespolizeiinspektion übernehmen. Als Fahrer des Wagens konnte er einen Grund vorgeben, warum er sich an keinem Gespräch beteiligen wollte. Die beiden Auszubildenden Kevin und Bruno waren total aufgeregt. Für sie war das alles ein großes Abenteuer. Nur Grewe fühlte sich wie auf glühenden Kohlen. Ständig stellte er sich die quälende Frage, ob er seinen Undercovereinsatz schon gleich am ersten Tage versiebt hatte. Seine Weigerung, eine Anweisung des Steigers auszuführen, stand in keinem guten Licht. Egal, was dabei herausgekommen war. Seine Kollegen bei der Polizei könnten ihm vorwerfen, seine Tarnung riskiert zu haben, während die Kameraden Verdacht schöpfen könnten, dass er nicht derjenige war, der er vorgab zu sein.

Er hatte alles richtig machen wollen, dabei war ihm schon gleich am allerersten Tag alles entglitten.

Auf eine Leiche zu stoßen, gehörte vielleicht zu seinem Job als Kriminalbeamter. Aber nicht zur Maloche des Bergmanns, in dessen Funktion er unterwegs gewesen war.

»Du kennst dich ja gut aus«, staunte plötzlich Kevin, als Grewe an der Hellwigstraße abbog und das große Polizeigebäude ansteuerte.

Schon wieder fühlte sich Grewe ertappt. Hastig sagte er: »Ich habe mich gestern informiert, wo ich hinfahren muss.«

»Klar!«, wiegelte Kevin ab. »Ist wohl nicht gerade alltäglich, unter Tage auf eine Leiche zu stoßen.«

»Hatte ich noch nicht«, meinte Grewe mehr als ehrlich.

»Unsere Lehrzeit fängt schon gleich mit einem richtigen Abenteuer an.« Bruno lachte. »Wenn nur die Polizei nicht wär.« Er hielt inne und fügte an: »Was die wohl von uns wissen wollen?«

Grewe zuckte mit den Schultern und stellte den Wagen auf einem Schotterparkplatz ab.

»Lassen wir uns überraschen«, meinte er und stieg aus.

Doch schon nach wenigen Metern spürte er die erste Hürde auf sich zukommen. Wusste der Beamte am Pförtnerhaus Bescheid, dass er ihn nicht wie einen guten Bekannten begrüßen sollte? Seine Schritte wurden immer zögerlicher, bis Kevin und Bruno es bemerkten.

»Hey! Was ist los?«, fragte Kevin.

»Schiss?«, fragte Bruno.

»Quatsch«, wiegelte Grewe ab. »Wir sollen doch nur unsere Aussage machen.«

Er beschleunigte seinen Gang, um seine Worte damit überzeugender wirken zu lassen. Trotzdem stieg sein Adrenalinspiegel, als er auf den runden Kasten zutrat.

»Sind Sie vorgeladen?«, fragte der Beamte ohne das geringste Anzeichen von Erkennen.

Grewe nickte, nannte die drei Namen und die Dienststelle, auf der sie erwartet wurden. Ein kurzer Anruf und sie wurden weitergeschickt, nachdem er ihnen den Weg erklärt hatte.

Grewe atmete unauffällig tief durch. Er hatte Schnur unterschätzt – mal wieder.

Im dritten Stock wurden sie sogleich von Andrea Westrich empfangen. Kevin und Bruno erkannten die Beamtin sofort wieder. Sie hatte sie an dem Tag, als Peter Demplers Leiche geborgen worden war, befragt.

»Kommen Sie beide mit mir in mein Büro«, bat sie die jungen Männer. An Grewe gewandt sagte sie: »Hauptkommissar Schnur wird mit Ihnen sprechen. Sein Büro ist die dritte Tür auf der linken Seite.«

Grewe folgte der Anweisung, klopfte an und fühlte sofort große Erleichterung, als er seinen Vorgesetzten allein in seinem Büro antraf.

⚒

Schnur las den Vorab-Bericht des Gerichtsmediziners über den Abgleich des Zahnstatus, als es klopfte. In diesem Augenblick wollte er nicht unterbrochen werden. Doch die Tür ging auf.

Verärgert schaute er hoch. Als er Anton Grewe schüchtern eintreten sah, war seine Wut schnell verraucht. Unbeholfen und deplatziert wirkte der Kollege, ein Anblick, der ihn einerseits schmunzeln ließ, andererseits das Gefühl vermittelte, dass Grewe seinen Undercovereinsatz mit Leib und Seele durchführte.

»Hereinspaziert!«, grüßte er freundlich und wies ihn an, sich zu setzen. »Der perfekte Bergmann sitzt vor mir.«

»Danke. Diesen Satz aus deinem Mund fasse ich mal als Kompliment auf«, entgegnete Grewe.

»So war es auch gemeint.« Schnur lehnte sich zurück, verschränkte die Arme vor seiner Brust und sprach weiter: »Du hast ja gleich am ersten Tag ganze Arbeit geleistet.«

Grewe schaute verlegen drein.

»Nicht so bescheiden«, rief Schnur. »Das war gute Arbeit. Warum Zeit verlieren?«

»Du hörst dich so optimistisch an«, stellte Grewe fest. »Hat die Spurensicherung oder der Gerichtsmediziner etwas Interessantes herausgefunden?«

»Die Spusis durften gar nicht runterfahren«, erklärte Schnur mit einem Seufzer. »Das hat uns die Bergpolizei untersagt.«

Grewe nickte und meinte: »So ganz Bergmann bin ich nicht mehr. Fast hätte ich vergessen, dass in einem solchen Fall die Bergpolizei diese Untersuchungen übernimmt.«

»Zum Glück für uns. Als Polizeibeamter bist du uns lieber!« Schnur grinste und fügte an: »Dafür haben wir ein Ergebnis, wer der Tote ist, den du gestern entdeckt hast.«

»Und? Wer ist es?«

»Es ist Winfried Bode, der Mann, der neben Karl Fechter schon seit elf Jahren spurlos verschwunden ist.«

Grewe bekam große Augen. »Das heißt ja, dass ein Verbrechen aufgeflogen ist, das elf Jahre hinter verschlossener Tür lag und nun sogar für immer und ewig hätte zugemauert werden sollen.«

»Genau das! Und das gleich am ersten Tag deines Einsatzes. Das nenne ich effektives Arbeiten.« Schnur klatschte in die Hände. »Doch leider sind wir damit noch nicht am Ende der Geschichte angekommen, denn es fehlt noch ein Mann …«

»Karl Fechter.«

»Genau der.« Schnur nickte. »Aber auch in dem Fall hindert uns das

Oberbergamt daran, eine Suchmannschaft unter Tage zu schicken. Das übernimmt jetzt die Grubenwehr.«

»Das ist auch besser so«, gab Grewe zu verstehen. »Diese Männer sind für solche Einsätze ausgebildet und ausgerüstet, was unsere Leute nicht sind.«

»Ach! Du denkst ja schon wie ein richtiger Bergmann. Ich darf dich nicht zu lange dort unten lassen, sonst willst du gar nicht mehr zu uns zurück.«

Grewe lachte und meinte: »Keine Sorge! Das wird nicht passieren. Nur wollte ich dir sagen, dass dieser alte Streb verdammt eng und gefährlich ist. Ich bin dort durchgekrochen ohne nachzudenken. Das hätte auch anders ausgehen können.«

»Dann zähle ich diese Aktion mal nicht zu deinen Glanzleistungen.«

»Ich werde in Zukunft besser aufpassen.«

»Das wollte ich hören. Aber jetzt wieder zum dienstlichen Teil: Ist dir sonst nichts aufgefallen?«

»Nein. In diesem Streb hat Karl Fechter nicht gelegen.«

Es klopfte an der Tür und Staatsanwältin Ann-Kathrin Reichert trat ein.

»Schön, Sie wohlbehalten vorzufinden«, begrüßte sie Grewe und reichte ihm die Hand. Aber damit waren die Höflichkeiten schon beendet. Sie wandte sich an Schnur und sagte in barschem Tonfall: »Wir werden diese Aktion sofort abbrechen.«

»Warum? Es fängt doch gerade erst an.«

»Es war schon gefährlich, Grewe überhaupt unter Tage zu schicken. Doch jetzt, nachdem er gleich am ersten Tag über eine Leiche gestolpert ist, wird es noch gefährlicher. Niemand wird ihm mehr dort unten glauben, dass er einfach nur ein Bergmann ist.«

»Blödsinn«, wehrte Schnur ab. »Er war doch nicht allein, als er auf den Toten gestoßen ist. Entweder alle drei werden verdächtigt oder keiner.«

Ann-Kathrin setzte sich auf den Stuhl neben Grewe, schaute den Beamten an und sagte: »Wie fühlen Sie sich dabei, in tausend Metern Tiefe sich selbst überlassen zu sein?«

Grewe schluckte. Dass sie ihn direkt ansprach – damit hatte er nicht gerechnet. Und dass er sich in der Tat von seinen Pseudo-Kameraden durchleuchtet fühlte, wollte er vor Schnur nicht zugeben. Er hatte sich vorgenommen, seinem Chef zu beweisen, dass er ein guter Polizeibeamter war, und jetzt war die Gelegenheit dazu. Also sagte er: »Ich fühle mich wieder wie damals, als ich noch Bergmann war. Die Welt dort unten ist die gleiche geblieben.«

»Und wie war die Stimmung, als Sie sich Ihrem Steiger einfach widersetzt und die Tür aufgebrochen haben, hinter der ein lange Vermisster lag?«

»Naja. Remmark ist ein aufbrausender Mensch. Das war er schon immer. Er hat uns alle drei angeschrien, als seien wir dumme Schuljungen, die er bei einem Streich erwischt hat.«

»Und weiter«, drängte die Staatsanwältin.

»Mehr kann ich darüber noch nicht sagen. Ich fahre erst nach unserem Gespräch wieder unter Tage. Zusammen mit den Auszubildenden. Dann werde ich feststellen, ob die Stimmung dort unten umgeschlagen ist oder nicht.«

»Trauen Sie sich das zu?«

»Auf jeden Fall«, gab sich Grewe standhafter, als er sich fühlte. »Diese Jungs sind Kameraden und keine Verbrecher.«

»Ich hoffe, Sie haben recht mit dieser Behauptung.«

⚒

Michael Bonhoff spürte, wie sich in seiner Partie etwas zusammenbraute. Verstohlene Blicke wurden hinter seinem Rücken gewechselt. Hinzu kam die Verschwiegenheit in seiner Anwesenheit. Wie er das hasste! Immer von allen und allem ausgeschlossen zu sein. Aber hatte er es dieses Mal nicht selbst verschuldet? Vielleicht war jemand dahinter gekommen, dass er zur Polizei gegangen war. Oder jemand ahnte, dass Anton Grewe kein ehrliches Spiel spielte. Aber warum sollten sie ihn deshalb ausschließen? Trauten sie ihm zu, mit Grewe zusammenzuarbeiten?

Allerdings war die Entdeckung eines lange Vermissten schon gleich am ersten Tag nicht gerade ein Glücksfall. Damit hatte Grewe mehr Fragen aufgeworfen, als gut für seine Rolle als Maulwurf war. Denn erstaunlicherweise schien sich niemand darüber zu freuen, dass einer der beiden Männer, die vor elf Jahren verschwunden waren, endlich aufgetaucht war. Das Gegenteil war der Fall. Alle wirkten wie versteinert.

Noch wusste er nicht, welcher der beiden in diesem verlassenen Streb gelegen hatte. Aber es war ihm klar, dass es sich entweder um Karl Fechter oder um Winfried Bode handeln musste. Das Verhalten seiner Kameraden ließ Bonhoff vermuten, dass sie weder den einen noch den anderen jemals wiederfinden wollten. Eine Feststellung, die ihn erschauern ließ.

Immer wieder schaute sich Bonhoff um, in der Hoffnung, dass Grewe endlich zurückkehrte. Je länger er fortblieb, umso mehr staute sich hier unten die Spannung an. Da wäre ihm ein echter Kamerad an seiner Seite ganz recht. Nur: Wusste Bonhoff überhaupt, ob Grewe wirklich auf seiner Seite stand? Sein Verhalten vor zwanzig Jahren, sein plötzliches Verschwinden aus Bonhoffs Leben, das war ziemlich hart für ihn gewesen. Er hatte immer geglaubt, in Grewe einen echten Freund gefunden zu haben. Doch er hatte sich damals getäuscht. Hinzu kam, dass Grewe nicht freiwillig als Bergmann zurückgekehrt war. Er verfolgte andere Ziele. Er hatte dem simplen Bergbauberuf den Rücken gekehrt, um in den Beamtenstatus bei der Polizei zu wechseln. Dann sollte er mal beweisen, was in ihm steckte.

»Hast du gewusst, dass Tony wieder zu uns zurückkommt?«, schallte plötzlich eine Frage ganz dicht an Bonhoffs Ohr.

Erschrocken drehte er sich um und schaute in das Gesicht des Steigers Georg Remmark.

»Nein! Warum?«

»Ihr seid doch damals immer zusammen herumgehangen.«

»Wir hingen nicht herum, wir haben zusammen gearbeitet«, stellte Bonhoff klar.

»Von mir aus. Habt ihr den Kontakt gehalten, als er angeblich auf den Pütt gegangen ist?«

»Angeblich?« Bonhoff stutzte. Sofort fand er bestätigt, was er geahnt hatte. Die Kameraden zweifelten an Grewes Absichten hier unter Tage. »Wir hatten lange Zeit keinen Kontakt. Erst, als er wieder zurückkam. Da hat er mir erzählt, dass er in Prosper-Haniel war und wegen seiner Scheidung das Feld räumen musste.« Bonhoff versuchte, so gelassen wie möglich dreinzublicken. Dabei kostete es ihn viel Mühe, alles richtig wiederzugeben, was sie abgesprochen hatten.

»Glaubst du diese Geschichte?«

»Ja natürlich!« Erst als es raus war, ahnte Bonhoff, dass er zu schnell geantwortet hatte. Also fügte er an: »Warum fragst du? Glaubst du ihm etwa nicht?«

»Er hat einfach nicht gemacht, was ich ihm gesagt habe«, gab Remmark unfreundlich zurück. »Und was dabei rausgekommen ist …« Er beendete den Satz nicht.

»Dafür konnte er wirklich nichts. Wer hätte geahnt, dass im Gezähestollen einer der Vermissten liegt?« Damit versuchte Bonhoff, den Leichenfund abzuwiegeln. Doch Remmark reagierte anders als erwartet. Er spuckte seinen Kautabak auf den Boden und brummte: »Ich gehe mal nach dem Rechten gucken.« Dann ging er davon, ohne Bonhoff zu fragen, ob er mitkommen wollte.

Verärgert schaute Bonhoff ihm nach und sah, wie er zusammen mit Paolo Tremante und Hans Rach den Bandberg I ansteuerte. Wie immer gehörte er nicht dazu.

⚒

Morgens um halb zehn in Deutschland, ging es Grewe durch den Kopf, als sie das Grubengelände in Velsen erreichten. Er ließ seinen Blick über die Umgebung wandern und wünschte sich woanders hin. Auf eine einsame Insel zum Beispiel, mit viel Sonne. Hier blieb der Tag hartnäckig grau. Alles verschwamm im Nebel. Und seine Aussichten waren schwarz wie Kohle. Grewe bog ab und ließ den Wagen langsam die Straße hinunterrollen. Einige LKWs der Müllabfuhr kamen ihnen entgegen. Beherrscht wurde dieses Gelände seit einigen Jahren von der Müllverbrennungsanlage, deren Betreiber den Großteil der Grube Velsen aufgekauft hatte.

Deshalb gefiel ihnen der Anblick des stählernen Industriegebäudes nicht sonderlich.

Sie erreichten den Parkplatz, auf dem Kevin und Bruno ihre Autos abgestellt hatten. Die beiden Auszubildenden stiegen aus, um von dort mit ihren eigenen Autos weiterzufahren. Grewe wollte wenden und losfahren, als er im Rückspiegel Arthur Hollinger in Begleitung eines Herrn sah, der in seinem Anzug mit Grubenhelm skurril wirkte. Verwundert drehte er sich um und schaute den beiden nach. Sie steuerten das Erlebnisbergwerk an und verschwanden darin, ohne sich einmal umzudrehen.

Schulterzuckend wendete er und folgte Kevin und Bruno, die in rasantem Tempo bereits losgefahren waren. Er hatte Mühe, ihnen noch zu folgen. Mit jedem Meter, den sich Grewe der Grube Warndt näherte, fühlte er sich unwohler. Auch wenn er der Staatsanwältin gegenüber vorgegeben hatte, er habe alles unter Kontrolle, entsprach das nicht der Wahrheit. Ausgerechnet unter diesen Bedingungen einen solchen sensationellen Fund zu machen, verhinderte es, diese Entdeckung als Erfolg zu genießen. Denn eigentlich war es ein Erfolg, weil sie nur so mit ihren Ermittlungen entscheidend weiterkamen. Aber nun spürte er anstelle von Stolz Angst. Doch so schnell wollte er seinen Einsatz nicht beenden. Er hatte sich vorgenommen, zur Auflösung dieses Falles beizutragen, und das würde ihm über Tage nicht gelingen. Nur er hatte die Chance, in den Kern vorzudringen. Nur ihm bot sich nun die Möglichkeit, sich endlich mal vor Schnur als guter Ermittler in einem fast aussichtslosen Fall zu beweisen. Und genau das wollte er jetzt tun.

Der hohe Betonturm kam in Sicht. Sein Herz schlug höher.

Kevin und Bruno warteten schon auf ihn. Er parkte hastig und verließ den Wagen. Zu dritt eilten sie auf die Waschkaue zu, entledigten sich ihrer Straßenkleidung und hüllten sich in die schwarze Arbeitskluft, bevor sie den Schacht ansteuerten, um in die Tiefe zu fahren.

⚒

»Ich kann absolut nichts finden«, stöhnte Andrea und wühlte sich durch die langen, dunklen Haare.

»Wonach suchst du?«, fragte Schnur, der sich in ihrem Büro niedergelassen hatte.

»Ich suche nach Banküberfällen, Entführungen mit Lösegeldübergabe oder Erpressungsfällen, die nicht aufgeklärt worden sind.«

»Warum? Hilft das in unserem Fall weiter?«

»Wir haben eine Gemeinsamkeit zwischen allen Todesopfern gefunden, die in der Grube Warndt tödlich verunglückt sind.«

Schnur richtete sich überrascht auf.

»Und zwar ist bei allen eingebrochen worden«, sprach Andrea weiter. »Aber nur eine Witwe hat zugegeben, dass Geld gestohlen worden sei.«

»Das ist ja interessant«, staunte Schnur. »Ich hatte wohl den richtigen

Riecher mit meiner Vermutung, dass diese Fälle alle miteinander zusammenhängen.«

»Die vermuteten Banküberfälle kommen schon mal nicht in Frage.« Andrea seufzte.

»Es ist auch schwer zu glauben, dass alle zwei Jahre ein Banküberfall stattgefunden haben soll und keiner konnte den Fall aufklären«, stellte Schnur fest.

»Hat es alles schon gegeben«, murrte Andrea, die diesen Einfall gehabt hatte.

»Der Gedanke war wirklich gut«, gab Schnur nach und rieb sich über sein Kinn. Er zuckte zusammen, als hätte er einen Stromschlag bekommen. Wieder fuhr er darüber, bis er sich sicher war, dass die Bartstoppeln zu spüren waren.

»Außerdem hätten wir dann einen Grund, offiziell zu ermitteln«, fügte Andrea an und tat dabei so, als hätte sie Schnurs Reaktion nicht bemerkt.

»Wenn sie sich jedoch auf illegale Weise das Geld unter Tage beschaffen, muss unser Mann das herausfinden«, sprach Schnur weiter. »Wir müssen ihn über unseren Verdacht informieren.«

»Ist es nicht ohnehin schon gefährlich genug für Anton?«

Schnur schaute Andrea eine Weile prüfend an, bis er zugab: »Diese Diskussion hatte ich schon mit der Staatsanwältin. Sie macht mir das Leben zu Hölle, weil ich Anton einer großen Gefahr aussetze.«

»Nur deshalb?«

Verwundert schaute Schnur die Mitarbeiterin an. Ein verschmitztes Grinsen machte sich auf ihrem Gesicht breit, eine Belustigung, die ihn ärgerte.

»Was willst du damit sagen?«, fragte er mürrisch.

»Dass es die Spatzen von den Dächern pfeifen!«

Schnur stieß die angehaltene Luft aus. Sein Gesicht färbte sich rot. Er hatte alles versucht, damit nichts herauskommen sollte. Aber das war ihm offenbar nicht gelungen. Vermutlich redeten alle schon lange hinter seinem Rücken über ihn und nun amüsierten sie sich auch noch auf seine Kosten. Aber was hatte er erwartet? Er arbeitete mit guten Spürnasen zusammen, Ermittler, denen nichts entging. Da war es nur natürlich, dass sie auch Dinge herausfanden, die sie nichts angingen.

»Okay! Beschränken wir uns auf das Dienstliche«, blockte er einfach ab.

Doch Andreas Grinsen wich nicht aus ihrem Gesicht.

»Warum grinst du so? Ist es so amüsant, dass ich Probleme habe?« Schnur fühlte sich unwohl.

»Ach was!« Sie winkte ab. »Ich dachte mir nur gerade: Wenn zwei sich streiten ...«

Schnur erschrak. Das Lächeln in Andreas Gesicht wirkte plötzlich nicht mehr offen in seinen Augen, sondern dämonisch. Welche Gedanken spielten sich hinter ihrer hübschen Stirn ab? Obwohl ... Wieder rieb er sich über sein Kinn. Es wäre wohl besser, wenn er es nicht wusste. Also lenkte er mit seiner Frage ab: »Hast du wenigstens etwas über Lösegeldforderungen herausgefunden?«

»Da bin ich noch dran.«

⚒

Die ungewohnte Zeit, zu der Grewe zusammen mit den Auszubildenden in die Tiefe fuhr, machte sich auf der Zugfahrt und in der anschließenden Kulibahn bemerkbar. Sie waren allein und hatten ungewöhnlich viel Platz. Während die jungen Männer ständig über ihre neue Erfahrung mit der Polizei redeten, schaute sich Grewe die dunklen Gänge an und die Streckenabzweige, die sie passierten. Einerseits beeindruckte ihn die Abgeschiedenheit, die Finsternis, die Andersartigkeit – all das war mit diesem Job verbunden. Und löste vermutlich in allen Bergmännern die gleiche Faszination aus. Auch die Arbeit des Kohleabbaus war eine Einzigartigkeit, von der die Menschen über Tage keine Vorstellung hatten. Das Bedienen des Walzenschrämladers. Das Nachrücken der Schilde, um die Streb zu sichern. Die Gefahr, die vom Alten Mann ausging, der sich in unmittelbarer Nähe befand. Ständig dieser Gefahr ausgesetzt zu sein und dabei das Leben und die Arbeit mit Herz und Seele lieben. Das war ein Balanceakt, der einen besonderen Reiz ausübte.

Andererseits hatte seine Homosexualität damals wie heute eine Barriere zwischen ihm und dem Leben unter Tage mit den Bergmännern geschaffen. Es war ihm nie gelungen, offen dazu zu stehen. Ob er sich damit das Leben nur unnötig schwer gemacht hatte, oder ob ein Outing am Ende alles verschlimmert hätte? Er wusste es nicht. Und nach so vielen Jahren wollte er es auch nicht mehr herausfinden. Er hatte sich für ein Leben über Tage entschieden, für einen Job, der ebenfalls interessante Ansprüche stellte, wenn er auch nicht ganz so mystisch und legendär war wie der Bergmannsberuf. Doch das, was er jetzt tat, war nicht nur eine Herausforderung. Es war ein Spiel mit dem Feuer. Beide Ausbildungsberufe steckten in dieser Aufgabe, wobei die eine Seite, in der er den Hauptanteil seiner Arbeit durchführte, nichts von seinem Doppelspiel erfahren durfte. Ein Gefühl, das ihn antrieb weiterzumachen. Das ihn alle Warnungen in den Wind schlagen ließ. Er wusste selbst, wie gefährlich es war, wieder hier herunter zu fahren. Und doch konnte er es nicht lassen. Der Reiz hatte ihn in doppelter Hinsicht gepackt. Er wollte Schnur beweisen, dass er seine Arbeit als Kriminalkommissar beherrschte. Außerdem wollte er sich selbst beweisen, dass er in all den Jahren nicht der zögerliche Mensch geblieben war, sondern sich zu einem echten Mann der Tat entwickelt hatte. Mit diesen Gedanken stieg er aus der Kulibahn und ging in Richtung Streb, aus dem der Lärm der Maschinen drang.

Doch kaum hatte er den Stoß erreicht, schlug ihm eine Stimmung entgegen, die seine gerade erst gewonnene Motivation in Frage stellte. Niemand grüßte die drei Neuankömmlinge. Auch Bonhoff konzentrierte sich auf die Steuerung der Schrämmaschine, als müsste er sich daran festhalten.

»Hey Tony«, rief Hans Rach. »Du hast aufm Pütt hoffentlich nicht verlernt, was uns verbindet?«

»Kameraden lässt man nicht im Stich«, sprach Grewe den Satz zu Ende.

»Und warum hast du dich Schorschs Anweisung widersetzt?«

Grewe starrte den Grubensteiger wortlos an. Diese Frage stellte er sich selbst schon oft genug. Eine Antwort hatte er noch nicht gefunden.

»Du wirst jetzt als Schildfahrer die Arbeit von Pitt übernehmen«, wies Rach den verdutzten Kameraden an.

»Wo ist Schorsch?«, fragte Grewe.

»Keine Sorge! Der macht seine Arbeit!«, wich Rach aus.

Grewe kannte den Arbeitsablauf eines Schildfahrers. Schon damals hatte er in dieser Funktion gearbeitet, was ihm diesen Auftrag erleichterte. Er drehte sich um und sah, wie Rach zusammen mit Kevin und Bruno in Richtung Kopfstrecke verschwand.

»Na, du Leichenspürhund«, rief ihm Paolo Tremante entgegen.

Als Grewe in sein Gesicht schaute, um dort dessen Regung einzuschätzen, sah er jedoch nur gute Laune.

»Kann es sein, dass du einen übersehen hast?«, fragte der Italiener weiter. »Fechter war zusammen mit Winni Bo verschwunden.«

Grewe staunte. Die Kameraden wussten bereits, wer der Tote war. Nur woher? Er raffte sich einfach auf und fragte ihn genau das.

Der Italiener grinste breit und meinte: »Unserem Steiger entgeht nichts.«

»Du meinst, er hat den Toten sofort erkannt?«

Tremante nickte nur und widmete sich wieder seiner Arbeit. Grewe versuchte, sein Erstaunen zu verbergen. Trotzdem tauchte ständig der Anblick der mumifizierten Leiche vor seinen Augen auf. In diesem Zustand jemanden zu erkennen, grenzte wirklich schon an Wunder. Er wandte sich den Hydraulik-Schilden zu und begann mit einer Routine die Maschinen zu bedienen, als hätte es die Pause von zwanzig Jahren niemals gegeben.

Ein Signal ertönte. Alle Maschinen verstummten. Erschrocken schaute Grewe hoch.

»Die Förderung steht«, hörte man durch den Strebfunk. »Wird wohl länger dauern.«.

Grewe sah, wie einige Männer den Streb verließen. Allen voran Hans Rach. Grewe schaute ihnen nach und sah sie in Richtung Bandberg II verschwinden. Er zögerte eine Weile, bis er sich dazu entschloss, ihnen zu folgen.

Doch als er aufstehen wollte, spürte er eine Hand an seinem Arm.

⚒

»Diesen Tim Fechter zu finden, war wirklich nicht schwer«, sagte Anke mit einem Lachen. »So einfach könnte es immer sein.«

»Wo hast du ihn gefunden?«, fragte Erik.

»Er wohnt noch da, wo er schon immer gewohnt hat. Nämlich in der Wohnung seines Vaters.«

»Und was kannst du noch über Tim Fechter sagen?«

»Er wurde am 3. November 1982 geboren, war also gerade siebzehn Jahre alt, als sein Vater verschwand.«

»Ist das interessant für uns?«

»Könnte sein.« Anke zuckte mit den Schultern. »Sein Vater hatte damals nach seiner Scheidung von Tims Mutter das alleinige Sorgerecht erhalten. Also musste Tim nach seinem Verschwinden zu seiner leiblichen Mutter zurück, weil er damals noch nicht volljährig war.«

»War wohl kein Vergnügen.«

»Aber er bekam eine Halbwaisenrente zugesprochen, denn sein Vater wurde unmittelbar nach dem Unglück für tot erklärt«, las Anke weiter vor. »Die Wohnung des Vaters ist nicht gekündigt worden. Vom Geld der Halbwaisenrente wurde für den Sohn die Wohnung weitergemietet.«

»Wer hat diese Wohnung weitergemietet? Tim konnte noch keinen Mietvertrag abschließen.«

Anke schaute in den Unterlagen nach, bis sie den Namen fand, und las ihn vor: »Hildegard Fechter, geb. Mertens ... Tims leibliche Mutter.«

»Und wo ist diese Wohnung?«, fragte Erik weiter.

»In Großrosseln.«

»Und was macht Tim Fechter? Wovon lebt er?«

»Er ist an der Uni in Saarbrücken immatrikuliert und belegt die Fächer Mathematik und Informatik.«

Erik pfiff durch die Zähne und meinte: »Dann muss er aber ein helles Köpfchen sein.«

»In seiner Wohnung habe ich ihn nicht erreicht«, fuhr Anke fort.

»Vielleicht macht er gerade Mittagspause«, spekulierte Erik mit einem Grinsen. »Genau das, was ich jetzt gern mit dir machen möchte.«

»Zuerst gebe ich Jürgen noch das Ergebnis meiner Ermittlung«, sagte Anke und wollte gerade das Zimmer verlassen, als Erik sie aufhielt und meinte: »In seinem Büro wirst du unseren Chef nicht antreffen.«

»Und wo treffe ich ihn an?«

»Ich glaube, zurzeit sitzt er bei Andrea.« Erik schmunzelte.

»Was ist los?«, fragte Anke verdutzt. »Du klingst so komisch.«

»Es ist genau das passiert, was du prophezeit hast. Jürgen hat jetzt Ärger mit seiner Frau.«

»Und dann geht er zu Andrea?« Anke staunte. Wieder spürte sie das Gefühl, um ihren Platz in dieser Abteilung fürchten zu müssen. Andrea war gerade mal ein paar Monate hier und schon herrschte zwischen ihr und Schnur diese Vertrautheit.

»Sie kennen sich schon lange«, antwortete Erik schnell. »Andrea war schon vor uns allen hier in der Abteilung. Sie kannte Jürgen schon, da war er noch Student und nicht verheiratet. Deshalb vertraut er ihr mehr als uns.«

Anke schaute Erik prüfend an und überlegte, ob er inzwischen gelernt hatte, Gedanken zu lesen. Aber das war nicht der Fall, wie sein nächster Satz bestätigte: »Deshalb erfahre ich auch alles nur aus zweiter Hand. Aber Andrea mag mich. Sie verheimlicht mir nichts.«

»Das tut mir leid für unseren Chef. Immer war er der Vorbild-Ehemann, hat für seine Frau und seine Kinder seine eigene Karriere zurückgestellt. Und dann kommt eine hübsche Staatsanwältin und bringt den sonst so kühlen Kopf durcheinander.«

»Tja. Er steht wohl auf Rothaarige«, meinte Erik mit einem Augenzwinkern.

»Dann fällt sein roter Bart nicht so auf«, fügte Anke an und trat auf den Flur.

»Wohin willst du jetzt mit all deinen neuen Erkenntnissen gehen?«

»Wie sagt der Saarländer so schön: ›Erst mol gudd gess‹!«, feixte Anke. »Oder hast du deine Einladung zum Mittagessen schon vergessen.«

»Zuerst einmal heißt es bei euch Saarländern ›Hauptsach gudd gess‹«, korrigierte Erik. »Und an eine Einladung kann ich mich wirklich nicht erinnern.«

»Dann habt ihr Kölner ein schlechteres Gedächtnis als wir Saarländer.«

»Oder ihr Saarländer seid einfach nur geschickter darin, euch Einladungen zum Essen zu besorgen.«

Sie gingen durch den langen Flur zum Fahrstuhl. In die Stille hinein meinte Anke: »Mir ist aufgefallen, dass wir hier an einem Fall arbeiten, der in jeder Hinsicht ungewöhnlich ist.«

»Wie meinst du das?«

»Zuerst einmal dürfen wir nicht offiziell ermitteln. Also schwindeln wir den Leuten ständig etwas vor, um an unsere Informationen heranzukommen. Und zweitens kenne ich den Tatort noch gar nicht. Sowas gehört doch normalerweise dazu. Oder etwa nicht?«

Erik drückte auf den Fahrstuhlknopf, grübelte eine Weile und meinte dann: »In einem Punkt kann ich dir helfen. Wir fahren nach der Mittagspause zur Grube Velsen.«

⚒

Anton Grewe blickte sich erschrocken um. Doch als er Micheal Bonhoff sah, atmete er erleichtert aus und fragte: »Warum hältst du mich fest?«

»Ich gehe mit dir, wenn du den Jungs folgen willst«, stellte Bonhoff klar.

»Das ist mein Job. Du würdest dich großer Gefahr aussetzen.«

»So rücksichtsvoll?«, kam es hämisch von Bonhoff zurück. »So warst du damals aber nicht.«

Grewe schluckte. Doch er fasste sich schnell und erwiderte: »Damals ging es auch nicht um Leben und Tod.«

»Was die Jungs auf der fünften Sohle machen, hat auch nichts mit Leben und Tod zu tun.«

»Und was machen sie dort?«

Bonhoff zögerte eine Weile, bis er endlich herausrückte: »Ich bin ihnen schon oft gefolgt. Dabei habe ich beobachtet, wie kleine Päckchen ihre Besitzer gewechselt haben. Für mich sah es aus, als würden sie hier unten mit verbotenen Sachen handeln. Drogen vielleicht.«

Grewe staunte nicht schlecht.

»Remmark ist derjenige, der die Verhandlungen übernimmt. Ich habe beobachtet, dass es immer dieselben Männer sind, die ihm etwas abkaufen.«

»Kennst du ihre Namen?«

»Einige! Aber nicht alle«, gab Bonhoff zu.

»Okay. Das will ich mir anschauen.«

»Aber nur mit mir zusammen«, beharrte Bonhoff.

Sie steuerten den Bandberg an, auf dessen linker Seite das Band lief. Dort sprangen sie mit einem Hechtsprung hinauf, löschten ihre Kopflampen und sausten in hoher Geschwindigkeit nach oben zur fünften Sohle. Hundert Meter vor ihrem Ziel sprangen sie wieder herunter und legten die letzte Strecke zu Fuß zurück.

Doch kaum gelangten sie auf die Sohle, sahen sie die Kameraden gefährlich nah an ihrem Schlupfwinkel stehen und hektisch gestikulieren. Hastig zogen sie sich zurück. Sie konnten deutlich erkennen, wie der Steiger Remmark den Italiener anschrie, wobei Tremante immer verzweifelter wirkte.

»So habe ich die Jungs noch nie gesehen«, gab Bonhoff zu.

»Wenn hier wirklich ein Drogendeal läuft«, meinte Grewe, »dann ist das eine logische Konsequenz daraus. Ich würde sagen, sie streiten um ihren Anteil.«

»Das kann ich mir nicht vorstellen.« Bonhoff schüttelte den Kopf. »Schon seit Jahren geht das so. Nie hat es auch nur die geringste Missstimmung unter ihnen gegeben.«

»Und warum bist du nicht mit im Boot?«

»Ich bin nie gefragt worden«, gab Bonhoff zu. »Aber ich weiß auch nicht, ob ich so etwas machen wollte.«

»Also kannst du nicht mit Sicherheit sagen, was die da drüben verkaufen?«

»Nein. Aber nach antiken Möbeln sieht es nicht aus«, gab Bonhoff schroff zurück.

Sie harrten noch eine Weile aus. Dann sahen sie, wie Tremante sich von der Gruppe löste und allein den Rückweg zum Streb antrat. Die anderen Männer wirkten immer noch erregt. Aber seit Tremantes Weggang sah es nicht mehr wie ein Streit aus.

»Irgendetwas ist heute aus dem Ruder gelaufen«, sinnierte Bonhoff. »Nur wird uns niemand sagen, was.«

»Da wär ich mir nicht so sicher«, widersprach Grewe. Auf Bonhoffs erstaunten Blick hin ergänzte er: »*Amore* wirkte ziemlich aufgebracht und alleingelassen. Wenn wir ihm mehr Verständnis entgegenbringen als Remmark, spricht er vielleicht mit uns.«

Die Stimmen wurden leiser.

Neugierig schauten sie in die Richtung der Männer, die sich mit schnellen Schritten immer weiter von ihnen entfernten.

⚒

Der Weg zur Grube Velsen führte an Gersweiler und Klarenthal vorbei, eine Gegend, die durch den Bergbau, Kohlekraftwerke und Industriebauten grau und trostlos aussah. Doch kaum hatten sie die Häuser von Klarenthal hinter sich gelassen, durchfuhren sie ein großes Waldgebiet. Anke saß auf dem Beifahrersitz und genoss die Veränderung. Erik summte das Lied mit, das gerade im Autoradio lief. Damit sorgte er für heitere Stimmung und ließ sie das trübe und kalte Wetter vergessen. Eriks falsches Mitsingen brachte Anke zum Lachen. Doch sie wollte es ihm nicht zeigen. Seine Laune war gut und so gefiel er ihr. Munter wippte sie im Takt und ließ die inzwischen bunt gefärbten Laubbäume am Straßenrand in schnellem Tempo an sich vorbeirauschen.

Doch leider war dieser schöne Moment viel zu schnell vorbei, schon kam ein Förderturm in Sicht. Anke ahnte, dass sie an ihrem Ziel angekommen waren. Natürlich war dies eine Dienstfahrt, was sie nicht vergessen durfte. Und doch hätte sie jetzt stundenlang so weiterfahren können.

Sie fuhren auf einen Schotterparkplatz vor einer Gaststätte.

»Das ist die Kaffeeküche«, erklärte Erik. »Eigentlich hätten wir dort auch etwas essen können. Aber da hatte ich eben nicht mehr dran gedacht.«

»Macht nix. Dann trinken wir dort nach getaner Arbeit einen Kaffee«, schlug Anke vor. »Ich lade dich ein.«

»Das ist ein Wort!«

Sie stiegen aus.

Erik zeigte seiner Kollegin den Förderturm, der zurzeit stillstand. Er wies auf die Seilscheibe in zweiundvierzig Metern Höhe und sagte: »Dort oben war er eingeklemmt.«

Anke bekam fast eine Genickstarre, so hoch kam ihr das vor. Also schaute sie wieder auf den Boden und meinte: »Sieht wirklich spektakulär aus.«

»Und das wollen die Bergleute uns als Unfall verkaufen.«

Anke schlenderte weiter über den Platz und schaute sich um. Erik konnte ihr die ehemaligen Funktionen der großen Hallen erklären. Anke meinte: »Das ist eine völlig andere Welt. Kein Wunder, dass es so schwer für uns ist, dort etwas auszurichten.«

»Man müsste uns nur lassen. Aber die Bergleute schotten sich ab.«

»Das ist wirklich seltsam. Es sollte doch in ihrem Sinne sein, herauszufinden, was ihrem Kameraden zugestoßen ist.«

»Oder sie wissen es schon lange …«

Anke schaute ihn mit großen Augen an.

Erik setzte zum Rückweg zur Kaffeeküche an, als Ankes Blick auf das gusseiserne, verzierte Tor fiel, das direkt an einem bewaldeten Berg angebracht war. Darüber stand in großen Buchstaben *Erlebnisbergwerk Velsen* und in kleineren Buchstaben *TÜV Nord*.

»Ist das dieser Lehrstollen für die Auszubildenden?«, fragte sie.

Erik schaute in die Richtung, in die Anke zeigte, und nickte.

»Wollen wir uns das mal ansehen?«

Erik schüttelte den Kopf und sagte: »Das geht nur nach vorheriger Absprache. Einfach so machen die keine Führung.«

»Schade!«

Trotzdem ging Anke auf das Tor zu.

»Willst du einbrechen?«, fragte Erik.

Anke lachte und feixte: »Gute Idee! Wetten, dass dann jemand ganz plötzlich Zeit für uns hat?«

Das Tor war eingerahmt von einer Mauer aus rotem Backstein. Ein gelbes Stahlmonster stand rechts daneben, das Anke nicht kannte. Erik erklärte: »Das ist die Walze eines Walzenschrämladers. Und dahinter steht ein sogenanntes Schild, das das Gebirge abstützt, damit es nicht einbricht.«

Doch Ankes Aufmerksamkeit richtete sich auf etwas anderes. Sie starrte durch das Gitter des Tores ins Innere. An den Wänden hingen Kästen in allen Formen und Farben. Einige davon blinkten. Darüber baumelten Schilder mit Aufschriften wie »CH_4-Alarm« oder »CO-Meldung«. Den Abschluss bildete ein gelb-schwarzes, stählernes Tor, das über den Schienen verschlossen war, die bis hinaus auf den Freiplatz führten. Hinter diesem gelb-schwarzen Tor glaubte Anke, ein Brummen und Rasseln zu hören, als würde jemand schwere Ketten über den Boden ziehen.

»Was ist?«, fragte Erik.

»Hörst das nicht auch?«, fragte Anke zurück.

Nun lauschte Erik genauer hin und vernahm es auch. Erstaunt richtete er sich auf und meinte: »Da stimmt was nicht. Niemand lässt in einem verschlossenen Bergwerk diese teuren Maschinen laufen.«

Sie eilten zu dem Verwaltungsgebäude des EBV und stürmten hinein. Der Empfang verlief sehr unfreundlich, als die Männer in Erik einen der Kriminalbeamten erkannten.

»Kann es sein, dass die Polizei Langeweile hat?«

Erik erkannte den Maschinisten Siegfried Hemmerling. Genauso unfreundlich gab er zurück: »Dito! Als Maschinist sind Sie hier nämlich auch nicht an Ihrem Arbeitsplatz.«

Der Mann wurde weiß im Gesicht. Er atmete tief durch und fragte nun etwas freundlicher: »Warum sind Sie hier?«

»Wir hören Geräusche im Erlebnisbergwerk, obwohl es abgeschlossen ist. Kann es sein, dass jemand vergessen hat, die Maschinen abzustellen?«

Sofort waren alle Männer auf den Beinen und riefen laut durcheinander. Immer wieder fiel der Name »Addi«, womit sie Arthur Hollinger meinten.

Aber »Addi« war nirgends zu sehen.

»Der Kamerad ist so zuverlässig wie ein Uhrwerk. Niemals würde er vergessen, die Maschinen abzustellen«, beteuerte der Maschinist gerade laut.

Damit brachte er die aufgebrachten Männer endlich dazu im Erlebnisbergwerk nachzusehen. Sie rannten über den Hof, wobei sie nicht bemerkten, dass Anke und Erik ihnen folgten. Der Maschinist sperrte das gusseiserne Tor auf. Kaum hatten sie den Eingangsbereich betreten, zischte es laut und das gelb-schwarze Tor öffnete sich automatisch. Sie bogen nach rechts ab. Die Tunnel wurden immer finsterer. Als über ihnen an der Decke ein Schild mit der Aufschrift »Fußstrecke« auftauchte, wurden die Geräusche immer lauter. Bis sie vor zwei schweren Stahlketten ankamen, die über den Boden verliefen. Dazwischen schimmerte dunkel eine Substanz, die niemand zuordnen konnte. Nur Anke und Erik beschlich eine böse Ahnung. Der Geruch, der sich immer stärker ausbreitete, je weiter sie vordrangen, war verräterisch.

Dann erkannte Anke eine Walze, ähnlich der, die sie vor dem Eingang gesehen hatte. Sie lief unentwegt. Auch dort war alles mit einer undefinierbaren Masse übersät. Einige dunkel verfärbte Stofffetzen hingen daran. Auf den Panzerketten lag ein Gürtel. Einer der Bergmänner sprang über die kleine Treppe nach oben zu den Maschinen, drückte einige Knöpfe und schon war alles still.

Vor Ankes Füßen kam ein langer, blutverschmierter Röhrenknochen zum Liegen. Gewebefetzen und Sehnen hingen daran.

»Scheiße! Das kann nur Addi sein«, rief Siegfied Hemmerling.

Ein Würgen war zu hören.

»Du siehst, dass ich Versprechen halten kann«, meinte Erik.

»Wie meinst du das?«

»Ich wollte dir einen Tatort zeigen. Hier hast du ihn.«

KAPITEL 9

Schon als er die Tür seines Büros ansteuerte, hörte Schnur das Telefon auf seinem Schreibtisch klingeln. Er lief hinein, eilte auf den Apparat zu und hob ab.

»Endlich!«, hörte er am anderen Ende der Leitung Eriks Bassstimme. »Manometer, wo steckst du?«

»In meinem Büro an meinem Telefon, was ein Ermittler mit guter Kombinationsgabe auch ohne deine dämlich Frage herausgefunden hätte«, gab Schnur zurück. »Warum rufst du an?« »Ich habe Anke den Förderturm gezeigt, an dem Peter Dempler seine blutige Seilfahrt gemacht hat«, erklärte Erik. »Dabei sind wir auf Geräusche im Erlebnisbergwerk aufmerksam geworden.«

Schnur brummte. Er wurde ungeduldig. Also beschleunigte Erik seinen Bericht, was ihm die Frage des Chefs ans Ohr schmetterte: »Ihr habt was?«

»Wir haben den in Einzelteile zerlegten Körper von Arthur Hollinger gefunden.«

»Das darf doch nicht wahr sein!«, brüllte Schnur. »Wann war das?«

»Gerade jetzt! Ich habe keine Sekunde gezögert, dich anzurufen, bevor die Bergleute mit dem Bergamt hier anrücken. Dieser Fall stinkt nämlich zum Himmel.«

»Okay! Ihr bleibt, wo ihr seid. Lasst euch von niemandem abwimmeln!«, befahl Schnur. »Ich werde mit der Staatsanwältin sprechen, wie wir den Fall endlich offiziell machen können.«

Das Gespräch war beendet.

⚒

Ständig wanderte Grewes Blick in Richtung Fußstrecke, die Paolo Tremante zusammen mit einigen Kameraden parallel zur abgebauten Kohlewand mit neuen Senkstützen sicherte. Dabei wirkte der Italiener geistesabwesend. Zwar hatte er diese Männer mehr als zwanzig Jahre nicht gesehen, doch wusste er um ihre Angewohnheiten. Schnell hatte er herausgefunden, dass sich daran nichts geändert hatte. Remmark war immer noch der grobe Klotz, der sich vermutlich nur durch Einschüchterung bis zum Steiger hochgearbeitet hatte. Hans Rach immer noch der Korrekte und Harmoniebedürftige, der stets allen mit seinem Loyalitätsgehabe auf die Nerven ging. Und Tremante war immer noch der Clown, der jeden zum Lachen bringen konnte.

Aber heute wirkte er, als sei er dem Leibhaftigen begegnet.

Grewe musste herausfinden, was auf der fünften Sohle passiert war. Er schaute sich suchend um, konnte den Steiger nirgends finden. Doch das musste nicht wirklich etwas bedeuten. Remmark konnte in Sekundenschnelle aus dem Nichts auftauchen. Also wandte er sich an Bonhoff und fragte: »Weißt du, wo der Steiger steckt?«

»Nein! Den habe ich seit der Störung nicht mehr gesehen«, antwortete der. »Warum?«

Grewe ließ seine Augen wieder in Richtung Tremante wandern. Bonhoff verstand sofort.

»Übernimmst du kurz meine Arbeit?«, fragte Grewe. Auf die Antwort wartete er nicht mehr. Zu sehr trieb ihn die Neugierde an. Kaum trat er auf Tremante zu, spürte er, wie der Italiener immer unsicherer wirkte. Mit nervösen Händen schraubte an der Senkstütze, die bereits fest installiert aussah.

»Alles klar?«, leitete er ganz kameradschaftlich das Gespräch ein.

Tremante nickte hektisch.

»Wirklich? Du siehst aber nicht so aus.«

»Wie sehe ich denn aus?«, gab Tremante unfreundlich zurück.

»Irgendwas ist heute während der Störungspause passiert«, antwortete Grewe. »Was war das?«

»Nichts! Warum fragst du sowas, Tony?« Böse funkelte der kleine Mann Grewe an.

»Weil du total verändert wirkst. Als sei etwas Schlimmes passiert.«

»Wer bist du, dass du so etwas fragst?«, zischte der Italiener.

Grewe wich erschrocken zurück. Hatte er sich zu weit aus dem Fenster gelehnt?

»Du hörst dich an wie ein Seelsorger« sprach Tremante weiter, der Grewes Reaktion nicht bemerkt hatte.

Sofort fühlte Grewe sich erleichtert. Etwas vorsichtiger sagte er: »Ich dachte, du hättest Ärger oder sowas. Wollte doch nur helfen.« Er tat so, als wollte er sich wegdrehen, als er sah, wie Tremante seine Werkzeuge zur Seite legte. Dann zupfte er ihn am Ärmel, eilte durch die Fußstrecke bis zur Richtstrecke, die er ebenfalls durchquerte, bis er auf einen weiteren Stollen stieß. Grewe hatte Mühe, ihm bei diesem Tempo zu folgen. Doch plötzlich blieb der Italiener stehen. Grewe schaute sich um. Sie standen an einer ruhigen Stelle. Nur gelegentlich begegnete ihnen ein Bergmann mit einem »Glückauf«, der auf dem Weg zum Förderkorb des Gustav-Schachtes war. Tremante sah sich ständig um, bis er endlich sagte: »Wenn ich die Klappe aufreiße, kriege ich Ärger.«

»Mit wem?«

»Mit dem Steiger!«

»Und warum? Sind wir nicht dafür da, uns gegenseitig zu helfen?«, versuchte es Grewe eben anders.

Wieder überlegte Tremante eine Weile, bis ein lautes Läuten ertönte. Erschrocken zuckte er zusammen. Grewe fasste ihn an der Schulter und meinte: »Das war das Zeichen für den Kuli, falls du dich erinnerst. Unsere Schicht ist zu Ende. Wir können hochfahren.«

Tremante nickte und folgte Grewe in Richtung Schacht.

»Mit mir kannst du reden«, hakte Grewe noch mal nach, weil er schon die Chance, etwas Brauchbares zu erfahren, dahinschwinden sah. Immer mehr Männer sammelten sich am Schacht und warteten auf den nächsten Korb. In der Menge fielen Grewe und Tremante nicht auf, wie sie miteinander sprachen. Trotzdem schaute sich der Italiener immer wieder um.

»Du kannst mir auch nicht helfen«, brummte er nach einer Weile.

»Ich weiß ja nicht, was los ist«, gab Grewe zu verstehen. »Ich weiß nur, dass Pitt tödlich verunglückt ist. Nur deshalb habe ich diese Stelle hier bekommen. Aber ein derart spektakulärer Unfall passiert doch nicht einfach so.«

Mit weit aufgerissenen Augen starrte Tremante auf Grewe, bis er endlich sagte: »Scheiße Mann! Was willst du damit sagen? Dass einer von uns was damit zu tun hat?«

»Nein! Natürlich nicht!« Grewe könnte sich auf die Zunge beißen. Die Bergmannsloyalität hatte in all den Jahren nichts an ihrer Bedeutung verloren. Also meinte er: »War nur so ein Gedanke. Du musst nicht mit mir reden, wenn der Steiger dir das verboten hat.«

Damit hatte er ihn. Tremante spuckte wütend seinen Kautabak auf den Boden und zischte: »Schorsch kann mir nichts verbieten.«

Grewe sagte nichts dazu, obwohl es ihm auf der Zunge lag. Als Tremante sich ihm näherte, spürte er, dass er zu dem Kameraden durchgedrungen war. Dicht an seinem Ohr sagte der Italiener: »Als die Maschine stumpf wurde, hat mich der Schorsch auf die fünfte Sohle geschickt, einen Eimer mit neuen Meiseln zu holen, die vom letzten Streb übrig waren. Dort steht der Scheißkübel ganz in der Nähe. Und diese Ecke ist verdammt dunkel.«

Grewe nickte. Er wusste noch, wo der Abortkübel stand. Also konnte er sich vorstellen, wie einsam und verlassen dieser Ort war.

»Auf dem Weg dorthin bin ich jemandem begegnet.«

»Wem?«

»Karl Fechter!«

⚒

Zielstrebig steuerte Schnur den gläsernen Bau an, in dem sich die Staatsanwaltschaft Saarbrücken befand. Wie immer fiel es ihm nicht leicht, sich in dem futuristischen Gebäude zurechtzufinden, weil sich dort neben der Staatsanwaltschaft auch das Landgericht, das Saarländische Oberlandesgericht, die Gerichtskasse sowie das Ministerium für Justiz befanden. Nachdem er sich an der Pforte ausgewiesen hatte, steuerte er durch das Foyer auf die Treppe zu. Fahrstühle waren ihm unheimlich. Und bis in die zweite Etage schaffte er es locker auch zu Fuß.

Als er an Ann-Kathrins Bürotür klopfte, folgte das »Herein« so schnell, als hätte sie bereits auf ihn gewartet. Mit gemischten Gefühlen trat er ein.

»Das muss ja ganz schön wichtig sein, wenn du dich dafür in die Höhle der Löwin wagst«, sagte sie zur Begrüßung.

»Es ist wichtig«, bestätigte Schnur und berichtete, was im Erlebnisbergwerk passiert war.

»Dafür ist ebenfalls das Bergamt zuständig«, klärte die Staatsanwältin auf.

Schnur schloss die Augen und rieb sich nervös über sein Kinn.

»Hast du inzwischen ein Untersuchungsergebnis über die mumifizierte Leiche in der Gezähekammer bekommen?«, fragte Ann-Kathrin.

»Ja! Auch da haben wir ein Ergebnis, das auf alles hindeuten könnte.«

»Was heißt das?«

»Der Mann hatte einen Genickbruch. Das kann ein Unfall gewesen sein, aber genauso gut ein Mord. Mit dem Ergebnis sind wir genausoweit, wie wir es schon die ganze Zeit waren.«

»Du hast recht. Das macht es für die Bergmänner umso gefährlicher.«

»Du musst dir etwas einfallen lassen. Wir sind allein mit unseren Ermittlungen und haben sogar noch einen unserer Männer in diesen Hades runter geschickt.«

»Welche Einsicht ...« Ann-Kathrin trat um den Schreibtisch herum – das einzige Hindernis, das zwischen ihr und Schnur gestanden hatte.

Der Kriminalbeamte spürte Gefahr auf sich zukommen. Eine Gefahr, die ihm besser gefiel, als er sich selbst zugestehen wollte. Ihre roten Locken leuchteten im grellen Neonlicht der Bürolampe. Ihre grünen Augen funkelten in ihrem blassen Gesicht. Ihr Körper bewegte sich anmutig, während sie sich mit langsamen Schritten auf ihn zubewegte.

»Was soll ich mir einfallen lassen?«, fragte sie.

»Auf keinen Fall das, was gerade in deinem hübschen Kopf herumspukt«, brach es zusammen mit einem Schweißausbruch aus Schnur heraus. Er ahnte, dass ihn jegliche Vernunft im Stich lassen würde, wenn diese Frau es jetzt darauf ankommen lassen würde. Und wie er die Situation einschätzte, wusste Ann-Kathrin das genauso gut wie er. Sie kannte ihn einfach zu gut.

»Ach! Beschränken wir uns wieder auf das Dienstliche?«

»Ich würde sagen, dass wir im Moment keine andere Wahl haben.« Schnur hörte sich krächzend an.

Ann-Kathrin stieß ihr kehliges Lachen aus und meinte: »Wie einfach du doch zu durchschauen bist.«

»Danke!« Ihm war zwar nicht danach, aber er wusste nicht, was er sonst hätte sagen können.

»Bitte! Gern geschehen! Ich werde mich mit dem Oberbergamt und mit dem Ministerium für Wirtschaft in Verbindung setzen. Es wird mir etwas einfallen.«

Schnur atmete tief durch.

Sie sprach weiter: »Du kannst schon mal zum Tatort fahren. Sobald ich alles geregelt habe, komme ich nach.«

»Ich wusste doch, dass du unschlagbar bist!« Schnur atmete erleichtert auf, als er die Tür ansteuerte.

Er spürte, dass sie gewonnen hatte. Und wenn er ehrlich zu sich selbst war, wollte er diese Frau auch gar nicht aufgeben. Trotzdem legte er einen Zahn zu, als er das Gebäude verließ – aus Angst vor dem, was auf ihn zukäme, wenn er endgültig und offen zu seinem Entschluss stehen würde.

⚒

»Du hast was?«, fragte Grewe so laut, dass sich alle Männer zu ihm und Tremante umdrehten.

»Schrei doch nicht so!« Der Italiener wurde noch nervöser und ging mit hastigen Schritten hin und her. Damit nervte er die anderen Wartenden und brachte sie dazu, herumzunörgeln.

Grewe packte ihn an der Schulter und zog ihn abseits der Gruppe.

»Bist du dir ganz sicher, dass du Karl Fechter gesehen hast?«, flüsterte er nun.

Tremante blickte in alle Richtungen, nur nicht auf Grewe, als er meinte: »Ich weiß, wie verrückt das klingt. Deshalb hat mich Schorsch auch zusammengeschissen. Wenn er erfährt, dass ich dir dasselbe erzählt habe, rastet er aus.«

»Keine Sorge! Schorsch ist der Letzte, mit dem ich darüber sprechen würde«, gab Grewe zu verstehen und meinte das auch ehrlich.

Sichtlich beruhigt atmete Tremante aus und begann zu berichten: »Wie ich schon sagte, war ich auf dem Weg zum Scheißkübel. Die Ecke ist abgelegen. Außerdem stinkt es, weshalb niemand freiwillig dorthin geht.«

»Genauso, wie ich es in Erinnerung habe«, meinte Grewe.

»Jedenfalls ist mir dort jemand begegnet. Ich habe mich gewundert, weil mir an der Stelle noch nie jemand begegnet ist. In der Ecke haben wir die Flöze alle schon abgebaut. Also arbeitet dort schon länger niemand mehr.«

»Und weiter?«, drängte Grewe.

»Der Typ sah ganz gewöhnlich aus. Eigentlich wäre er mir nicht aufgefallen. Es war eben der Stollen, aus dem er kam …«

»Welcher Stollen war das?«

»Das war der Wetterstollen, der bis zur vierten Sohle und von dort zum Gustavschacht führt.«

Grewe staunte. Wer ging freiwillig durch einen alten Wetterstollen, der bei weitem nicht so gestützt wurde wie jeder normale Stollen?

»Und was ist dir an ihm aufgefallen?«

»Dass es Karl Fechter war!« Tremante fuchtelte mit beiden Händen in der Luft herum, sodass Grewe aufpassen musste, nicht getroffen zu werden.

»Kann es nicht sein, dass du durch das unverhoffte Auftauchen von Winfried Bodes Leiche das Gesicht dieses Fremden einfach mit Fechters Gesicht assoziierst?«

»Hä? Was redest du für eine geschwollene Scheiße?«

»Ich versuche nur, eine Erklärung zu finden«, versuchte Grewe sich schnell wieder an die Sprache der Bergmänner anzupassen. »Oder rechnest du ernsthaft damit, dass Fechter noch lebt, während Winni Bo all die Jahre dort unten vor sich hin geschimmelt ist?«

»Die Grubenwehr hat keine weitere Leiche gefunden«, gab Tremante zum Besten.

»Woher weißt du das?«

»Von Schorsch!«

»Und deshalb glaubst du, dass er seit elf Jahren unter Tage herum spukt?«

»Ich weiß nicht, was ich glauben soll«, gab Tremante unfreundlich zurück. »Ich weiß nur, was ich gesehen habe.«

»Wollt ihr eine Schicht anhängen?«, fragte plötzlich Michael Bonhoff.

Verwirrt schauten Grewe und Tremante hoch und stellten fest, dass alle Bergmänner inzwischen verschwunden waren.

»Siggi will Feierabend machen«, fügte Bonhoff grinsend an. »Also würde ich sagen, dass wir diesen Korb mal nehmen.«

Schnell stiegen sie ein und gaben das Zeichen, dass sie zur Abfahrt aus der sechsten Sohle nach oben bereit waren. In der Schachthalle verließen sie den Korb, traten hinaus auf das Grubengelände und beschlossen, in der Kaffeeküche noch etwas zu essen, bevor sie sich mit einem der Schwarzen Busse zur Grube Warndt zurückfahren ließen. Doch schnell erkannten sie, dass aus diesem Plan nichts werden würde.

Der ganze Platz wimmelte vor Polizeibeamten, Absperrbändern, Beamten des Bergamtes. Und dazwischen für Grewe zwei bekannte Gesichter: Erik Tenes und Anke Deister.

Sofort ahnte er, dass wieder etwas passiert war. Doch er sagte kein Wort.

⚒

Wie ein Déjà-vu kam es Schnur vor, als er auf dem zugigen Gelände stand, umgeben von schaulustigen Bergarbeitern, deren Anzahl immer größer wurde. Dr. Wolberts Aussage erschütterte ihn. Die Überreste des Toten waren so zerfetzt und zerstreut, dass es Tage dauern würde, bis sie den ganzen Menschen wieder zusammenfügen konnten.

»Worauf wartest du?«, fragte der Mediziner, als Schnur keinerlei Anstalten machte, in das Erlebnisbergwerk hineinzugehen.

»Auf die Genehmigung von oben«, antwortete Schnur mit einem säuerlichen Grinsen. »Es gibt leider ein Kompetenzgerangel, wer für diesen Fall zuständig ist.«

»Blöde Sache«, meinte Wolbert. »Dabei kann das Bergamt diesen Fall gar nicht ohne unsere Hilfe lösen.«

»Warum?«

»Wenn du da reingehst, weißt du warum! Der Tote ist über mehrere Maschinen verteilt, die alle zur KTU müssen. So ein Equipment hat das Bergamt überhaupt nicht.«

Schnur klopfte Wolbert auf die Schulter. »Sollte jemand versuchen, uns von den Ermittlungen fernzuhalten, habe ich endlich ein Argument, das niemand in den Wind schlagen kann.«

»Ich glaube, das wissen die selbst. Vermutlich ist es sogar umgekehrt, und sie kommen dieses Mal im Rahmen der Amtshilfe auf euch zu.«

Schnur grinste. Doch als er Anke und Erik aus dem Erlebnisbergwerk herauskommen sah, staunte er nicht schlecht.

»Wo kommt ihr denn her?«, fragte er.

Anke schaute verdutzt auf ihren Dienststellenleiter und meinte: »Ich sollte eher fragen, warum du nicht rein kommst.«

»Weil ich warten muss, was die Staatsanwältin erreicht. Offiziell sind wir immer noch nicht befugt, in diesem Fall zu ermitteln.«

»Dann muss sie sich aber beeilen«, drängte Anke. »Lange können die Überreste des Mannes nicht so zurückbleiben.«

»Weiß man schon, wer es ist?«

»Vermutlich Arthur Hollinger. Er war für das Erlebnisbergwerk zuständig und er ist auch der einzige, der hier in dem ganzen Tumult fehlt.«

Wieder ging ein Raunen durch die Menge. Und wieder hatte Schnur das Gefühl eines Déjà-vus. Er ahnte, dass wieder einmal die Staatsanwältin der Grund für die Unruhe in der Menge war.

Und genauso war es.

Plötzlich stand sie vor ihm mit einem siegessicheren Lächeln.

»Du siehst aus, als hättest du gewonnen«, schlussfolgerte Schnur.

»Dafür musste ich jedoch eine ganze Menge erzählen.«

Schnur spürte, wie ihm ganz heiß wurde.

»Deine Theorie von einer ganzen Serie von Morden, die wie Unfälle aussehen sollten …« Sie schaute sich um, beendete den Satz jedoch nicht, als sie die vielen Männer um sie herum versammelt sah.

Schnur zog die rothaarige Frau in eine stille Ecke, was von den umstehenden Bergleuten mit lauten Pfiffen kommentiert wurde.

»Ob das gut war …«, meinte er.

»Hast du nicht selbst gesagt, dass wir nicht mehr heimlich so weitermachen können?«

»Schon gut«, gab sich Schnur geschlagen. »Du hast richtig gehandelt.«

»Anders hätte man uns die Verantwortung für den Fall niemals übertragen«, beharrte die Staatsanwältin.

»Für welchen Fall?«, hakte Schnur euphorisch nach. »Heißt das, dass wir ab sofort auch in Fall Peter Dempler offiziell ermitteln dürfen?«

»Nein! Das Bergamt erlaubt uns trotz allem nicht, unter Tage zu ermitteln. Sie wollen erst selbst überprüfen, ob wir mit unserer Theorie über die Serienmorde recht haben und ob der Fall Arthur Holllinger dazugehört. Grewe muss also weiter den Trojaner spielen … wenn er bereit dazu ist.«

»Aber in das Erlebnisbergwerk dürfen wir?«

»Dafür haben wir die Erlaubnis. Die Spusi ist schon drin.«

»Okay. Dann wollen wir mal.«

⚒

Kaum hatte er den ebenerdigen Stollen betreten, der ihn in das Erlebnisbergwerk hineinführte, spürte Schnur Unbehagen. Die Vorstellung, dass genau der Mann getötet worden war, der ihm dieses nachgebaute Bergwerk erst am Vortag in allen Einzelheiten erklärt hatte, ließ ihn frösteln. Selten war er mit einem Opfer bekannt – auch wenn diese Bekanntschaft nur flüchtig war. Gestank hatte sich bereits ausgebreitet. Es roch metallisch – ein Zeichen dafür, dass viel Blut ausgetreten war. Weitere Gerüche mischten sich dazwischen. Schnur spürte mit jedem Schritt, den er sich dem Tatort näherte, dass er eigentlich nicht sehen wollte, was ihn erwartete.

Und doch ging er weiter, bis er auf die ersten Männer der Spurensicherung traf.

Als er den überlangen Oberlippenbart aus dem Plastikschutz im Gesicht heraushängen und die nietenbesetzten Schuhspitzen aus den weißen Überziehern hervorstechen sah, wusste er sofort, wen er vor sich hatte: Robert Ollig alias Buffalo Bill.

»Hi«, kam es aus dessen Mund. Doch von der Lässigkeit, die er vorgeben wollte, keine Spur.

Als Schnur sah, worauf er in seiner Plastikhülle zeigte, fiel ihm vor Schreck nichts mehr ein. Hinter dem Kohlenbrecher war nur noch braune, flüssige Splittermasse zu erkennen. Er ging weiter und sah hinter der wuchigen Maschine, zwischen den Ketten des Panzerförderers, rotbraune Gewebefetzen, dazwischen schimmerten weiße Teile von Knochen. Sehnen und Muskeln zogen sich der Länge nach über den Boden. Ollig leuchtete mit seiner Taschenlampe an die rauen, steinigen Wände. Dort hing etwas, das wie weiße und rote Fäden aussah. Auf Schnur verständnisloses Gesicht nahm der Teamchef der Spurensicherung ein Gummi aus der Tasche, zog daran und machte ein »Pitsch«, als das Gummi zerriss und davon schnellte. Dazu erklärte er: »Sehnen und Bänder, die durch Überdehnen auseinandergeplatzt sind, sind das.« Er zeigte auf die Fetzen, die sich zwischen den Stahlgittern und den Steinen verfangen hatten und fügte an: »No garland!«

Schnur hätte den Mann am liebsten angeschrien, weil er das Verhalten respektlos und rüpelhaft empfand. Aber er hielt lieber seinen Mund, sonst könnte sein Mittagessen herauskommen.

Er schaute zu Boden und sein Blick fiel ausgerechnet auf rote bis hellrote Schläuche, aus denen grüne und gelbe gallertartige Masse quoll. Als nächstes lag eine abgerissene Hand auf dem unebenen Boden. Erst jetzt erkannte Schnur, wo er sich befand. In der Fußstrecke unterhalb des Strebs. Blutige Schlieren zogen vom schrägen Fahrfeld herunter ihre Bahnen bis auf den Boden, auf dem er stand. Der Walzenschrämlader war mit rotbrauner Masse überzogen. Daneben lag ein Schuh, aus dem etwas Spitzes, Weißes herausstand. Schnur vermutete, dass der Fuß noch drinsteckte, wollte es aber nicht so genau wissen. Als er seinen Blick zu den Schilden wandern ließ, entdeckte er einen blutverschmierten Grubenhelm, an dessen Rändern sich etwas Wellenförmiges ausbreitete.

Plötzlich wurde es dunkel.

Schnur zuckte zusammen. Hatte jemand das Licht ausgeschaltet? Nein! Alle Lampen brannten noch. Er erkannte, dass ihm schwarz vor Augen geworden war. Beschämt blickte er sich um, aber niemand hatte seinen Schwächeanfall bemerkt. Er beschloss, den Tatort zu verlassen, bevor er vor all den Männern tatsächlich in Ohnmacht fiel.

Als er sich umdrehte, sah er, dass die Staatsanwältin an der Eingangstür auf ihn wartete. Ihr Gesichtsausdruck verriet ihm, dass sie sich diesem Anblick nicht hatte aussetzen können.

⚒

Die Bergmänner sammelten sich an der Absperrung. Grewe tat das Gleiche. Alle starrten zum Eingang des Erlebnisbergwerks, wo einige Leute in weißen Plastikanzügen hineingingen. Grewe erkannte sofort, dass dort ein Verbrechen geschehen war. Aber er beteiligte sich nicht an den Spekulationen, weil er Angst hatte, er könnte sich verraten. Der Anblick der Spusis war für ihn alltäglich, während die Bergleute die wildesten Theorien aufstellten, was dort gerade ablief.

Bis einer rief: »Es hat wieder einen von uns erwischt.«

Nun war der Tumult nicht mehr zu stoppen. Alle wollten gleichzeitig zum Erlebnisbergwerk. Sie rissen die Absperrung nieder und rannten los, als plötzlich Polizisten auftauchten und sie wieder zurückdrängten.

»Was ist dort los?« »Wir haben ein Recht zu erfahren, wen es erwischt hat.« »Ist es einer von uns?«

Die Polizisten reagierten nicht auf die Fragen, was den Unmut der Männer nur verstärkte.

Plötzlich stand die rothaarige Frau vor ihnen, die sie schon mal auf diesem Gelände gesehen hatten, als Peter Dempler tödlich verunglückt war.

Schlagartig verstummten alle.

»Jemand ist im Erlebnisbergwerk unter die laufenden Maschinen geraten und dabei zu Tode gekommen. Wir müssen herausfinden, wie das passieren konnte.«

»Wer ist es?«

»Gleich kommen Polizeibeamte, die Ihnen sagen, wer es ist. Sie werden Ihnen einige Fragen stellen, die wichtig für die Ermittlungen sind«, wich Ann-Kathrin der Frage aus.

»Ermittlungen? Liegt ein Verbrechen vor?«

»Wie sonst sollte jemand unter Maschinen geraten, die nur dem Zweck der Vorführung dienen?«, fragte die Staatsanwältin zurück.

Wieder wurde es unruhig in der Truppe, bis einer alle übertönte und sagte: »Für das Erlebnisbergwerk ist Arthur Hollinger zuständig. Wenn er nicht in der Kaffeeküche ist ...« Der Satz blieb unvollendet.

»Ich habe Schorsch schon lange nicht mehr gesehen«, meinte Tremante plötzlich mit unsicherer Stimme.

»Mit Schorsch meinen Sie Ihren Steiger Remmark?«, hakte die Staatsanwältin nach.

Tremante nickte.

»Sie alle bleiben hier, bis die Beamten der Kriminalpolizei mit Ihnen gesprochen haben«, rief sie laut den Männern zu.

⚒

»Die Männer wollen wissen, wer der Tote ist.« Ann-Kathrin kehrte zu der Gruppe von Polizeibeamten zurück.

»Es ist aller Wahrscheinlichkeit nach Arthur Hollinger«, sagte Robert Ollig, der inzwischen wieder mit Westernjacke und Stiefeln in seinem üblichen Outfit war.

»Können wir mit Sicherheit davon ausgehen?« Mit dieser Frage richtete sich Schnur an die schillernde Gestalt, die er immer noch für seinen Scherz auf dem Kieker hatte.

Der große, hagere Mann zwirbelte an seinem viel zu langen Oberlippenbart und meinte: »Der Name steht auf dem Helm, der neben dem Walzenschrämlader liegt.«

»Und Sie konnten das lesen?« Schnur staunte.

»Ich kann Ihnen ja den Helm zeigen. Dort steht sein Name dran.«

»Danke! Das wird nicht nötig sein.« Schnur atmete tief durch bei der Erinnerung daran, was er gesehen hatte. »Aber wie konnten Sie den Namen entziffern? Ich habe nichts erkannt.«

»Wer lesen kann, ist klar im Vorteil!«

Es brodelte in Schnur. Wie sollte mit diesem Mann eine vernünftige Zusammenarbeit möglich sein, fragte er sich. Er durfte jetzt nicht an den guten alten Theo Barthels denken – den Vorgänger dieser Buffalo-Bill-Karrikatur.

Als er seinen Blick auf Anke und Erik richtete, sagte Erik schon, ohne gefragt worden zu sein: »Wir haben überall nach Arthur Hollinger gesucht. Er wurde nirgends gesehen. Aber sein Auto steht noch an seinem Platz.«

»Dann findet heraus, wer ihn zuletzt gesehen hat und mit wem!«, befahl Schnur.

Die beiden wollten gerade gehen, als er noch anfügte: »Da fällt mir gerade noch etwas ein: Gestern sagte er, er hätte heute einen Termin für eine Einzelführung. Ein potenzieller Sponsor für die Erhaltung des Erlebnisbergwerks hätte Interesse bekundet. Geht der Sache mal nach.«

»Und wie?«

»Indem ihr euch den Terminkalender von Hollinger zeigen lässt und euch die Namen von möglichen Firmen raussucht, die als Sponsoren in Frage kommen. Anschließend fragt ihr die Bergleute, ob sie was wissen oder gesehen haben«, antwortete Schnur ungehalten. »Und vielleicht ein bisschen mitdenken. Wie wär das?«

»Die Bergleute fragen wir besser zuerst«, schlug Erik mit einem Wink in die Richtung der immer lauter werdenden Menschengruppe vor. Damit überging er Schnur letzten bissigen Kommentar einfach.

»Tu das«, gab Schnur nach und erkannte selbst, dass er seine Wut über diesen Ollig an dem Falschen ausließ. »Wir wollen die Geduld dieser Männer nicht überstrapazieren.«

⚒

»Du hättest nicht mitfahren sollen«, wiederholte Grewe seine Bedenken. »Es ist mein Job. Wenn ich in Gefahr gerate, ist das okay. Aber für dich wäre das unverantwortlich.«

»Warum sollte ich in Gefahr geraten, wenn ich dich nach Feierabend im Auto begleite?«, fragte Michael Bonhoff gereizt zurück. »Es ist doch wohl meine Sache, was ich nach Feierabend mache.«

»Aber nicht in einer Zeit wie jetzt, in der so viel passiert.«

Bonhoff drehte sich auf dem Beifahrersitz zu Grewe um, der gerade auf den Parkplatz der Landespolizeidirektion abbog und fragte: »Kann es sein, dass du dir wirklich Sorgen um mich machst?«

Verwundert über diese Frage murkste Grewe seinen Wagen schon ab, bevor er in der Parklücke stand. Genervt startete er den Motor neu und stellte dann das Auto korrekt ab, bevor er sich zu Bonhoff umdrehte. Das ebenmäßige, schmale Gesicht übte immer noch einen besonderen Reiz auf ihn aus. Nichts hatte der Ausstrahlung dieses Mannes in den letzten zwanzig Jahren anhaben können. Das Gegenteil war der Fall. Mit den kleinen Fältchen um die Augen und die Mundwinkel sah er noch charmanter und verführerischer aus. Die Jahre verliehen seinem Gesicht noch mehr Charakter, was es Grewe fast unmöglich machte, sich in seiner Nähe neutral zu geben.

Mit Mühe konzentrierte er sich auf die Frage seines Gegenübers und antwortete: »Was glaubst du denn? Natürlich mache ich mir Sorgen um dich. Dieser Fall nimmt Dimensionen an, mit denen niemand rechnen konnte. Oder glaubst du, Arthur Hollingers Tod hätte nichts damit zu tun?«

»Nein, das glaube ich nicht. Aber nur durch mein Auftauchen bei deinem Vorgesetzten bist du in diese gefährliche Situation geraten. Deshalb mache ich mir Vorwürfe. Ich wollte das nicht. Dich wiederzusehen ist eine Sache. Und das ist schön. Aber nicht unter solchen Umständen.«

Grewe fühlte sich wie elektrisiert. Neben ihm saß genau der Mann, um den sich schon seit ihrer ersten Begegnung seine Gedanken drehten. Aber nie hatte er es gewagt, offen dazu zu stehen. Das hatte Grewe in den Wahnsinn getrieben. Und nicht nur das. Es hatte ihn aus dem Bergmannsberuf getrieben. Er hatte die Ungewissheit nicht mehr ausgehalten – die Angst, die Botschaften, die Bonhoff ihm gesendet hatte, am Ende doch falsch verstanden zu haben.

Inzwischen waren zwanzig Jahre vergangen. Aber die Heftigkeit seiner Reaktion verriet ihm, dass sich an seinen Gefühlen für Bonhoff in der langen Zeit nichts geändert hatte.

»Und warum bist du überhaupt zur Polizei gegangen?«, fragte er patziger, als er es eigentlich wollte.

»Weil ich schon immer ein Außenseiter in unserer Partie war. Weil ich nie dazugehört habe. Weil ich machen konnte, was ich wollte, ich bekam immer dieses Gefühl vermittelt. Und du wirst nicht glauben, warum ich ausgestoßen war.«

»Warum?« Grewe spürte einen schmerzlichen Stich in einer Brust.

»Weil ich als Mimose verschrien war. Ein Mann, der keinen Mumm hat. Oder besser noch: Ein Mann, der keine Eier in der Hose hat.« Bonhoff schaute Grewe an. Jetzt wäre der geeignete Zeitpunkt gewesen, Grewe endlich spüren zu lassen, was er ihm damit angetan hatte. Ihn anzuschreien. Ihm Vorwürfe zu machen. Aber stattdessen sah er etwas anderes in diesem Blick: Resignation und Vergebung.

Das Fehlen jeglicher Anklage seines Freundes machte es ihm unmöglich, weiterhin so zu tun, als sei dieser hässliche Spitzname von allein gekommen. Er hatte ihn Bonhoff gegeben, weil Bonhoff ihn hatte im Regen stehen lassen. Oder zumindest hatte Grewe das geglaubt.

Sie schwiegen eine Weile. Aus dem dichten, grauen Nebel wurde Nieselregen. Die Pfützen auf dem Parkplatz füllten sich. Das Laub der Bäume, die den Platz säumten, schillerte in den schönsten Farben, was dem grauen Tag einen bunten Anstrich verlieh.

»Deshalb wundere ich mich, dass du mir gegenüber immer noch so loyal bist und dir solche Gedanken um mich machst«, fügte Grewe leise an.

»Weil ich endlich die Chance sehe, dir zu beweisen, dass ich keine Mimose bin. Dir und allen diesen Wichtigtuern da unten in tausend Metern Tiefe. Ich bin kein Held – aber auch kein Feigling.«

»Das sagt ja auch niemand«, pflichtete Grewe ihm bei. »Ich war damals unfair zu dir, habe die Folgen nicht bedacht. Ich wusste nicht, was ich damit anrichtete.«

»Deshalb werde ich jetzt an deiner Seite bleiben«, beharrte Bonhoff. »Ich bin in deinem Büro aufgetaucht und habe dich in diese gefährliche

Situation gebracht. Hätte ich meine Klappe gehalten, wäre Pitts Tod zum Unfall erklärt worden und alles wäre längst vergessen. Vielleicht ist durch dein Auftauchen bei uns unten die Situation erst richtig eskaliert.«

»Den Verdacht habe ich auch«, gab Grewe zu. »Als sei der Täter in Panik geraten. Aber ich bin im Gegensatz zu dir für solche Gefahrensituationen ausgebildet. Und das weißt du auch. Deshalb wundere ich mich, dass du so unvorsichtig bist.«

»Ich bin nicht unvorsichtig.«

»Was ist es dann, was du tust?« Grewe schaute Bonhoff an, der seinen Blick mit einer Intensität erwiderte, die Grewe noch nie an ihm erlebt hatte. Doch eine Antwort blieb aus.

⚒

Schnur trat gerade aus Andreas Büro heraus, als er die beiden Männer den Flur betreten sah. Er wunderte sich, dass Grewe seinen Kameraden mitgebracht hatte. Einerseits sollte der Undercovereinsatz unter absoluter Verschwiegenheit durchgeführt werden – andererseits jedoch war es gerade dieser Bergmann gewesen, der sie auf die Zustände unter Tage aufmerksam gemacht hatte. Trotzdem hoffte Schnur, dass Grewe wusste, was er tat.

»Du bringst Verstärkung mit, wie ich sehe«, rief er.

Erschrocken drehten sich die beiden Männer um und schauten ihn an. Grewe lachte und meinte: »Michael wollte es so. Frei nach dem Motto *mitgefangen, mitgehangen.*«

»Bergmänner«, meinte Schnur grinsend dazu. »Okay, dann wollen wir mal. Wir treffen uns alle in meinem Büro.«

Zu dritt durchschritten sie den langen Flur. Anke, Andrea, Erik, die Staatsanwältin und Norbert Kullmann schauten ihnen aus dem Büro entgegen.

»So«, rief Schnur, als er die Tür schloss, »jetzt sind wir vollzählig. Die Besprechung kann beginnen.«

Nur ein Stuhl war noch frei und stand für Grewe bereit. Erik sprang auf, verließ das Zimmer und kehrte mit einem weiteren Stuhl zurück.

»Heißt das, dass ich an einer Besprechung der Polizei teilnehmen darf?«, fragte Bonhoff überrascht.

»Was den Teil des Bergbaus betrifft, sind Sie als Zeuge unentbehrlich«, antwortete Schnur. »Andrea Westrich wird nach der Besprechung Ihre Zeugenaussage schriftlich festhalten.«

Bonhoff nickte und ließ sich auf dem angebotenen Stuhl nieder.

»Fangen wir damit an, was Anke und Erik heute in Velsen herausgefunden haben«, leitete Schnur die Besprechung ein und schaute die beiden Angesprochenen an.

»Also. Wir wissen, dass Arthur Hollinger heute einen Termin mit einem Mitarbeiter der Firma *Karkasse und Kautschuk* aus Saarbrücken hatte. Diese Firma stellt Autoreifen her.«

»Welcher Mitarbeiter?«, drängte Schnur.

»Nachdem wir den Termineintrag in Hollingers Kalender gesehen haben, haben wir in der Firma angerufen. Dort weiß niemand etwas von einer Sponsorenangelegenheit mit dem Erlebnisbergwerk.«

»Nun wissen wir schon mal, wie es für den Täter möglich war, Hollingers Vertrauen zu gewinnen«, brummte Schnur. »Und jetzt zum nächsten Punkt: Hat irgendwer auf dem Gelände der Grube Velsen jemanden gesehen, der mit Hollinger in das Erlebnisbergwerk hineinging? Oder der deplatziert wirkte? Oder der vielleicht überstürzt weggefahren ist?«

»Nein! Nichts!«

»Das Bergwerk war doch abgeschlossen?«, fragte Schnur weiter. »Wisst ihr etwas über Hollingers Schlüssel?«

»Das ist ja das Seltsame«, gab Anke zu. »Hollingers Schlüssel hing im Verwaltungsgebäude des EBW an seinem Platz.«

»Also ist der Mann überhaupt nicht aufgefallen«, brummte Schnur missmutig. »Spaziert nach seinem Mord einfach ins Büro und hängt den Schlüssel wieder an seinen Platz.«

»Er ist ein Insider«, schlussfolgerte Erik.

Betretenes Schweigen trat ein, das Grewe mit einem Räuspern unterbrach. »Ich habe Hollinger heute Morgen gesehen.«

»Wann? Wo?«, horchte Schnur auf.

Alle starrten erstaunt auf den Kollegen, dessen Gesicht nicht komplett von der Kohlenschwärze gesäubert war.

»Als ich von der Befragung hier bei euch zurückgefahren bin, habe ich die Auszubildenden am Parkplatz der Grube Velsen abgesetzt. Die Jungs hatten ihre Autos dort abgestellt.«

Schnur nickte.

»Es war – glaube ich – halb zehn. Ich habe Hollinger in Begleitung eines Mannes gesehen, der einen Anzug und einen Bergmannshelm trug. Nur deshalb ist er mir überhaupt aufgefallen. Er wirkte in dieser Kluft sehr merkwürdig.«

»Wie sah der Mann aus?«

»Das ist ja das Doofe! Ich habe ihn nur von hinten gesehen. Die haben sich kein einziges Mal umgedreht.«

»War er groß, klein, dick, dünn, alt oder jung?«

»Groß und schlank. Aber von seinen Haaren war nichts zu erkennen, sodass ich sein Alter nicht schätzen kann.«

»Dr. Wolbert hat als Todeszeit zwischen zehn und elf Uhr angegeben. Der tote Körper war sehr lange den laufenden Maschinen ausgesetzt, deshalb auch dieser schreckliche Zustand. Wir können also davon ausgehen, dass das sein Mörder war«, erklärte Schnur und rieb sich nervös über das Kinn.

»Und vielleicht sogar der Mörder all dieser Männer, wenn deine Theorie stimmt und alle diese Männer Mordanschlägen zum Opfer gefallen sind«, fügte die Staatsanwältin hinzu.

Schnur warf einen prüfenden Blick auf den Besucher Michael Bonhoff und stellte fest, dass dessen Gesicht immer blasser wurde.

»Ist unser Steiger wieder aufgetaucht?«, fragte Grewe, der sich ebenfalls nicht mehr sonderlich wohl fühlte, nachdem das Gespräch diese Wendung genommen hatte.

»Ja«, antwortete Anke. »Er hat den Materialbestand überprüft.«

»Kann man nachprüfen, wann er das gemacht hat?«, fragte Schnur.

»Nein. Warum?«, fragte Grewe zurück.

»Für das Alibi! Es könnte doch sein, dass unser Serienmörder Hilfe hat«, erklärte Schnur.

»Jetzt wird es immer abenteuerlicher«, schaltete sich die Staatsanwältin ein. »Ich bin immer noch der Auffassung, wir sollten diese Undercover-Aktion abbrechen.«

»Und was machen wir dann?« Schnur schnaubte. »Das Oberbergamt hat zwar eingewilligt, dass wir im Erlebnisbergwerk ermitteln. Aber unter Tage dürfen wir nach wie vor nichts tun?«

»Dafür über Tage – da haben wir freie Hand.«

»Wissen die Beamten von unserem Mann, den wir unter Tage eingeschleust haben?«, fragte Schnur.

»Nein.«

Mit dieser Antwort löste Ann-Kathrin große Unruhe aus.

»Warum nicht? Wir waren uns doch einig, dass es zu gefährlich ist, weiter auf eigene Faust an dem Fall zu arbeiten.«

»Ich habe es mir anders überlegt«, gab Ann-Kathrin scharf zurück. »Meine Erfahrung ist die, dass es immer besser ist, je weniger davon wissen. Wer weiß, ob wir uns nicht eine undichte Stelle schaffen, wenn wir das Oberbergamt in diese Aktion mit einschalten.«

»Was hat dich zu deiner neuen Erkenntnis gebracht?«

»Ich kenne diese Leute nicht, habe noch nie mit ihnen zusammengearbeitet. Wie kann ich ihnen da vertrauen?«

Schnur lehnte sich nachdenklich zurück. Diesen Aspekt hatte er nicht bedacht. Ann-Kathrin war scharfsichtig und clever. Sie zu unterschätzen könnte sich als Fehler herausstellen. Und genau diesen Fehler hatte er gemacht.

In die Stille hinein plärrte plötzlich in voller Lautstärke das Lied *Männer sind Schweine.* Alle schauten erschrocken auf Schnur, der mit bleichem Gesicht in seine Hemdtasche griff und sein Handy herauszog. Der Text ging weiter »*... traue ihnen nicht ein Wort. Sie wollen alle nur das eine ...*« Hastig drückte er darauf herum, bis das Gedudel aufhörte. Stattdessen war eine Frauenstimme zu hören. Wieder drückte er hastig auf das kleine Gerät, bis es ganz verstummte.

Bonhoff riss die Augen weit auf vor Erstaunen. Grewe hatte Mühe, sich das Lachen zu verkneifen. Erik schaute angestrengt aus dem Fenster, das auf den grauen Himmel zeigte. Anke wischte sich Fussel von der Hose, wo keine waren. Kullmann schnäuzte sich umständlich in sein Taschentuch.

»Ich werde meinen Sohn eigenhändig erwürgen«, brummte Schnur mit hochrotem Kopf.

»Ich finde, dein Sohn hat Klasse«, erwiderte Andrea frech.

»Wie meinst du das?«

»Er sieht mehr, als du denkst und öffnet dir mit diesen Scherzen die Augen.«

Schnur schaute sich um und sah bestätigt, was Andrea meinte. Alle schauten angestrengt weg – nur Ann-Kathrin schoss mit ihren Blicken giftige Pfeile.

Schnell kehrte er zum eigentlichen Thema zurück, weshalb sie hier alle versammelt waren, indem er zu Grewe sagte: »Wie du gerade erfahren hast, ist dein Einsatz in doppelter Hinsicht gefährlich. Du kannst jederzeit aufhören. Wir zwingen dich zu nichts. Denn wir stehen alleine da und können nicht helfen, sollte es da unten eskalieren.«

»Ich werde weiter dort unten ermitteln, weil wir diese vielen Todesfälle sonst nicht aufklären können«, beharrte Grewe.

»Und er ist nicht allein«, mischte sich zum ersten Mal Michael Bonhoff in das Gespräch ein. »Ich werde auch da sein.«

Grewe wollte ihn daran hindern, diesen Satz zu sagen, doch jetzt war er heraus.

»Da ist gut zu wissen«, gab Schnur zurück.

»Außerdem meinte Herr Grewe, ich sollte Ihnen hier und jetzt meine Beobachtungen berichten, die ich schon seit Jahren unter Tage mache«, fuhr Bonhoff fort.

Schnur forderte den Bergmann auf zu sprechen.

»Ich sehe immer wieder, wie sich einige Männer von unserer Partie bei Störungen absetzen, über den Bandberg auf die fünfte Sohle fahren und sich dort mit anderen Kameraden treffen.«

»Kameraden aus anderen Partien?«, hakte Schnur nach.

Bonhoff nickte und sprach weiter: »Dort tauschen ständig kleine Päckchen ihre Besitzer.«

Die Nachricht schlug ein wie eine Bombe. Alle sprachen gleichzeitig los, bis es Schnur gelang, sich durchzusetzen und wieder Ruhe ins Büro zu bringen.

»Das könnte die Geldquelle sein, die wir verzweifelt suchen«, brachte er es auf den Punkt. »Drogenhandel unter Tage. Raffinierter geht es kaum.«

»Werden diese Männer nicht überprüft, wenn sie zur Grube fahren?«, fragte Ann-Kathrin fassungslos.

»Kein Polizist hält einen Bergmann an, der zur Schicht fährt«, erwiderte Bonhoff.

»Das bringt mich auf die Idee, was bei den Einbrüchen der Opfer gestohlen wurde«, rief Andrea. »Ich habe nämlich erfahren, dass auch bei Arthur Hollinger jemand die Tür aufgebrochen hatte.«

»Wann?«

»Letzte Nacht! Seine Nachbarin hat uns erzählt, Hollinger hätte sich am frühen Morgen bei ihr beklagt, weil sich in der Nacht jemand an seiner Haustür zu schaffen gemacht hätte und er nach seiner Schicht den Schlüsseldienst rufen müsse.«

»Zur Polizei wollte er nicht?«

»Nein. Angeblich wäre es nicht so schlimm gewesen, hat die Nachbarin die Aussage von Hollinger wiedergegeben.«

»Und was hat die Spurensicherung in dieser Sache festgestellt?«

»Die Tür wurde fachmännisch aufgebrochen. Es ist wirklich möglich, dass Hollinger dabei selig weitergeschlummert hat.«

»Entweder, er verfeinert seine Methoden, oder er passt sich der jeweiligen Situation an«, grübelte Schnur. »Bei Uwe Bentrup wurde die Tür mit einer Rohrzange aufgebrochen.«

KAPITEL 10

Stille breitete sich in Schnurs Büro aus. Alle Kollegen waren gegangen. Nur Grewe saß noch seinem Chef gegenüber und spürte weiterhin diese Spannung, an der er selbst die Schuld trug. Deshalb verhielt er sich auch ganz ruhig und wartete ab, was Schnur mit ihm allein besprechen wollte.

Der rieb sich über sein rasiertes Kinn, schaute Grewe direkt in die Augen und sagte endlich: »Die Grubenwehr hat keinen weiteren Toten gefunden.«

Grewe nickte. Das wusste er bereits, weil sich solche Dinge unter Tage schneller herumsprachen als über Tage. Aber er sagte nichts dazu.

»Ich kann die Arbeit dieser Männer nicht beurteilen«, fuhr Schnur fort. »Allerdings ist es mehr als seltsam, dass Karl Fechters Leiche nicht gefunden wird.«

»Was meinst du damit?«, hakte Grewe nach.

»Dass ich zwei Möglichkeiten in Betracht ziehe: Entweder wir können uns nicht auf die Fähigkeiten der Grubenwehr verlassen. Aber leider dürfen wir nicht runter. Leichenspürhunde hätten den Toten gefunden, wenn er dort liegt.«

»Wenn er dort liegt?« Grewe riss die Augen auf.

»Eben! Damit komme ich zum Oder. Oder unser Mann konnte lebend aus dem unterirdischen Labyrinth heraus.«

Kurzes Schweigen trat ein. Grewe war fassungslos. Bei dieser Theorie fiel ihm sofort wieder Paolo Tremantes Behauptung ein, er hätte Fechter aus einem Wetterstollen kommen sehen.

»Ich weiß, ich weiß«, lenkte Schnur schnell ein. »Diese Vermutung ist schon der berühmte Griff nach dem Strohhalm. Sobald ich anfange, Geister des Mordes zu beschuldigen, könnt ihr mich ruhig auf meine Geistesverfassung hinweisen.«

»So ist es nicht …« Grewe druckste herum.

»Wie sonst?«, drängte Schnur.

Es dauerte einige Sekunden, bis sich Grewe dazu entschloss, ihm von Paolo Tremantes Erscheinung zu berichten.

Damit löste er eine Reaktion bei seinem Vorgesetzten aus, mit der er nicht gerechnet hatte. Schnur lachte laut los.

Grewe fuhr sich durch seine schwarzen Haare, bis sie ihm zu Berge standen und murrte: »Hätte ich nur den Mund gehalten.«

»Nein! Ist schon o.k.«, beschwichtigte Schnur schnell wieder. »Es ist zwar schwer vorstellbar, dass Karl Fechter noch lebt. Aber ganz unmöglich ist es auch nicht. Solange wir keine Leiche haben, sollten wir für diese Möglichkeit offen bleiben.«

»Aber wo sollte er all die Jahre gewesen sein?«

»Dazu kann uns vielleicht sein Sohn Tim Fechter etwas sagen«, spekulierte Schnur. »Wir haben herausgefunden, wo er wohnt. Ich werde Andrea beauftragen, mit ihm zu sprechen.«

»Sollte er seinen Vater irgendwo beherbergen, wird er es uns nicht sagen.«

»Wir bekommen alles früher oder später raus!«

Grewe stimmte zu. Er hatte Schnur schon oft bei Vernehmungen beobachtet und jedes Mal wieder über dessen Überzeugungskraft gestaunt.

»Aber damit kommen wir zur nächsten Frage: Gibt es andere Ausgänge aus der Grube Warndt, außer den beiden Schächten, die ich inzwischen auch kenne?«

»Klar, die gibt es. Aber dort muss uns Michael Bonhoff hinführen. Ich weiß nämlich nicht, wo diese Schächte sind.«

»Vergiss nicht, dass Bonhoff nur ein Zeuge ist. Er kann nicht in sämtliche Ermittlungen involviert werden«, bremste Schnur sofort Grewes Eifer.

»Dann zeigt er uns als Zeuge, wo diese Ausgänge sind«, beharrte Grewe. »Ich würde sie nicht finden, weil ich nie dort war.«

Schnur brummte etwas, was wie eine Zustimmung klang, rieb sich eine Weile über sein Kinn, bis er fragte: »Das bedeutet doch, dass unser Phantom tatsächlich unbemerkt die Grube hätte verlassen können?«

»Theoretisch ja!« Grewe spürte, wie ihm Gänsehaut hochkroch. Dieser Gedanke war ihm unheimlich. »Du meinst also, dass Karl Fechter als

Phantom unter Tage herumgeistert und seine ehemaligen Kameraden ermordet?«

»Ich weiß es nicht«, gab Schnur zu. »Ehrlich gesagt, klingt das auch für mich ein bisschen weit hergeholt. Wie sollte der Mann über elf Jahre unentdeckt hier gelebt haben? Das erscheint mir unmöglich.«

Grewe atmete erleichtert durch. Die Vorstellung, in einem Stoß zu arbeiten, der von einem Phantom bedroht wurde, war nicht verlockend. Ein realer Gegner wäre ihm lieber.

»Dieser Sache werden wir gründlich nachgehen, um uns davon zu überzeugen, ob es wirklich eine Möglichkeit für Karl Fechter gegeben hat, den Grubenbau wieder lebend zu verlassen«, beschloss Schnur. »Aber damit haben wir eine Frage immer noch nicht geklärt.«

»Und welche?«

»Warum war die Tür zur Gezähekammer zugesperrt, obwohl sich dort zwei Männer aufhielten?«

Grewe stutzte. Soweit hatte er noch gar nicht gedacht. Er starrte auf seinen Chef und fragte: »Du meinst, die hat jemand absichtlich dort eingesperrt?«

Schnur nickte!

»Und mit dieser neuen Theorie, dass Karl Fechter diesen Anschlag überlebt hat …« Grewe konnte nicht weitersprechen.

⚒

Abgestandene Luft schlug Anke und Erik entgegen, als sie Tim Fechters Wohnung betraten. Der Mann, der ihnen die Tür öffnete, sah jugendlich und modern aus, was in einem krassen Gegensatz zu seiner trostlosen Wohnung stand.

Anke schaute sich staunend um und fühlte sich in eine längst vergangene Zeit zurückversetzt. Die Tapeten waren in dezenten Farben gehalten, deren einziger Farbtupfer darin bestand, dass jeden Raum eine Art Bordüre in gleicher Höhe zierte, deren Verschnörkelung kitschig aussah. Dieses Muster hatte Anke schon ewig nicht mehr gesehen. Hinzu kam der Grauschimmer, der den Tapeten anhaftete. Auch die Fenster wirkten stumpf, als seien sie schon lange nicht mehr geputzt worden. Ebenso die Spiegel.

Tim Fechter wirkte in dieser Wohnung deplatziert. Seine Haare leuchteten blond. Ebenso sein Bart. Dazu schimmerten seine Augen in einem strahlenden Blau. Ein schöner Mann, wie Anke anerkennend feststellte. Nur verstand sie nicht, wie er in einem solch vernachlässigten Umfeld leben konnte. Aber sie war keine Innenarchitektin, sondern Polizeibeamtin. Und inzwischen zog sich das Schweigen so sehr in die Länge, dass es peinlich wurde. Also beschloss sie, den Anfang zu machen: »Sicher können Sie sich denken, warum wir mit Ihnen sprechen wollen.«

Tim bot den beiden Polizeibeamten an, sich an den kahlen Küchentisch zu setzen. Erst als alle Stühle geräuschvoll auf dem PVC-Boden hin und her geschoben worden waren und wieder Stille herrschte, antwortete er: »Vermutlich, weil Sie Winni Bo gefunden haben.«

»Mit Winni Bo meinen Sie Winfried Bode?«, hakte Anke nach.

Tim nickte.

»Winfried Bode ist am gleichen Tag wie Ihr Vater verschwunden«, fuht Anke fort. »Nun hat die Grubenwehr den ganzen Bereich abgesucht, in dem Winfried Bode gefunden wurde, aber keine weitere Leiche gefunden.«

»Deshalb sind Sie extra hierhergekommen?«, fragte Tim.

»Es stimmt, wir sind hierhergekommen, weil die Suche nichts ergeben hat. Wie wir inzwischen wissen, ist die Wand zur Gezähekammer eingestürzt. Winfried Bode kam dabei ums Leben. Wäre Ihr Vater ebenfalls an dieser Stelle gestorben, hätte seine Leiche dort liegen müssen.«

»Sie meinen also, mein Vater würde noch leben?«

»Ist das so unwahrscheinlich?«

Tims Gesicht wirkte plötzlich eingefallen, seine Barthaare glanzlos, seine Augen trüb. Eine Weile sagte er nichts. Er starrte durch die beiden Beamten hindurch, bis er sich räusperte, auf seinem Stuhl nervös hin und her rutschte und meinte: »Das ist starker Tobak. Mein Vater und ich hatten ein gutes Verhältnis. Hätte er diesen Ansch… äh … diese Sache überlebt, wäre er zu mir zurückgekommen.«

»Sie wollten gerade Anschlag sagen«, hakte Anke nach. »Wie kommen Sie darauf, dass ein Anschlag auf Ihren Vater und seinen Kameraden verübt wurde?«

»Das war ein Versprecher«, blockte Tim ab.

»Das klang mir mehr wie ein Ausrutscher – nämlich, dass Sie fast das gesagt hätten, was Sie denken.«

»Sie sehen hinter jedem Zögern, hinter jedem Versprecher sofort etwas Verdächtiges«, meinte Tim und setzte plötzlich ein Lachen auf, das so entwaffnet war, dass Anke sich irritiert fühlte. »Ihr Beruf macht Sie aber sehr negativ in Ihrer Denkweise. Das ist schade.«

Nun geriet Anke noch mehr ins Staunen.

»Eine schöne Frau wie Sie sollte das Leben von seiner schönsten Seite sehen.«

»Ich denke, wir sollten beim Thema bleiben«, funkte Erik dazwischen. »Sie behaupten also, nicht zu wissen, ob Ihr Vater noch lebt?«

»Genau das! Wie ich sagte: Würde er noch leben, wäre er zu mir zurückgekommen.«

»Was macht Sie so sicher?«

»Alles«, entgegnete Tim trotzig. »Wir haben uns gut verstanden.«

»Klar! So ein Ereignis – vor allem ein Ereignis, das so lange zurückliegt – kann schon mal dazu führen, dass man die Wirklichkeit verklärt.« Erik blieb hartnäckig.

»So ist es aber nicht«, beharrte Tim. »Mein Vater hat mir immer von seiner Arbeit erzählt, ich ihm von der Schule. Das waren echte Gespräche und keine Monologe. Wir konnten uns zuhören und über alles diskutieren. Wie konnten uns gegenseitig helfen, wenn einer mal nicht mehr weiterwusste. Wie waren immer füreinander da. An seinen freien Tagen sind wir zum Angeln rausgefahren oder auf den Fußballplatz. Manchmal gingen wir auch ins Kino. Er war mehr Freund als Vater. Und dann war ganz plötzlich alles vorbei.« Tims Miene wurde wieder finster. »Ich musste zu meiner Mutter zurück, die mich genauso mochte wie ich sie – nämlich gar nicht. Aber zum Glück hatte ich einen guten Einfall. Durch die Halbwaisenrente konnten wir diese Wohnung behalten. Der Vorschlag, dass ich hier lebe – obwohl ich noch keine Achtzehn war – und sie weiterhin ihr Lotterleben durchziehen konnte, hat der Alten gut gefallen. Also haben wir uns so arrangiert und vor den Behörden den Mund gehalten.«

»Kann es sein, dass Sie sehr nostalgisch veranlagt sind?«, fragte Anke.

Auf den verwirrten Blick ihres Gegenübers erklärte sie ihre Frage: »Die Wohnung sieht so aus, als sei hier seit dem Verschwinden Ihres Vaters nichts mehr verändert worden.«

Nun lachte Tim laut. Als er sich beruhigte, meinte er: »Stimmt! Irgendwie glaube ich manchmal sogar noch, den Duft meines Vaters hier drin zu riechen.«

Das war für Anke der Anlass, aufzustehen und diese unheimliche Wohnung zu verlassen. Erik hatte Mühe, ihr bei dem Tempo zu folgen.

⚒

Zuerst tauchten aus dem bunten Laub ein stählerner Förderturm und dann eine Lagerhalle auf. Der Schacht Lauterbach. Die Polizeibeamten gerieten ins Staunen. Auch Grewe riss die Augen weit auf. Er hatte von diesem Schacht bisher noch nichts gehört.

»Das gibt es doch nicht«, stellte Schnur fest. »Von der Straße aus ist absolut nichts zu sehen. Dieser Ausgang ist ja perfekt geeignet für geheime Unternehmungen. Niemand kann hier etwas bemerken, wenn sich jemand davonschleichen will.«

Michael Bonhoff nahm einen Schlüssel aus seiner Hosentasche. Erstaunt fragte Grewe: »Du hast einen Schlüssel für diesen Schacht?«

»Ja! Als der damalige Schachthauer in Pension ging, hatte ich keine Gelegenheit mehr, ihm den Schlüssel zurückzugeben.«

Sie näherten sich dem grünen Förderturm, den an manchen Stellen schon der Rost zierte.

»Vertrauenerweckend sieht das aber nicht aus«, stellte Schnur sofort fest.

»Trotzdem ist er noch voll funktionsfähig. Dieser Schacht reicht bis zur sechsten Sohle und wird immer noch genutzt.«

Kullmann grinste und meinte: »Also ich sehe da kein Problem. Können wir mit dem Korb runterfahren?«

Schnur hielt die Luft an. Zögerlich meinte er: »Wir haben keine Helme dabei!«

»Was soll schon passieren?«, wehrte Kullmann ab. »Sie sagen doch selbst, dass die Männer hier gelegentlich rein- oder rausfahren, wenn sie sich untertägig gerade in diesem Bereich aufhalten.«

»Sie gefallen mir«, jubelte die Staatsanwältin, deren Neugierde sie mit an diesen Ort getrieben hatte. »Sie haben Ihre Abenteuerlust nie verloren, was?«

»Sie wohl auch nicht«, entgegnete Kullmann mit einem Lächeln, das so charmant war, wie es Schnur an seinem ehemaligen Chef noch nie gesehen hatte.

»Ich kann Ihnen den Korb zeigen. Aber runterfahren werden wir auf keinen Fall. Das ist viel zu gefährlich«, sagte Bonhoff.

Mit enttäuschtem Gesicht meinte die Staatsanwältin: »Sehr vernünftig – auch wenn mich die Abenteuerlust gepackt hat. Es wäre ein viel zu großes Risiko.«

»Warum ist dieser Förderturm soweit von den anderen Schächten entfernt?«, fragte Schnur erleichtert.

»Schacht Lauterbach ist ein ausziehender Schacht. Der wurde nur gebaut, um das Feld Lauterbach zu erschließen.«

»Viel erschlossen wurde hier aber nicht«, meinte Kullmann, schaute sich um und sah nur Vegetation.

»Dann gibt es noch den Schacht in St. Charles. Für ihn galt das Gleiche. Das war ebenfalls ein ausziehender Schacht«, fügte Bonhoff an.

»Was ist ein ausziehender Schacht?«, fragte Schnur verdutzt.

»Das heißt, dass die Wetter in diese Richtung ziehen – also im Warndt in Richtung Lauterbach durch die Grubenräume eingezogen werden und dann aus diesem Schacht nach außen. Einziehende Schächte sind der Warndtschacht und der Gustavschacht 2 in Velsen. Ausziehende Schächte sind in St. Charles und hier.«

»Ist der Schacht in St. Charles ebenfalls interessant für unsere Ermittlungen?«

»Nein! Der Förderturm wird schon seit einer Weile nicht mehr genutzt. Er reichte außerdem nur bis zur vierten Sohle. Er ist schon vor Jahren verfüllt worden.«

»Also haben wir hier die einzige Möglichkeit, unentdeckt die Grube zu verlassen?«

»Wenn der Maschinist den Mann kennt, den sie suchen, und mit ihm zusammenarbeitet, ja«, meinte Bonhoff.

»Dazu werden wir ihn befragen müssen«, erkannte Schnur. »Wer ist es?«

»Siggi, der übernimmt diesen Schacht.«

»Siegfried Hemmerling?«

»Genau der?«

Schnur nickte.

»Eigentlich wurde dieser Schacht als Wetter- und Materialschacht genutzt«, sprach Bonhoff weiter. »Zur Personenbeförderung war der Korb nie vorgesehen. Doch es können natürlich auch Menschen darin transportiert werden, weshalb hier so manch einer schon mal heimlich aus dem Stollen rausgefahren ist.«

»Das ist genau das, was wir suchen«, erkannte Kullmann. »Über diesen heimlichen Zugang können doch spielend leicht Drogen transportiert werden.«

»Auch kann der Mörder hier unbemerkt in den Stollen gelangen«, ergänzte Ann-Kathrin. »Wer weiß, wen Paolo Tremante dort unten gesehen hat.«

»Um herausfinden, ob an dieser Sache etwas dran sein könnte, ist Anke gerade dabei, Karl Fechters Sohn dazu zu befragen«, erklärte Kullmann.

»Genauso gut hätten wir Andrea dorthin schicken können«, mischte sich Schnur ein. »Sie hat ein gutes Gespür für die Zwischentöne.«

»Anke auch! Sie kann heraushören, ob jemand die Wahrheit sagt oder lügt. Sie ist für dieses Gespräch genau die Richtige«, beharrte Kullmann.

»Ich sagte doch, dass Siggi hier den Korb fährt …«, mischte sich Bonhoff in den Disput der beiden Männer ein.

»… oder der, der gerade an einen Schlüssel gekommen ist, so wie Sie«, fiel ihm die Staatsanwältin ins Wort.

»Trotzdem müssen immer zwei Bergleute zusammen sein, um über diesen Schacht ein- oder auszufahren.«

Er öffnete eine kleine grüne, blecherne Kammer und startete die Maschine. Schon tauchte der Korb aus der Tiefe auf.

»Die einzige Möglichkeit, hier unbemerkt zu verschwinden, wären die Fahrten im Schacht«, erklärte Bonhoff, nachdem er den kleinen Bedienstand verlassen und die Tür wieder abgeschlossen hatte.

»Fahrten?«, fragte Ann-Kathrin.

»Leitern«, erklärte Bonhoff.

»Der Cowboy muss herkommen und hier alles nach Fingerabdrücken absuchen«, bestimmte Schnur.

»Welcher Cowboy?«, fragte Kullmann überrascht.

»Robert Ollig – oder wie der neue Teamchef der Spurensicherung heißt.«

»Dann muss er sich aber beeilen, es wird bald dunkel«, stellte Kullmann fest.

»Und wir sollten den Schacht überwachen lassen«, sprach Schnur weiter »Unser gesuchter Mann könnte tatsächlich über diesen Weg unbemerkt in die Tiefe gelangen.«

»Gute Idee«, stimmte Kullmann zu. »Wenn wir Glück haben, läuft er uns direkt in die Arme.«

⚒

Andrea legte den Telefonhörer wieder auf die Ladestation zurück und überprüfte ihre Notizen. Der einzige Einbruch, der angezeigt worden war, hatte sich bei Uwe Bendrup in der Bergmannssiedlung Dorf im Warndt ereignet. Das betroffene Ehepaar hatte angegeben, dass nichts gestohlen worden sei. Spurensicherung oder ähnliche Maßnahmen seien nicht getroffen worden.

Soweit war Andrea auch schon gewesen. Warum musste sie diese dämliche Arbeit machen?

Sie schaute sich um. Sie war allein. Das Büro und der Flur lagen in beängstigender Stille.

Das Tempo, in dem alle das Gebäude verlassen hatten, war rekordverdächtig. Alle durften in den Außendienst, nur ihr hatte man diese stumpfsinnige Arbeit aufgebrummt.

Schnur, ihr Chef und Freund, hatte sie zu Tim Fechter schicken wollen. Doch Kullmann hatte das verhindert. Dem Altmeister lag wohl Ankes beruflicher Werdegang sehr am Herzen, denn er hatte Schnur dazu überreden können, Anke diese Aufgabe zu übertragen. Dabei war Anke noch nicht einmal seit Beginn an den Ermittlungen beteiligt. Sie war erst eine Woche später dazu gestoßen. Und jetzt genoss sie schon Sonderrechte.

Andrea erinnerte sich gern an Kullmann. Damals hatte sie gelegentlich auch für ihn gearbeitet, als ihr Dienststellenleiter wegen eines Herzinfarkts ausgefallen war. Sofort hatte sie erkannt, dass Kullmann ein gutes Gespür für Menschen hatte. Also konnte Andrea davon ausgehen, dass Anke sich diesen Sonderstatus bei dem Alten verdient hatte. Denn ohne Leistungen zu erbringen, würde sie in Kullmanns Augen keine Achtung genießen.

Leider hatte Andrea diese Chance niemals bei Kullmann gehabt. Sie war in der Abteilung für »Entführung, Erpressung und Geiselnahme« gewesen und nicht in Kullmanns Abteilung gelangt. Mehrere Bewerbungen hatte sie geschrieben. Aber leider war die Antwort immer dieselbe, nämlich, dass dort keine Stelle frei wäre. Dann hatte sie geheiratet und dem Saarland den Rücken gekehrt. Bis nach Berlin war sie ihrem Mann gefolgt. Lange Zeit hatte sie dort in dem Glauben gelebt, ihre Ehe sei glücklich. Doch dann war sie eines Besseres belehrt worden. Nach ihrer Rückkehr ins Saarland durfte sie zu ihrer großen Überraschung sofort in der Abteilung für Tötungsdelikte anfangen. Und dazu noch mit Jürgen Schnur als Chef. Sie hatte geglaubt, dass es nicht besser kommen könnte. Doch nun erkannte sie, dass alles nicht so einfach war. Solange Kullmann noch in diesem Team mitspielte, war und blieb er der heimliche Chef dieses Reichs.

Einerseits störte das Andrea nicht. Denn sie mochte Kullmann. Und auch Anke.

Andererseits sah sie sich dadurch in Gefahr, wieder in eine andere Abteilung versetzt zu werden. Denn so sicher war ihr Posten noch nicht. Sie musste nach der langen Auszeit wieder ganz von vorne anfangen.

Das Telefon klingelte und riss sie aus ihren Gedanken.

Es war der Kollege aus dem Drogendezernat. Er berichtete ihr von den vielen dunklen Kanälen, durch die Drogen kamen und das Geld verschwand, so dass es unmöglich sei, festzustellen, wer der Hauptlieferant für den Drogenhandel unter Tage sei – sollte es diesen überhaupt geben.

Das hatte Andrea noch gefehlt. Wenn Schnur und sein Team von ihrer Expedition zurückkamen, konnte sie ihnen kein Ergebnis liefern. Das gefiel ihr gar nicht.

Frustriert stützte sie ihren Kopf in die Hände und schaute aus dem Fenster. Der trübe Tag begann allmählich das letzte Licht zu verlieren. Die Tage wurden bald kürzer, die Nächte länger. Hinzu kam, dass die Uhren demnächst um eine Stunde vorgestellt wurden, wodurch sie abends eine Stunde an Tageslicht einbüßten. Das war eine Zeit, die ihr nicht gefiel. Die Dunkelheit brachte sie zum Grübeln. Seit sie ihr Leben ohne ihre Tochter bestreiten musste, weil diese bei ihrem Vater in Berlin bleiben wollte, war Andrea schwermütig geworden. Doch das würde sie niemals zugeben – weder vor sich selbst, noch vor den Kollegen. Also richtete sie sich ruckartig wieder auf. Dabei rutschte der chaotische Papierberg auf ihrem Schreibtisch auseinander und ein gelber Notizzettel landete direkt vor ihren Augen. Darauf stand: »Peter Demplers Witwe nochmal fragen, was bei ihrem Einbruch gestohlen wurde. Vielleicht gibt sie Auskunft, wenn sie den Schock über den Tod ihres Mannes überwunden hat.«

Das hätte sie um ein Haar vergessen. Sie sprang vom Schreibtisch auf und machte sich auf den Weg.

⚒

Es war noch dunkel, als sich die Bergmänner trafen und in Gruppen die Schachthalle in Velsen ansteuerten. Leises Gemurmel umgab sie, als wagten sie sich nicht laut zu sprechen, weil der Tag noch nicht richtig wach war.

Grewe schloss sich Tremante, Rach und Remmark an. Bonhoff hatte er aus den Augen verloren und das war gut so. Von ihrer neu erwachten Beziehung durfte niemand auch nur das Geringste ahnen. Mit gemischten Gefühlen drängte er sich in den Korb und fuhr hinab in die Tiefe.

Ein neuer Arbeitstag als Bergmann konnte beginnen.

Kaum im Streb angekommen, verteilten sich die Männer wortlos an ihre Arbeitsplätze. Mit routinierten Bewegungen bedienten sie die großen, schweren und gefährlichen Maschinen. Grewe begann die stützenden Schilde an die Kohlewand ranzufahren, die durch das Abfräsen des Walzenschrämladers stets weiter nach hinten wich. Bonhoff, der Schrämer, tauchte mit zwei Hilfsschrämern auf. Zusammen setzten sie das monströse Stahlross unter tosendem Lärm in Bewegung. Die Schrämwalzen bohrten sich in die Wand, während sich die komplette Maschine im Schritttempo vorwärtsbewegte. Bei dem Anblick erinnerte sich Grewe daran, wie Arthur Hollinger gestorben war. Der Gedanke, unter diese menschengroßen, schraubenartigen Stahlkrallen zu geraten, ließ ihn innerlich erschaudern. Der Mörder, den sie suchten, war gnadenlos. Denn das Grausame daran war, dass alle diese Männer nicht sofort tot gewesen waren. Wer wusste schon, wie viel sie hatten leiden müssen, bis sie endlich erlöst wurden.

»Hey Tony! Schläfst du?«, drang plötzlich eine Frage an sein Ohr.

Erschrocken schaute Grewe auf und sah, dass die Schilde an die Kohlenwand rangefahren werden mussten. Er war tatsächlich so in Gedanken versunken, dass er es trotz Lärm nicht mitbekommen hatte. Sofort begann er mit seiner Arbeit.

Wie hypnotisiert hingen seine Augen an den Stützgeräten auf Gleitkufen, deren Hydraulik reibungslos jeden Arbeitsvorgang mit gleichmäßiger Kraft antrieb. Tonnenschwere Gewichte wurden mit Leichtigkeit gehoben. Nichts verriet, wie gefährlich das Hangende über ihnen schwebte und nur darauf wartete, auf sie niederzustürzen.

Er schaute sich um. Alle Männer arbeiteten wie programmiert. Die Handgriffe waren bestens einstudiert. Eine Arbeit, die sie Jahr für Jahr, Monat für Monat, Tag für Tag verrichteten. Eine Arbeit, die nun durch grausame Verbrechen ihren gewohnten Rhythmus verloren hatte. Verbrechen, die das Ende einer Ära verdarben.

Plötzlich bemerkte er den unauffälligen Seitenblick eines Kameraden. Als Grewe zurückschaute, drehte der Mann seinen Kopf hastig weg. Schulterzuckend schaute sich Grewe weiter um und bemerkte den nächsten schrägen Blick. Auch der Kamerad drehte sich hastig weg, als ihre Blicke sich begegneten. Grewe wollte es nicht glauben und schaute sich weiter um. Bis er auf Hans Rach stieß. Auch der war nicht in der Lage, dem Blickkontakt mit Grewe standzuhalten. Waren das nur Zufälle, überlegte Grewe. Oder sollte er sich lieber keine Gedanken darum machen? Er drehte sich in die andere Richtung und traf auf den nächsten stechenden Blick. Nun wurde ihm doch mulmig zumute. Unwillkürlich kam ihm die Frage auf, ob ihn jemand am Vortag bei der Polizei gesehen hatte. Das wäre fatal. Er musste sich ab sofort angewöhnen, jedes Mal einen anderen Weg dorthin zu fahren.

Prüfend suchte er Bonhoffs Blick. Doch der wich ihm ebenfalls aus. Das war auch besser so, denn im gleichen Augenblick sah er Remmark zwanzig Schilde oberhalb im Streb stehen. Er beobachtete ihn.

Hastig wandte er sich seinen Schilden zu. Trotzdem konnte er in den Augenwinkeln erkennen, wie Remmark mit provokant langsamen Schritten auf ihn zukam. Erst als er ganz dicht vor ihm stand, knurrte er: »Ist dir mal aufgefallen, dass der zweite Schilderfahrer schon die ganze Zeit deine Arbeit mitmacht?«

»Scheiße! Tut mir leid«, brummte er hastig.

»Oh ja! Das wird es noch.« Mit diesen Worten ließ Remmark Grewe einfach stehen.

Nun starrten alle ganz offensichtlich auf Grewe. Seine Arbeit gelang ihm nur noch mit Mühe, weil seine Hände zitterten.

⚒

Der abschließende Bericht der Grubenwehr lag auf Schnurs Schreibtisch. Er las ihn nun schon zum dritten Mal, aber das änderte nichts. Er las immer dasselbe. Das Ergebnis gefiel ihm nicht. Lieber wäre es ihm gewesen, er hätte seine eigenen Leute dort hinunterschicken können. Doch leider war ihm das immer noch verwehrt. Jetzt musste er alles daransetzen, um zumindest das Equipment der Kriminaltechnik zum Einsatz zu bringen, um das Material an der Unglücksstelle untersuchen zu können. Doch bis jetzt hatte er noch keine Rückmeldung von Ann-Kathrin bekommen.

Er rief Anke, Erik und Andrea in sein Büro, um mit ihnen darüber zu sprechen. Die Stimmung war niedergeschlagen. Der Fall schien ihnen allen auf dem Gemüt zu liegen. Ständig der Gedanke an den Kollegen Grewe, der sich einem großen Risiko aussetzte. Dazu noch das Gefühl, selbst so hilflos zu sein.

»Ich habe hier den Bericht der Grubenwehr«, begann er, als alle ihn erwartungsvoll anschauten. »Wo ist eigentlich Kullmann?«, fragte er, anstatt sofort aus dem Papier vorzulesen.

»Auf dem Weg hierher«, antwortete Anke. »Er bringt vorher noch Martha zum Arzt.«

»Ist Martha krank?«

»Nein.« Anke schüttelte hastig den Kopf. »Sie muss zur jährlichen Kontrolle.«

Schnur nickte erleichtert und begann mit dem Bericht: »Also! Die Grubenwehr konnte nicht rekonstruieren, wie es dazu kommen konnte, dass diese Wand am Ende der Gezähekammer eingestürzt ist. Sie können nur Vermutungen anstellen.«

»Hast du Fotos?«, fragte Anke neugierig.

»Nein. Wir hatten keine schlagwettergeschützten Fotoapparate«, bedauerte Schnur. »Dafür kann ich euch aber versichern, dass der Streb sehr eng war, denn Kullmann ist drin steckengeblieben.« Nun lachten alle laut. »Er wollte nämlich tatsächlich dort hineinklettern.«

»Der Unverbesserliche«, kommentierte Anke.

»Also, kommen wir wieder auf den Bericht zu sprechen«, fuhr Schnur fort. »Hinter jedem Streb befindet sich der sogenannte *Alte Mann*, das wissen wir ja inzwischen.« Er schaute hoch und sah, wie alle zustimmend nickten. »Und genau in diesem alten Streb ist der *Alte Mann* eingestürzt. Nun vermutet die Grubenwehr, dass die Wand zwischen

Gezähekammer und altem Streb durch die schwere Erschütterung eingestürzt ist und Winfried Bode von den Gesteinsbrocken erschlagen wurde.«

»Und dieser Streb brach genau dann ein, als die beiden Männer dort eingesperrt waren?«, zweifelte Andrea.

»Und wie erklärt die Grubenwehr das Nichtauffinden von Karl Fechter?«, fragte Erik.

»Die einzige Erklärung, die sie finden, ist, dass Karl Fechter in den *Alten Mann* geraten sein könnte.«

»Das kann ja gar nicht sein«, widersprach Erik. »Die beiden hatten sich doch auf der anderen Seite dieser Wand aufgehalten, als der *Alte Mann* einstürzte.«

»Soweit wir wissen, ja«, meinte Schnur geheimnisvoll.

»Soweit wir wissen?«

»Ich warte immer noch auf den Bestätigung der Staatsanwältin, dass wir die Steine zur KTU bringen dürfen«, erklärte Schnur. »Es ist nämlich stark anzunehmen, dass die beiden eingesperrten Männer versucht haben, diese Wand zu bearbeiten und dass sie dadurch eingestürzt ist.« Kurze Zeit herrschte Stille. Diese Enthüllung stimmte alle nachdenklich. »An der Tür haben sie sich vergeblich versucht, wie die Spuren zeigen. Eichenholz ist steinhart.«

»Du glaubst also, dass jemand der Bergleute billigend in Kauf genommen hat, dass die beiden in der Gezähekammer sterben?« Andrea wurde blass.

»Ja, das glaube ich«, sagte Schnur. »Es sind nämlich zu viele Zufälle am Werk.«

»Zum Beispiel?«

»Zuerst einmal wollte der Steiger, dass Grewe und die Auszubildenden genau diese Tür so zumauern, sodass sie niemand mehr sehen kann«, begann Schnur aufzuzählen.

»Du meinst, er wollte auf Nummer Sicher gehen?«

»Richtig!«

»Und warum kann es nicht sein, dass der Steiger wirklich nur die Tür zumauern wollte?«, fragte Andrea hartnäckig weiter.

»Weil der Zeitpunkt zu genau gewählt war: nämlich unmittelbar nach dem spektakulären Tod von Peter Dempler. Wir waren bereits dort unten. Er konnte nicht wissen, ob uns das Bergamt ermitteln lässt oder nicht. Es hätte doch sein können, dass wir regelmäßig unter Tage auftauchen.«

»Das ist wirklich interessant«, gab Andrea zu. »Aber du hast von zu vielen Zufällen gesprochen. Damit meintest du doch bestimmt mehr als zwei?«

»Ja! Und zwar denke ich an das Unglück von damals, vor elf Jahren, als sich dieser Einsturz in der Fußstrecke ereignete«, meinte Schnur. »Inzwischen wissen wir, dass jeder Bergmann eine Fahrmarke hat. Wenn er die nach der Schicht nicht abgibt, wird er von der Grubenwehr gesucht. Karl Fechter und Winfried Bode haben sich angeblich abmelden lassen, weil sie eine Schicht anhängen wollten. Das konnte niemand bestätigen beziehungsweise dementieren. Dafür gibt es nur die Aussage von Steiger Remmark. Und zuhause hatte die beiden niemand vermisst.«

»Warum nicht?«

»Karl Fechter lebte mit seinem Sohn zusammen. Tim hatte damals ausgesagt, dass er in der Nacht selbst nicht zuhause war. Er hätte bei einem Freund übernachtet. Also hatte er nichts mitbekommen. Und Winfried Bode war Witwer und hatte allein gelebt. Bei ihm hat es niemand gemerkt.«

»Und wo ist der Zufall?«

»Der Zufall ist genau dieses Unglück. Es ist in der gleichen Nacht passiert. Bis dahin hatte sich noch niemand Gedanken über den Verbleib der beiden gemacht. Der Zeitpunkt hätte für unseren Täter nicht besser kommen können. Er könnte dieses Unglück doch zum Anlass genommen haben, die beiden Männer einfach in der Gezähekammer zurückzulassen und ihr Verschwinden damit in Zusammenhang zu bringen.«

»Klingt plausibel«, gab Erik zu.

Andrea fröstelte bei der Vorstellung.

»Besser hätte es nicht kommen können. Niemand ist je dahintergekommen. Sogar Kullmann nicht, der damals wegen dieser Unstimmigkeiten runtergeschickt worden ist. Die Leiche von Winfried Bode wäre niemals aufgetaucht, hätte Grewe seine Arbeit wie ein pflichtbewusster Bergmann gemacht«, fügte Schnur an.

Männer sind Schweine, duldete es fröhlich durch das Büro. Alle lachten – nur Schnur nicht. Er zog das Handy hastig aus der Hemdtasche und nahm das Gespräch an. Es war die Staatsanwältin.

Nachdem er das Gespräch beendet hatte, fragte Erik: »Haben wir jetzt plötzlich neben den beiden aktuellen Fällen auch noch einen Doppelmord von vor elf Jahren aufzuklären?«

»Sieht ganz so aus.« Schnur nickte. »Die Staatsanwältin hat gerade mitgeteilt, dass die Grubenwehr damit einverstanden ist, die Steine aus der Gezähekammer zur KTU zu bringen. Dort finden wir heraus, ob jemand diese Wand von der Innenseite aus bearbeitet hat. Und was sagt uns das?«

Anke und Andrea stöhnten.

»Das kann heiter werden, weil wir die bisherigen Fälle nicht richtig bearbeiten dürfen«, brummte Erik.

»Glaubst du, dass unser gesuchter Serienmörder auch für den Tod dieser beiden Männer verantwortlich ist?«, fragte Anke.

Schnur überlegte eine Weile, bis er endlich sagte: »Das können wir nicht ausschließen.«

»Und du hältst Remmark für den Serienmörder?«

»Zumindest weiß er etwas. Aber ob er wirklich für alle diese Morde verantwortlich gemacht werden kann …«

»Suchen wir also einen Mörder oder mehrere?«

»Wenn ich das wüsste«, gab Schnur zurück. »Versuchen wir doch zuerst mal, einen zu schnappen. Das wäre doch ein guter Anfang. Dann können wir ihn fragen.«

Erik fügte grinsend an: »Und er wird uns alles sagen, was wir hören wollen.«

»Und so arbeiteten sie weiter, bis an ihr fröhliches Ende«, setzte Schnur den Smalltalk fort.

»Fröhlich scheint ihr beiden ja zu sein«, murrte Andrea. »Aber von Arbeiten sehe ich gerade nichts.«

»Kennst du Sokrates' Ehefrau?«, fragte Schnur mit einem verschmitzten Grinsen.

Andrea wich zurück, weil sie nichts Gutes hinter dieser Frage ahnte. Sie schüttelte den Kopf.

»Das war Xanthippe – heute nennt man auch eine zänkische Frau so.«

»Ich heiße zum Glück Andrea!«

Erik und Anke hatten Mühe, ein Lachen zu unterdrücken, weil sie spürten, dass Andrea diesen Spaß nicht verstand.

»Immer, wenn du zänkisch wirst, hast du etwas auf dem Herzen, was du loswerden willst«, sprach Schnur weiter.

Das war die Erlösung für alle im Raum, denn damit hatte er Andreas gute Laune wieder hergestellt.

»Okay. Peter Demplers Witwe war gestern gesprächiger als bei unserem ersten Besuch.«

⚒

Zehn Uhr! Auf die Uhr schauen musste Grewe nicht, denn das untrügliche Zeichen dafür war, dass die Kameraden zu ihren Jacken in der Kopfstrecke gingen, um dort ihren Proviant herauszunehmen. Seit sechs Uhr in der Frühe arbeiteten sie schon, das machte hungrig. Verstohlen schaute sich Grewe um und konnte gerade noch sehen, wie sich Rach, Remmark und Amore in Richtung fünfte Sohle davonschlichen, anstatt mit ihrer Stulle an den Arbeitsplatz zurückzukehren. Er hielt nach Bonhoff Ausschau. Doch der war nirgends zu sehen.

Vermutlich war das auch besser so.

Verdrossen schüttelte Grewe den Kopf. Ging das schon wieder los? Das ständige Hoffen und Bangen, wenn Bonhoff in seiner Nähe war. Nur war es dieses Mal anders – intensiver. Sie beide verband ein Geheimnis. Er war auf Bonhoffs Loyalität angewiesen – auf Gedeih und Verderb. Aber konnte er Bonhoff wirklich blind vertrauen? Er hatte ihn damals verletzt – auch wenn es unwissentlich geschehen war. Doch verletzte Gefühle fragten nicht nach den Hintergründen. Sie prägten sich negativ in die Erinnerungen ein. Und nicht nur das. Seine leichthin gemachte Bemerkung hatte Bonhoffs Arbeitsleben unter Tage stark erschwert. Er stöhnte. Seit ihrem Gespräch am Vortag in seinem Auto vor der Landespolizeidirektion konnte er an nichts anderes mehr denken. Er machte sich Vorwürfe, weil er damals so emotional gewesen war. Aber er musste darüber hinwegkommen, wenn er seine Arbeit hier gut machen wollte. Und das wollte er.

Er bediente weiterhin die Schilde, damit sie dem Walzenschrämlader im gleichen Tempo folgten, als ihm ein Gedanke kam. Rasch überließ er die Arbeit dem zweiten Schildführer und folgte den Männern. Inzwischen wusste er ja, wo sie sich immer versammelten. Also machte er sich auf den Weg. Er war nicht hier unten, um Kohle abzubauen, sondern um einen gefährlichen Mörder zu entlarven.

Um den Männern nicht direkt in die Arme zu laufen, wählte Grewe den Weg über die Fußstecke zur sechsten Sohle, um von dort über Bandberg II nach oben zu fahren. Mit einem Satz schwang er sich auf das laufende Band. Auf der fünften Sohle sprang er wie am Vortag rechtzeitig ab und versteckte sich in einer Nische, in der er die Männer beobachten konnte, ohne selbst gesehen zu werden.

Doch sofort bereute er, was er getan hatte.

Lieber wäre ihm gewesen, das nicht zu sehen, was er dort sah. Michael Bonhoff stand mitten unter ihnen und diskutierte fleißig mit allen. Das sah nicht so aus, als wäre er das erste Mal dabei. Auch sah Bonhoff nicht wie ein Außenseiter aus, was er ihm immer vorgejammert hatte. Vielmehr wie einer von ihnen.

Welches Spiel spielte er mit ihm?

Mehr wollte Grewe nicht mehr wissen. Sein anfänglicher Eifer hatte sich in Nichts aufgelöst. Unruhe und Zweifel machten sich in ihm breit. Unauffällig verschwand er wieder im Bandberg und legte den ganzen Rückweg zu Fuß zurück, weil auf dem Unterband keine Personenbeförderung möglich war. Unten auf Sohle Sechs angekommen, wäre er fast von Hans Rach umgerannt worden, der wie von Furien gehetzt aus dem schmalen Tunnel heraus gestürmt kam.

»Was ist mit dir los?«, fragte Grewe.

Das Gesicht des Bergmannes war blass, was Grewe selbst durch die Schmutzschicht erkennen konnte. Seine Augen waren weit aufgerissen, als er antwortete: »Wenn ich dir das sage, hältst du mich auch noch für verrückt.«

»Das weiß du nicht«, widersprach Grewe.

»Doch! Keiner glaubt, mir. Ich glaube es ja selbst nicht.«

»Dann probier es doch aus«, versuchte es Grewe weiter. Es musste ihm doch gelingen, irgendetwas zu erfahren.

Rach atmete tief durch. Erst jetzt sah Grewe, dass der Mann zitterte. Behutsam ging er auf ihn zu und meinte: »Hey! Du sagst doch selbst immer: ›Kameraden lässt man nicht im Stich!‹ Also kannst du dich mir ruhig anvertrauen. Ich lasse dich nicht im Stich.« Meine Güte, dachte sich Grewe, als er das ausgesprochen hatte. Er hätte Pfarrer werden können.

Doch wie es aussah, zeigten seine Worte Wirkung. Rach druckste herum und meinte dann endlich: »Scheiße Mann! Wo hast du gelernt, einen so vollzuquatschen?«

Grewe winkte ab und wollte gehen, doch dann rückte er mit der Sprache heraus: »Ich traue meinen eigenen Augen nicht mehr.«

»Warum? Was hast du gesehen?«

»Wenn du jetzt lachst, trete ich dir in den Arsch!«

»Ich lache nicht«, versprach Grewe hoch und heilig, weil er bereits etwas ahnte. »Ganz bestimmt nicht.«

»Mit ist ein Toter über den Weg gelaufen.«

Grewe war über diese Formulierung so überrascht, dass er einen Moment brauchte, bis er kapierte.

»Du glaubst, dass du Karl Fechter gesehen hast?«, fragte er ins Blaue hinein.

Rach riss die Augen weit auf und fragte zurück: »Wie kommst du so schnell darauf? Hast du ihn auch gesehen?«

Doch Grewe konnte nicht mehr antworten. Der Schacht Lauterbach fiel ihm ein. Von Schnur hatte er erfahren, dass dort – außer seinen eigenen – keine weiteren Fingerabdrücke gefunden worden waren. Und nun fragte er sich, wie dieser Mann am Einsatzkommando, das den Schacht observierte, vorbeikommen konnte.

Er schauderte, als er sich bei dem Gedanken erwischte, er könnte es tatsächlich mit einem Phantom zu tun haben …

KAPITEL 11

Die Kantine der Landespolizeidirektion war groß und kahl. Die gesamte Seitenwand bestand aus Glas, die Stühle waren unbequem. Dafür konnte sich niemand über das Essen beklagen.

Mit seinem Vorschlag, während der Mittagspause in der Kantine beim Essen die Besprechung fortzuführen, hatte Schnur alle überrascht. Sein Leben hatte sich verändert – und zwar grundlegend, was keinem in seiner Abteilung entging. Niemals hätte er vorher einen Fuß in diese Kantine gesetzt. Immerzu hatte er auf das gute Essen seiner Frau geschworen. Lieber hatte er den Tag mit belegten Broten gefristet und sich seinen Hunger für den Feierabend aufgespart. Doch das schien Vergangenheit zu sein. Und alle ahnten, warum.

Andrea hatte sich für Kassler mit Sauerkraut und Kartoffeln entschieden. Als ihr Teller leer war, begann sie zu berichten: »Gestern Abend habe ich von Peter Demplers Witwe endlich die erhoffte Information bekommen.«

»Das klingt gut«, murmelte Schnur mit vollem Mund.

»Sie war zwar sehr wütend, weil sie niemals von einem Unfall ausging. Sie empfindet das als Verrat an der Loyalität ihres Mannes gegenüber seinen Kameraden. Und wie wir alle wissen, plaudern wütende Menschen mehr aus, als sie eigentlich wollen.«

»Du bist die perfekte Psychologin«, lobte Schnur.

Andrea errötete. Schnell sprach sie weiter: »Der Einbrecher hat bei den Demplers Geld gestohlen.«

»Welche Überraschung.«

»Viel Geld!«, präzisierte Andrea.

»Wie viel?«

»Die genaue Summe wusste sie nicht.«

»Aber sie wusste schon länger von dem Geld?«

»Ja!«

»Wie lange schon?«

»Nach ihren Angaben erst seit einigen Tagen, weil sie beim Saubermachen darauf gestoßen ist. Aber sie wollte das Geld niemals haben, weil sie ahnte, dass es ihnen nicht zustand. Sie wollte, dass ihr Mann das Geld wieder dorthin zurückbringt, wo er es herhat. Sie haben sich so gestritten, dass Peter Dempler einige Nächte auf dem Sofa geschlafen hat.«

Erik sinnierte, nachdem er seine Portion Hackbraten mit Champignons und Gemüse aufgegessen hatte: »Viel Geld klingt genau nach dem, was wir schon lange vermuten: Nämlich Geld aus dem Drogenhandel.«

»Sagt uns das denn, dass bei den anderen Einbrüchen dasselbe gestohlen wurde?« Mit dieser Frage bremste Schnur Eriks Eifer.

»Heute Nachmittag erfahren wir hoffentlich von Frau Bentrup, was bei ihr gestohlen wurde. Sie war damals die einzige, die den Einbruch angezeigt hatte. Gestern hatte ich sie nicht angetroffen, dafür aber telefonisch zu uns bestellt«, erklärte Andrea.

Schnur nickte. »Also warten wir erst mal ab, was bei Frau Bentrup damals gestohlen wurde. Dann können wir vielleicht ein Muster erkennen.«

»Ist das bei zwei Fällen von fünf – oder sechs, wenn wir Arthur Hollinger dazu zählen – nicht ein bisschen wenig, um gleich ein Muster zu erkennen?«, gab Erik zu bedenken.

»Und du bist der perfekte Viktimologe«, merkte Schnur dazu an.

»Hallo, ihr zwei!«, rief Andrea. »Mich Xanthippe nennen, aber selbst kein bisschen besser sein.«

Schnur rieb sich verlegen über sein Kinn und gab grinsend zu: »Ihr lernt viel zu schnell. Bald braucht ihr mich nicht mehr.«

»Also überleg dir gut, welchen Ton du anschlägst.«

»Ich gebe zu, ich war ein bisschen schroff. Das macht wohl die Ungewissheit«, gab Schnur nach. »Wir fischen im Trüben, während Grewe in diesem tiefen, dunklen Loch auf sich allein gestellt ist. Das zehrt an meinen Nerven.«

»Zumindest hat Grewe einen Verbündeten«, murmelte Anke. »Dieser Michael Bonhoff wirkt auf mich sehr zuverlässig.«

»Anke, wenn ich dich so ansehe, fällt mir eine Frage ein«, reagierte Schnur darauf.

»Was eigentlich bei Tim Fechter herausgekommen ist«, vollendete Anke den Satz.

»Du kannst Gedanken lesen.«

Anke gab das Gespräch mit Karl Fechters Sohn wieder. Zum Abschluss meinte sie mit einem Blick auf Erik: »Auf uns hat er ehrlich gewirkt. Die Frage, ob sein Vater das Ganze lebend überstanden haben könnte, hat ihn total fertig gemacht. Er wirkte erschüttert, weil er sich ganz sicher ist, dass sein Vater zu ihm gekommen wäre und sich nicht irgendwo verstecken würde.«

Schnur leerte seinen Teller und schob ihn beiseite. Eine Weile sagte niemand etwas, bis er selbst murmelte: »Es wird immer trüber.«

»Hä?« – »Wie bitte?« – »Reden wir jetzt über das Wetter?«, fragten alle gleichzeitig.

Schnur lächelte. »Endlich habe ich Leben in eure müden Geister gebracht. Allerdings spreche ich nicht vom Wetter, auch wenn das ebenfalls sehr trüb aussieht. Ich meinte nur, dass die Aussichten bei unseren Ermittlungen immer trüber werden.«

»Nicht so negativ«, munterte Andrea auf. »Zuerst einmal warten wir ab, was uns die Witwe von Uwe Bendrup erzählt.«

»Und ich befrage die anderen Witwen beziehungsweise Hinterbliebenen«, verkündete Anke. »Dann kommt Licht ins Dunkel.«

»Okay! Dann wollen wir uns mal wieder an unsere Arbeit begeben«, beschloss Schnur.

Sie stellten ihre Tabletts mit dem Geschirr auf die Ablage, durchquerten den Hof und betraten das Gebäude, in dem ihre Büros lagen.

Kaum waren sie im oberen Flur angekommen, trat ihnen eine ältere Dame entgegen und stellte sich als Maria Bendrup vor. Andrea begleitete sie in ihr Büro.

Schnur setzte seinen Weg in sein eigenes Zimmer fort und entdeckte sogleich das Schreiben, das auf seinem Schreibtisch lag. Es war der Bericht des Gerichtsmediziners über das Untersuchungsergebnis der Reste von Arthur Hollinger.

Seufzend ließ er sich nieder und begann zu lesen.

⚒

Grewe streckte sich auf dem schmalen Bett aus und ließ den Blick über die Decke wandern. Die Ecken waren mit Stuck aus Pappmaché verziert, eine billige Methode, die ihn schon immer abgestoßen hatte. Seine Eltern wollten nach außen die Wohlhabenden markieren, dabei hatten sie jeden Cent für die Krankenversorgung seiner Schwester Anna ausgegeben. Anna hatte an einer seltenen Erbkrankheit gelitten, am Aicardi-Syndrom. Lange Zeit war diese Krankheit nicht richtig erkannt worden. Ihr ganzes Geld hatten seine Eltern in Heilmaßnahmen für die Tochter gesteckt – mit dem Ergebnis, dass sie hinterher pleite waren, Anna starb und die neueste Erkenntnis lautete, dass alles ohnehin umsonst gewesen war. Die Krankheit war nicht heilbar.

So hatte sich der erste Teil seines Lebens fast nur um seine kranke Schwester gedreht, die der Mittelpunkt der Familie gewesen war. Nach Annas Tod begann für Grewe eine neue Ära. Nämlich die Chance, seinem Vater zu zeigen, dass er es wert war, genauso geliebt zu werden. Also wählte er den gleichen Beruf wie sein Vater, womit es Grewe gelungen war, die ganze Familie mit Stolz zu erfüllen.

Doch leider nur für kurze Zeit.

Er hatte es nicht geschafft, seinen Eltern wirklich zu gefallen. Hatte den Beruf des Bergmanns nicht ausüben können, weil er nicht für die harte Arbeit unter Tage geschaffen war. Den enttäuschten Gesichtern seiner Eltern hatte er nur entkommen können, indem er aus dem Warndtdorf fortzog und sein eigenes Leben begann. Der Job als Kriminaloberkommissar gab ihm selbst das gute Gefühl, die richtige Entscheidung getroffen zu haben. Doch seinen Eltern genügte das nicht.

Und nun war er zurückgekehrt in dieses Haus, das er nur mit negativen Gefühlen verband. Die vergoldeten Vitrinen und Spiegel würde er am liebsten aus dem Fenster werfen, weil sie ebenso unecht waren wie der Stuck an den Decken. Diese Scheinheiligkeit, um nach außen eine perfekte Familie abzugeben, stank ihm. Denn in Wirklichkeit war das genaue Gegenteil der Fall. Immer noch redete seine Mutter von Anna. Und sein Vater trug ihm seinen Weggang vom Bergmannsberuf weiterhin nach. Seine Entscheidung, sich undercover in die Grube zu begeben, verschlimmerte die Spannungen nur noch. Der Plan, hier zu leben, als sei er ein echter Bergmann, der nur darauf wartete, dass in dieser Siedlung eine Wohnung für ihn frei würde, ließ seinen Einsatz echt erscheinen. Nur machte es ihm und seiner Familie das Leben umso schwerer.

Es reichte nicht, dass er sich unter Tage quälte. Die Unannehmlichkeiten gingen über Tage weiter.

Wenn er die Augen schloss, um nicht sehen zu müssen, wo er sich gerade aufhielt, erinnerte er sich wieder an seinen heutigen Arbeitstag im Stoß. Das Gefühl, das sich in ihm ausbreitete, seit er Bonhoff mit den anderen Männern aus Remmarks Partie hatte diskutieren sehen, fraß an ihm. Er fühlte sich verraten. Was für ein Spiel spielte Bonhoff mit ihm? Nutzte er diese Gelegenheit, um sich an Grewe zu rächen? Nach all den Jahren?

Grewe wollte sich nicht eingestehen, dass er sich für seine Fehleinschätzung Bonhoffs in Grund und Boden schämte. Deshalb hatte er es an diesem Tag vermieden, nach der Grubenschicht zu seinen Kollegen bei der Kripo zu fahren. Er hatte einfach nur angerufen und als Ausrede vorgeschoben, müde zu sein. Schnur hatte ihm das abgekauft. Zum Glück. Der Chef hatte ihn nicht mit unnötigen Fragen bombardiert. Nur so war es Grewe möglich zu verbergen, was wirklich in ihm vorging.

Vor Andrea oder Anke wäre ihm das niemals gelungen. Die beiden Kolleginnen waren verdammt gut. Sie konnten mehr aus Gesichtern lesen als er oder Erik oder Schnur. Sie hätten seine Gemütsverfassung erkannt und ihn dann gelöchert, womit alles nur noch schlimmer geworden wäre.

So hatte Grewe nur telefonisch durchgegeben, dass wieder ein Mann gesehen worden war, der für Karl Fechter gehalten wurde.

Nach Schnurs Aussage hatte das Einsatzkommando am Schacht Lauterbach niemanden kommen oder gehen sehen. Und Schnur war sich sicher, dass diesen gut geschulten Männern nichts entgangen sei. Das machte es wirklich kompliziert.

Grewe lag wie gelähmt auf dem schmalen Bett und versuchte, seine Angst zu verdrängen. Aber das wollte ihm nicht gelingen. Und zugeben würde er es auch nicht. Vor niemandem. Sogar vor sich selbst nicht.

Wer war dieser Mann, den Tremante und Rach für Karl Fechter hielten? Er schien zu keiner Partie zu gehören. Und wie es aussah, war er bisher nur zweimal gesehen worden, was bedeutete, dass er sich sehr bedeckt hielt. Das stellte Grewe vor die Frage, ob diese beiden Begegnungen mit Rach und Tremante ein Versehen waren oder gewollt.

Plötzlich machte sich ein Gedanke in seinem Kopf breit und ließ ihn nicht mehr los: Vermutlich lebte dieser Mann in der Grube, nur um seine Rache üben zu können. Er war der gesuchte Mörder, für den jetzt der Zeitpunkt gekommen war, zum finalen Schlag auszuholen. Es war Karl Fechter. Er war sich sicher.

Grewe bekam Gänsehaut.

⚒

»Jetzt kommen Sie erst auf die Idee, sich um diesen Einbruch zu kümmern?«, fragte Uwe Bendrups Witwe in einer Tonlage, dass Erik in Andreas Büro stürmte und fragte: »Kannst du Hilfe brauchen?«

»Sieht so aus«, gestand Andrea, deren Gesicht hochrot geworden war. »Die Dame ist erregt, weil wir uns jetzt erst um den Einbruch kümmern.«

Frau Bendrup atmete tief durch, wobei ihr Mantel über ihrer Brust bedrohlich spannte. Dann meinte sie: »Mein Mann und ich hatten die Schweinerei damals angezeigt. Das war einige Tage vor Uwes Tod. Aber es hat sich keiner von Ihnen darum gekümmert.«

»Und warum haben Sie sich nicht mal erkundigt?«, fragte Andrea höflich.

»Weil ich andere Sorgen hatte«, schrie die Frau schon wieder.

Erik trat auf sie zu und ermahnte sie, leiser zu reden. Doch damit erreichte er etwas anderes. Die Frau schaute den großen, blonden Mann an und begann herzzerreißend zu weinen.

Erik verzog sein Gesicht zu einer Grimasse, zog sich einen Stuhl heran und setzte sich neben die Witwe. Er beschloss, Andrea mit dieser Frau nicht allein zu lassen.

Es dauerte eine Weile, bis sich Frau Bendrup beruhigt hatte. Dann meinte sie unter Schluchzern: »Sie erinnern mich an meinen Mann!« Dabei schaute sie Erik an. »Er war auch so groß und so stark. Und dann plötzlich hieß es, er sei verunglückt. Zwischen das Gebirge und die Schilde sei er geraten. Stellen Sie sich das mal vor! Wie soll ein erfahrener Bergmann dort oben aus Versehen zu Tode gequetscht werden?«

Diese Frage war berechtigt. Die beiden Beamten schauten sich ratlos an.

Doch die Besucherin bemerkte das nicht. Sie redete einfach weiter: »Ich hatte es immer gewusst. Das Geld bringt Unglück. Als Uwe sagte, dass er es auf keinen Fall auf die Bank bringen wollte, war mir klar, dass dieses Geld nicht ehrlich verdient war.«

»Welches Geld?«, fragte Andrea.

»Das Geld, das bei dem Einbruch gestohlen wurde.«

»Wie viel war es?«

»Sehr viel! Ich habe noch nie in meinem Leben so viele Scheine gesehen. Aber gezählt habe ich es nicht, weil ich ahnte, dass uns dieses Geld Unglück bringen wird.«

»Wie meinen Sie das?«, hakte Erik nach.

»Nach dem, was passiert ist, fragen Sie noch?« Wieder glucksten Schluchzer aus der Kehle der Witwe. »Das ist doch ganz einfach: An einem Sonntagabend wurde bei uns eingebrochen und das ganze Geld war weg. Nur das Geld. Alle anderen Wertsachen lagen noch herum. Und vier Tage später stirbt mein Mann, weil ihn ein Schild zerquetscht. Da muss ich nicht zwei und zwei zusammenzählen.«

»Der Tod Ihres Mannes wurde offiziell als Unfall erklärt«, stellte Erik klar. »Warum haben Sie das hingenommen, wenn Sie nicht an einen Unfall glaubten?«

Nun wurde es ganz still in dem Büro.

Erst jetzt bemerkten sie, dass die Tür zum Flur noch offen stand. An den Rahmen gelehnt, stand Schnur und belauschte die Befragung. Er gab ihnen zu verstehen, nicht auf ihn aufmerksam zu machen. Also schauten Andrea und Erik wieder auf Frau Bendrup und warteten auf eine Antwort.

»Schorsch kam bei mir vorbei«, sagte sie leise.

»Mit Schorsch meinen Sie Georg Remmark?«, hakte Erik nach.

Die Frau nickte. »Er bat mich, nicht zur Polizei zu gehen. Ich sollte an Uwes Kameraden denken. Wenn die Bergpolizei plötzlich auftauchen und Ungereimtheiten feststellen würde, bestünde die Gefahr, dass die Grube vorzeitig geschlossen würde. Und das hätte Uwe bestimmt nicht gewollt.«

»Was hat er Ihnen dafür gegeben, dass Sie den Mund halten?«

»Geld! Was sonst? Die Männer hatten zusammengelegt.«

»Wer hatte zusammengelegt?«

»Alle!«

»Können Sie uns die Namen sagen?«

»Schorsch, Harry, Pitt, Addi, Hansi und Amore«, zählte die Witwe auf.

»Und welche Ungereimtheiten hätte die Polizei dort unten aufdecken können?«

»Das müssen Sie wohl selbst herausfinden«, gab die Witwe schnippisch zurück.

»Wir sind ja dabei«, meinte Erik mit einem entwaffnenden Lächeln, das den neu entflammten Zorn aus dem Gesicht der Frau wieder vertrieb. »Diese Ungereimtheiten sind wohl die Ursache für die vielen Todesfälle unter Tage«, erklärte er.

Die Witwe schaute Erik nur verständnislos an.

»Damit meine ich, dass nicht nur Ihr Mann wegen unehrlich verdienten Geldes gestorben ist.«

Frau Bendrup zog die Luft scharf ein. Es dauerte einen kurzen Moment, bis sie sie wieder ausstieß. Dann keifte sie: »Wollen Sie mir unterstellen, schuld am Tod dieser Männer zu sein?«

»Ich versuche nur, die losen Fäden zu einem Ganzen zu bringen. Und wie es aussieht, hängen die Einbrüche mit den Todesfällen zusammen.«

»Heißt das, dass bei den anderen ebenfalls eingebrochen worden ist?«

»Genau das!«

»Darüber hat nie jemand mit mir gesprochen«, versicherte Frau Bendrup.

Damit war Frau Bendrup entlassen. Erst als sie das Büro verlassen und den Fahrstuhl betreten hatte, meinte Erik: »Ich vermute, dass Georg Remmark auch den anderen Angehörigen Geld angeboten hat, damit sie über die Ereignisse schweigen.«

»Das klingt so, als wäre Remmark der Drahtzieher für den Drogenhandel«, erkannte Andrea. »Aber ist er auch der gesuchte Mörder?«

Schnur schaute die beiden an und wartete ab, welche Theorie sie dazu hatten. Als keine weiteren Kommentare mehr fielen, sagte er: »Um alle diese Männer zu töten, muss er ein Motiv haben. Und wie es sich nach Frau Bendrups Aussage darstellt, hat ihm Uwe Bendrup keins geliefert.«

»Wie meinst du das?«

»Es klingt doch so, als habe sich Uwe Bendrup an dem florierenden Drogengeschäft beteiligt und keinerlei Anstalten gemacht,es zu unterbinden.«

»Unterbinden?«

»Bei der Polizei anzeigen, meine ich damit.«

»Stimmt! Also bringen uns diese neuen Erkenntnisse auch nicht weiter.« Andrea stöhnte.

Schnur stimmte ein, was Erik dazu veranlasste, sich ebenfalls durch ein Brummen missmutig zu zeigen.

Anke stand am anderen Ende des Flurs und lachte, als sie die klagenden Töne hörte. »Man könnte meinen, ihr wollt aufgeben«, rief sie.

»Man könnte meinen, dass du etwas hast, was uns weiterbringt«, entgegnete Schnur.

»Allerdings!«

Damit hatte sie die Kollegen am Haken. Neugierig folgten sie ihr ins Büro und an ihren Schreibtisch, hinter dem sich Anke niederließ.

»Wie eine Sirene hast du uns angelockt«, meinte Schnur grinsend. »Nun lass erklingen, was du herausgefunden hast.«

»Die Witwen waren sehr gesprächig, was wahrscheinlich durch die beiden neuen Todesfälle ausgelöst wurde«, begann Anke. »Sie halten nicht mehr hinter dem Berg.«

»Gut für uns«, kommentierte Schnur.

»Horst Stänger wurde 2002 getötet. Bei ihm wurde eingebrochen und Geld gestohlen, von dem die Frau nichts gewusst hat. Erst am nächsten Tag, als ihr Mann den Einbruch bemerkte, war er mit der Sprache herausgerückt, dass er dort Geld gehortet hatte. Die Ehefrau hatte kein gutes Gefühl dabei. Sie ahnte, dass das Geld nicht rechtens war. Deshalb haben sie über den Einbruch geschwiegen.«

»Soweit waren wir auch schon.«

»Mit dem kleinen Unterschied«, sprach Anke weiter, »dass die Ehefrau ihren Mann dazu überreden konnte, mit diesen Geschäften aufzuhören. Drei Tage später endete er zerkleinert im Kohlebrecher.«

Nun horchten alle neugierig auf.

»Das heißt also, dass auch Horst Stänger aus dem Geschäft aussteigen wollte?«

Anke nickte.

»Gibt es Parallelen?«

»Allerdings! Alois Witzke im Jahr 2004. Bei ihm wurde eingebrochen, wenige Tage später wollte er aus dem Geschäft aussteigen. Doch dann verschwand er für immer im *Alten Mann*.«

»Das ist ja wirklich eine heiße Spur«, erkannte Erik. »Wir hätten Frau Bendrup darauf ansprechen müssen.«

»Das holen wir einfach nach«, beschloss Andrea.

»Ich bin ja noch nicht fertig«, meldete sich Anke zu Wort. »Harald Stark starb 2008. Bei ihm wurde eingebrochen, wie bei den anderen auch. Seine Witwe hat mir ebenfalls bestätigt, dass ihr Mann aus dem unehrlichen Geschäft aussteigen wollte.«

»Wussten die Frauen, womit sich ihre Männer das Geld verdient haben?«, fragte Schnur.

»Sie konnten es sich denken.«

»Warum haben die Frauen nie untereinander darüber gesprochen?«

»Die Bergmannsloyalität bezieht sich – wie der Begriff schon sagt – nur auf die Männer«, gab Anke schief grinsend zurück. »Bei den Frauen liegen die Dinge eindeutig anders. Keine hat je mit einer anderen darüber gesprochen.«

»Wie sieht es bei den neuen Todesfällen aus, bei Peter Dempler und bei Arthur Hollinger?«

»Von Andrea wissen wir, dass Peter Dempler nach einem Streit mit seiner Frau das ganze Geld zurückgeben wollte. Also passt er genau ins Bild.«

Schnur saß nachdenklich vor Ankes Schreibtisch, rieb sich über sein Kinn und meinte: »Jetzt ist es wichtig für uns herauszufinden, welche Bedeutung es für die Drahtzieher hat, wenn jemand aus diesem Geschäft aussteigt.« Auf die fragenden Gesichter fügte er rasch an: »Normalerweise ist es so, dass der Erlös unter allen Teilnehmern aufgeteilt wird. Je weniger mitmachen, umso mehr bleibt für die anderen übrig. Also wäre das doch kein Motiv. Falls diese Männer jedoch nicht einfach nur aussteigen, sondern dieses schmutzige Geschäft sogar anzeigen wollten, dann wäre das auf jeden Fall ein Motiv.«

»Das ist es! Die Frauen haben ihren Männern ins Gewissen geredet, die wollten auf den Pfad der Tugend zurück, daraufhin mussten sie sterben«, riet Andrea drauf los.

Schnur bremste: »Damit können wir nicht arbeiten. Die Frauen müssen wir nochmal befragen. Es könnte sein, dass sie aus Scham nicht alles gesagt haben, oder weil sie Geld von den Kameraden für ihr Schweigen genommen haben.«

»Und wie passt Arthur Hollinger ins Bild?«, meldete sich Erik zu Wort. »Er war Witwer und hat allein gelebt.«

»Den Fall müssen wir von der anderen Seite aufrollen«, antwortete Schnur. »Was mich außerdem an Hollingers Tod stutzig macht, ist die Kaltschnäuzigkeit, mit der dieser Mord durchgeführt wurde. Er wurde am helllichten Tag getötet. Und laut Bericht des Gerichtsmediziners hat er noch gelebt, als er unter den Walzenschrämlader kam. Da ist doch anzunehmen, dass er laut geschrien hat.«

Darauf konnte niemand etwas sagen.

»Wie kommt es, dass das niemand gehört hat?«

»Er war allein im Stollen«, spekulierte Andrea.

»Durch die offene Tür habe ich die Maschinen laut und deutlich hören können«, gab Anke zu verstehen. »Todesschreie wären bestimmt bis nach außen gedrungen.«

»Vielleicht war er betäubt«, riet Erik.

»War er nicht. Die Blutwerte waren normal.«

»Bewusstlos durch einen Schlag«, schlug Anke vor.

»Er trug den Helm noch, als er in diese Maschine geriet«, widersprach Schnur.

»Halsschlagader abgedrückt«, lautete Andreas Vorschlag.

»Dann müsste unser Mann medizinische Kenntnisse besitzen.«

»Also wissen wir, in welche Richtungen wir ermitteln müssen«, sagte Anke. »Wir suchen einen Bergmann mit medizinischen Kenntnissen.«

»Du greifst nach Strohhalmen«, tadelte Schnur.

»Und du fischst wohl lieber im Trüben«, gab Anke schnippisch zurück.

»Okay, ich habe verstanden. Also soll Grewe für uns rausfinden, ob dort unten jemand ist, der medizinische Kenntnisse hat«, gab Schnur nach. »Außerdem muss er erfahren, was wir über die Einbrüche ermittelt haben. Ich rufe ihn an.«

»Warum ist er heute nicht ins Büro gekommen?«

»Er hat sich entschuldigt, er sei müde«, antwortete Schnur.

»Was hat er gesagt?«

»Angeblich ist Karl Fechter wieder dort unten aufgetaucht. Die Männer, die den Schacht Lauterbach überwachen, haben niemanden kommen oder gehen sehen.«

»Was bedeutet das für uns?«, fragte Anke.

»Ich weiß es nicht. Einen Mann jagen, der offiziell vor elf Jahren für tot erklärt worden ist.« Schnur zog einen Bericht aus dem Papierstapel auf seinem Schreibtisch und sagte: »Hier haben wir das Ergebnis von Buffalo Bill über die Steine aus der Wand am Ende der Gezähekammer.«

»Wo Karl Fechter eingesperrt worden war?«, hakte Anke nach.

»Genau!« Schnur rümpfte die Nase und meinte: »Der geht mir zwar mit seinem amerikanischen Getue auf die Nerven. Aber er leistet gute Arbeit. Er konnte zweifelsfrei feststellen, dass die Steine mit Werkzeugen auf der Seite zur Gezähekammer stark bearbeitet worden sind.«

»Was heißt das?«

»Beim Versuch, sich zu befreien, haben Karl Fechter und Winfried Bode es geschafft, diese Wand zum Einsturz zu bringen. Doch irgendetwas ging dabei schief, denn Winfried Bode hat es offensichtlich nicht überlebt.«

»Dafür Karl Fechter!«, schlussfolgerte Erik.

Schnur stöhnte und meinte: »Bei dem Gedanken, dass dieser Mann elf Jahre im Verborgenen gelebt hat, wird mir seltsam zumute. Deshalb werde ich zuerst einmal alles andere überprüfen, bevor ich mich auch noch von einem Phantom anstecken lasse. Ich werde mir zuerst mal den Fördermaschinisten in Velsen genauer ansehen. Wer weiß, wie gut der den Schacht in Velsen überwacht. Vielleicht kommt und geht unser gesuchter Mann ja mit Siegfried Hemmerlings Einverständnis über diesen Weg.«

⚒

Grewe hatte Mühe, seine Augen nicht ständig auf Bonhoff zu richten. Die Erinnerung an seinen letzten Abend machte es ihm schwer, sich zum Arbeiten aufzuraffen. Ständig hatte er das Handy anvisiert und versucht, es zum Läuten zu animieren. Bis es endlich losschrillte. Sein Herz war ihm vor Aufregung fast aus der Brust gesprungen. Doch zu seiner großen Enttäuschung war es sein Vorgesetzter, um ihm den neusten Ermittlungsstand durchzugeben. Danach hatte nur noch Stille geherrscht. Bonhoff hatte sich nicht gemeldet.

Nun standen sie in unmittelbarer Nähe nebeneinander und sprachen kein Wort miteinander.

Grewe spürte, wie seine alten Wunden wieder aufrissen. Damals war es dasselbe Gefühl gewesen, das ihn täglich auf der Arbeit gequält hatte. Damals hatte er noch nicht einmal gewusst, wie Bonhoff zu Männern stand. Trotzdem hatte er alle seine Gefühle in diesen Mann investiert. Damals war seine Schwärmerei nicht gut ausgegangen – kein Happy End.

Wie würde es heute sein?

Er trat auf ihn zu, tippte ihn an die Schulter und fragte: »Was ist los?«

Sein Herz schlug ihm dabei bis zum Hals.

»Was los ist?«, kam es unwirsch zurück. »Willst du, dass wir auffallen? Ich benehme mich ganz normal wie immer.«

Grewe schluckte. Damit hatte er nicht gerechnet. War das eine Ausrede oder die Wahrheit?

»Ich muss Material holen«, wich er schnell aus.

Er ging, ohne eine weitere Reaktion von Bonhoff zu bekommen. Innerlich brodelte es in ihm. Mit dieser Aktion hatte er nichts erreicht, was ihn noch mehr ärgerte.

Er schaute sich um und stellte fest, dass Remmark ihn schon wieder beobachtete. Da stimmte doch etwas nicht. Warum ließ ihn der Steiger nicht aus den Augen? Verhielt sich Bonhoff deshalb so übervorsichtig?

Sein Weg führte durch die Fußstrecke, von der er direkt in den Hauptquerschlag gelangte. Dort legte er einen Weg zurück, der ihn in immer größere Einsamkeit führte. Er schaute sich um und stellte fest, dass keine Bergmänner mehr zu sehen waren. Je mehr er sich entfernte, umso leiser und dunkler wurde es. Bei dem Gedanken, dass sich hier ein Phantom herumtrieb, wurde ihm flau im Magen. Er schüttelte den Kopf. Seit wann glaubte er an solchen Quatsch. Hier war ein Mensch am Werk und kein Phantom.

Die Stille machte ihn nervös.

Plötzlich hörte er ein scharrendes Geräusch, als schleifte jemand seinen Fuß über den Boden. Erschrocken schaute er sich um. Ein Bergmann stand in einiger Entfernung von ihm, starrte ihn an und verschwand dann ohne ein Zeichen oder einen Gruß in einem Seitenstollen.

Grewe erinnerte sich nicht mehr, wie Karl Fechter ausgesehen hatte. Außerdem war dieser Mann zu weit weg gewesen, um ihn erkennen zu können. Trotzdem hatte er das ungute Gefühl, hier in der Einsamkeit in der Klemme zu stecken.

Nervös fragte er sich, wo er war. Er wollte so schnell wie möglich diese verdammten Bohrkronen abholen und zu seiner Partie zurückzukehren.

Da klopfte ihm jemand auf die Schulter.

Mit einem Aufschrei drehte er sich um und schaute direkt in das hämisch grinsende Gesicht seines Steigers.

»Was ist los, Tony? Bist du auch einem Geist begegnet, was?«, spuckte er aus.

»Nein!«, wich Grewe der Frage aus. Er ahnte, dass er diesem Mann lieber nicht verraten sollte, was er gerade gesehen hatte. Einer plötzlichen Eingebung folgend meinte er: »Ich fühle mich nicht wohl. Wer ist denn der Nothelfer hier bei uns?«

»Willst mich wohl verarschen?«, lautete die Antwort.

Verdutzt schaute Grewe drein und überlegte, was an dieser Frage falsch war. Es fiel ihm nichts ein. Als er kein weiteres Wort mehr sagte, beruhigte sich Remmark wieder und brummte: »Hansi macht den Nothelfer.«

»Hansi?«, staunte Grewe. »Damals, als ich hier angefangen habe, aber noch nicht. Oder?«

»Nein! Damals war Fechter dafür zuständig.« Remmark wollte sich gerade umdrehen und weggehen, als er es sich anders überlegte. Mit einem Schritt stand er wieder vor Grewe und fragte: »Wer bist du wirklich? Warum bist du wieder hier?«

»Aber, das habe ich dir doch gesagt!« Grewe gab sich Mühe, seine Stimme fest und sicher klingen zu lassen.

»Deine vielen Fragen und deine Psychonummern gefallen mir nicht.«

»Psychonummern?«

»Wie du die Jungs zum Reden bringst, wenn sie anfangen herumzuspinnen«, antwortete Remmark. »Damit hilfst du hier keinem. Im Gegenteil! Mit der dummen Behauptung, Fechter würde hier herumgeistern, verbreitet sich nur Panik unter den Männern. Das können wir nicht gebrauchen.«

»Ich habe doch nur …«

»Ich weiß, was du getan hast. Und ich werde noch herausfinden, warum du wirklich hier unten bist.«

Grewes Knie wurden weich.

»Und deine Masche, du würdest dich unwohl fühlen, glaube ich dir nicht. Du schnüffelst hier herum.«

Mit diesen Worten ließ der massige Mann Grewe allein in der Dunkelheit zurück.

⚒

Schnur und Kullmann steuerten das Fördermaschinenhaus an, in dem Siegfried Hemmerling als Maschinist arbeitete. Wie Schnur von Grewe erfahren hatte, war der Mann an dieser Position immer am besten darüber informiert, wer wann mit dem Förderkorb fuhr.

In der großen Halle fiel den beiden Beamten zuerst die Dampffördermaschine von Dingler ins Auge. Sie nahm fast den gesamten Raum ein. Das Alter dieser Maschine war ihr nicht anzusehen. Sie stammte aus dem Jahr 1916 und war immer noch voll leistungsfähig. Direkt neben dem Eingang befand sich eine Kabine aus Holz mit großer Glasscheibe, hinter der sie den Maschinisten sehen konnten. Sie klopften an und betraten die enge Kammer. Erst jetzt konnten sie sehen, mit welchen technischen Raffinessen dieser unscheinbare Raum ausgestattet war. In jeder Ecke hing ein Bildschirm, auf dem Siegfried Hemmerling die Bewegungen an einigen Stellen unter Tage beobachteten konnte. Ebenso war der Schacht Gustav II deutlich zu sehen, dessen Körbe um diese Zeit stillstanden.

»Was wird das hier?«, fragte der Maschinist nicht gerade freundlich.

»Wir haben einige Fragen«, erklärte Schnur.

»Ihr Kollege wurde grausam getötet«, fügte Kullmann an. »Sie wollen doch bestimmt, dass wir Arthur Hollingers Mörder finden.«

Siegfried Hemmerling schwieg.

»Benahm sich Arthur Hollinger am Morgen, bevor er starb, ungewöhnlich?«, begann Schnur mit seinen Fragen.

»Nein.«

»Vielleicht nervös, ängstlich, überreizt, oder schlecht gelaunt?«

»Nein.«

»Hat Arthur Hollinger mit Ihnen darüber gesprochen, dass er einen Termin mit einem potenziellen Sponsor an diesem Morgen hatte?«

»Ja!«

»Und weiter«, drängte Schnur.

»Nichts weiter.«

»Sie wollen sich jedes Wort aus der Nase ziehen lassen?«

Hemmerling grinste unverschämt.

»Okay! Dann wird es etwas länger dauern«, mischte sich Kullmann ein, zog sich einen Schemel heran und setzte sich darauf. Dann fragte er: »Was hat Hollinger Ihnen über den Mann gesagt, mit dem er sich treffen wollte?«

»Nichts!«

»Aber erwähnt hat er ihn?«

»Ja.«

»Dann geben Sie mir doch bitte den genauen Wortlaut wieder, mit dem Hollinger Ihnen von seinem Termin berichtet hat.«

Nun geriet Hemmerling ins Staunen. Er riss die Augen weit auf und meinte: »So genau kann ich mich doch nicht mehr erinnern.«

»Oh, Sie können sogar ganze Sätze sprechen«, spottete Kullmann. »Aber trotzdem sind Sie meiner Bitte nicht gefolgt.«

»Ich kann Ihnen den Wortlaut nicht wiedergeben, weil ich ihn nicht mehr weiß.«

»Aber etwas wissen Sie doch noch.«

Hemmerling nickte.

»Und was?«

»Er sagte, dieser Sponsor wäre vielversprechend. Er hätte bereits am Telefon von großen Geldsummen gesprochen«, antwortete Hemmerling mürrisch. »Angeblich sei dieser Mann der Geschäftsführer der Autoreifenfirma *Karkasse und Kautschuk* aus Saarbrücken. Deshalb war Addi euphorisch. Er hatte tatsächlich geglaubt, damit das EBW retten zu können. Von schlechter Laune habe ich nichts bemerkt.«

»Haben Sie gesehen, wie dieser angebliche Geschäftsführer dieser Firma hier angekommen ist?«

»Ja!«

Kullmann wich zurück, als hätte der Mann etwas Unanständiges gesagt. Auch Schnur war blass vor Erstaunen.

»Warum sagen Sie uns das erst jetzt?«

»Weil ich nicht auf die Idee gekommen bin, dass dieser Sponsor mit dem Mord an Addi zu tun haben könnte.«

Kullmann schüttelte verständnislos den Kopf. Schnur rieb sich über sein Kinn, auf dem sich mal wieder die ersten Stoppeln bildeten.

»Wie sah der Mann aus?«, fragte Kullmann nach einer Weile weiter.

»Groß und schlank. Den Rest kann ich nicht beurteilen, weil ich ihn erst gesehen habe, als er einen Helm trug.«

So viel hatten sie bereits von Grewe erfahren. Also half ihnen diese Beschreibung nicht weiter.

»Haben Sie gesehen, mit welchem Auto er gekommen ist?«

»Nein. Die meisten parken vor der Kaffeeküche. Dort kann ich nicht hinsehen.«

»Hat Hollinger irgendwann mal einen Namen genannt?«

»Nein.«

»Hat Hollinger erwähnt, dass bei ihm eingebrochen worden ist?«

Hemmerling schaute überrascht auf Kullmann, überlegte eine Weile, bis er verneinte.

»Sie wissen etwas darüber«, erkannte Kullmann sofort. »Warum verschweigen Sie uns das?«

»Ich weiß nichts, verdammt noch mal. Dauert das noch lange?«

»So lange, bis wir fertig sind«, mischte sich Schnur wieder in das Gespräch ein und setzte die Befragung fort: »Wir wir gehört haben, sind Sie auch für den Schacht in Lauterbach zuständig.«

»Nur noch selten. Die Materialfahrten dort werden immer weniger.«

»Ist Ihnen dort jemand aufgefallen, der diesen Schacht benutzen wollte, obwohl er nicht zu den Kameraden dazugehörte?«

»Nein. Dort fahren manchmal einige Jungs raus und gehen den Rest zu Fuß zum Warndt, weil sie frische Luft schnappen oder früher in der Kaffeeküche sein wollen. Aber die kann man an einer Hand abzählen. Wenn dort ein Fremder dabei wäre, würde er jedem auffallen.«

Schnur rieb sich über sein Kinn. Mit dieser Antwort hatte er schon fast gerechnet. Trotzdem spürte er Enttäuschung.

»Kommen wir auf den Gustavschacht zurück. Hat hier jemand mal in letzter Zeit Sonderfahrten gemacht?«

»Nur Tony und die beiden Auszubildenden, als sie von eurem Verein zu spät zur Schicht gekommen sind.«

»Sonst niemand, der zwischendurch mal etwas unter Tage zu erledigen hatte?«

»Nein! Warum? Hollinger wurde doch hier oben getötet.«

Jetzt musste Schnur vorsichtig sein. Dieser Kerl war verdammt fix im Kopf.

»Es könnte doch jemand von unten gekommen sein und …«

»Vergessen Sie's!«, fiel ihm Hemmerling ins Wort. »Kein Bergmann tut einem anderen so etwas an.«

»Ist also niemand außer der Reihe nach unten gefahren – außer Tony und den Auszubildenden?«, fragte Schnur weiter.

»Sagte ich doch gerade«, murrte Hemmerling ungehalten.

»Sitzen Sie rund um die Uhr an diesem Platz?«

»Natürlich nicht.«

»Das heißt also, dass Sie abgelöst werden?«

»Wenn Sie wissen wollen, wer wann seine Fahrmarke nicht abgeholt hat, weil er länger unten geblieben ist, müssen sie mit der Lampenstube Warndt sprechen. Hier gibt es keine Kontrolle darüber«, wich Hemmerling der Frage aus.

»Was glauben Sie, was wir jetzt tun werden? Sie erwecken in mir nämlich nicht gerade den Eindruck eines ehrlichen Mannes.«

Siegfried Hemmerling starrte den Polizisten böse an und knurrte: »Warum schnüffeln Sie überhaupt hier herum? Das ist ein Fall für das Bergamt. Die sind nur halb so lästig wie Sie.«

»Wir wurden vom Bergamt beauftragt. Deshalb schnüffeln wir hier herum.«

⚒

Wieder saß Anke dem gutaussehenden Tim Fechter gegenüber. Dieses Mal jedoch in ihrem Büro der Kriminalpolizeiinspektion in Saarbrücken. Anke hatte Mühe, sich zu konzentrieren.

Plötzlich begann er auch noch zu grinsen.

Sie fühlte sich ertappt.

»Warum bin ich hier?«, fragte er mit seiner angenehmen Stimme. »War es Ihre Sehnsucht nach mir?«

Damit hatte er sich alle Sympathiepunkte auf einmal verscherzt. Böse erwiderte Anke seinen Blick und meinte: »Sie haben wohl kein gutes Gedächtnis. Ich hatte Ihnen doch schon bei unserem Besuch in Dorf im Warndt gesagt, dass wir Ihre Aussage zu Protokoll nehmen müssen.«

»Nein, das habe ich nicht vergessen.« Damit ging Tim Fechter sofort wieder in die Defensive.

»Gut so! Also fangen wir am besten gleich damit an«, murmelte Anke.

»Kann es sein, dass Ihnen noch etwas eingefallen ist, seit wir bei Ihnen waren?«

»Was zum Beispiel?«

»Dinge, die Ihr Vater kurz vor dem Unglück gesagt oder getan hat, die wichtig für unsere Ermittlungen sein könnten, zum Beispiel!«

Der blonde, bärtige Mann überlegte eine Weile, bis er zugab: »Es ist alles schon eine Weile her. Ich kann mich leider nicht mehr an Einzelheiten erinnern. Geben Sie mir doch ein Stichwort. Vielleicht fällt mir dann wieder etwas ein.«

»Wurde bei Ihnen oder bei Winfried Bode kurz vor dem Unglück eingebrochen?«

Tim Fechter lachte, was seinen Bart mächtig in die Breite zog. Dann meinte er: »Nein! Bei uns gab es nichts zu holen. Und Winfried hat auch nichts von einem Einbruch erwähnt.«

Anke schaute wieder auf ihre Notizen und fragte weiter: »War Ihr Vater vielleicht beunruhigt, weil seine Männer zerstritten waren?«

Der blonde Mann überlegte eine Weile, bis er nickte und meinte: »Da war etwas.«

»Was?«, horchte Anke neugierig auf.

»Er schimpfte, dass die Jungs nicht spuren.«

»Was meinte er damit?«

»Vermutlich meinte er die Kameradschaft«, antwortete Fechter mit einem Schulterzucken. »Bergmänner sind unter Tage darauf angewiesen, dass sich jeder auf jeden verlassen kann. Er hörte sich an, als hätte es Ärger gegeben.«

»Inwiefern?«

»Durch die schlechte Laune, die mein Vater mit nach Hause gebracht hat. Das passte nicht zu ihm. Sonst war er immer eine Frohnatur. Deshalb kam mir das komisch vor. Er hat seinen Job unter Tage geliebt.«

»Und weiter?«

»Als ich ihn gefragt habe, was los sei, wich er mir aus.«

»Warum das denn? Ich dachte, Sie hätten sich alles sagen können.«

»Deshalb habe ich ihn mit meinen Fragen gelöchert. Aber er ist mir ausgewichen. Er meinte, er wollte mir auf keinen Fall das Interesse an dem Bergmannsberuf nehmen, indem er mir erzählte, was gerade dort unten herrschte. Das wäre einfach nur eine Ausnahmesituation und bald wieder vorbei. Er wollte mich nicht damit belasten.«

»Sie wollten Bergmann werden?« Anke stutzte.

Tim Fechter nickte.

»Und jetzt nicht mehr?«

»Nein! Das Unglück hat mir die Lust an dem Job genommen.«

Das konnte Anke verstehen.

Sie legte ihm das Protokoll vor, das Tim Fechter unterschrieb. Dann erhob er sich, verabschiedete sich mit Handschlag und verließ mit schnellen Schritten das Büro.

Auf dem Flur wäre er fast mit einem Polizeibeamten zusammengestoßen. Der schwarzhaarige Mann wirkte geistesabwesend, weshalb er von dem Stoß fast umgefallen wäre.

Vor Schreck entschuldigten sich beide Männer gleichzeitig mehrere Male, bevor der Besucher den Flur endlich verließ.

Anke schaute nach, was dort los war, und freute sich, als sie Grewe kommen sah.

»Ihr wart aber nett zueinander«, meinte sie lachend.

Grewe schüttelte verlegen den Kopf und murmelte: »Ich habe den Typ gar nicht gesehen, so war ich in Gedanken.«

»Klingt so, als gäbe es Neuigkeiten aus dem Hades.«

»Ja!«, meinte der Kollege. »Karl Fechter hatte tatsächlich eine medizinische Ausbildung für die Notfallversorgung unter Tage.«

KAPITEL 12

Kullmann und Schnur standen im kalten Wind vor dem Fördermaschinenhaus, das sie gerade verlassen hatten. Sie gingen die Grubenstraße entlang, die auf der gegenüberliegenden Seite von weiteren Gebäuden der Velsener Tagesanlage flankiert wurde. Am imposantesten prangte ihnen das ehemalige Verwaltungsgebäude entgegen, dessen Fassade ein mächtiger Mittelrisalit zierte. Am Turmobergeschoss stand über einem aufwändigen Rundbogenfries *Velsen Glück Auf.* Rechts und links daneben schlossen sich Waschkaue und Zechenhaus an. Alle Gebäude waren originalgetreu erhalten geblieben. Der Baustil stammte aus dem Späthistorismus. Der Gesamteindruck, der durch diese historischen und gut erhaltenen Gebäude entstand, beeindruckte die beiden Betrachter. Lange flanierten sie durch die Kälte und gaben sich gegenseitig Hinweise, vor welchem Gebäude sie gerade standen. Bis sie sich eingestehen mussten, dass sie es selbst nicht so genau wussten.

»Da muss uns wohl ein Fachmann aufklären«, erkannte Kullmann.

»Und die haben gerade andere Interessen, als der Polizei eine Führung über das Grubengelände zu gewähren«, erkannte Schnur griesgrämig.

Am Ende des Grubenweges befand sich eine Durchfahrt zur Müllverbrennungsanlage, die mit Schranken abgesichert war. Dort kehrten sie um und legten den Weg wieder zurück, den sie gerade gekommen waren. Vor ihren Augen konnten sie das alte, kleinere Fördermaschinenhaus sehen, das inzwischen zur Heizzentrale umfunktioniert worden war. Die Bauweise war die gleiche, doch wirkte dieses Gebäude vernachlässigt. Einige der hohen Scheiben der Rundbogenfenster waren zerstört.

»Wusstest du, dass die saarländischen Bergwerke schon mehrere Male in französischer Hand waren?«, fragte Kullmann bei dem Anblick der Ruine.

»Darüber habe ich noch nicht nachgedacht«, gab Schnur zu. »Aber wenn man unsere Saarländische Geschichte berücksichtigt, ist es kein Wunder.«

»Von 1920 bis 1935 waren diese Gruben unter französischer Verwaltung. Und dann wieder von 1949 bis 1957«, berichtete Kullmann. »Gestern hatte ich ein Treffen mit Freunden aus alten Zeiten. Dabei sind wir auf das Thema Grube zu sprechen gekommen. Ist ja zurzeit in aller Munde, wegen den bevorstehenden Schließungen und dieser spektakulären Todesfälle. Da habe ich Interessantes erfahren!«

»Und was?«

»Im 2. Weltkrieg wurden die lothringischen Tagesanlagen zerstört, die Schächte liefen voll Wasser. Um einen Wiederaufbau zu ermöglichen, wurden die französischen Kohlenbergwerke nach dem Krieg verstaatlicht, die Lothringer Unternehmen wurden 1946 zur staatlichen Gesellschaft *Houillères du Bassin de Lorraine* (H.B.L.). Als Entschädigung für die Zerstörungen französischer Bergwerke wurden 1949 Pachtverträge abgeschlossen, die es der H.B.L. erstmals erlaubten, auch auf saarländischem Boden Schächte abzuteufen und die Warndtkohlenfelder unter Zahlung eines Pachtzinses kostengünstig abzubauen. Sie bekamen den gesamten Warndt – außer der Grube Velsen. Also arbeiteten französische und deutsche Bergarbeiter zusammen in den gleichen Stollen, die eigentlich auf deutschem Boden lagen, jedoch durch den Pachtvertrag der Franzosen in französischer Hand waren. Erst im Vertrag zwischen der Bundesrepublik Deutschland und der Französischen Republik zur Regelung der Saarfrage vom 27. Oktober 1956 erklärte sich Frankreich damit einverstanden, dass sich der Anwendungsbereich des Grundgesetzes der Bundesrepublik Deutschland ab 1. Januar 1957 auf das Saarland erstreckt. Das heißt, dass erst ab 1957 dieses Gruben als deutsch galten, wobei die Pachtverträge noch Jahre weiterliefen.«

»Was willst du mir damit sagen?«

»Dass das unterirdische Labyrinth aus deutschen genauso wie aus französischen Stollen besteht – nur mit dem Unterschied, dass heute die benachbarten Bergleute nichts mehr miteinander zu tun haben. Heute weiß niemand mehr so genau, wie es dort unten aussieht. Nur noch die übriggebliebenen Urgesteine aus dem Bergbau, von denen gestern einige bei unserer Runde anwesend waren. Die alten Karten sind in deutschen und in französischen Archiven verstreut.«

Schnur lachte und meinte: »Danke für deinen Geschichtsunterricht in Sachen saarländischer Bergbau. Wie gut, einen erfahrenen Mann wie dich im Team zu haben. Du schaffst es immer wieder, Hintergründe an die Oberfläche zu zaubern, auf die von uns niemand kommen würde.«

»Danke für das Kompliment!« Kullmann lachte.

»Nur keine falsche Bescheidenheit«, meinte Schnur, während sie wieder in Richtung Parkplatz schlenderten.

Sein Blick fiel auf die Schachthalle. Sie wirkte wie schnell zusammengeschustert. Wellbleche, Betonplatten, Gummimatten, Glasscheiben und Stahlgitter bildeten ein wahlloses Durcheinander. Dieser Anblick ließ kaum darauf schließen, dass sich dahinter ein Schacht befand, der in eine Tiefe von fast 1100 Metern reichte – wäre nicht der hohe Förderturm darüber.

Direkt davor stand das Fördermaschinenhaus, dessen antike und großzügige Bauweise die Sicht zur Schachthalle zum größten Teil verdeckte.

»Mir fällt etwas ein«, meinte Schnur. »Wir müssen uns noch mal kurz mit Hemmerling unterhalten.«

»Was willst du noch von ihm wissen?«, fragte Kullmann.

»Wer seine Ablösung ist. Den Namen hat er uns nämlich nicht gesagt.«

Sie steuerten den rechten Teil des Doppelhauses an, stiegen die Freitreppe hoch und gingen hinein. Schnur wollte die Tür zur hölzernen Kammer öffnen, doch sie war verschlossen.

Verdutzt schaute er auf Kullmann, der vor der großen Frontscheibe stand, mit der Hand seinen Blick vor Spiegelungen schützte und hineinschaute. »Der Vogel ist ausgeflogen.«

»Das ging aber schnell«, sagte Schnur. »Und wer überwacht jetzt die Ein- und Ausfahrten dieses Schachtes?«

Kullmann rümpfte die Nase und murrte: »Das stinkt zum Himmel! Hemmerling steckt vermutlich mit in diesem Geschäft. Weil er die Überwachungsposition hat, ist es für unseren gesuchten Mann kein Problem, rein und raus zu fahren. Die arbeiten alle zusammen.«

»Wir sollten Hemmerling observieren lassen.«

»Habt ihr dafür genug Personal?«

Schnur dachte eine Weile über diese Frage nach, bis er sagte: »Wir müssten dafür die Leute vom Schacht Lauterbach abziehen.«

»Und das aufgrund einer vagen Vermutung? Das halte ich für sehr riskant«, gab Kullmann zu bedenken. »Der Schacht in Lauterbach könnte gerade jetzt für diese Männer interessant geworden sein, weil sie wissen, dass wir hier überall herumschnüffeln.«

Ein metallisches Klirren lenkte sie ab. Schnur öffnete sein Holster und legte seine Hand an die Waffe, während er sich in der großen Halle umsah. Kullmann suchte den Bereich am Eingang ab. Aber es war niemand zu sehen.

»Ich glaube, unsere Nerven haben uns einen Streich gespielt«, meinte Schnur und lachte verlegen.

⚒

Helmer Grewe stand am Küchenfenster und schaute hinaus auf den großen Platz vor dem Mietshaus. Die Bäume waren inzwischen gelb und karg. Den Boden bedeckte braunes Laub. Einige Jungs spielten Fußball. Junge Mädchen flanierten über den Bürgersteig in Richtung Dorfmitte.

Hinter sich hörte er seine Frau, wie sie wieder einmal über den Boden wischte. Dabei hatte sie erst am Vortag geputzt und alles abgewischt und abgestaubt. Der Sauberkeitsfimmel seiner Frau machte ihn wahnsinnig. Nicht nur, dass sie das Haus schon fast steril hielt – hinzu kam, dass sie alle Fotos ihrer verstorbenen Tochter jedes Mal auf Hochglanz polierte. Wäre nicht das Glas des Bilderrahmens davor, hätte sie die Farbe längst weggewischt.

Inzwischen wusste er, dass seine Frau Annas Tod niemals überwunden hatte. Dabei war es für alle Familienmitglieder eine Erleichterung gewesen, als Anna endlich erlöst worden war. In einen Rollstuhl gefesselt, ohne sprechen zu können und ohne die Fähigkeit, sich zu bewegen, wäre das Leid dieses Mädchen nur in die Länge gezogen worden. Und das der Familie auch. Aber seine Frau war gegen alle diese Argumente immun. Nichts konnte sie in ihrer Trauer besänftigen.

Er hörte, wie seine Frau ein Kinderlied summte. Er schaute zurück. Sie rieb gerade mit einem feuchten Tuch über Annas Portrait.

Rasch wandte er seinen Blick auf den Kamin im Wohnzimmer, wo ein übergroßes Foto der Grube Warndt prangte. Bisher war es ihm gelungen, allen Überredungsversuchen seiner Frau zu trotzen und dieses Bild an seinem Platz zu lassen. Bei dem Anblick der Grube kamen gute alte Erinnerungen in ihm hoch.

Plötzlich erhellte sich alles im Raum. Er schaute hinaus und sah die Sonne hinter den Wolken auftauchen. Sie gab dem Anblick vor dem Fenster einen freundlichen Anstrich. Die Mädchen waren aus seinem Blickfeld verschwunden. Stattdessen konnte er Georg Remmark und Paolo Tremante dort sehen. Wie immer redete der Italiener, wobei er wie wild mit den Händen herumfuchtelte. Der Steiger fischte in aller Ruhe eine Zigarette aus der Jackentasche und zündete sie an.

Helmer wurde schwermütig bei dem Anblick. Schorsch, der stets grantelnde Steiger, und Amore, der liebestolle Italiener, waren die Söhne seiner Kameraden. Sie hatten ihre guten Eigenschaften an ihre Nachkommen weitervererbt.

Die Tür des gegenüberliegenden Hauses schlug zu. Helmer lenkte seinen Blick in diese Richtung und sah Hans Rach das Haus verlassen und die beiden Kameraden ansteuern. Auch er war wie sein Vater Bergmann geworden. Immer loyal, immer korrekt und immer um einen guten Zusammenhalt unter den Kameraden bemüht. Genau wie sein Vater.

Nicht mehr viele von ihnen waren übrig. Fehlte nur noch Mimose, Michael Bonhoff, der Reservierte unter ihnen. Er hatte die Bergmannsiedlung vor einigen Jahren verlassen, um nach Saarbrücken zu ziehen. Er suchte die Anonymität. Helmer schmunzelte. Jeder wusste doch, was Bonhoff wirklich beschäftigte.

Viele Söhne seiner Kameraden waren in der Grube tödlich verunglückt.

Er erinnerte sich an Peter Dempler, den Unentschlossenen. Bei ihm hatte niemand gewusst, wo er wirklich dran war. Seine Meinungen und Ansichten waren so wechselhaft wie das Wetter. Oder Harald Stark, der seinem Namen alle Ehre gemacht hatte. Groß und stark wie ein Bär und dazu noch aufbrausend wie ein Orkan. Als es gerade ihn erwischt hatte, konnte es keiner glauben.

In solchen Augenblicken hatte Helmer seine Kameraden nicht mehr beneiden können, denn die Trauer um ihre Söhne war groß. Auch er war traurig gewesen. Der Verlust dieser guten Männer hatte ihn sehr geschmerzt. Und doch gab es nichts, was ihn seinen eigenen Schmerz hätte vergessen lassen können.

Sein Sohn Anton hatte sich von der jahrhundertelangen Tradition abgewandt, hatte seine Familie und den Bergmannsberuf verhöhnt, indem er einfach gekündigt hatte, um zur Polizei zu gehen.

Helmer hatte sich in dieser kleinen Gemeinschaft nicht mehr wohl gefühlt. Hatte befürchtet, nicht mehr dazuzugehören. Doch es war anders gekommen. Seine Kameraden hatten auch weiterhin zu ihm gestanden. Ihre Loyalität blieb unvermindert bestehen. Das war das Schönste in Helmers Leben. Eine Kameradschaft, die über normale Freundschaft hinausging. Sie gehörten zusammen. Sie waren eins – wie eine echte Familie.

Und nun war sein Sohn zurückgekehrt, um einen Keil in diese verschworene Gemeinschaft zu treiben. Um die Männer auszuspionieren, die damals wie heute seine Kameraden waren. Männer, die füreinander durchs Feuer gingen. Männer, mit deren Vätern Helmer eine echte Freundschaft verband.

Und er musste dieses falsche Spiel mitspielen. Seine Nackenhaare stellten sich auf.

Sein Sohn war nach der Schicht mal wieder nicht nach Hause gekommen. Inzwischen kannte Helmer Antons Gewohnheiten. Direkt nach der Schicht ging er zur Polizei, um dort Bericht zu erstatten. Um haarklein alles zu verraten, was unter Tage passierte.

Was hatte er falsch gemacht, dass sein Sohn ein derart verlogenes Spiel mit diesen ehrlichen Männern trieb?

Er sah Remmark, Tremante und Rach eifrig diskutieren. Während sie redeten, fielen ihre Blicke immer wieder auf sein Haus. Helmer schluckte. Schauten sie ihn wirklich an oder bildete er sich das nur ein?

Nein, sie schauten wirklich zu ihm. Und nicht nur das. Plötzlich steuerten sie sein Haus an.

Helmers Herz schlug ihm bis zum Hals.

Sie hatten schon die Haustür erreicht. Im gleichen Augenblick klingelte es an seiner Wohnungstür. Er öffnete die Wohnungstür und trat auf den Flur.

Ein kräftiges »Glückauf« riefen sie. Helmer erwiderte den Gruß.

Dann stellte Remmark die Frage, die Helmer befürchtet hatte: »Ist Tony zuhause?«

»Nein!«, antwortete Helmer und spürte, wie ihm schlecht wurde. Jetzt würde wohl der Zeitpunkt kommen, für seinen Sohn und sein falsches Spiel zu lügen. Hoffentlich würde er das durchstehen. Seine Knie fühlten sich plötzlich butterweich an.

»Wir müssen etwas mit ihm besprechen. Wo steckt er?«

⚒

Anton Grewe stand vor dem unpersönlichen Gebäudekomplex, in dem sich Michael Bonhoffs Wohnung befand. Der Wind pfiff ihm kalt um die Ohren. Die wenigen Sonnenstrahlen, die sich durch die Wolkenschicht hindurchkämpften, konnten ihn nicht wärmen. Er zögerte nun bestimmt schon fünf Minuten. Der Klingelknopf mit Bonhoffs Namen starrte ihn fordernd an. Wenn er noch länger wartete, war er erfroren. Und erreichen würde er damit auch nichts.

Also nahm er allen Mut zusammen und drückte auf den Knopf.

Sein Herz sprang ihm aus der Brust vor Aufregung. Doch nichts tat sich.

Das durfte jetzt nicht wahr sein. Endlich gelang es ihm, sich aufzuraffen und seinen Kollegen und Freund zu Hause aufzusuchen, wo sie ungestört miteinander reden könnten, da öffnete ihm niemand die Tür. Bonhoffs Verhalten am Vortag in der Mittagspause hatte Grewe mehr zugesetzt, als er sich eingestehen wollte. Und heute hatte sich keine Gelegenheit ergeben, mal ein Wort mit ihm zu wechseln, bis Grewe ihn völlig aus den Augen verloren hatte. Zu gerne würde er Bonhoff vertrauen. Aber ohne dieses Gespräch, weshalb er nun hier vor der Tür seines Freundes stand, würde ihm das nicht gelingen. Wieder klingelte er. Wieder tat sich nichts.

Frustriert kehrte er zu seinem Auto zurück, stellte die Heizung hoch, damit er sich aufwärmen konnte und fuhr langsam los. Die Heuduckstraße zog sich unendlich lange hin, bis er an einer roten Ampel stehenbleiben musste. Er fühlte sich planlos, wusste nicht, was er jetzt tun sollte. Sein Vorsatz, Klarheit in sein Leben zu bringen, war gescheitert.

Die Ampel sprang um. Im gleichen Augenblick läutete sein Handy. Er schaute auf das Display und las den Namen seines Vorgesetzten. Den wollte er jetzt nicht sprechen. In seiner desolaten Verfassung würde Schnur ihn sofort von dem Fall abziehen. Und das war das Allerletzte, was er jetzt gebrauchen konnte. Er fuhr durch die stark befahrene Landeshauptstadt, beobachtete die Menschen, die gehetzt die

Bushaltestellen und die S-Bahn-Stationen ansteuerten. Aber nichts und niemand konnte ihn aus seinem Tief herausholen.

In das Haus seines Vaters wollte er auch nicht zurück. Die stummen Anklagen, die er ständig in den Blicken seiner Eltern sah, machten ihm das Leben unter diesem Dach unerträglich.

Also fuhr er weiter und weiter, bis es dunkel wurde und die ersten Lichter der Stadt eingeschaltet wurden. Grewe beschloss, einige Runden über die Landstraßen zu drehen. *Don't you forget about me* von den Simple Minds passte genau zu seiner Stimmung. Er drehte laut auf und ließ den Wagen durch die beginnende Nacht rollen. Mit jedem Kilometer, den er sich von Saarbrücken und Velsen entfernte, verblassten seine Gedanken mehr, bis er sich nur noch dem Takt der Musik hingab und mitsang.

⚒

Anke roch den duftenden Kaffee aus Schnurs Büro. Das bedeutete, dass diese Besprechung länger dauern würde. Frustriert ließ sie die Schultern hängen und dachte an ihre Tochter. Sie wusste Lisa bei Martha Kullmann in guten Händen. Aber die Kleine fehlte ihr. Sechs Wochen hatten sie in der Mutter-Kind-Kur zusammen verbracht. Tag und Nacht. Keine Arbeit, keine Leichen, keine Trennungen von Lisa, nichts. Nur sie und Lisa und ihre vielen gemeinsamen Anwendungen und Unternehmungen. Sie hätte es noch ewig in die Länge ziehen können. Auch wäre es Anke nicht schwergefallen, noch eine Woche Urlaub anzuhängen und die Arbeit mal Arbeit sein zu lassen. Doch damit hätte sie Norbert Kullmann enttäuscht. Und das wollte sie nicht. Ihr ehemaliger Chef und Mentor war im Laufe der Jahre so etwas wie ihr Ersatzvater und Lisas Ersatzopa geworden. Dieser Zusammenhalt gab Anke all das, was sie in ihrer richtigen Familie niemals erlebt hatte. Das Gefühl, dazuzugehören, wichtig zu sein und vor allem so akzeptiert zu sein, wie sie war. Deshalb war ihr Kullmanns Ansinnen, die Arbeit sofort nach der Kur wieder aufzunehmen, wichtig gewesen. Diesen Mann wollte sie auf keinen Fall enttäuschen.

Und nun schleppte sie sich lustlos zu Schnurs Büro, aus dem neben dem Kaffeeduft auch die Stimmen der Kollegen drangen. Deutlich konnte sie Kullmanns Bassstimme heraushören. Er war also schon vor ihr eingetroffen. Darüber musste sie nun doch wieder schmunzeln.

Als sie das Büro betrat, sah sie, dass sie die letzte war. Sie schloss die Tür und die Besprechung konnte beginnen.

»Sind wir vollzählig?«, fragte Schnur und schaute in die Ruhe.

»Anton Grewe fehlt noch«, erkannte Kullmann.

»Der ist eben nach Hause gefahren«, meinte Anke. »Ob er wirklich nochmal zurückkommt, um an der Besprechung teilzunehmen, kann ich mir nicht vorstellen.«

»Ich habe ihn auf dem Handy nicht erreicht«, fügte Schnur hinzu. »Ich probiere es später nochmal. Also fangen wir einfach ohne ihn an.«

»Ich habe Peter Demplers Witwe angerufen und sie dazu befragt, ob sie oder ihr Mann zur Polizei gehen wollten«, meldete Andrea sofort. »Sie sagte, dass sie nie über eine Anzeige gesprochen hätten.«

»Hast du nur mit ihr gesprochen?«

»Nein. Auch mit der Witwe von Alois Witzke. Sie weiß nicht mehr, ob sie überhaupt über sowas nachgedacht hätten. Der Tod ihres Mannes hätte alles andere unwichtig gemacht.«

Schnur grummelte: »Damit scheidet unser Motiv aus.«

Gemurmel machte sich breit, weil die Ermittlungen mal wieder ins Stocken gerieten.

Anke rief: »Anton hat herausgefunden, dass Karl Fechter tatsächlich medizinische Kenntnisse besaß. Er war als Nothelfer unter Tage eingesetzt. Diese Männer werden extra für medizinische Notfälle ausgebildet.«

»Das ist wirklich interessant«, meinte Schnur.

»Ich habe meine Zweifel, ob das wirklich interessant ist«, widersprach Kullmann. »Oder glaubst du ernsthaft, dass dieser Mann schon elf Jahre unter Tage lebt und dort Angst und Schrecken verbreitet? Das passt eher in einen Gruselfilm. Aber nicht in die Wirklichkeit.«

»Es ist wirklich schwer zu glauben. Aber wenn wir alles zusammennehmen, ist es auch nicht ganz undenkbar«, wehrte sich Schnur.

»Ich finde das, was wir heute im Gespräch mit Siegfried Hemmerling herausgefunden haben, wesentlich interessanter«, beharrte Kullmann.

»Was habt ihr denn herausgefunden?«, fragte Erik neugierig.

»Der Maschinist hat uns unwissentlich eine Vorstellung davon gegeben, wie Unbefugte unter Tage gelangen können, ohne dass es auffällt«, antwortete Schnur.

»Und wie?«

»Siegfried Hemmerling steckt mit ihnen unter einer Decke. Er lässt die Männer rein und raus fahren, ohne es zu melden.«

»Raffiniert«, erkannte Erik. »Wenn das so ist, ist es nicht schwer herauszubekommen, wer alles dazugehört. Diese Männer haben alle etwa zur gleichen Zeit in der Grube angefangen, sind alle ungefähr im gleichen Alter und werden nach der Schließung mit Sicherheit kein Interesse mehr daran haben, eine Umschulung durchzuführen.«

»Gut kombiniert«, erkannte Kullmann und nickte anerkennend mit dem Kopf. »Mit dem Geld wollten sie sich wohl ihren Lebensabend verschönern.«

Kullmann nickte. »Nicht nur das Alter verbindet diese Männer, sondern auch die Partie, in der sie arbeiten. Sie gehören bzw. gehörten alle einer Partie an, nämlich der ehemaligen Partie von Karl Fechter, die nach dessen Tod Georg Remmark übernommen hat. Und allen Opfern wurde kurz vor ihrem Tod viel Geld gestohlen. Das sagt uns doch, dass das Motiv in dem Geld liegen könnte, und dass nur diese Partie einen florierenden Handel unter Tage betreibt.«

»Wurde bei Karl Fechter auch eingebrochen?« Diese Frage richtete Schnur an Anke.

»Nein.«

»Dann fällt er aus dem Schema heraus, das wir gerade erstellt haben.«

»Hinzu kommt, dass Bonhoff erwähnt hat, die beteiligten Männer, die den Stoff besorgen, seien aus anderen Partien«, fügte Erik an.

»Um welchen Stoff handelt es sich in unserem Fall eigentlich?«, fragte Schnur dazwischen.

»Der Stoff nennt sich Makla. Eine Kautabakmischung, die Halluzinationen hervorrufen kann«, antwortete Anke. »Makla gibt es nur in Frankreich, in kleinen, runden Dosen. Es werden immer zehn Makladosen als Rolle verpackt und ausgeliefert. Der beste Trick dabei ist, die äußeren beiden Dosen mit dem herkömmlichen Makla zu füllen und nur in den inneren die Droge zu verstecken.«

Schnur schaute Anke an, als ewartete er noch etwas. Bis Anke wusste, was sie vergessen hatte. Schnell fügte sie an: »Vermutlich handelt es sich dabei um Crystal Meth, weil das in unempfindlicher Kristallform geliefert wird und diese Transportmethode unbeschadet übersteht.«

»Aber Todesopfer gab es bisher immer nur in Remmarks Partie. Also liegt dort das Motiv«, präzisierte Kullmann.

»Sieht sich unser Mörder als Richter und Henker, der diesen Drogenhandel unterbinden will?«, fragte Erik.

»Ich glaube eher, dass er sich für etwas rächt, was mal dort vorgefallen ist.«

»Sagt uns das, dass er noch nicht fertig ist?«, fragte Anke erschrocken.

Kullmann nickte.

»Du meinst, dass er erst aufhört, wenn er alle erwischt hat?«, hakte Schnur nach.

»Klingt erschreckend, aber durchaus logisch«, meinte Kullmann.

»Und welche Bedeutung hat der Drogenhandel deiner Meinung nach?«, fragte Schnur, der seine Zweifel an dieser Theorie hatte.

»Vielleicht ist das der Auslöser für diese Morde«, spekulierte Kullmann. »Wissen wir überhaupt, ob Karl Fechter daran beteiligt war?«

»Nach Angaben seines Sohnes hatten sie nicht viel Geld. Ein Einbruch hätte sich bei ihnen nicht gelohnt«, berichtete Anke.

»Das sagen alle.«

»Nur mit dem Unterschied, dass bei den anderen Opfern herauskam, dass dort Geld im Spiel war. Bei Karl Fechter nicht.«

»Was die Theorie vom herum spukenden Geist widerlegt«, reagierte Schnur darauf. »Ich glaube nicht an Rache und Sühne und Strafe. Ich glaube an das profanste Motiv aller Zeiten: Gier! Remmark hat den Handel in Schwung gebracht und kriegt den Hals nicht voll. Er ist das Phantom!«

»Klingt plausibel«, gab Kullmann zu. »Vielleicht ist die Lösung am Ende einfach, während wir uns hier die kompliziertesten Gedanken machen.«

»Es fällt mir auch schwer zu glauben, dass ein Mann elf Jahre unter Tage lebt, nur um Rache zu üben«, gestand Erik. »Das hat so was von Freddy Krüger.«

Eine Weile schwiegen sie, bis Schnur schimpfte: »Die Fälle liegen zu lange zurück. Akten haben wir nur bruchstückhaft. Die Aussagen sind entweder unvollständig oder schlichtweg falsch. Wie sollen wir es schaffen, nach so vielen Jahren Ordnung in ein Chaos zu bringen, wo niemand unsere Einmischung wünscht?«

»Dafür haben wir Anton Grewe runter geschickt«, erinnerte Kullmann. »Hätten wir freie Hand, wäre das nicht nötig gewesen.«

Schnur nickte.

Andrea atmete plötzlich erschrocken aus und sagte: »Sollte Remmark wirklich der Täter sein und alle ausschalten, die sein Vermögen schmälern könnten, wäre Grewe eigentlich gar nicht in Gefahr …«

»Aber?«, hakte Erik nach.

»Wenn er herausfindet, warum Grewe wirklich dort ist – nämlich als Spitzel der Polizei …«

Eine Weile schwiegen alle betroffen, bis Schnur den Telefonhörer schnappte und Grewes Handynummer wählte. Es läutete durch. Also wartete er. Doch nach wenigen Minuten hörte er eine bekannte Stimme sagen: »Der Teilnehmer ist zurzeit nicht erreichbar. Versuchen Sie es später noch einmal.«

Frustriert legte er auf.

⚒

Die rasante Fahrt in die Tiefe drehte Grewes leeren Magen um. Er hatte keine Zeit für ein Frühstück gehabt, was er jetzt bedauerte. Von den Kameraden keine Spur, was ihn nicht wunderte. Als er den Korb verließ, suchte er trotzdem unter den vielen Männer nach bekannten Gesichtern. Vergebens.

Nach der Zugfahert steuerte er mit schnellen Schritten die Kulibahn an, die ihn zum Streckenvortrieb bringen sollte. Als er dort eintraf, stellte er fest, dass er der Letzte an diesem Morgen war, der zur Arbeit antrat. Die Blicke, die er einfing, drückten Missbilligung aus. Vermutlich hatte niemand mehr mit ihm gerechnet. Er schaute sich um und sah, dass alle Maschinen schon liefen. Es wirkte so, als sei sein Einsatz überhaupt nicht nötig.

Als erstes richtete er seine Aufmerksamkeit auf die Steuerung des Walzenschrämladers, in der Hoffnung, Bonhoff zu sehen. Dort standen die beiden Hilfsschrämer und ein Fremder.

»Wo ist Mimose?«, fragte er den Steiger.

»Nicht zur Arbeit erschienen.«

Grewe riss die Augen weit auf vor Erstaunen. Doch Remmark entgegnete ungehalten: »Willst du hier Anwesenheitsliste führen oder arbeiten?«

Sofort ging Grewe an seinen Platz und bediente die Maschine. Doch es gelang ihm nicht, sich auf seine Arbeit zu konzentrieren. Ständig schaute er sich um, als könnte er eine Antwort in diesem engen, staubigen Streb unter den verrußten Männern finden. Niemand schien Bonhoffs Abwesenheit zu wundern. Oder wussten alle, was los war, nur Grewe nicht? Er versuchte, Hans Rachs Blick einzufangen. Er war immer der Vernünftigste unter ihnen gewesen. Bestimmt konnte er ihm eine Auskunft geben. Doch der bemerkte Grewes Bemühungen nicht. Die anderen Kameraden wichen seinem Blick aus und drehten sich demonstrativ weg.

Grewes Adrenalinspiegel stieg an. Ihm wurde schlecht. Was geschah hier? Er musste weg von hier, musste sich überlegen, was er als nächstes tun konnte. Die Schilde bedienen gehörte nicht zu seinen Aufgaben, weshalb er hier heruntergeschickt worden war.

Zum Glück fiel ihm eine Ausrede ein: Der Abortkübel und wo der stand, wusste er. Er meldete sich bei Remmark ab, doch anstatt ihn gehen zu lassen, schrie der Steiger: »Ein Bergmann hat vollgefressen und leergeschissen auf die Arbeit zu kommen! Hast du das auf dem Pütt verlernt? Schaltet man dort die Maschinen ab und geht aufs Scheißhaus lange Sitzungen halten?«

»Ich habe Probleme mit dem Magen. Wenn ich dir alles vollkotzen soll …«, versuchte es Grewe.

»Geh verdammt noch mal an den Bandberg! Von dort gelangt das Zeug in die Kohlenwäsche. Das machen hier alle so, also kannst du das auch!«

Grewe ergriff die Flucht. Am oberen Antrieb angekommen, umgab ihn tosender Lärm. Die Kohlenbrocken fielen vom Band in den Trichter und von dort auf das nächste Band.

Keine Menschenseele war zu sehen. Grewe steuerte die Richtung an, die zum Gustavschacht führte, wobei er nicht wusste, was er tun sollte. Mit jedem Meter, den er zurücklegte, wurde die Geräuschkulisse leiser, bis nur noch seine eigenen Schritte zu hören waren. Auch wurde es immer finsterer. Beleuchtet wurde diese Strecke nur noch spärlich, weil hier nicht ständig gearbeitet wurde. Trotzdem konnte er das schwarze Loch des Wetterstollens schon von weitem erkennen. Er verlangsamte seine Schritte. Es gelang ihm nicht, stehenzubleiben. Das schwarze Loch zog ihn magisch an.

Mit seiner Taschenlampe leuchtete er in den Stollen hinein. Er war kerzengerade und verdammt niedrig. Der Stollen führte steil nach oben. Wie Grewe wusste, endete er dicht am Gustavschacht. Es wäre nicht einfach, über diesen Weg auf die vierte Sohle zu gelangen. Aber unmöglich war es auch nicht. Er kniete sich nieder und wollte gerade hineinklettern, als er ein scharrendes Geräusch hinter sich hörte.

Erschrocken drehte er sich um.

In der Dunkelheit zeichnete sich die Silhouette eines Bergmanns ab. Er war groß und kräftig. Seine Gestalt wirkte furchteinflößend. Grewe wagte nicht, sich zu regen.

Im gleichen Augenblick drehte sich der Mann von ihm weg. Nur den Bruchteil einer Sekunde konnte Grewe sein Gesicht sehen und spürte sofort, dass er ihn kannte. Dann war er aus seinem Blickfeld verschwunden.

Wie versteinert kniete er immer noch vor dem Wetterstollen. Plötzlich wusste er wieder, wie Karl Fechter ausgesehen hatte. Riesengroß und ein Bär von einem Mann. Sein kantiges Gesicht und seine glühenden Augen hatten Entschlossenheit ausgestrahlt.

Und dieser Mann war Karl Fechter.

Er war sich ganz sicher.

⚒

Schnur fühlte sich unausgeschlafen und müde. Erst im Büro bekam er die Gelegenheit, sich zu rasieren. Seine roten Bartstoppeln leuchteten schon in der unteren Gesichtshälfte. Während er sich Schaum auftrug, beschloss er, Grewe nicht mehr länger undercover arbeiten zu lassen. Inzwischen war eine Arbeitswoche vergangen und sie hatten genügend Informationen. Die Situation könnte eskalieren und das wollte Schnur auf keinen Fall riskieren. Streifen für Streifen zog er die Rasierklinge über sein Kinn, bis er sich sicher fühlte, dass keine Spuren seines roten Bartes mehr zu sehen waren.

Plötzlich klingelte das Telefon.

Er hatte in der letzten Nacht genau den Fehler gemacht, vor dem er sich selbst immer gewarnt hatte. Er war in Ann-Kathrins Armen in ihrem warmen Bett eingeschlafen und erst heute Morgen wieder aufgewacht. Deshalb konnte er sich denken, wer dort anrief.

Die Geräusche im Flur vor seinem Büro verrieten ihm, dass seine Mitarbeiter alle schon anwesend waren. Also musste er abheben, bevor jemand von ihnen hereinschaute, um nachzusehen, wo er steckte.

»Kriminalhauptkommissar Schnur«, meldete er sich förmlich.

Doch die Stimme, die er zu hören bekam, gehörte nicht seiner Frau. Er wollte erleichtert aufatmen, als ihm der Atem stockte. Die Nachricht, die an sein Ohr drang, klang interessanter als alles, was er bisher über diesen Fall gehört hatte. Ein Beamter der Außenstelle Burbach meldete ihm, dass in der Wohnung von Michael Bonhoff eingebrochen worden war.

»Konnten Sie den Täter festnehmen?«, fragte Schnur

»Leider nein! Wir kamen nur um ein paar Minuten zu spät.«

»Wer hat den Einbruch gemeldet?«

»Eine Nachbarin, die gerade zur Arbeit fahren wollte.«

»Hat sie den Täter gesehen?«

»Nein! Sie hat aber so laut geschrien, dass sie ihn vermutlich in die Flucht geschlagen hat.«

»Was soll das heißen?«, fragte Schnur stutzig.

»Dass er keine Beute machen konnte. Wir haben viel Geld in der Wohnung gefunden.«

»Ich bin sofort da.«

Hastig räumte Schnur seine Rasierutensilien in den Schrank, bevor er in den Flur rannte und nach Erik suchte. Er ahnte, wo er den Beamten finden konnte. In Anke Deisters Zimmer beim Kaffeetrinken.

Ohne anzuklopfen stürmte er hinein und rief: »Wir haben den Hinweis aller Hinweise! Bei Micheal Bonhoff wurde eingebrochen. Erik, du fährst mit mir. Anke und Andrea, ihr ruft in Velsen an und findet heraus, ob er gerade dort ist. Wenn ja, soll er ausfahren und uns erklären, welche Rolle er in diesem Spiel spielt.«

⚒

Anke verschluckte sich an ihrem Kaffee, als sie Schnurs Worte hörte. Es lag gerade mal drei Tage zurück, dass Michael Bonhoff zusammen mit Grewe in Schnurs Büro gesessen und allen beteuert hatte, den Kollegen nicht im Stich zu lassen.

Wenn das ein falsches Spiel gewesen war, dann war Bonhoff der beste Schauspieler, den Anke je gesehen hatte.

Ihre Angst um Grewe ließ sie den Kaffee nicht mehr austrinken, sondern sofort in Andreas Büro laufen. Auch die Kollegin wirkte blass und schaute Anke mit angstvollen Augen an.

»Können wir uns in diesem Mann so getäuscht haben?«, fragte sie.

Anke zuckte mit den Schultern. Sie wusste es selbst nicht. Der Gedanke, einen hinterhältigen Gauner sogar nach stundenlangem Gespräch nicht demaskiert zu haben, machte sie fertig.

»Ich würde sagen, wir machen jetzt das, was der Chef uns aufgetragen hat«, schlug sie mit einem schiefen Grinsen vor. »Sollte er noch unter Tage sein, weiß er nicht, was hier oben passiert ist. Dann wird er unserer Bitte ahnungslos folgen.«

»Du hast recht«, stimmte Andrea zu.

Die beiden Frauen brachen auf.

Die Stimmung im Wagen war gedrückt. Anke saß nun das erste Mal allein mit der neuen Kollegin auf engem Raum zusammen. Das Autoradio war ausgeschaltet, weil sie jedes Wort hören wollten, das über Funk gesendet wurde. Aber auch dort herrschte gerade absolute Stille. Doch zur Ruhe kam Anke trotzdem nicht, denn Andrea fuhr wie eine Wahnsinnige.

»Kann es sein, dass du wütend bist?«, fragte sie, als in der Kurve die Reifen quietschten.

»Nein! Ich will nur keine unnötige Zeit verlieren.«

»Das geht auch ein bisschen langsamer!«

»Keine Sorge! Ich kann Autofahren.« Andrea grinste und schnitt rasant die nächste Kurve. »Ich war mal Meisterin im Tourenwagenrennen. Ist zwar schon lange her, aber man verlernt sowas nicht.«

Anke war sich nicht sicher, ob sie das beruhigen sollte. Erst als ihre Augen den Monolith aus Beton erfassten, in dem sich der Förderturm der Grube Warndt befand, spürte sie Erleichterung. Als sie auf den Parkplatz einbogen, stellte sie klar: »Zurück fahre aber ich.«

»In Ordnung.« Andrea lachte so entwaffnend, dass Anke ihren Groll sofort wieder vergaß. Sie stiegen aus, passierten das Pförtnerhaus mit vorgezeigten Dienstausweisen und steuerten das Büro an. Als sie ihre Bitte vortrugen, sich mit Michael Bonhoff unter Tage in Verbindung zu setzen, wurden sie an den Schachthauer verwiesen, weil der die Fahrmarken einsammelte. Doch die beiden Frauen konnten den Personalsachbearbeiter schnell davon überzeugen, von seiner Position aus den entsprechenden Mann anzurufen und sich telefonisch nach dieser Fahrmarke zu erkundigen. Es dauerte nicht lange, da erfuhren sie, dass die Fahrmarke abgegeben worden war. Michael Bonhoff befand sich also im Stoß.

»Gut! Dann rufen Sie ihn jetzt dort unten an und sagen ihm, dass er über Tage kommen soll.«

»Warum?«

»Das ist eine Polizeiangelegenheit.«

Mit mürrischem Gesicht befolgte der Mann die Anweisung. Es dauerte fast eine Ewigkeit, bis er auflegte und wiedergab, was er erfahren hatte: »Bonhoff ist nicht aufzutreiben.«

»Wie geht das? Ich denke, seine Fahrmarke wurde abgegeben.« Andrea wirkte wütend, aber sehr beherrscht, während Anke das Gespräch aus sicherer Distanz beobachtete. Sie wäre nicht so geduldig mit diesem Mann. Deshalb überließ sie diese Verhandlungen lieber der Kollegin.

Doch langsam wurde auch Andrea nervös. Mit lauter Stimme fragte sie: »Wie zuverlässig sind diese Fahrmarken überhaupt?«

»Absolut zuverlässig! Ich verstehe das auch nicht.«

»Versuchen Sie es nochmal!«

Nur widerwillig rief der Mann erneut unten an. Die Auskunft war die gleiche.

Einer Eingebung folgend trat Anke aus ihrer Ecke hervor und befahl: »Okay! Dann rufen Sie bitte Anton Grewe aus!«

»Warum?«

»Tun Sie's!«

Verwirrt tat der Mann, was die Polizistin verlangte. Doch auch dieses Mal erreichte er die gewünschte Person nicht.

»Wer geht dort unten an den Apparat?«, wollte Anke wissen.

»Schorsch, der Steiger«, lautete die Antwort. »Und der muss es ja wissen.«

»Sagt er, dass Anton Grewe nicht unter Tage ist?«

»Nein, er sagt, dass Tony gerade auf dem Abortkübel ist.«

»Auf dem Abortkübel?«, wiederholte Anke begriffsstutzig.

»Das Klo«, erklärte Andrea.

»Aber das ist doch kein Grund, den Mann nicht ans Telefon zu rufen.«

»Doch«, widersprach der Beamte. »Die Abortkübel befinden sich immer weit vom Stoß entfernt, in dem die Männer gerade arbeiten. Das würde dauern, ihn dort aufzutreiben.«

»Dann richten Sie dem Steiger aus, er soll Anton Grewe über Tage schicken, sobald er vom Abortkübel zurückgekehrt ist.«

Frustriert verließen Anke und Andrea das Gebäude.

»Das gefällt mir nicht«, gab Anke zu. »Kann es sein, dass Grewe dort unten in Gefahr schwebt?«

⚒

Grewe war so mit seinen Gedanken beschäftigt, dass ihn die Störungsmeldung der Grubenwarte durch den Strebfunk zusammenzucken ließ. Die Durchsage lautete, dass der Kohlenbunker auf der vierten Sohle voll war, weshalb der Kohleabbau für eine Weile eingestellt werden musste. Die Frage, wie es möglich sein konnte, dass ein Mann elf Jahre im Verborgenen lebte, ließ ihn nicht los. Ohne Tageslicht und ohne Kontakt zu anderen Menschen. Niemals! Also musste Fechter einen Schlupfwinkel gefunden haben, durch den er unbemerkt die Grube verlassen konnte.

Aber wie hing dieser Geist mit dem Drogenhandel zusammen? Ein Drogenbaron könnte sich doch bestimmt ein feudaleres Leben leisten. Als gesuchten Mörder konnte er ihn sich besser vorstellen. Sogar ein Motiv fiel Grewe ein. Vermutlich hatten die Männer Karl Fechter und Winfried Bode töten wollen. Doch das war schiefgelaufen, als diese Wand einbrach. Winfried Bode wurde von dem schweren Geröll tödlich getroffen. Fechter entkam. Und dann begann er seinen Rachefeldzug.

Grewe fröstelte.

Das passte verdammt gut. Deshalb war dieser Mann nicht zu fassen. Deshalb waren diese Verbrechen nicht als solche erkannt worden.

Nur warum hatte er es darauf ankommen lassen, dass diese Serie von Morden nicht mehr geheim blieb? Der spektakuläre Tod von Peter Dempler hatte sämtliche Sicherheitsbehörden wachgerüttelt. Wollte das Phantom gefasst werden?

Grewe schüttelte den Kopf. Er erkannte, dass seine Theorie lückenhaft war. Denn auch die Einbrüche konnte er diesem Phantom nicht anhängen.

Er schaute sich um und stellte fest, dass er allein war. Die Kameraden hatten die Störungspause genutzt und waren verschwunden. Grewe ahnte, wo sie steckten. Auf der fünften Sohle, wo sie ihren Geschäften nachgingen.

Er war inzwischen eine ganze Arbeitswoche hier unten und hatte noch keine Ergebnisse vorweisen können. Das wollte er heute ändern.

Ohne Zögern setzte er sich in Bewegung und steuerte den Bandberg an. Das Band stand still, also musste er den ganzen Weg nach oben laufen. Schon von weitem hörte er die Stimmen der Kameraden. Sie stritten sich. Nun kam es ihm zugute, dass das Band keine Kohle in den Trichter beförderte. Denn dadurch war es so still, dass er jedes Wort verstehen konnte. In sicherer Entfernung schaltete er die Lampe an seinem Helm aus, damit ihn der Lichtstrahl nicht verriet. Die letzten Meter bis zum Ende des Tunnels legte er auf Zehenspitzen zurück. Die Stimmen wurden immer deutlicher, bis er jedes Wort verstand.

Das war ein Erfolg, dachte er zufrieden.

Doch was er dann hörte, ließ ihm das Blut in den Adern gefrieren. Er hoffte, sich verhört zu haben. Aber das hatte er nicht. Deutlich rief gerade Paolo Tremante: »Woher wissen die Bullen vom Schacht Lauterbach?«

»Keine Ahnung! Jedenfalls ist dieser Ausgang für uns jetzt tabu«, brummte Rach. »Polizeibeamte bewachen den Ausgang Tag und Nacht, wie Siggi mitbekommen hat, als diese verdammten Bullen bei ihm herumgeschnüffelt haben. Er hatte sich gut versteckt. Sie konnten ihn nicht sehen, deshalb haben sie laut über Schacht Lauterbach gesprochen.«

»Das können sie nur von einem von uns erfahren haben«, ertönte die hektische Stimme von Tremante.

»Ach was«, wehrte Rach ab. »Wir halten zusammen – schon vergessen?«

»Du hast wohl vergessen, wer neu dazugekommen ist. Wissen wir, was Tony die letzten Jahre gemacht hat?«

»Stimmt!«, brummte Rach. »Erzählen kann er uns viel.«

Grewe beschloss, nicht mehr weiter zu lauschen, sondern an seinen Platz zurückzukehren. Er nahm sich vor, mit Schnur darüber zu sprechen, ob er wirklich noch weiter undercover arbeiten sollte. Sein Mut verließ ihn. Die Schlinge zog sich immer enger um seinen Hals. Auch die Tatsache, dass ausgerechnet Michael Bonhoff nicht zur Schicht erschienen war, obwohl er wusste, in welcher Situation sich Grewe befand, machte ihn misstrauisch. Schon seit Tagen wusste er nicht mehr, wo er mit seinem Freund dran war. Das machte ihn fertig. Er musste ehrlich zu Schnur sein. Und zu sich selbst.

Er hatte Angst.

Mit diesem Entschluss drehte er sich um und wollte seinen Rückzug antreten. Doch plötzlich spürte er einen heftigen Ruck und die Dunkelheit wurde noch schwärzer vor seinen Augen. Auch das Atmen fiel ihm schwer.

Erschrocken wollte er sich die Augen reiben, doch er konnte seine Arme nicht mehr bewegen. Jemand riss sie ihm nach hinten. Dann spürte er einen schmerzhaften Schlag auf seinen Kopf und versank im Nichts.

KAPITEL 13

Vorsichtig betraten Jürgen Schnur und Erik Tenes jeden Raum von Michael Bonhoffs Wohnung in der Heuduckstraße und besahen sich das Chaos, das die Kollegen der Spurensicherung angerichtet hatten. Trotz der umgestülpten Schubladen, der leergeräumten Küchenschränke und der puderüberzogenen Flächen, um Fingerabdrücke zu sichern, konnten sie erkennen, dass diese Wohnung stilvoll eingerichtet war. Der Tisch glänzte schwarz, die Tischbeine verchromt. Die Couchgarnitur im benachbarten Wohnzimmer bestand aus teurem Leder, das nicht nur bequem wirkte, sondern auch geschmackvoll aussah. Die Holzelemente zierte eine aufwendige Maserung. Die Lampen waren mit Kristall veredelt, was dem Licht Glitzereffekte verlieh. Leonardo-Vasen und indische Skulpturen standen in allen Ecken, auf Regalen, auf Kommoden und auf dem Boden.

Schnur schaute sich fasziniert um, bis er bemerkte, dass Erik nicht mehr neben ihm war. Verwundert suchte er nach dem Kollegen und fand ihn im Schlafzimmer vor einem großen Bild, das an der Wand am Kopfende des Betts prangte. Darauf war Michael Bonhoff abgebildet, wie er sich fast nackt auf einem Sofa räkelte. Lediglich ein schmales Stück Stoff bedeckte sein Geschlechtsteil. Dieses Tuch berührte er mit einer Hand, dabei setzte er einen Blick auf, als wollte er es jeden Augenblick entfernen und sich der Kamera hüllenlos präsentieren.

Erst als Schnur sich räusperte, zuckte Erik erschrocken zusammen. Wie ertappt sah er aus. Verwundert schaute Schnur auf den Mitarbeiter und fragte: »Was denkst du?«

Erik überlegte, bevor er antwortete: »Ich komme mir wie ein Eindringling vor. Bonhoff wirkt auf mich nicht wie ein Bergmann, der es nötig hat, durch schäbige Geschäfte seine Rente aufzubessern. Und überhaupt … Bonhoff wirkt auf mich gar nicht wie ein Bergmann.«

»Willst du damit sagen, dass wir hier auf der falschen Spur sind?«, hakte Schnur nach.

»Es ist nur eine Ahnung«, wich Erik erschrocken zurück.

Schnur rieb sich über sein Kinn, murmelte etwas, bis er endlich meinte: »Ich gebe zu, dass ich selbst an dieser Geschichte meine Zweifel habe. Das kommt wohl daher, dass wir den Mann auf eine Art kennengelernt haben, die diesem Bild total widerspricht.«

Erik nickte.

»Aber die Fakten sind unwiderlegbar. Sie sind da. Und die dürfen wir nicht ignorieren, nur weil wir in Bonhoff einen der Guten sehen wollen.«

Sie verließen das Schlafzimmer und ließen sich von einem der Spusis die Fundstelle zeigen. Das ganze Geld lag noch an dem Platz hinter der Küchenzeile in einer Ecke. Die Spusis hatten es so liegen lassen, wie es aufgefunden worden war, bis der Leiter der Ermittlungen alles sehen und für die Untersuchung im Labor freigeben konnte.

Erik pfiff durch die Zähne. »Wie viel ist das?«, fragte er.

»Wir schätzen es auf 50.000 Euro.«

»Wie konnten Sie das Geld an dieser Stelle finden?«, fragte Schnur.

»Die unterste Abschlussblende der Küchenzeile war halb herausgeschoben«, antwortete der Beamte der Spurensicherung. »Es sieht so aus, als wäre der Einbrecher kurz vor seinem Ziel gewesen, als er von der Nachbarin gestört wurde.«

»Okay, nehmen Sie das Geld mit und überprüfen Sie neben den Fingerabdrücken auch die Geldscheinnummern«, ordnete Schnur an. »Vielleicht gibt es Überstimmungen aus anderen illegalen Geschäften oder Banküberfällen oder wer weiß was.«

»Geht klar.« Mit diesen Worten eilte der Mann in einem Tempo davon, als hätte er nur auf diesen Befehl gewartet.

»Die Nachbarin ist auf unserer Inspektion, um ihre Aussage zu machen«, meldete ein Polizeibeamter der Außenstelle Burbach.

»Okay. Schicken Sie uns ihre Aussage zu, wenn Sie fertig sind«, ordnete Schnur an.

Auch dieser Mann eilte davon.

Zurück blieben nur noch zwei Männer, die inzwischen damit beschäftigt waren, die Inhalte der Schränke im Schlafzimmer zu durchwühlen.

Bei dem Anblick trat Erik mit schnellen Schritten hinaus auf den Flur. Schnur folgte ihm und meinte: »Du hast Recht. Wir sollten den Jungs das Feld überlassen. Wir können hier sowieso nichts mehr tun, sondern stehen nur im Weg herum. Ich rufe Andrea an und frage sie, ob Bonhoff inzwischen schon auf dem Weg zur KPI ist. Dann knöpfen wir ihn uns mal vor.«

Er bediente sein Handy, tippte einige Tasten, die laut piepsten, und wartete, bis es läutete.

Nach nur wenigen Sätzen, die eindeutig Überraschung und Ärger ausdrückten, legte er auf und erklärte: »Wie es scheint, ist der Vogel ausgeflogen.«

⚒

Entsetzliche Kopfschmerzen quälten ihn. Grewe schlug die Augen auf und fühlte sich desorientiert. Wo war er? Er schaute sich um und sah sich von gemauerten, kahlen Wänden umgeben. Die Schläuche der Bewetterung liefen daran entlang. Ebenso Kabel und Rohre, die alle hinter einer Mauer verschwanden. Beschriftet war nichts. Kein einziger Hinweis, wo er sich befand.

Er wollte sich rühren, doch das klappte nicht.

Nun wurde ihm mulmig zumute. Die Schmerzen in seinem Kopf hinderten ihn daran zu denken. Er schaute sich um, spürte jedoch, wie ihm ständig schwarz vor Augen wurde.

Was war passiert?

Er begann zu zittern. Seine Luft wurde knapp. Die Panik überfiel ihn ohne jede Vorwarnung. Er versuchte zu schreien, doch es kam nur ein Krächzen aus seiner Kehle. Es dauerte eine Weile, bis es ihm gelang, sich wieder zu beruhigen. Krampfhaft versuchte er, sich zu erinnern, wie er in diese missliche Lage geraten konnte. Das Rekonstruieren seiner letzten Schritte half ihm dabei, seinen Puls und seine Atmung zu normalisieren.

Es dauerte nicht lange, da fiel ihm ein, dass er sich zurückgezogen hatte, weil er Abstand von der Partie brauchte. Und dort war ihm das Phantom begegnet.

Er erschauderte. Hatte ihn ein Geist niedergeschlagen?

Entsetzt schloss er die Augen. Seine Versuche, sich zu beruhigen, wollten nicht funktionieren. Diese Gedanken machten es im Gegenteil nur noch schlimmer.

Diese mysteriöse Gestalt im Dunkeln. Nur die Silhouette war zu erkennen gewesen. Still und ohne ein Wort hatte sie dagestanden.

Doch was war dann geschehen?

Grewe riss die Augen auf.

Jetzt sah er alles wieder glasklar: Der Mann hatte sich umgedreht, dabei hatte Grewe für einen kurzen Augenblick das Gesicht erkennen können.

Ein bekanntes Gesicht.

Natürlich kannte er dieses Gesicht.

Er schloss die Augen vor Verzweiflung. Warum hatte er den Stollen nicht augenblicklich verlassen? Er hatte doch die Antwort vor Augen gehabt.

⚒

Jürgen Schnur und Erik Tenes trafen eine halbe Stunde später vor dem Büro der Grube Warndt ein. Anke und Andrea hatten dort auf sie gewartet.

»Gibt es Neuigkeiten?«, fragte Schnur außer Atem.

»Leider nicht! Wo Bonhoff steckt, ist weiterhin ein Rätsel und auf Grewes Rückmeldung warten wir immer noch.«

»Sind der Schachthauer und der Anschläger inzwischen anwesend?«, fragte Schnur weiter.

Die beiden Kommissarinnen bejahten.

Sie betraten das Büro.

Der Hauptkommissar stellte sich den drei Männern als leitender Ermittler vor und begann sofort mit seinen Fragen. »Sie sind sich also ganz sicher, dass Michael Bonhoff heute Morgen seine Fahrmarke hier abgegeben hat und mit den Kameraden nach unten gefahren ist?«

»Ganz sicher. Deshalb machen wir die Kontrolle über diese Fahrmarken«, antwortete der Schachthauer.

Schnur schaute auf den Anschläger, der die Signale zur Seilfahrt gibt und fragte. »Können Sie sich erinnern, Michael Bonhoff in dem Korb auf der Fahrt nach unten gesehen zu haben?«

»Nein! Tut mir leid. Bei Schichtbeginn und Schichtende ist der Korb immer sehr voll, sodass ich nicht auf einzelne Gesichter achten kann«, gab der junge Mann zu verstehen.

»Also besteht die Möglichkeit, dass Bonhoff die Fahrmarke abgegeben hat, ohne hinunterzufahren?«

»Schwer vorstellbar«, zweifelte der Schachthauer. »Ich sammle diese Marken doch direkt am Korb ein. Wenn sich da jemand umdreht und in die andere Richtung geht, fällt mir das auf. Und so etwas ist heute Morgen nicht passiert.«

»Und wenn ein Bergmann zwei Fahrmarken abgibt?«

»Das würde mir auch auffallen.«

»Dann hat er die Fahrmarke gestern Mittag nicht abgeholt, um heute Morgen den Eindruck zu erwecken, mit den Kameraden zur Schicht gefahren zu sein«, spekulierte Schnur weiter.

»Warum gestern? Da hat er seine Fahrmarke abgeholt, um die Grube zu verlassen. Und heute Morgen hat er sie abgegeben, um einzufahren.«

»Woran erkennen Sie, wann welche Fahrmarke abgegeben worden ist? Steht da eine Uhrzeit drauf?«

Die Bergmänner lachten und der Schachthauer antwortete: »Die Fahrmarken der Früh-, Mittag- und Nachschicht haben unterschiedliche Farben. Jeder Mann hat drei andersfarbige Fahrmarken. Für jede Schicht gibt es eine große Nadel, auf der alle Fahrmarken aufgehängt sind. Fährt er später aus, muss er sich die Fahrmarke in der Lampenstube persönlich holen kommen.«

»Also ist Bonhoff unten. Rufen Sie ihn bitte an den Apparat!«, bestimmte Schnur. »Und wenn Sie gerade dabei sind, möchte ich auch mit Anton Grewe sprechen.«

Der Personalsachbearbeiter schaute zerknirscht drein, als er meinte: »Ich habe schon mehrere Male unten angerufen. Aber niemand weiß, wo Mimose oder Tony stecken. Und Schorsch wurde auch schon seit einer Weile nicht mehr gesehen.«

»Ist das üblich, dass Sie dort unten Ihre Männer nicht mehr auftreiben können?«, hakte Schnur nach, dem plötzlich unwohl wurde.

»Eigentlich ist es unüblich, dass wir so oft unten anrufen«, wich der Beamte aus.

»Sie wissen genau, was ich meine«, grummelte Schnur.

Ein Kopfschütteln war die Antwort.

»Also läuft dort unten etwas außer der Reihe.«

»Nein! Es ist Freitag. Da treffen sich die Kameraden schon mal unter Tage für ein Schwätzchen«, beschwichtigte der Schachthauer.

»Haben Sie schon bei den Kleiderkörben nachgesehen, ob Mimose oder Tony ihre Bergmannskluft oder ihre Straßenkluft tragen?«, schlug der Personalsachbearbeiter plötzlich vor.

Die Kleiderkörbe hatte er vergessen. Und nicht nur er – sie alle. Das gehörte nicht zu ihrem normalen Rhythmus, weshalb es in ihren Überlegungen einfach nicht vorkam.

»An wen muss ich mich dafür wenden?«, fragte er.

»Normalerweise an den Badewärter. Aber da der auch nicht aufzutreiben ist, gehe ich mit Ihnen dorthin. Ich habe einen Universalschlüssel.«

Sie verließen das warme Büro und überquerten im kalten Oktoberwind den großen Platz der Tagesanlage der Grube Warndt. Die Waschkaue bot ihm einen Anblick, den er nicht erwartet hatte. Eine Halle, die nur zum Duschen vorgesehen war. Direkt im Anschluss daran gelangten sie in einem Raum, dessen gesamtes Inventar an der Decke hing. Die Kleiderkörbe bestanden aus Gittern, sodass der Inhalt schon von unten zu erkennen war. An einigen hingen Bergmannskluft und Helm, andere waren leer.

Der Beamte suchte die passenden Nummern heraus und ließ die Körbe herunterfahren.

Beide waren leer, was bedeutete, dass Michael Bonhoff und Anton Grewe unter Tage waren.

⚒

Eiseskälte riss ihn ins Bewusstsein zurück.

Grewe schnappte vor Schreck nach Luft, riss die Augen auf und schaute direkt in das Gesicht von Georg Remmark. Er spürte, wie die Kälte über seine Oberkörper und beide Arme rann. Kaltes Wasser.

»Na, Tony! Bist du endlich wach?«

Grewe hatte immer noch Mühe, nach Luft zu schnappen.

»Bist du schon mit deiner Weisheit am Ende? Das ging aber schnell.« Remmark hielt seinen Kopf schief und meinte: »Nicht weinen. Mich darf man halt nicht unterschätzen, Herr Kriminaloberkommissar Anton Grewe.«

Am liebsten wäre Grewe im Boden versunken. Er hatte seinen Einsatz doch tatsächlich versiebt, hatte versagt. Die Mordfälle würden nun nicht mehr aufgeklärt werden. Ebenso sein eigener. Denn er spürte, dass seine Situation aussichtslos war. Er war gefesselt an einem Ort, den er nicht kannte.

»Weißt du, wie ich dahintergekommen bin?«

Grewe schüttelte den Kopf.

»Deine Herumfragerei hat mich gewarnt«, antwortete Remmark. »Kein Bergmann quetscht einen anderen so aus wie du. Keiner salbadert so eine Psychoscheiße daher wie du.«

Grewe schloss die Augen vor Verzweiflung. Die Fragerei war Bestandteil seiner Undercoveraktion – nicht das Schilderfahren. Also hatte er sich dämlich drangestellt und war für solche Einsätze nicht der Richtige. Er stöhnte.

»Da staunst du, was?«

Grewe fühlte sich wie eine Maus kurz vor der Mausefalle. Irgendetwas musste über Tage geschehen sein.

»Was ist passiert, dass du dieses Risiko eingehst?«, fragte er.

»Glaubst du, ich merke nicht, wie sich das Netz der Polizei immer enger um mich spannt?«, fragte Remmark zurück. »Ich warte nicht, bis es zu spät ist.«

Da fiel Grewe wieder ein, wie sich die Bergleute auf Sohle fünf über Schacht Lauterbach gestritten hatten.

»Bist du also verantwortlich für alle diese Todesfälle in den letzten elf Jahren?«, platzte es aus Grewe heraus.

Remmark wich zurück, als hätte Grewe ihm eine Ohrfeige verpasst. Böse funkelte er sein Gegenüber an und knurrte: »Weiter seid ihr nicht gekommen? Dann ist es kein Wunder, dass die Verbrecher auf der Straße tanzen.«

Grewe wusste nicht, was er meinte. Doch lange sollte es nicht dauern. Remmark klärte ihn auf: »Ich habe doch nicht meine Kameraden getötet. Wo denkst du hin? Das waren Unfälle.«

»Und Fechter und Winni Bo?«

Remmark kratzte sich am Kopf, überlegte eine Weile, bis er sich entschloss zu sagen: »Was soll's? Du kannst die Wahrheit ruhig mit ins Grab nehmen.« Er lachte und fügte an: »Ins schwarze Grab – würdig beerdigt an deiner letzten Wirkungsstätte.«

Grewe wartete auf eine Antwort.

»Also gut. Fechter war ein verdammt guter Steiger. Das muss ich ihm lassen. Nur hat er es mit seiner Moral etwas übertrieben.«

Grewe nickte, obwohl er nicht wusste, was Remmark meinte.

»Wir hatten hier unten eine perfekte Ausgangsbasis, um den Stoff von Frankreich nach Deutschland rüberzuschaffen. Keiner kontrolliert die Grenzen unter der Erde. Das Geschäft lief gut. So gut, dass wir bald Drogen aus allen möglichen Ländern geliefert bekamen. Abnehmer gibt es ja genug. Doch als Fechter dahinterkam, wollte er uns überreden, mit dem Geschäft aufzuhören.« Remmark schnaubte verächtlich. »Das fiel uns im Traum nicht ein. Wir wussten doch, dass die Gruben bald schließen würden. Also wollten wir uns ein finanzielles Polster anschaffen, damit unser Lebensabend ein bisschen feudaler ausfällt. Von wegen Umschulung! Nicht mit uns.« Remmark schnaubte. »Aber Fechter war nicht zu überzeugen. Eines Tages drohte er, zur Polizei zu gehen.«

Grewe ahnte etwas.

»Er war gerade in der Gezähekammer. Alle anderen waren gegangen. Nur Fechter und Winni Bo standen noch dort und überlegten, was sie mit dem Stollen machen könnten, der nicht mehr weiter vorangetrieben werden sollte«, berichtete Remmark weiter. »Die ersten Rationalisierungen fanden damals gerade statt. Es war schon einige Jahre die Rede von Grubenschließungen. Und mit diesem Richtstollen, der nicht mehr fertiggestellt werden sollte, hatten wir den Beweis dafür, dass die Politiker Ernst machten.«

Remmark ging einige Schritte auf und ab und sprach dann weiter: »Die Gelegenheit war so günstig.« Er lachte. »Die beiden saßen in der Falle. Ich habe die Türen zugeschlossen und überlegt, was ich jetzt machen sollte.«

»Warum waren dort Türen?«, fragte Grewe. »Ein Richtstollen braucht doch keine Türen.«

»Du bist ein helles Köpfchen«, brummte Remmark. »Der Baustopp dieses Stollens war schon länger beschlossen. Es war der Markscheider, der uns vorgeschlagen hatte, eine Tür einzumauern und den Gang anderweitig zu nutzen.«

»Aber wie konntest du den Schachthauer mit den Fahrmarken der beiden übers Ohr hauen?«

»Gar nicht! Ich habe oben einfach nur Bescheid gesagt, dass die beiden sich der nächsten Schicht angeschlossen hätten. Dieser Fechter war so ehrgeizig, auch mal bei der nächsten Schicht mitzuarbeiten. Und Winni Bo klebte an ihm wie eine Klette. Wo der eine war, war auch der andere.«

»Und der Schachthauer hat dir das so einfach abgenommen?«

»Klar! Es war nicht das erste Mal, dass Fechter das gemacht hat. Keiner wäre auf die Idee gekommen, dass dieses Mal etwas nicht stimmte.« Remmark lachte. »Und das Beste daran war, dass einige der Kameraden doch tatsächlich behauptet haben, sie hätten die beiden in der Nähe der Unglücksstelle gesehen. Gut was?«

»Du hast die beiden in der Gezähekammer sterben lassen?«, fragte Grewe erschrocken.

»So war das nicht«, wehrte Remmark ab. »Ich wollte sie schmoren lassen und am nächsten Tag wieder rausholen. Doch dann passierte dieses verdammte Unglück. Alles war dort unten voller Grubenwehr, Bergpolizei und Kriminalpolizei. Da konnte ich die beiden nicht einfach herauslassen. Sie hätten mich doch sofort gemeldet. Also musste ich warten.«

»Worauf?«

»Dass Ruhe einkehrte.«

»Aber das geschah nicht, oder was?«, bohrte Grewe weiter.

»Dann ergab sich alles ein bisschen anders als geplant«, gab Remmark zu. »Plötzlich hieß es, die beiden seien zusammen mit den anderen Unfallopfern vermisst. Ich wurde von dieser Neuigkeit genauso überrascht wie alle anderen Kameraden.«

»Die nächste gute Gelegenheit«, erkannte Grewe und erschrak. Genau diesem Ungeheuer war er nun selbst ausgesetzt.

Remmark meinte: »Wärst du nicht dazwischengekommen, würde heute noch keiner ein Wort darüber verlieren. Die beiden galten als Unfallopfer dieser Tragödie und niemand dachte weiter darüber nach. Doch dann kommst du und gräbst einen der beiden aus.«

»Na ja! Den anderen konnte ich nicht ausgraben. Fechter lebt noch.«

»Blödsinn! Oder willst du mir auch von dem Geist erzählen?«

»Ich habe ihn gesehen. Wie ein Geist sah er nicht aus – eher wie ein Mann aus Fleisch und Blut.«

Einen kurzen Augenblick wirkte Remmark irritiert. Doch schnell fing er sich wieder, murrte: »Blödsinn.«

Der Plan, den Steiger zu verunsichern, war schiefgegangen. Nun blieb Grewe nichts anderes mehr, als sich in Geduld zu üben. Er musste sich überlegen, was er nun tun konnte, damit Remmark ihn wieder gehen ließ. Er legte so viel Ruhe in seine Stimme, wie er nur konnte, als er fragte: »Was hast du jetzt vor?«

»Ich werde dich hier mit meinem Spielzeug zurücklassen, das auf eine bestimmte Zeit programmiert ist«, erklärte Remmark grinsend. »Sollten deine lieben Kollegen nicht nach meinen Regeln spielen wollen, muss ich ein Ass im Ärmel haben. Schau ruhig mal nach links.«

Grewe gehorchte und drehte seinen Kopf nach links. Er traute seinen Augen nicht. Dort stand eine Bombe, die verdammt echt aussah. Sie tickte – ein bedrohliches Geräusch, das ihm das Blut in den Adern gefrieren ließ. Die Zeitangabe betrug vierundzwanzig Stunden.

Sofort begann er zu zittern.

Er schaute nach vorn, als ihn ein Blitz blendete. Remmark hatte ihn fotografiert. Erschrocken überlegte Grewe, warum der Steiger so unvorsichtig war. Der Funke könnte eine Explosion auslösen. Aber nichts dergleichen geschah. Das ließ ihn ahnen, dass sie sich an einer abgelegenen Stelle aufhielten. Ein Ort, an dem schon lange nicht mehr gearbeitet wurde. Hoffnungslosigkeit breitete sich in ihm aus.

»Dieses schöne Foto wird deine lieben Freunde und Helfer bei der Kripo bestimmt davon überzeugen, alles zu tun, was ich erwarte. Sonst … puff!« Er machte mit den Händen ein unmissverständliches Zeichen. »Und keiner wird herausbekommen, dass ich hinter der Sache stecke. Alles deutet auf deinen Liebsten hin.«

Verständnislos schaute Grewe Remmark an.

»Um den ist es nicht schade!«, fügte der Steiger mit abschätziger Stimme an. »Wenn hier wirklich jemand herumgeistert und die Kameraden tötet, dann ist es Mimose!«

»Was redest du da für eine Scheiße!«, fragte Grewe schockiert. »Ich habe den Mann selbst gesehen. Er sah bestimmt nicht wie Mimose aus.«

»Was spielt das für eine Rolle, wie er aussieht? Er ist jedenfalls der einzige, der mit falschen Karten spielt«, beharrte Remmark. »Als ich nach Pitt gefragt habe, ob er sich bei jemandem in meiner Partie abgemeldet hatte, hat Mimose mich angelogen. Und warum? Um sich zu schützen.«

»Das glaubst du doch selbst nicht!«

»Oh doch! Niemand wird mehr daran zweifeln, denn nach ihm wird schon gefahndet.«

Grewe wusste nicht, wovon Remmark sprach.

»Soll ich dir erklären, warum? Der Einbruch bei ihm und das viele Geld, das deine Kollegen dort finden werden, wird sie davon überzeugen.«

Grewe wurde schwindelig.

»Und finden werden sie ihn nicht, denn er liegt hier gleich nebenan.«

»Wie bitte?«

Grinsend erklärte der Steiger: »Du hast schon richtig verstanden! Mimose ist auch hier. Leider geht es ihm nicht mehr so gut wie dir, aber er ist hier. Er hat den Fehler gemacht, sich zu heftig zu wehren.«

Grewe blieb die Luft weg vor Schreck. Wo war Bonhoff? Er schaute sich um, konnte ihn aber nirgends sehen.

»Dass dein Herz nur für ihn schlägt, habe ich schnell herausgefunden. Auch deine schöne Story von der Ehefrau im Pütt war zu aufgesetzt. Dass du anders tickst, merkt man doch sofort. Deine Komödie vom rauen Bergmann war sowas von unglaubwürdig.«

»Wo ist er?«, fragte Grewe.

Remmark zeigte auf eine vorstehende Mauer direkt vor seinen Augen und meinte: »Dahinter liegt er.«

»Ich will ihn sehen.«

»Alles zu seiner Zeit. Ich bin nämlich noch nicht mit dir fertig.«

Grewe hatte Mühe, diesem Wahnsinnigen weiter zuzuhören. Doch die Stimme war so laut, dass er jedes Wort verstand.

»Denn, ich muss dir noch sagen, was das Schönste an unserem Spiel ist.«

Grewe wollte es nicht wissen.

»Nur ich weiß, wo ihr beide steckt. Ohne mich wird euch hier keiner finden.«

»Willst du damit sagen, dass du keinen der Kameraden in dieses kranke Spiel eingeweiht hast?«, fragte Grewe mit zitternder Stimme.

»Genau das!«

»Wo ist Mimose?«, fragte Grewe nochmal.

»Keine Sorge! Bald werde ich euch zwei Liebenden zusammenbringen. Es wird sein wie bei Romeo und Romeo!« Remmark lachte über seinen Witz und verschwand. Grewe glaubte, verrückt zu werden.

Nun ließ er ihn nicht nur in großer Gefahr zurück, sondern auch noch in der Ungewissheit, ob sein Freund Michael Bonhoff wirklich mit ihm hier eingesperrt war oder nicht.

⚒

Es war erst wenige Stunden her, dass sie sich voneinander verabschiedet hatten. Nun saßen sie sich wieder gegenüber. Doch dieses Mal war der Ort die Staatsanwaltschaft, der Raum ein Büro und ein protziger Schreibtisch stand zwischen ihnen. Auch trug der Anlass für dieses Treffen nicht gerade zu einer guten Stimmung bei. Jürgen Schnur war ratlos, weil er seinen Mann nicht mehr zu greifen bekam. Es war genau das eingetroffen, wovor ihn jeder gewarnt hatte.

»Du musstest ja deinen Dickschädel durchsetzen«, zischte Ann-Kathrin. »Ich wollte diese gefährliche Aktion von Anfang an nicht zulassen.«

Wütend nahm sie den Hörer in die Hand und begann die Nummer des Oberbergamtes zu wählen.

Schnur wartete das Gespräch ab. Doch an den Bruchteilen, die er zu hören bekam, erkannte er, dass Ann-Kathrin nicht das erreichte, was sie sich erhoffte. Als sie auflegte, murrte sie: »Die meinen, wir sollten erst abwarten, bis die Schicht zu Ende ist. Wenn Grewe und Bonhoff dann immer noch nicht auftauchen, soll ich mich wieder bei ihnen melden.«

»Siehst du«, rief Schnur aus. »Da liegt unser ganzes Problem. Während wir hier in aller Seelenruhe abwarten, kann dort unten weiß Gott was passieren.«

»Sag das nicht mir«, konterte die Staatsanwältin böse. »Du hast diese Misere zu verantworten, weil du unbedingt deinen eigenen Mann in dieses Loch schicken wolltest. Deshalb warne ich dich. Behalte deinen kühlen Kopf und überlege dir, wie es weitergehen soll, wenn uns das Bergamt nicht runterlässt.«

»Du hast recht«, gab Schnur nach. »Wenn wir uns herumstreiten, helfen wir niemandem. Ich werde mich mit meinen Leuten beraten. Ruf mich an, sobald du etwas vom Bergamt hörst.«

»Und ruf du mich an, sobald du etwas von Anton Grewe hörst!«

⚒

Das Signal ertönte in einer Lautstärke, dass die beiden Kommissarinnen zusammenzuckten. Das war der Hinweis, dass der Korb aus der sechsten Sohle nach oben fuhr.

»Schichtende«, kommentierte Andrea.

Sie überquerten den großen Platz und steuerten die Schachthalle an, in der Hoffnung, dort Anton Grewe oder Michael Bonhoff zu begegnen.

Viele verrußte Gestalten kamen heraus. Sie redeten, lachten und schienen alle gut gelaunt zu sein, denn es war Wochenende.

Lange standen die beiden Frauen am Rand des Geschehens. Einige der Männer nahmen sie wahr und honorierten ihre Anwesenheit mit Pfiffen und Komplimenten.

Doch so nach und nach wurden die Gruppen von Männern immer kleiner, bis nur noch Vereinzelte die Schachthalle verließen. Sie alle steuerten die Lampenstube an. Weder Michael Bonhoff noch Anton Grewe waren dabei.

»Nicht nur, dass ich unsere beiden nicht gesehen habe«, meinte Anke. »Ich habe niemanden aus Remmarks Partie gesehen.«

»Ich auch nicht. Bleibt uns nichts anderes übrig, als zum Warndt zu fahren und uns dort umzusehen«, beschloss Andrea. »Wenn die beiden über den Warndtschacht hochgefahren sind, müssen sie sich dort zuerst duschen, bevor sie das Gelände verlassen. Also erwischen wir sie noch.«

Sie gingen zum Dienstwagen auf der Rückseite der Kaffeeküche, wo sich die ehemaligen Pferdeställe befanden, die inzwischen zu Garagen umgebaut worden waren. Anke übernahm das Steuer, was Andrea ihr mit einem Grinsen überließ. In bedächtigem Tempo fuhren sie los.

Auf dem Grubengelände Warndt erwartete sie dasselbe Bild. Schwarz verschmutzte Männer, die lachend und diskutierend die Waschkaue ansteuerten. Im Gegensatz zu Velsen befand sich hier eine Duschgelegenheit, weshalb die Männer von Velsen mit schwarzen Bussen zum Warndt transportiert werden mussten, um sich dort zu duschen. Nach und nach trafen die ersten ein und die Menschenmassen wurden immer größer.

Anke und Andrea mischten sich unter die Bergarbeiter, die ihnen bereitwillig Auskunft geben wollten. Doch niemand hatte Grewe oder Bonhoff in den letzten Stunden gesehen.

Nun wurde es beunruhigend.

Sie warteten weiter, obwohl sie inzwischen selbst nicht mehr daran glaubten, dass die beiden immer noch unter der Dusche waren. Als die letzten Männer in Freizeitkleidung aus der Waschkaue kamen, den Platz überquerten und den Parkplatz ansteuerten, war immer noch kein bekanntes Gesicht unter ihnen.

Entmutigt schauten sich die beiden Kolleginnen an.

»Und jetzt?«, fragte Anke.

»Auf der Dienststelle Bescheid sagen«, meinte Andrea mit hängenden Schultern. Plötzlich klingelte ihr Handy. Auf dem Display stand der Name ihres Vorgesetzten.

»Naja! Wenn man von Teufel spricht«, meinte sie und drückte auf den Lautsprecher.

»Warum höre ich nichts von euch?«, fragte Schnur mit gehetzter Stimme.

»Weil wir immer noch hoffen, dass Grewe einer der Letzten ist, der hochfährt.«

»Heißt das, ihr habt kein Lebenszeichen von ihm gesehen?«

»Genau das!«

»Kommt zurück. Wir müssen uns beraten.«

⚒

Remmark wollte sein Triumphgefühl gern auskosten – Tonys hilflosen Anblick, als er ihn in der Sprengkammer zurückgelassen hatte.

Doch das gelang ihm nicht. Er fühlte sich beobachtet.

Die Strecke, die er zurücklegen musste, um unbemerkt zum Gustavschacht zu gelangen, war an dieser Stelle einsam und finster. Er befand sich auf der vierten Sohle, auf der schon seit Jahren keine Kohle mehr abgebaut wurde. Deshalb konnte er nichts erkennen. Wenn er sich umdrehte, sah er nur Schwarz. Immer wieder hörte er ein scharrendes Geräusch. Vermutlich Mäuse, die sich ausgebreitet hatten. Eine andere Erklärung gab es dafür nicht, sagte er sich. Trotzdem fühlte er sich nicht wohl. Er beschleunigte seine Schritte. Die Schachttür kam in Sicht.

Auf den letzten Metern bemerkte er, dass er keinerlei Geräusche mehr hinter sich hörte. Es waren wohl doch nur Mäuse. Er schalt sich selbst einen Feigling. Dass er sich von diesen fantastischen Spinnereien über ein Phantom hatte anstecken lassen, gab ihm zu denken. Seine Nerven lagen blank. So kurz vorm Ziel wollte er nicht noch alles verlieren.

Seit sie wussten, dass der Bergbau im Saarland bald Geschichte sein würde, hatten sie sich andere Geldquellen besorgt. Der Handel mit den Drogen war wirklich lukrativ. Was kümmerte es ihn, was später damit geschah. Ihm war nur das Geld wichtig. Und das hatte er sicher angelegt. Bei ihm konnte auch ruhig jemand einbrechen, denn bei ihm würde er nichts finden. Er hatte schon immer vorausgedacht, hatte auch den Kameraden dazu geraten. Aber sie hatten alle die Situation unterschätzt.

Bis vor knapp zwei Wochen hatte nie jemand etwas bemerkt. Einige Kameraden waren zwar unter mysteriösen Umständen gestorben. Doch so tief unter Tage wollte niemand wirklich nach dem Rechten sehen. Dort herrschten andere Regeln, galten andere Gesetze. Bis dorthin drang niemand vor.

Die Verluste seiner Kameraden hatten Remmark erschüttert. Seine Zukunftspläne hatte er deshalb aber nicht aus den Augen verloren. Es war ihm immer wieder gelungen, die anderen Jungs davon zu überzeugen, weiterzumachen. Denn es wäre keinem geholfen, aus der Tragödie eines anderen die eigene zu machen. Und sie waren alle vernünftig geblieben.

Doch dann musste es Peter Dempler ausgerechnet auf diese auffallende Art und Weise treffen. Aufsehenerregender ging es nun wirklich nicht mehr. Seitdem hatte er die Polizei am Hals. Dazu noch einen Maulwurf unter Tage.

Aber sie hatten Remmark unterschätzt. Er verlor niemals sein Ziel aus den Augen. Er würde sich mit dem Geld ein schönes Leben machen. Daran konnte ihn niemand hindern. Frau und Kind hatte er nicht zu versorgen. Was stand ihm also noch im Weg?

Er grinste, als er den Kontaktschalter oberhalb der Schachttür unterbrach.

Nur noch diese Hürde hinter sich bringen, dann würde er sich auf eine lange Reise machen. Wie lange sehnte er sich schon danach!

Er öffnete die Tür und wollte vorsichtig auf die Schachtleiter klettern, als ihn ein Geräusch ablenkte.

Es klang verdammt nah! Erschrocken drehte er sich um.

KAPITEL 14

Schnur saß in seinem Büro hinter dem Schreibtisch und war so blass im Gesicht, wie Andrea und Anke ihn noch nicht gesehen hatten. Vor ihm auf dem Tisch lag ein Bericht, den er las, während Erik auf einem Besucherstuhl saß und sich über seine Augen rieb.

Robert Ollig stand in seiner Cowboy-Kluft in der Ecke und grüßte die beiden mit einem lässigen: »Hi Ladies!«

Dann war alles still.

»Was ist los?«, fragte Anke im Flüsterton, während sie sich neben Erik niederließ. Sie wagte kaum zu sprechen, so gedrückt wirkte die Stimmung in dem Raum.

Da räusperte sich Schnur. Alle schauten ihn erschrocken an.

»Ich habe hier den Bericht der Spurensicherung, der mir nicht gefällt«, sagte er.

»Aus Bonhoffs Wohnung?«, fragte Erik.

Schnur nickte.

»In der Wohnung wurden keine fremden Fingerabdrücke gefunden, was uns verrät, dass Bonhoff dort allein lebt«, begann Schnur. »Nur auf den Geldscheinen gab es welche.«

»Die nicht von Bonhoff stammen?«

»Genau!«

»Wissen wir, von wem sie stammen?«

»Ja!«

»Dann sag es uns endlich«, drängte nun Andrea.

»Sie stammen von Georg Remmark.«

»Der Steiger?«, fragte Andrea fassungslos.

Schnur nickte.

»Und sonst waren nirgends die Abdrücke von Remmark in der Wohnung zu finden?«, hakte Erik nach.

»Richtig!«

»Nur auf dem Geld?«

»Wieder richtig!«

»Vielleicht stammt das Geld aus Remmarks Besitz«, versuchte Erik zu erklären

»Du meinst, dass Bonhoff das Geld vorher schon von Remmark gestohlen hatte«, vergewisserte sich Schnur. »Und Remmark holt es sich wieder zurück.«

Erik nickte.

»Oder Remmark ist der Einbrecher. Er hat das Geld entdeckt, konnte es nicht lassen und fasste es mit bloßen Händen an«, spekulierte Andrea.

»Warum sollte er so unvorsichtig werden?«

»Er dachte, er nimmt es ja sowieso mit.«

»Den Gedanken hatte ich auch schon«, gab Schnur zu verstehen.

Der Teamchef der Spurensicherung fragte: »Warum bin ich hier?«

»Ich habe eine Genehmigung für eine Hausdurchsuchung von Remmarks Wohnung beantragt. Sobald die bei mir eintrifft, will ich, dass Sie nach übereinstimmenden Spuren in den beiden Wohnungen suchen«, antwortete Schnur. »Ich will klare Beweise, dass Remmark der Mann ist, den wir suchen. Es könnte auch sein, dass Remmark Bonhoff eine Falle stellen will.«

»Okay! I'm waiting …«

»… Deutsch bitte!«

»Ich warte.« Er zog sich in seine Ecke zurück und schwieg weiter.

»Du glaubst, dass Remmark das Phantom ist?«, wagte Erik nachzufragen.

»Wer sollte es denn sonst sein?«, fragte Schnur zurück. »Keiner kennt sich so gut aus wie er. Alle haben das Phantom gesehen, nur er nicht. Er scheint der Anführer in der Drogensache zu sein. Also profitiert er am Ende sogar, wenn er allein übrig bleibt. Alle Todesfälle wurden von ihm als Unfälle heruntergespielt – und das mit einer Überzeugung, dass sogar das Bergamt diese Aussage nicht mehr angezweifelt hat.«

»Okay. Es spricht einiges dafür. Aber wer war der Mann, den Grewe zusammen mit Arthur Hollinger im Erlebnisbergwerk gesehen hat? Der war schlank, das ist Remmark nicht.«

»Keiner von uns weiß, ob dieser Mann auch der angebliche Sponsor war. Es könnte genauso gut sein, dass Arthur einem Kumpel das EBV gezeigt hat und Remmark stieß dazu.«

»Stimmt! Remmark hat für diese Zeit kein Alibi«, meldete sich Andrea zu Wort. »Ich habe nämlich versucht, herauszufinden, wo er zu dieser Zeit war, bekam aber nur bestätigt, wo er während der Störungspause war.«

»Remmark als Phantom ist wirklich glaubhaft«, gestand Erik nach dieser Argumentation ein. »Zumindest glaubhafter als Karl Fechter.«

»Übrigens! Die Gerüchteküche um das Phantom hat inzwischen eine größere Reichweite«, meinte Andrea.

»Was willst du damit sagen?«, hakte Schnur verblüfft nach.

»Karl Fechters Sohn hat hier angerufen«, antwortete Andrea. »Er will heute noch hierher kommen und mit mir sprechen. Er will wissen, was dran ist. Ob wirklich sein Vater dahinterstecken könnte!«

»Hör dir mal an, was er zu sagen hat.« Schnur nickte verdrießlich. »Ich kann diese Theorie nicht glauben. Das klingt in meinen Ohren einfach unvorstellbar, dass ein Mann solange im Verborgenen leben kann. Aber wir sollten nichts außer Acht lassen.«

Plötzlich ratterte das Faxgerät los, das hinter Schnurs Schreibtisch stand. Es war der Durchsuchungsbescheid. Wortlos überreichte er ihn dem Spusi-Chef, der breit grinsend »Good bye« rief und schleunigst das Büro verließ.

Dabei gab er Norbert Kullmann die Tür in die Hand. Schwungvoll polterte der Altkommissar herein. Seine Augen leuchteten, als sei er auf eine Goldgrube gestoßen.

»Ich hab's!«, rief er.

»Was hast du?«, fragte Schnur fassungslos.

»Ich habe dir doch von der französischen und deutschen Geschichte unseres Bergbaus erzählt«, begann Kullmann.

Schnur erinnerte sich.

»Und genau da liegt die Lösung!«

»Ich verstehe nichts«, gab Schnur zu.

»Ich auch nicht«, gestand Erik.

Anke und Andrea erging es ebenso.

»Ich werde nicht mehr alles wiederholen, nur soweit, dass die Gruben, die hier nach dem Saarstatut 1957 in französische und deutsche Zuständigkeit getrennt wurden, früher alle in französischer Hand waren. Und so kommt es, dass es unterirdische Stollen von beiden Ländern gibt, nur dass das jeweilige Nachbarland heute nichts mehr von diesen Stollen weiß.«

»Das klingt interessant«, gab Erik zu.

»Das ist es auch!« Kullmann lachte. »Und zwar gibt es in Petite-Rosselle den Schacht Puits Saint-Charles. Der wurde schon 1966 stillgelegt. Was aber kaum noch jemand weiß, ist, dass es in den Absetzbecken dahinter einen Bergestollen gibt. Dorthin wurde das Wasser aus den Kohlegruben abgepumpt. Sie sind stellenweise zwanzig Meter tief. An einer dieser Stellen kommt der Stollen ebenerdig ans Tageslicht. Dort kann man einfach so reinspazieren, wenn man sich auskennt.«

»Was soll uns das bringen?«, zweifelte Schnur.

»So kommen wir ganz bequem unter Tage und laufen bis zum Gustavschacht, sollte das Bergamt uns wieder einmal verwehren, vor Ort zu ermitteln.«

Anke, Erik und Andrea waren begeistert. Doch Schnurs Miene blieb düster. »Wir haben mit unserer eigenmächtigen Aktion, einen Trojaner runterzuschicken, schon Ärger genug. Wollt ihr es noch schlimmer machen, indem ihr euch in einem unterirdischen Labyrinth verirrt?«

»Nein! Wir wollen helfen«, kam es von Kullmann.

»Aber wir kennen uns doch gar nicht aus.«

»Dann nehmen wir den Markscheider mit, der mir von diesem Mundloch erzählt hat …«

»… Mundloch?«, fragten alle einstimmig.

»So nennt man einen Stollenausgang über Tage«, erklärte Kullmann und setzte seine Vorschlag fort: »Der Markscheider kennt die unterirdischen Gänge heute noch wie damals.«

»Wie viel weiß dieser Markscheider?«, fragte Schnur.

»Jetzt mach mal einen Punkt«, wurde Kullmanns Tonfall plötzlich unhöflich. »Hältst du mich für einfältig oder für debil? Ich habe nicht vergessen, was Polizeiarbeit bedeutet.«

Erschrocken hob Schnur beide Hände und entschuldigte sich sofort. Im gleichen Augenblick klingelte das Telefon auf seinem Tisch. Er hob ab.

Alle konnten sehen, wie seine Gesichtsfarbe noch blasser wurde. Nach wenigen Sekunden legte er auf und zitterte.

⚒

Der Mann stand ruhig da.

Remmark ebenso.

Sein Begreifen kam etwas spät. Hoffentlich nicht zu spät. Er spürte nämlich, dass er sich in einer ungünstigen Lage befand. Die Schachttür hatte er selbst entsichert und geöffnet. Hinter ihm tat sich ein Schlund von mehr als dreihundert Metern auf. Vor ihm stand der Mann, der für eine ganze Serie von Morden verantwortlich war.

Beschissener ging es nicht.

Er musste etwas tun. Nur was? Mit ihm sprechen?

Er wollte nicht sterben. Nicht jetzt, da er sich gerade so nah an seinem Ziel wähnte. All die Jahre hatte er nicht glauben wollen, dass hier unten etwas nicht mit rechten Dingen zugegangen war. Für jeden Kameraden, der grausam verunglückt war, hatte er Erklärungen gefunden.

Jahrelang war sein Plan aufgegangen, das Geld immer mehr geworden, die Gier immer größer. Und das, obwohl er gewusst hatte, dass er diesen Profit auf einem Verbrechen aufgebaut hatte. Aber davor hatte er die Augen verschlossen.

Nun stand er genau dieser Wahrheit Auge in Auge gegenüber.

Schon der Anblick des Phantoms verriet Remmark, warum diese Dinge hier unter Tage geschehen waren. Er brauchte keine Erklärungen von seinem Gegenüber. Auch brauchte er sich nicht die Mühe zu machen, händeringend nach Rechtfertigungen für seine Rolle in diesem Spiel zu suchen. Dieser Mann hatte schon lange durchgeblickt.

Krampfhaft hielt er sich an den Streben der Schachtleiter fest. Er war stark. Er würde es ihm nicht leicht machen.

Doch kaum hatte er den Gedanken zu Ende gedacht, kam eine Stärke auf ihn zu, die ihn total überraschte. Er versuchte, sich an der Halterung festzuhalten, doch seine Hände schafften es nicht.

Der starke Sog zog ihn in den Schlund des Schachtes hinein. Seine Füße verloren den Halt auf der Eisensprosse. Seine Hände öffneten sich wie von allein und ein Gefühl des Schwebens setzte ein. Er sah nichts, hörte nichts – er spürte nur, wie sein Herz raste, der Adrenalinspiegel in Sekundenschnelle in die Höhe schoss und einen unbändigen Druck in seinem Kopf auslöste. Er konnte sich nicht bewegen, nicht atmen, nicht schreien. Schwerelosigkeit überkam ihn, bis er in der rettenden Bewusstlosigkeit versank.

⚒

Schnur sprang von seinem Stuhl auf, schnappte sich seine Jacke und rief: »Anke, Erik, Norbert, auf geht's – nach Velsen! Andrea, du bleibst hier und sprichst mit Tim Fechter.«

Stöhnend fragte Andrea: »Was verpasse ich? Was ist passiert?«

»Etwas nicht sehr Schönes«, meinte Schnur. »Glaub mir. Es gibt einen Toten in Velsen.«

»Hat es Grewe erwischt?«

»Das weiß niemand!«

Mit dieser Ungewissheit ließ er die Mitarbeiterin im Büro zurück und eilte auf den Fahrstuhl zu. An der geschlossenen Tür holten ihn Anke, Erik und Norbert ein. Schnur wirkte fahrig und nervös. Erste Bartstoppeln bildeten sich bereits auf seinem Kinn. Doch er schien es nicht zu bemerken.

»Aber es gibt einen Toten?«, hakte Erik nach.

»Ja! Und zwar auf dem Dach des Personenförderkorbs«, erklärte Schnur.

»Wie kam er dorthin?«

»Vermutlich abgestürzt.«

»Wie kann man auf das Dach des Korbs fallen?«

»Keine Ahnung – Unfall vielleicht«, antwortete Schnur frustriert. »Ist aus Versehen in einen Schacht gegangen, in dem gerade kein Korb stand.«

»Das glaubst du doch selbst nicht«, schimpfte Kullmann. »Lass dir doch nicht jedes Wort aus der Nase ziehen. Wer hat gerade bei dir angerufen und was hat er gesagt?«

Die Fahrstuhltür öffnete sich, sie stiegen ein. Während die Kabine in die Tiefe fuhr, schauten alle unwillkürlich nach oben auf das Dach.

»Hast du vergessen, dass die Schachttüren mit automatischen Kontrollen versehen sind? Wer die ohne Anmeldung öffnet, löst einen Alarm aus.«

»Nein, habe ich nicht«, meinte Schnur. »Und um auf deine Frage zurückzukommen: Der Anrufer war ein Kollege der Polizeiwache Gersweiler-Klarenthal. Sie sind als erste angerufen worden, und der Fall ist ihm eine Nummer zu groß. Deshalb hat er mir Bescheid gegeben. Von der Bergpolizei wusste er nichts.«

»Was hat er gesagt?«, drängte Anke weiter.

»Dass er sich sicher ist, so einen komplizierten Fall uns melden zu müssen.«

»Kompliziert?«

»Der Tote sieht nicht mehr so gut aus.«

»Hat ihm jemand gesagt, wer der Tote ist?«

»Nein. Er meinte, der Tote wäre in einem Zustand, in dem ihn sogar die eigenen Kumpel nicht erkennen können.«

»Warum das denn?«

»Er muss aus einer gewaltigen Höhe auf das Dach des Förderkorbs aufgeschlagen sein.«

»Also ist es nicht sicher, dass Anton der Tote ist?«, bohrte Anke weiter.

»Nein!«

Die Fahrstuhltür öffnete sich. Im Eiltempo verließen sie das Gebäude, steuerten einen Dienstwagen an und machten sich auf den Weg nach Velsen.

Dort bot sich ihnen ein bereits bekanntes Bild. Viele Männer in Bergmannskluft versammelten sich auf dem großen Platz zwischen dem Erlebnisbergwerk und dem Fördermaschinenhaus. Weiter kamen sie nicht, weil Polizeibeamte das Gelände dahinter komplett abgesperrt hatten.

Die Ankunft der Polizeibeamten wurde sofort mit Argwohn registriert. Als Erik versuchte, mit dem Dienstwagen näher an das Absperrband heranzufahren, blieben die Männer stur stehen, sodass er gezwungen war, den Wagen auf halber Strecke abzustellen. Sie stiegen aus.

Niemand sprach sie an, während sie sich der Schachthalle näherten. Die Blicke der Männer waren feindselig. Noch konnten sie sich nicht ausmalen, was sie erwartete. Auch nicht, wen es erwischt hatte.

»Meine Güte«, murmelte Erik. »In welches Gruselkabinett haben wir Anton nur geschickt?«

»Hoffentlich hat es nicht ihn erwischt«, fügte Anke schaudernd an.

Endlich hatten sie das Gebäude erreicht, das aussah, als sei es mit unterschiedlich alten Wellblechen zusammengezimmert. Als sie eintraten, erwarteten sie nur noch vereinzelte Polizeibeamte in Uniform und ein Bergmann.

Der Korb stand auf der Hängebank.

Der erste Eindruck verriet nicht, was sie erwartete. Also näherten sie sich und warteten ab, bis einer der Polizeibeamten der Außenstelle Gersweiler-Klarenthal zu sprechen begann: »Der Tote – oder was davon übrig ist – liegt immer noch dort oben. Und auf die Frage, ob wir ihn bewegt haben, wird Ihnen der Anblick genug dazu sagen.«

Der Fahrsteiger trat hervor. Er war ein großer, schlanker Mann in den Dreißigern. Sein Gesicht war hager, seine Augen hellwach. Mit einem »Glückauf« begrüßte er den Kriminalhauptkommissar und meinte: »Wir haben eine Aufsteighilfe an der Seite des Korbs angebracht. Folgen Sie mir, damit Sie sich den Toten ansehen können.«

Als Schnur die notdürftig angebrachten Stufen an der Seite des Korbs hochkletterte, war er sich nicht so sicher, ob er wirklich sehen wollte, was ihn dort erwartete. Doch es blieb ihm nichts anderes übrig. Seine Unsportlichkeit lenkte ihn von dem bevorstehenden Ereignis ab, denn er hatte Mühe, diese weit auseinanderstehenden Tritte auch zu erreichen.

Oben angekommen sah er als erstes, dass das Dach des Korbes von allen Seiten mit halbhohen Stahlblechen umgeben war. Erstaunt registrierte er, dass ihnen der Tote vollständig erhalten blieb, denn was vor ihm lag, sah aus, als sei dieser Mensch explodiert. Rote Gewebefetzen durchsetzt mit weißen Knochensplittern verteilten sich auf dem Boden, klebten an den Seitenblechen und an dem Stahlstift in der Mitte.

Plötzlich entstand ein Tumult vor der Schachthalle.

Ein guter Grund für Schnur, seinen Blick von diesem schaurigen Anblick abzuwenden und wieder auf den sicheren Boden hinabzuklettern. Er sah einen Mann mit Cowboy-Hut und paillettenbesetzten Westernstiefeln durch die Menge auf den Korb zugehen. Der Teamchef der Spurensicherung

Unfreundlich rief Schnur ihm entgegen: »Hatte ich Ihnen nicht gesagt, was Sie tun sollen?«

Doch Buffalo Bill lachte nur, zog sich seinen Schutzanzug über und kletterte so geschickt auf das Dach des Korbs, als würde er täglich solche Klimmzüge üben. Oben angekommen folgte ein Redeschwall, den niemand verstehen konnte.

Schnur schaute dem Mann verblüfft zu. Diese Kaltschnäuzigkeit brachte ihn aus dem Konzept. Empfand dieser Mann gar nichts bei dem Anblick?

»Wie sieht der Tote aus?«, fragte Anke.

»Schlimm!«

»Schlimmer als Arthur Hollinger?«

Schnur nickte und meinte: »Kannst es dir ja mal ansehen.«

»So wie du aussiehst, würde ich sagen, dass ich darauf lieber verzichte.«

»Manometer! Bin ich zu spät?«, rief jemand plötzlich ganz außer Atem.

Schnur drehte sich um und schaute dem Gerichtsmediziner direkt ins Gesicht, der mit einem Bedauern anfügte: »Tut mir leid. Aber aus der Richtung Homburg nach Saarbrücken war ein Stau auf der Autobahn.«

»Macht nichts«, meinte Schnur. »Wir sind auch gerade erst angekommen. Jetzt hast du nur das leidliche Vergnügen, dich mit Buffalo Bill herumzuschlagen.«

»Darin sehe ich kein Problem«, meinte Dr. Wolbert zu Schnurs Überraschung. »Das ist ein fähiger Mann. Ich arbeite gern mit ihm zusammen.«

Damit hatte Schnur nun wirklich nicht gerechnet. Er sagte nichts dazu und ließ den Mediziner seine Arbeit machen. Währenddessen drehte er sich um und wollte seinen Begleitern die Anweisung geben, sich unter den Bergleuten umzuhören, ob und wann jemand Grewe zuletzt gesehen hatte. Immer noch trieb ihn die Hoffnung, dass diese Überreste nichts mit seinem Mitarbeiter zu tun hatten.

Aber es war niemand mehr da. Suchend ließ er seinen Blick durch das Eingangstor der Halle auf den Vorplatz wandern. Da entdeckte er Erik. Es sah so aus, als seien sie schon von selbst auf diese Idee gekommen. Zufrieden wandte er sich wieder den Tatortermittlern zu.

Die Blitze erhellten die Halle immer wieder und wieder. Es dauerte lange, bis Dr. Wolbert an der Korbwand herunterkletterte und meinte: »Sieht aus, als wäre er aus großer Höhe aufgeschlagen.«

»Wie hoch?«, fragte Schnur.

»Das muss ich in meinem Institut errechnen.«

»Das ist möglich?«

»Auf jeden Fall. Daraus könnt ihr entnehmen, von welcher Sohle er in den Schacht gestürzt ist.«

»Könnte es Grewe sein?«, fragte Schnur zögernd.

Dr. Wolbert schüttelte den Kopf. »Zum Glück sind beide Schuhsohlen noch komplett erhalten geblieben. Und die zeigen Größe 45 an. Grewe hat 42.«

Endlich gelang es Schnur aufzuatmen.

Gerade wollte er die Schachthalle verlassen, als er hinter sich die Stimme von Ollig hörte: »Hey Boss!«

Schnur drehte sich um und sah, wie ihm der Cowboy etwas entgegenhielt. Gegen seinen Willen trat auf ihn zu und schaute sich an, was er in Händen hielt. Doch er erkannte nur ein blutiges Etwas in einer durchsichtigen Nylontüte.

»Was on top… äh … lag oben auf!«

»Was ist das?«

»Das ist eine Speicherkarte. Vermutlich von einem Fotoapparat.«

⚒

Grewe wunderte sich, dass Remmark das Licht angelassen hatte. So konnte er sich umsehen, konnte seine eigene Aussichtlosigkeit in aller Deutlichkeit erkennen. Der Strick, mit dem er gefesselt war, sah stabil aus. Bei jeder Bewegung drückten ihm die Fesseln das Blut in den Unterarmen ab. Aber zerreißen konnte er sie nicht.

Auch den Zeitmesser der Bombe konnte er gut im Auge behalten. Diese Uhr zeigte ihm gnadenlos an, dass sein Tod mit jedem Ticken eine Sekunde näher rückte. Und doch wunderte er sich, dass gerade mal zwei Stunden vergangen waren. Es war ihm viel länger vorgekommen.

Sollte er jetzt erleichtert sein, dass die Zeit so zäh verstrich?

Er wusste es selbst nicht. Er konnte nur hoffen, dass seine Kollegen machten, was Remmark von ihnen verlangte. Denn ohne den Steiger würde ihn niemand hier finden können. Wieder überfiel ihn große Angst. Die Angst, hier zu sterben und unter den Trümmern für immer zu verschwinden. Die Angst vor der Endgültigkeit. Was war seine Angst vor dem Versagen dagegen? Schnur hätte ihm bestimmt noch eine weitere Chance eingeräumt. Aber er hatte den Helden spielen wollen, der er gar nicht war.

Er seufzte so laut, dass er selbst erschrak. Da fiel ihm Michael Bonhoff wieder ein.

Ob er wirklich hinter dieser Mauer lag?

»Michael!«, rief er. »Michael!« Keine Reaktion.

»Mimose?« Es fiel ihm schwer, dieses Wort auszusprechen. Aber er hoffte, damit vielleicht eine Reaktion zu provozieren. Aber nichts geschah.

Vermutlich hatte Remmark ihn nur reingelegt.

Entmutigt ließ er den Kopf sinken. Gab es nichts, was er tun konnte? Einfach nur hier sitzen und warten, bis …

Nein! Er entschied sich anders. Sollte tatsächlich sein Freund dort liegen, ging es ihm bestimmt sehr schlecht. Sonst hätte er sich doch längst gemeldet oder gezeigt.

Also nahm er sich vor, mit Bonhoff zu sprechen. Egal, ob er jetzt mit der Wand redete, oder ob wirklich dort jemand lag und ihn hörte. Es bekäme sowieso niemand von den anderen mit.

»Michael«, begann er. »Wenn du wirklich da hinten liegst, dann will ich einfach mit dir reden, damit du weißt, dass ich hier in deiner Nähe bin. Du bist nicht allein …«

⚒

Ann-Kathrin Reichert saß bereits in Schnurs Büro, als die Polizeibeamten dort eintrafen. Ihr Anblick ließ alle erschrocken zusammenzucken, als hätten sie wieder einmal etwas ausgefressen. Ann-Kathrin verstand sofort und stieß ihr kehliges Lachen aus. »Ihr seid noch nicht gestraft genug«, spottete sie. »Denn so wie ihr dreinblickt, habt ihr noch lange nicht vor, euch an die Regeln zu halten.«

»Sie haben uns erst auf den Geschmack gebracht«, entgegnete Kullmann so charmant, dass die Staatsanwältin nichts mehr entgegnen konnte. Also kam sie auf den dienstlichen Teil zu sprechen und fragte: »Wer ist der Tote?«

»Auf keinen Fall ist es Grewe«, antwortete Schnur.

»Mehr wissen wir nicht?«, wiederholte Ann-Kathrin überrascht. »Das verstehe ich nicht.«

»Er ist aus großer Höhe abgestürzt und auf dem Dach des Förderkorbs gelandet. Zuerst einmal hat ihn der Aufprall zerplatzen lassen.

Hinzu kommt, dass sich dort oben eine sogenannte Seilkausche befindet, an der das Förderseil befestigt ist.«

»Was ist eine Seilkausche?«

»Die Verbindung zwischen Förderkorb und Oberseil. Es sieht aus wie ein Stahlstift, ist aber eine breite stählerne Ummantelung des Seils, um die Zugkraft zu stabilisieren«, erklärte Schnur.

»Und da ist der Mann draufgeknallt?«

»Menschliche Überreste lagen auf der gesamten Plattform des Daches verteilt.«

Die Staatsanwältin verzog ihr Gesicht. »Kommen wir zum nächsten Thema. Was haben Sie über Anton Grewe und Micheal Bonhoff herausgefunden?«

Anke begann zu sprechen: »Ich habe endlich einen Mann aus Remmarks Partie angetroffen. Er erzählte mir, dass er Tony kurz vor der Störungspause das letzte Mal gesehen hätte. Er hätte plötzlich angefangen, von dem Phantom zu reden, was den Kameraden so gewundert hat. Bisher hätte Tony immer einen souveränen Eindruck auf sie gemacht.«

»Welches Phantom?« Ann-Kathrin stutzte.

»Dort unten geistert laut Aussagen einzelner Kameraden ein Bergmann herum, der wie Karl Fechter aussieht«, erklärte Schnur. »Nach unseren Ermittlungen ist Karl Fechter aber tot.«

»Und diesen Untoten hat Grewe gesehen?«

»Das kommt mir auch seltsam vor, weil Grewe selbst nicht an dieses Gerede glauben konnte«, meinte Schnur

»Und wir konnten ihn noch nicht danach fragen«, mischte sich Anke ein. »Nachdem die Störung behoben war, hat ihn niemand mehr gesehen. Und oben angekommen ist er auch nicht.«

»Was doch bedeutet, dass dort unten tatsächlich jemand ist – wenn auch nicht unbedingt ein Phantom«, beharrte Ann-Kathrin, womit sie die bedrückte Stimmung noch verstärkte.

»Ich vermute hinter dem Phantom Georg Remmark«, gab Schnur zu verstehen. »Er ist seitdem ebenfalls verschwunden.«

»Und was ist mit Michael Bonhoff? Warum habt ihr den Mann nicht zur Fahndung ausgeschrieben?«, fragte sie weiter.

»Weil er auch noch dort unten ist«, antwortete nun Schnur. »Wir haben alles überprüft. Er ist unter Tage.«

»Aber niemand hat ihn gesehen«, fügte Erik an. »Das haben die Männer aus Remmarks Partie bestätigt.«

»Wo waren die, als wir sie gesucht haben?«, fragte Anke.

»Wohl unter der Dusche. Dort haben sie euch bestimmt nicht hingelassen«, meinte Erik grinsend.

»Und Hans Rach und Paolo Tremante haben wir auch nirgends gesehen. Ihr etwa?«

»Nein!«

Schnur mischte sich ein und sagte: »Sollten die beiden zu dem Komplott gehören, das den Drogenhandel dort unten betreibt, schweben sie in großer Gefahr. Wir müssen nach ihnen suchen lassen und sie zu ihrem Schutz in Gewahrsam bringen.«

»Warum das denn?«, fragte die Staatsanwältin.

»Weil alle Männer, die sich an dem Drogengeschäft beteiligen, tödlich verunglückt sind. Heute wissen wir, dass es keine Unfälle waren, sondern Morde.«

»Und du vermutest, dass Remmark diese Männer ausschaltet, um das Geld für sich alleine zu haben?«

Schnur nickte zögerlich.

»Und wie passt Grewe in dieses Opferbild?«

»Gar nicht. Deshalb ist es ja so schwer herauszufinden, was dort unten schiefgelaufen ist.«

»Kann es sein, dass seine Tarnung aufgeflogen ist?« Mit dieser Frage bohrte die Staatsanwältin noch tiefer in den Wunden.

»Den Verdacht hatten wir auch schon.«

Das Telefon auf Schnurs Schreibtisch klingelte. Er hob ab und machte sofort ein langes Gesicht, als er Buffalo Bills Stimme in der Leitung hörte.

»I have good news and bad news!«

»Die gute zuerst«, murmelte Schnur, dem es zu viel wurde, diesen Mann immer wieder daran zu erinnern, in welchem Land er inzwischen arbeitete.

»Wir haben die DNA-Vergleiche gemacht«, sprach Ollig in Deutsch weiter, als hätte er Schnurs Gedanken gelesen. »Es handelt sich bei dem Toten einwandfrei um Georg Remmark.«

Schnur war über diese Nachricht so erleichtert, dass er das Telefon auf Lauthören stellte und den Mann aufforderte: »Sagen Sie das nochmal!«

Die Nachricht schlug ein wie eine Bombe. Doch hatte sie auch wieder einen Haken, den Schnur sofort erkannte. Denn er meinte: »Der schlechte Teil daran ist wohl, dass wir damit den einzigen Verdächtigen verloren haben, den wir in diesem Fall je hatten.«

»Nein«, widersprach Ollig. »Die schlechte Nachricht schicke ich dir zu.«

Schnur wollte auflegen, als er ihn durch den Hörer pfeifen hörte. Wütend rief er in den Hörer: »Hey! Sie müssen hier keine Kuhherde zusammentreiben. Also drücken Sie sich gefälligst normal aus!«

»Sorry! Aber das Ergebnis aus Bonhoffs Wohnung könnte wichtig sein.«

»Ich denke, Sie schicken mir den Bericht zu?«

»Vorab kann ich aber schon mal sagen, dass das Einbruchswerkzeug wieder einmal ganz anders war. Dieses Mal hat der Einbrecher das Türschloss aufgebohrt. Und einen solchen Bohrer habe ich in Remmarks Wohnung nirgends gefunden. Und jetzt kommt erst die schlechte Nachricht!«

»Das sind ja zwei schlechte Nachrichten«, brummte Schnur.

»Rufen Sie Ihre E-Mails ab. Dort finden Sie, was auf der Chipkarte war.«

Gegen seine Gewohnheit setzte sich Schnur an seinen PC und öffnete die angekündigte Datei. Darauf war nur ein Foto. Beim Anblick stockte allen der Atem.

⚒

Andrea ahnte, was sie erwartete, weil die Kollegin Anke Deister ihr ausführlich von Tim Fechter erzählt hatte. Das war ihr auch in diesem Augenblick ganz recht. Ihre Stimmung war betrübt. Da konnte ihr eine Aufmunterung nicht schaden. Und Anke hatte nicht zu viel versprochen. Der Mann, der ihr Büro betrat, strahlte eine Energie und Kraft aus, die Andrea sofort beeindruckte. Seine dunkle Stimme war kraftvoll. Seine blonden Haare leuchteten im Neonlicht, das bereits eingeschaltet war, weil sich der Tag dem Ende neigte. Nur seine blauen Augen wirkten traurig und besorgt.

»Sie wollen mit uns sprechen«, begann sie, nachdem sie sich vorgestellt hatten und schaltete das Tonbandgerät ein. Das war ihr lieber, weil sie dadurch garantiert kein Wort des Gesprächs vergaß.

Argwöhnisch schaute der junge Mann auf das Gerät und fragte: »Muss dieses Band laufen?«

»Ich nehme das Gespräch auf, damit es später zu Protokoll gegeben werden kann.«

Tim nickte und begann zu sprechen: »Seit Ihre Kollegen bei mir waren und gefragt haben, ob mein Vater noch leben könnte, ist mir dieser Gedanke nicht mehr aus dem Kopf gegangen.«

Andrea nickte.

»Ich gehöre zwar nicht zu der Welt der Bergleute. Doch ich lebe mitten unter ihnen und so kommt es, dass ich auch immer erfahre, was unter Tage los ist«, sprach der blonde Mann weiter. »Jetzt kursiert im Warndt-Dorf das Gerücht, ein Mann sei unter Tage gesehen worden, der wie mein Vater aussah.«

»Mit Warndt-Dorf meinen Sie Dorf im Warndt?«, hakte Andrea nach.

»Genau. Dort lebe ich immer noch in der Bergmannssiedlung. Nach meinem Studium werde ich wohl wegziehen. Aber zurzeit reicht es mir.«

»Klar!«, bestätigte Andrea.

»Vielleicht war auch immer ein bisschen der Gedanke – oder der heimliche Wunsch –, dass mein Vater mich findet, sollte er wider Erwarten dieses schwere Unglück überlebt haben.« Er lachte über sich selbst und meinte: »Schön naiv, was?«

»Warum? Ihr Verhältnis war gut. Da fällt es umso schwerer, an so einen Schicksalsschlag zu glauben«, ermutigte Andrea ihr Gegenüber.

»Das sagen Sie schön.« Er grinste verlegen. »Doch jetzt heißt es immer wieder, er sei noch am Leben. Und wenn das stimmen sollte, hat ihn sein erster Weg nicht zu mir geführt. Das ist es, was mir einfach schwerfällt zu glauben.«

»Wir sind an dieser Sache dran«, gab Andrea zu verstehen. »Deshalb bitte ich Sie, uns sofort zu informieren, wenn Ihr Vater tatsächlich bei Ihnen auftaucht.«

»Ich habe Angst, dass er nicht bei mir auftauchen will – warum auch immer«, wehrte Tim ab.

⚒

Auf dem Foto war Anton Grewe abgebildet. Mit weit aufgerissenen Augen saß er gefesselt auf einem Stuhl. Am rechten Bildrand konnten sie ein Gebilde aus Drähten und Kabeln erkennen, das eindeutig eine Bombe war. Daran hing ein Zeitzünder, auf eine Zeit von vierundzwanzig Stunden eingestellt.

Kullmann war der Erste, der etwas zu diesem Foto sagte: »Zumindest wissen wir jetzt, dass Grewe noch lebt.«

»Und woher?«, fragte Schnur.

»Als Remmark in den Schacht gefallen ist, hatte er die Kamera dabei.«

»Wer sagt, dass er die Kamera dabei hatte?«

»Erinnerst du dich noch an unsere Begegnung mit Remmark in dem alten, eingestürzten Streb?«, fragte Kullmann zurück. »Da spach er von seinem Fotoapparat.«

»Stimmt! Das könnte bedeuten, dass sein Mörder den Apparat nicht gesehen hat, als er Remmark in den Schacht stieß.«

»Das Phantom«, flüsterte Ann-Kathrin.

»Jetzt fang du doch nicht auch noch mit dem Phantom an«, brüllte Schnur. »Damit machen wir uns alle nur verrückt. Jetzt ist klar denken angesagt.«

»Ist ja schon gut«, wehrte die Staatsanwältin ab. »Aber könnte es nicht sein, dass er bewusst den Fotoapparat hinterhergeworfen hat, um einen falschen Eindruck entstehen zu lassen. Egal, ob Phantom oder nicht! Er wusste, dass wir ermitteln werden.«

Schnur überlegte eine Weile, bis er zugab, dass diese Theorie nicht schlecht war.

»Nur verstehe ich nicht, was dort vorgeht. Wer hat unseren Mann auf die Bombe gefesselt? Welches Motiv sollte das Phantom dafür haben? Bisher hat er doch immer nur die Männer getötet, die am Drogenhandel beteiligt waren. Und Grewe hatte damit nichts zu tun.«

»Vielleicht hat das Phantom herausgefunden, was Grewe dort unten wirklich macht«, rätselte Anke, »und sieht durch ihn seinen Rachefeldzug gefährdet.«

»Wissen wir, ob Karl Fechter mit Bomben gearbeitet hat?«, fragte Erik.

»Als ich damals das Unglück untersuchen sollte, hieß es, dass er eine Zeitlang mit Sprengungen gearbeitet hatte. Die Kenntnisse dazu hat er also«, meinte Kullmann.

»Sind wir wieder beim Phantom angekommen?«, fragte Schnur.

»Nur er oder es kann dafür verantwortlich gemacht werden«, gab die Staatsanwältin zurück.

»Warum nur Karl Fechter?«, hakte Kullmann nach. »Es waren auch andere Männer für Sprengungen ausgebildet.«

»Wer?«

Kullmann zog die Akte aus seiner Ledermappe und begann zu suchen.

»Für uns ist es wichtiger herauszufinden, wo Grewe gefangen gehalten wird«, führte indessen Schnur die Besprechung weiter. »Schaut euch das Foto mal an. Der Hintergrund könnte doch etwas über den Raum aussagen.«

»Mir sagt das bestimmt nichts«, gab Erik zu. »Ich war ja nie unten.«

»Ich muss mit diesem Foto zur Grubenwehr«, stellte die Staatsanwältin klar. »Das sind die ersten, die in einem solchen Notfall zur Hilfe gerufen werden. Und die Männer kennen sich dort unten bestens aus.«

»Hier habe ich den Namen«, rief Kullmann und schaute von seinen Unterlagen hoch. »Ein Mann, der nach unserem Ermittlungsstand noch lebt.«

»Und wer ist es?«

»Michael Bonhoff.«

Stille trat ein.

Schnur schaute in Richtung Erik, der den Blick erwiderte. Anke und Andrea erging es ähnlich. Niemand im Raum wollte in diesem Mann einen bestialischen Mörder sehen.

»Sie glauben also, dass Michael Bonhoff das Phantom ist?«, hakte Ann-Kathrin nach, die einzige in diesem Raum, die diesen Mann nicht persönlich kannte.

»Es passt alles zusammen«, ereiferte sich Kullmann. »Bonhoff wurde von den anderen ausgeschlossen – so seine eigene Aussage. Bonhoff hatte den vermaledeiten Spitznamen Mimose, was ihm dort unten bestimmt abträglich war. Und ausgerechnet Grewe hat ihm diesen Namen verpasst.«

»Das klingt nicht gut«, erkannte Ann-Kathrin. »Warum sind wir da nicht viel eher drauf gekommen?«

»Weil niemand von uns wirklich daran glauben will«, gab Schnur zu. »Aber mir fällt ein weiterer Aspekt ein, der mir vor ein paar Tagen noch nicht aufgefallen ist. Nachdem wir so viel Einblick in die Welt des Bergbaus bekommen haben, wissen wir, dass es verdächtig ist, das Abmelden eines Kameraden nicht an den Steiger weiterzugeben.«

»Was meinst du damit?«, hakte Erik nach.

»Dass sich Peter Dempler bei Michael Bonhoff abgemeldet hatte, als er auf die fünfte Sohle gefahren ist. Und Bonhoff hat das nicht dem Steiger gemeldet. Und kurze Zeit später hängt Peter Dempler tot am Förderseil.«

»Ich gebe der Grubenwehr unseren Verdacht durch«, verkündete Ann-Kathrin.

»Und ich schlage vor, wir verschicken Kopien dieses Fotos und sprechen mit den Männern aus Remmarks Partie, ob jemand diesen Ort erkennt«, beschloss Schnur.

Ann-Kathrin schaute auf ihre Armbanduhr, sprang von ihrem Stuhl auf und sagte: »Ich versuche noch schnell jemanden vom Oberbergamt zu erreichen, damit wir die Genehmigung bekommen, unter Tage zu fahren und nach Grewe und Bonhoff zu suchen. Jetzt ist wirklich Gefahr im Verzug.« In der Tür blieb sie stehen, drehte sich um und fügte an: »Das Phantom lasse ich lieber unerwähnt.«

⚒

Grewe begann zu schwitzen. Das tat ihm nicht gut, denn der Schweiß lief ihm über den Rücken, klebte und nässte seine Kleidung. Er fühlte, dass er bald anfangen würde zu frieren.

Ein Blick auf den Zeitmesser verriet ihm, dass inzwischen vier Stunden vergangen waren. Seine Monologe hörten sich in seinen eigenen Ohren schwülstig an. Aber er hatte keine andere Idee, wie er es sonst schaffen sollte, seinen Freund aus der Ohnmacht zu wecken. Dabei wusste er immer noch nicht, ob Bonhoff wirklich dort lag, wo Remmark hingezeigt hatte. Er verließ sich einfach auf seinen Instinkt und sprach weiter: »Kannst du jetzt verstehen, warum ich mich im Bergmannsberuf niemals wohlgefühlt habe? Immer musste ich eine Rolle spielen. Jemand sein, der ich nicht war. Und dazu noch für einen Menschen, der mich nur als Bergmann akzeptierte – in keiner anderen Rolle sonst. Ständig habe ich mich deplatziert gefühlt. Egal, wo ich war. In meiner Familie, am Arbeitsplatz, bei den Freunden, in den

Ausbildung. Nirgends gehörte ich wirklich dazu. Bis du plötzlich im Stoß aufgetaucht bist. Dein Anblick hat mich innerhalb von Sekunden elektrisiert. Du hattest nichts von einem Bergmann – außer Mut und Kraft. Viel beherzter als ich konntest du dich an jede gefährliche Arbeit heranwagen, während ich immer zögerte.«

Grewe lauschte. Nichts.

»Das habe ich bewundert. Und je länger ich dich nur beobachtet habe, ohne zu wissen, wie du zu mir stehst, umso mehr habe ich mich in dich verliebt. Am Anfang war es deine Unerreichbarkeit – ein Gefühl, das ich von Männern nicht kannte. Ich sah es als Herausforderung an, dich zu erobern. Doch je länger sich dieser Zustand in Länge zog, umso unzufriedener wurde ich. Ich wollte mehr, ich wollte dich. Mit Haut und Haaren. Jeder Versuch, den ich unternommen habe, um mich dir zu nähern, endete mit noch mehr Fragen als vorher. Du hast mich nicht ignoriert und auch nicht abgewiesen. Du hast mich nicht wahrgenommen.«

Grewe schnappte nach Luft. Allein die Erinnerung schnürte ihm heute noch die Kehle zu.

»Ausgerechnet der Mann, für den ich so viel empfand, behandelte mich nicht besser als jeder andere. Da war meine Liebe in Hass umgeschlagen und ich gab dir den hässlichen Namen Mimose. Erst seit unserem Gespräch in Auto vor der KPI weiß ich, was ich dir damit angetan habe. Und das tut mir so unendlich leid. Anstatt mich um dich zu bemühen, habe ich dich verletzt. Was bin ich doch für ein Idiot.«

Plötzlich hörte er ein Schnaufen.

»Michael! Michael«, schrie er. »Du bist tatsächlich da.«

Wie ein Wilder zerrte Grewe an seinen Fesseln.

⚒

»Während dieser Störung muss es passiert sein. Denn seitdem wurden weder Grewe noch Remmark wieder gesehen«, resümierte Kullmann gerade zerknirscht, als Andrea das Büro betrat. »Und Bonhoff könnte die Zeit genutzt haben, sich auf alles gut vorzubereiten.«

»Wie war das Gespräch mit Tim Fechter gelaufen?«, fragte Schnur. »Hält er seinen Vater irgendwo in der Wohnung versteckt und lässt ihn immer zum Morden raus?«

»Leider nein«, gab Andrea zurück. »Eigentlich ist es eher umgekehrt. Er hat von den Gerüchten erfahren, dass sein Vater als Geist durch die Katakomben schleicht und Bergleute umbringt und wollte von uns wissen, ob das stimmt.«

»Glaubt er, es könnte etwas an den Gerüchten dran sein?«, fragte Anke überrascht.

»Er war so mit seiner Enttäuschung darüber beschäftigt, dass sein Vater sich nicht als allererstes bei ihm gemeldet haben soll, dass er über die Absurdität dieser Angelegenheit noch gar nicht nachgedacht hat.«

Kullmann schaute auf seine Armbanduhr und sagte: »Wenn wir von Remmarks Todeszeitpunkt ausgehen, der jetzt schon acht Stunden zurückliegt, können wir uns ausrechnen, wie viel Stunden Anton noch bleiben.«

»Wir können nur hoffen, dass Remmarks Todesfall und das Anbringen der Bombe zeitnah verlaufen sind«, brummte Schnur und fügte an, »dann haben wir noch sechzehn Stunden.« Er schaute aus dem Fenster. Inzwischen war es dunkel geworden.

»Auf dem Digitalbild lässt sich die Zeit genau ausmachen, wann das Foto gemacht wurde. Wird unter Eigenschaften angezeigt«, erklärte Erik.

»Dann schau bitte nach«, bat Schnur, der seine Kenntnisse in Sachen Computertechnologie für diesen Tag bereits ausgeschöpft hatte.

»Die Staatsanwältin hat sich immer noch nicht gemeldet. Jetzt ist es acht Uhr. Also können wir wohl davon ausgehen, dass sie nichts erreicht hat«, merkte Kullmann an.

»Trotzdem rufe ich bei ihr an«, sagte Schnur, nahm den Hörer in die Hand und wählte ihre Dienstnummer. Nach nur wenigen Sekunden meldete sie sich. Doch was sie Schnur zu sagen hatte, war genau das, was er befürchtet hatte. Auf dem Oberbergamt hatte sie niemanden erreicht und würde dort auch so schnell keinen erreichen. Es war Wochenende.

Er bedankte sich und legte auf.

»Sie konnte lediglich die Grubenwehr erreichen. Die Männer sind bereits informiert und starten eine großangelegte Suche unter Tage nach beiden Männern«, gab er wieder, was die Staatsanwältin ihm gesagt hatte. Zerknirscht fügte er an: »Und was können wir jetzt tun?«

»Ich schlage vor, dass wir zu meinem Bekannten fahren, dem Markscheider. Er könnte wissen, wo der Raum ist. Und uns hinführen«, antwortete Kullmann. »Davon verspreche ich mir mehr als von einem Einsatz der Grubenwehr.«

»Die Männer der Grubenwehr kennen sich aber aus«, gab Schnur zu bedenken.

»Willst du untätig warten, bis es zu spät ist?«

Schnur winkte schnell ab und stellte klar: »Ich will mir den Mann zuerst einmal ansehen und selbst mit ihm sprechen.«

Kullmann nickte und meinte: »Gute Idee. Dann schlage ich vor, dass wir hier keine unnötige Zeit vertrödeln.«

Schnur saß unbewegt am Schreibtisch, ließ seinen Kopf in die Hände sinken und stöhnte: »Hoffentlich mache ich hier nicht den Fehler meines Lebens.«

»Das tust du nicht«, beteuerte Kullmann. »Ich habe während meiner Laufbahn als Hauptkommissar auch so manche riskante Aktion durchführen müssen. Manchmal sind spontane Entscheidungen notwendig, wenn das Leben eines Kollegen in Gefahr ist.«

»Wie sieht es mit der Zeit auf unserem Foto aus?« Mit dieser Frage wandte sich Schnur an Erik.

»Ziemlich identisch. Das Foto wurde um 14.12 Uhr gemacht, der Tote um 14.20 Uhr gefunden. Also wurde die Zeitschaltuhr so gegen 14.00 Uhr auf vierundzwanzig Stunden gestellt.«

»Gut! Also können wir uns zumindest zeitlich orientieren.« Er erhob sich von seinem Platz und wies an: »Andrea, du bleibst hier im Büro.«

»Nicht schon wieder«, murrte die Kollegin.

»Es muss sein«, erklärte Schnur hastig. »Wenn sich Hans Rach oder Paolo Tremante melden sollten, muss jemand vor Ort sein.«

»Und was mache ich?«, rief Erik.

»Du bleibst bei Andrea. Nach deinem letzten gefährlichen Einsatz gebe ich dir eine Schonfrist.«

»Aber ich komme mit«, bestimmte Anke und folgte den Männern zum Fahrstuhl, ohne eine Antwort abzuwarten.

⚒

Grewe spürte seine Handgelenke nicht mehr. Alles war blutverschmiert. Er ahnte, dass keine Haut mehr an diesen Stellen war. Jetzt musste er aufpassen, denn genau dort verlief die Pulsschlagader. Wenn er sich dort verletzte, würde er verbluten und konnte es nicht verhindern.

Und doch fühlte er sich getrieben.

Er hatte eindeutig ein Schnaufen gehört. Das hatte er sich nicht eingebildet. Zwar war seitdem kein einziges Geräusch mehr zu hören gewesen, trotzdem glaubte er fest daran, dass sein Freund hinter dieser vorstehenden Mauer lag und seine Hilfe brauchte.

Immer wieder rief er seinen Namen.

Nichts.

Dann versuchte er es mit dem hässlichen Schimpfnamen, in der Hoffnung, damit eine Reaktion aus seinem Freund hervorzulocken.

Immer noch nichts.

Aber er wollte nicht aufgeben. Er spürte die Präsenz seines Freunds. Er war da.

Also kämpfte er weiter. Die Schmerzen konnten ihn nicht mehr aufhalten. Wild riss er Arme und Beine gegen die Fesseln an, bis er plötzlich spürte, wie sich an den Beinen der Druck löste. Dieser Erfolg strömte wie eine Ladung Adrenalin durch seinen Körper, die ihn antrieb, noch zielstrebiger an den Fesseln zu arbeiten.

Doch das einzige, was er erreichte, war ein überwältigender Schwindel. Er wollte nicht ohnmächtig werden. Wehrte sich dagegen mit allen Mitteln. Doch das Letzte, was er noch wahrnahm, war der Zeitmesser. Inzwischen waren acht Stunden vergangen.

⚒

Ihr Weg führte über die A620 in Richtung Klarenthal. Dort verließen sie die Autobahn, fuhren über die einsame Landstraße an Velsen vorbei, wo der Förderturm angeleuchtet in der Dunkelheit stand. Dann passierten sie Großrosseln, ein Dorf, das aus einer langgezogenen und dicht bebauten Hauptstraße bestand. Am Ende des Dorfes bogen sie links ab und fuhren unter einer Eisenbahnbrücke hindurch.

»Wusstest du, dass sich genau hier die einzige Stelle befindet, an der Frankreich östlich von Deutschland liegt?«, fragte Kullmann in die Stille des Wagens.

Schnur grummelte leise und gab zu: »Nein! Wie soll ich das verstehen?«

»Wie eine Landzunge ragt Frankreich an dieser Stelle in Deutschland hinein, wodurch sich diese ganz spezielle Lagesituation ergeben hat«, erklärte Kullmann. »Wenn du hier wieder einige Kilometer weiterfährst, bist du wieder in Deutschland.«

Sie überquerten die Grenze zu Frankreich. Dort wurden die Straßen enger, die Häuser standen dichter. Ein Kreisverkehr folgte dem nächsten.

Alle Insassen im Auto fühlten sich unter größter Anspannung. Niemand wusste, ob es richtig war, was sie jetzt taten.

»Bist du dir sicher, dass das der richtige Weg ist?«, fragte Schnur nach einer Weile. Ständig schaute er auf die Uhr im Armaturenbrett des Wagens.

Kullmann nickte und meinte: »Wir sind gleich da.«

Er lotste Schnur in eine Straße, die steil bergauf führte. Dann hielt er den Fahrer an, langsamer zu fahren.

»Was suchst du?«, fragte Schnur. »So ein Förderturm müsste doch zu sehen sein.«

»Der Mann, den wir suchen, verbringt seine Abende immer in einer alten Kneipe am Ende dieser Straße. Dort werden wir ihn auch jetzt finden. Ich habe ihm nämlich gesagt, dass er mit uns rechnen muss.«

Er zeigte auf eine enge Einfahrt zwischen zwei Häusern zu ihrer Linken. Das Scheinwerferlicht des Autos hüpfte durch die Nacht und leuchtete auf Bäume, Sträucher und Hauswände. Rechts stand ein Gebäude auf einer Anhöhe, dessen Sprossenfenster stumpf wirkten, der Putz an den Wänden bröckelte und das Dach in einer einzigen Schräge nach hinten verlief, einen angebauten Schuppen mitüberdachte und dahinter im Berg zu verschwinden schien. Nichts daran verriet, dass dort ein Bistro war. Es fiel kein Licht durch die kleinen Fensterscheiben. Und kein Geräusch drang nach draußen. Erst, als sie die Tür öffneten und ihnen dicker, abgestandener Rauch entgegenschlug, wussten sie, dass sie richtig waren.

Einige alte Männer saßen an kleinen Tischen. Sie tranken Rotwein und spielten Karten. Ihre Zigaretten und Zigarren glimmten in überfüllten Aschenbechern. Ihre Gesichter waren grau und faltig. Ihre Finger wurstig und gelb vom Rauchen. Sie schauten kurz auf die Neuankömmlinge. Dann galt ihre Aufmerksamkeit wieder den Karten und dem Rotwein. Nur einer von ihnen erhob sich und trat grinsend auf die Neuankömmlinge zu.

»Salut, Norbert! Ich sehe, du hast deine Überzeugungskraft noch nicht verloren«, sprach der Mann mit leichtem französischem Akzent und begrüßte Kullmann mit Küsschen links und Küsschen rechts. Alle schauten erstaunt auf die beiden alten Männer, die sich in ihrer Umarmung wohlzufühlen schienen.

»Das ist Jürgen Schnur, mein Nachfolger auf der Dienststelle und das ist Anke Deister, ebenfalls Kriminalkommissarin«, stellte Kullmann seine Begleiter vor. »Und das ist Pierre Gaultier, ein guter Freund aus alten Tagen.«

Die Beamten begrüßten Pierre mit Händedruck, den der kleine Mann mit einer Kraft ausübte, die sie alle überraschte. Obwohl seine Statur schlank war, so wirkte er doch nicht gebrechlich. Seine grauen Haare standen wirr vom Kopf ab, aber seine Augen blitzen hellwach. Niemand von den Polizisten konnte einschätzen, wie alt Pierre war. Er wirkte alterslos.

»Wir sind in einer schrecklichen Lage und müssen wissen, wo dieser Raum ist«, erklärte Kullmann und zeigte Pierre das Foto.

Eine Weile starrte der ehemalige Bergmann darauf, bis er endlich sagte: »Das ist ein Sprengstofflager.«

Die Beamten schauten sich alle entrüstet an und Schnur meinte: »Die Bombe sehen wir auch. Sie werden es nicht für möglich halten.«

»Aber der Raum, in dem sich Ihr Mann befindet, ist eine ehemalige Sprengkammer, in der früher die Sprengstoffe gelagert wurden. Ich weiß das, weil ich einige Jahre als Sprengsteiger gearbeitet habe.«

»Und wo ist diese Kammer?«, drängte Schnur mit seiner Frage. »Wir haben nicht mehr viel Zeit. Sie sehen die Zeitschaltuhr – seitdem ist eine Menge Zeit vergangen.«

»Sprengkammern unter Tage sind schon seit langem nicht mehr üblich«, erklärte Pierre. »Deshalb kann ich euch versichern, dass diese Kammer nicht dort liegt, wo die Männer zuletzt gearbeitet haben.«

»Sondern?«

»Weiter abseits, vermutlich auf einer Sohle, die schon lange nicht mehr in Betrieb ist.«

Plötzlich ertönte in voller Lautstärke das Lied *Männer sind Schweine*. Erschrocken fischte Schnur sein Handy aus der Hemdtasche. Doch je mehr er sich beeilte, um die peinliche Situation zu beenden, umso mehr verfing sich das kleine, plärrende Gerät im Stoff. Als er es endlich in

Händen hielt und mit dem grünen Knopf die Musik zum Verstummen brachte, schaute er nur in grinsende Gesichter. Überrascht stellte er fest, dass den alten Männern in dieser finsteren Kaschemme das Lied nicht unbekannt war. Auch die Bedeutung schienen sie zu kennen. Denn plötzlich prosteten sie ihm alle mit einem anerkennenden Lächeln zu. Schnur grinste verlegen, weil er nicht wusste, wie er sich verhalten sollte und nahm endlich das Gespräch an. Es war Andrea Westrich.

Nach wenigen Minuten legte er auf und berichtete: »Ich muss wieder zurück zur Dienststelle. Dort haben sich Hans Rach und Paolo Tremante gemeldet und wollen eine Aussage zu den illegalen Geschäften machen.«

»Woher diese Einsicht?«, fragte Kullmann staunend.

»Sie haben Angst, dass sie getötet werden. Der Tod des Steigers hat ihnen den Rest gegeben.«

»Und was ist mit Siegfried Hemmerling?«, fragte Kullmann weiter. »Ich dachte, der gehört zu diesem Verbrecherring dazu.«

»Von ihm haben wir nichts gehört. Aber wenn er dazugehört, erfahre ich das von den beiden Superhelden, die mir gleich eine ganze Operette singen werden.«

»Wenn Sie den Tod eines Steigers erwähnen, sprechen Sie bestimmt von Steiger Schorsch?«, mischte sich Pierre ein.

Schnur schaute den alten Mann verwundert an. Doch der lachte und sagte: »Im Bergbau spricht sich alles rum.«

»Auch, wer das Phantom ist?«

»Phantom?«

Soviel zu ›Im Bergbau spricht sich alles rum‹, dachte Schnur grimmig und fragte laut: »Wissen Sie etwas von einem Mann namens Karl Fechter?«

»Karl heißt auf Französisch Charles«, meinte Pierre schulterzuckend. »Und wir hatten bestimmt den einen oder anderen Charles in Saint Charles arbeiten. Aber die Familiennamen dieser Männer weiß ich heute nicht mehr.«

»Wäre auch zu schön gewesen …«, stöhnte Schnur.

»C'est la vie«, erwiderte Pierre mit einem faltigen Grinsen.

»Okay, es gibt noch etwas. Und zwar hat der Gerichtsmediziner eine erste Schätzung durchgegeben, aus welcher Höhe Remmark gefallen ist.«

»Und?«, horchte alle auf.

»Er meinte, es könnten zwischen dreihundert und vierhundert Metern gewesen sein. Genaueres, wenn er mit seinem Team alles noch mal durchrechnet.«

»Wo hat der Korb gestanden, als Schorsch aufschlug?«, fragte Pierre.

»Auf der sechsten Sohle.«

»Dann können wir davon ausgehen, dass er von der vierten Sohle in den Schacht gefallen ist«, resümierte der Alte und fügte an: »Der Bergestollen aus den Sandgruben hinter Saint Charles führt uns genau dorthin.«

»Was nützt uns das?«, fragte Schnur.

»Auf der vierten Sohle wird schon seit Jahren keine Kohle mehr abgebaut. Deshalb halte ich es für möglich, dass sich dort diese Sprengkammer befindet.«

»Auf der dritten Sohle wird auch nicht mehr abgebaut«, zweifelte Schnur. »Und auf der zweiten und auf der ...«

»Von der vierten Sohle kommt man bequem zur fünften durch einen Wetterstollen. Alle Sohlen darüber sind abgedämmt. Da kommt kein Mensch mehr rein.«

»Allmählich klingt es überzeugend«, gab Schnur zu. »Wie stehen die Chancen, die Kammer auf der vierten Sohle zu finden?«

»Nicht gut«, bedauerte Pierre. »Sie glauben nicht, wie viele Strecken es auf einer Sohle gibt.«

»Also bleibt uns nichts anderes übrig! Wir müssen das Phantom finden. Nur er kann uns zu Anton Grewe führen.« Schnur fuhr sich über sein Kinn. Erschrocken wich er zurück, als er merkte, wie lang die Bartstoppel schon waren. Doch dazu sagte er kein Wort, sondern wandte sich an Kullmann: »Ich hätte gern das SEK hinzugezogen. Aber dieser Stollen liegt über der Grenze. Dort dürfen wir unsere Jungs nicht einsetzen. Deshalb soll Pierre dich in den Stollen begleiten! Das ist mir lieber, weil ich Angst habe, du könntest dich in diesem unterirdischen Labyrinth verirren.«

»Ich werde Kullmann auch begleiten«, stellte Anke klar.

»Ich bitte dich, mit mir zurück zur Dienststelle zu fahren«, drängte Schnur.

»Warum?«

»Diese Aktion ist von niemandem abgesegnet. Kullmann ist im Ruhestand. Pierre kann auch nichts passieren. Die einzige, die ihren Job riskiert, bist du.«

»Und du!«, gab Anke grinsend zurück.

»Dafür bin ich selbst verantwortlich. Aber dich will ich nicht in diesen Schlamassel hineinziehen.«

»Ich kann ganz gut für mich selbst entscheiden«, gab Anke zu verstehen. »Schön, dass du dir diese Gedanken um mich machst. Aber ich werde mitgehen und zusehen, dass ich helfen kann. Wenn es Ärger geben sollte, nehme ich das auf meine Kappe und widme mich den Rest meines Lebens der Erziehung meiner Tochter.«

Mit säuerlichem Grinsen meinte Schnur: »Diese Mutter-Kind-Kur hat dir wohl eine Gehirnwäsche verpasst. Aber so leicht entkommst du uns nicht.«

Anke lachte.

Doch dann fügte wieder in erstem Tonfall an: »Ihr solltet euch auf den Weg machen! Die Zeit für Anton wird immer knapper. Ich hoffe, von Rach und Tremante mehr über die Machenschaften unter Tage zu erfahren. Vielleicht weiß einer von ihnen etwas über das Phantom.«

»Wir können unter Tage keine Verbindung halten«, bedauerte Pierre. »Dort sind wir auf uns allein gestellt!«

»Das macht mir ja gerade so zu schaffen! Also gebe ich euch einen guten Rat: Macht keine Alleingänge da unten. Konzentriert euch nur darauf, den Raum zu finden, in dem Grewe gefangen gehalten wird. Sonst nichts.«

Anke und Kullmann nickten.

»Sollte Michael Bonhoff das Phantom sein, lasst euch nicht davon ablenken, wie sympathisch ihr den Mann kennengelernt habt. Das könnte eine Masche gewesen sein.«

Wieder ein allgemeines Nicken.

»Ich werde die Grubenwehr darüber informieren, dass ihr von einer anderen Seite in den Stollen kommt, damit ihr euch dort unten nicht gegenseitig verhaftet.«

»Sehr witzig«, murrte Kullmann, während Pierre listig lachte.

»Außerdem werde ich mit den Männern der Grubenwehr in Kontakt bleiben. Sie werden über alles informiert sein, was wir hier oben herausfinden und es an euch weitergeben. Eine bessere Verständigung haben wir nicht.«

Mit gemischten Gefühlen ließ Schnur die kleine, skurrile Gruppe in dem verrauchten Bistro zurück, um seinen Rückweg zur KPI anzutreten.

KAPITEL 15

Ein Geräusch riss Grewe aus seinem Dämmerzustand.

Verwirrt richtete er sich auf und schaute sich um. Es dauerte eine Weile, bis er sich wieder erinnerte, wo er war. Und wie er dorthin gekommen war. Die Schmerzen und die Bewegungsunfähigkeit brachten ihn in die grausame Wirklichkeit zurück. Welches Geräusch hatte ihn aus dem Schlaf gerissen? Hoffnung keimte auf. Sein Herz schlug wie wild. Hatte Michael ein Lebenszeichen von sich gegeben?

»Michael! Bist du das?«, rief er.

Doch es kam keine Antwort.

Sollte er sich das Geräusch nur eingebildet haben?

Nein! Das hatte er nicht! Bestimmt hatte er jemanden vor dem Raum gehört. Sie kamen, um ihm zu helfen. Ihm und seinem Freund.

Er versuchte, sich auf weitere Geräusche zu konzentrieren, doch er vernahm nichts. Das wollte er nicht glauben, also lauschte er weiter und konzentrierte sich dabei so sehr, als könnte es es herbeilocken. Doch alles blieb still. Eine Stille, die ihn erdrückte, ihm die Luft raubte, den letzten Funken Lebensmut. Er sank wieder in sich zusammen. Hoffnungslosigkeit überfiel ihn. Der Gedanke, in dieser Tiefe zu sterben – dazu noch mit der Ungewissheit, ob tatsächlich sein Freund hinter ihm lag – zermürbte ihn. Das wollte und durfte er nicht zulassen. Es ging nicht nur um sein Leben. Er hatte doch die Verantwortung für Michael. Und irgendetwas hatte ihn wachgerüttelt. Also hatte er etwas gehört. Er hatte sich nicht getäuscht. Er durfte sich nicht getäuscht haben. Er schaute auf den Zeitanzeiger.

Noch vierzehn Stunden.

So laut er konnte, schrie er um Hilfe. Doch seine eigene Stimme hörte sich in seinen Ohren fremdartig an. Und viel zu leise. Es gelang ihm nicht zu brüllen wie ein Verrückter. Und doch trieb ihn die Verzweiflung dazu an. Außerdem strampelte und zerrte er an den Fesseln. Das Blut, das inzwischen eingetrocknet war, begann wieder über seine Unterarme zu laufen. Doch das war ihm alles egal. Die Zeit verging. Er konnte es hören. Jede Sekunde ein Takt. Das machte ihn wahnsinnig. Er wollte nicht wahrhaben, dass er sich das Geräusch nur eingebildet hatte.

Warum brauchten die Kollegen so lange?

⚒

Hans Rach wirkte klein und rund, als er vor Schnurs Schreibtisch saß und seine Personalien aufnehmen ließ. Sein Gesicht war gerötet, sein schütteres Haar sorgfältig zu einem Seitenscheitel gekämmt, um eine Platte auf dem Kopf zuzudecken. Eine uralte Methode, die lichten Stellen zu verbergen, was aber noch nie wirklich geholfen hat, dachte Schnur. Zufrieden fuhr er sich über sein Kinn. Er hatte sich gründlich rasiert, bevor er den ersten der beiden reumütigen Bergmänner in sein Büro gebeten hatte. Keiner der Kollegen hatte ihn auf seinen roten Bart angesprochen. Vermutlich war die Situation so angespannt, dass niemand mehr ein Auge dafür hatte.

Schnur überlegte sich, dass es ihm doch tatsächlich lieber wäre, sie hätten ihn damit aufgezogen und ihre Welt sei in Ordnung. Das Foto von Grewe in dieser lebensbedrohlichen Lage, in die er durch Schnurs Schuld geraten war, hatte sich ganz tief in sein Gewissen hineingebrannt. Er überlegte ernsthaft, ob er nach diesem Fall seinen Job kündigen und etwas anderes machen sollte.

Ein Räuspern rief ihn ins Hier und Jetzt zurück. Er schaute auf den Mann, der gerade fertig geworden war, das Formular auszufüllen. Also konnte Schnur mit seinen Fragen beginnen. Er musste dabei aufpassen, dass er sich nicht im Ton vergriff. Dieser Mann war ihm nämlich äußerst unsympathisch, weil er seit Jahren Drogengeschäfte betrieb und damit mehr Unheil angerichtet hatte als die Todesfälle in der Grube. Wer wusste schon, wie viele Drogentote auf sein Konto gingen?

»Sie sind also hier, weil Sie illegalen Drogenhandel betrieben haben?«

Der kleine, untersetzte Mann wackelte und schüttelte den Kopf gleichzeitig und sagte: »Ja! Nein! Ich …«

»Ja, was nun?«

»Ich bin an dem Drogenhandel nur beteiligt.«

»Wo ist der Unterschied?«

»Dass ich nicht weiß, wer der Hauptdrahtzieher ist. Und auch nicht weiß, wer den Stoff besorgt hat.«

»Und wie kamen Sie überhaupt an dieses lukrative Geschäft?« Schnur musste sich in Geduld üben.

»Schorsch hat uns damals diese Quelle aufgetrieben und uns gefragt, ob wir mitmachen wollen.«

»Warum das? Wäre es nicht lukrativer für ihn gewesen, das alles allein zu machen?«

»Eben nicht!« Rach spielte nervös mit seinen Fingern an seinen Hemdknöpfen. »Jeder von uns hat wichtige Beziehungen, um die Drogen in Umlauf zu bringen. Schorsch hätte das Geschäft allein nicht so groß aufziehen können.«

»Und Siegfried Hemmerling hatte auch solche Beziehungen?«

»Ja. Siggi kannte einen Banker. Der half uns bei der …« Plötzlich verstummte Rach. Erst jetzt merkte er, dass er etwas Wichtiges verraten wollte.

»Und wo haben Sie die Drogen in Umlauf gebracht?«

»Bei … bei … Das kann ich nicht sagen. Damit bringe ich jemanden in ernste Schwierigkeiten.« Nun wurde er vorsichtiger.

»Ist sowieso ein Fall für unser Rauschgiftdezernat«, gab Schnur zu verstehen. »Sie können mir höchstens verraten, wer hinter dieser Organisation steckt.«

Rachs Gesicht färbte sich dunkelrot, als er meinte: »Das weiß ich nicht. Das hat alles Schorsch gemacht.«

»Es ist einfach, alles einem Toten unterzujubeln. Mal sehen, ob die Jungs Ihrer Organisation mit der Erklärung einverstanden sind. Denn wenn so ein Geschäft mal läuft, wollen die doch nicht aufhören.«

»Was meinen Sie damit?«

»Dass Ihnen das Wasser bis zum Hals steht.«

»Was glauben Sie, warum ich hierhergekommen bin?«

»Erklären Sie es mir!«

»Zuerst hat es Horschdi erwischt …«

»Horst Stänger?«

»Ja! Er kam in den Kohlenbrecher. So was kann kein Unfall sein. Kein Bergmann gerät da rein.«

»Aber Sie haben alle schön die Klappe gehalten.«

»Schorsch hatte uns dazu geraten. Es sei ein Unfall und kein Grund, die Nerven zu verlieren.«

»Und weiter!«

»Und dann kam Alois Witzke dran – der Louis war ein Pfundskerl!«

»Okay! Sie brauchen uns nicht alle Fälle einzeln aufzuzählen. Wir kenne sie.«

»Später kam raus, dass bei allen eingebrochen wurde, kurz bevor sie starben«, sprach Rach weiter. »Und dann erwischt es Remmark. Der einzige, der immer zu uns gehalten hat.«

»Jetzt ist also die kleine Geschäftsrunde auseinandergebrochen«, kommentierte Schnur. »Weil eurer Leithammel selbst zum Opfer wurde.«

Rach nickte nur.

»Haben Sie im Laufe der Jahre eine Ahnung bekommen, wer hinter diesen Anschlägen auf eure ›Geschäftskollegen‹ steckt?«

»Nein.«

»Einer aus dieser Organisation vielleicht?«

»Nein!« Rach zögerte eine Weile, bis er weitersprach: »Es ging schon länger so ein Gerücht um, dass sich ein Unbekannter in der Grube rumtreibt.«

»Könnte das nicht jemand von der Drogenmafia sein?«

»Nein! Die kennen sich dort doch gar nicht aus.«

»Und wie sind die Drogen dort runter gekommen?«

»Von Kameraden. Die haben sie über Tage angenommen und unter Tage an uns verkauft.«

Wie viele waren in dieses schmutzige Geschäft verwickelt? Aber das gehörte eindeutig in die Zuständigkeit der Rauschgiftfahndung.

»Und wer ist der Unbekannte?«, fragte Schnur, um wieder auf das Phantom zurückzukommen.

Rachs Gesicht war so zerknirscht, dass Schnur schon fürchten musste, der Mann könnte losweinen. »Niemand hatte sich getraut, etwas Genaueres darüber zu sagen. Bis Amore endlich auspackte und meinte, es sei Fechter.«

»Sie können sich aber denken, dass Fechter keine elf Jahre dort unter Tage herumgeistert und mordendes Phantom spielt.«

»Nein! Ich hatte bisher auch immer geglaubt, er sei bei dem Unglück ums Leben gekommen. Erst nachdem Winni Bo gefunden wurde, bekam ich an der Theorie meine Zweifel«, gab Rach zu.

»Welche Zweifel?«

»Dass die beiden keinem Unfall zum Opfer fielen, sondern einem Anschlag. Und dass es wirklich sein könnte, dass Fechter noch lebt.«

»Und in unterirdischen Gängen haust?«

»Blödsinn!«

»Blödsinn?« Schnur glaubte sich verhört zu haben.

»Fechter hatte damals schon eine Mätresse in Frankreich. In Petite-Rosselle. Das wusste jeder von uns. Dort könnte er doch die ganze Zeit gelebt haben, ohne dass die Polizei oder sonstwer was davon erfährt.«

Nun wurde Schnur schwindelig. Warum war er so begriffsstutzig gewesen? Die Grenze lag direkt vor ihrer Nase. Vor wenigen Minuten hatte ihm Kullmann sogar noch erklärt, wie verwoben die Stollen unter Deutschland und Frankreich lagen. Und er hatte selbst gerade noch die Grenze passiert. Aber niemand war auf die Idee gekommen, der Mann, den sie suchten, könnte einfach nur einige Kilometer weiter auf der anderen Seite leben. Dafür wäre es gar nicht nötig gewesen, all die Jahre unter der Erde zu hausen. Im Nachbarland hätte nie jemand nach ihm gesucht.

⚒

In der Dunkelheit war der Förderturm der stillgelegten Grube Puits Sainte Charles kaum auszumachen. Sie fuhren mit Pierres altem Renault über holprige Straßen. Das schlecht gefederte Auto ließ Anke in jedem Schlagloch sämtliche Knochen schmerzhaft spüren. Als es hieß, es sei nicht mehr weit, war sie heilfroh, denn sie wollte sich in dem Stollen noch bewegen können.

Sie steuerten ein altes zerfallendes Gebäude an, vor dem der Fahrer des Wagens stehen blieb. Anke fühlte sich unsicher. Das sah nach einer Ruine aus, aber keinesfalls nach einer Sandgrube mit verstecktem Bergestollen.

»Das war früher der Pferdestall, der zur Grube gehörte«, erklärte

Pierre. Dann schaltete er die Scheinwerfer aus und nichts war mehr zu sehen.

Sie packten die alten Helme und Taschenlampen, die Pierre ihnen für diese Exkursion ausgehändigt hatte, und stiegen aus dem Wagen.

»Hier ist dieser Eingang?«, fragte Kullmann, der ebenfalls verdutzt wirke. Er leuchte mit seiner Taschenlampe über den Kopfsteinpflasterhof.

»Nein! Wir stellen nur das Auto hier ab, weil das sicherer ist. Jetzt gehen wir am Pferdestall vorbei, überqueren die Straße und dann erst kommen wir an die Stelle, wo sich das Mundloch befindet.«

»Warum so kompliziert?«, murrte Kullmann. »Laufen müssen wir unter Tage noch genug.«

»Ich will einfach nicht, dass man uns von der Straße aus sieht!«

Sie gingen los. In der Stille hörten sie gelegentlich den Ruf einer Eule. Ansonsten herrschte in dieser einsamen Gegend eine Grabesstille. Der Mond trat hinter den Wolken hervor. Und diesem fahlen Licht konnten sie den mächtigen Förderturm ausmachen, der in den Himmel ragte.

Sie kletterten einen grasbewachsenen Hügel hoch. Dahinter lag eine schmale Straße, auf der um diese Zeit kein einziges Auto fuhr. Auf der gegenüberliegenden Seite war alles eingezäunt. Doch das hielt Pierre nicht auf. Er ging eine Weile an diesem Zaun entlang, bis er an eine Stelle kam, die niedergetrampelt war. Dort kletterten sie drüber weg und rutschten einen steilen Hügel hinunter. Der Boden wurde weicher. Das Gras zu ihren Füßen war nass. Ohne zu leuchten, überquerten sie ein großes Gelände, das von einem Hang gesäumt wurde. Erst als sie davorstanden, konnten sie erkennen, dass dieser Hang aus Sandstein bestand. Sofort stach ihnen ein Eingang entgegen. Kullmann steuerte euphorisch darauf zu, doch je näher er kam, umso deutlicher wurde im Licht der Taschenlampe, dass dieser Stollen zugemauert war.

»So einfach ist es leider nicht«, meinte Pierre. »Wir müssen hier entlang.«

Er leuchtete auf einen Abhang voller Gestrüpp.

Anke und Kullmann unterdrückten ein Stöhnen. Sie hatten sich diese Aktion leichter vorgestellt. Mühsam kraxelten sie durch Hecken und Dornensträucher, bis sie endlich einige Meter tiefer wieder auf Pierre trafen, der wie ein Wiesel über diese unwegsamen Pfade huschte.

»Hier ist es!«, sagte er und ließ die beiden erst einmal suchen.

Sie sahen nichts außer wild wucherndem Gestrüpp. Kullmann schob es mit seinen Händen auseinander. Sein Lichtkegel traf auf ein Gitter.

»Richtig. Dort ist es. Das Gitter ist nicht mehr verschlossen. Aber niemand kommt auf diesen Eingang, weil die Hecken alles verdecken.«

Anke staunte. Mit Schwung hob der kleine, alte Mann das Gitter an und der Eingang in einen finsteren Gang, der in den Berg hineinführte, offenbarte sich vor ihren Augen.

Sie traten hinein. Hinter ihnen zog Pierre das Gitter wieder an seinen Platz zurück. Dann machten sie sich auf den Weg. Pierre ging voraus, Anke folgte ihm und Kullmann bildete den Abschluss. So mussten sie sich die ersten hundert Meter gebückt durch einen engen Tunnel hindurch kämpfen, bis er höher wurde. Die Taschenlampen spendeten genügend Licht, um alles erkennen zu können. Und was sie sahen, beeindruckte sie. Vor ihren Augen erstreckte sich ein steinerner Durchgang aus unregelmäßig herausgehauen Steinen. Auf der rechten Seite befand sich ein grober Mauervorsprung. Als Anke darüber schauen wollte, wurde sie von Pierre gepackt und wieder auf den Boden gestellt.

»Bleib immer auf dem Weg. Alles andere ist viel zu gefährlich.«

Anke erschrak.

»Ist es das erste Mal, dass Sie unter Tage sind?«, fragte Pierre.

Anke nickte.

»Dann haben Sie etwas verpasst. Denn das hier ist nur ein Stollen. Die wirklich interessanten Stellen des Bergbaus kommen noch«, erklärte er.

Der steile Abstieg machte den Marsch nicht leichter. Sie hatten Mühe, nicht zu stolpern. Vor ihren Augen gabelte sich der Weg. Doch für Pierre war es keine Frage, in welchen Richtung sie gehen mussten. Er steuerte zielstrebig den kleineren der beiden an. Im Schein der Taschenlampen waren nur ihre Schritte zu hören, und das gelegentliche Trampeln und Fluchen, wenn Anke gerade mal wieder über einen vorstehenden Stein gestolpert war.

Plötzlich offenbarte sich zu ihrer Linken ein großer Durchgang, der im Licht der Lampen glitzerte. Wie magisch angezogen steuerte Anke darauf zu. Sie sah einen Spalt in der Felsenwand. Dahinter schimmerte Wasser.

»Deine Freundin ist schlechter zu hüten als ein Sack voller Flöhe«, schimpfte Pierre plötzlich los. »Habe ich nicht klar genug gesagt, sie soll nicht vom Weg abkommen?«

Kullmann packte Anke an der dicken Jacke und zog sie zurück. Als er das Leuchten in ihren Augen sah, musste er lächeln.

»Du bist für diese Unternehmung wirklich genau die Richtige«, meinte er. »Trotzdem sollten wir uns an Pierres Anweisung halten.«

»Aber ...«, wollte Anke etwas entgegnen, als ihr Pierre ins Wort fiel: »Das, was Sie da sehen, ist eine Verwerfung im Sandstein, die dadurch entsteht, dass Sandstein in dieser Gegend nicht so hart ist. Solche Verwerfungen sind lebensgefährlich. Der Boden unter Ihren Füßen könnte einbrechen. Und das Wasser, das Sie dort sehen, ist kein stiller See, sondern eine abgesoffene alte Wasserhaltung. Wer da hinein gerät, ist verloren.«

»Was ist eine Verwerfung?«, fragte Anke überrascht.

»Das ist eine tektonische Störung der Gebirgsschicht!« Als Anke ihn nur begriffsstutzig ansah, fügte er an: »Tektonische Störungen sind Risse im Gebirge. Hier sind die Gebirgsschichten gegeneinander versetzt. Sie sind im Laufe der Erdgeschichte entstanden und bilden Schwachstellen im Gebirgskörper, was erst dann herauskommt, wenn man an diesen Stellen einen Stollen vorangetrieben hat. Bei Sandstein liegt eine geringere Verfestigung und ein großes Porenvolumen vor, was eine weniger gute Verwitterungsbeständigkeit zur Folge hat. Dadurch entstehen Verwerfungen, in denen sich das Wasser und sonstiges Rieselgut sammelt. Auch ist der Boden dicht am Rand brüchig. Deshalb rate ich Ihnen, Abstand zu halten.«

»Aber dort steht etwas«, beharrte Anke.

»Was?«

»Eine Figur! Sieht aus wie eine Heiligenfigur.«

Nun trat auch Pierre näher heran und beugte sich über den Rand, um zu erkennen, wovon Anke sprach. Kullmann kletterte von der anderen Seite herbei.

Da sahen sie es.

Sankta Barbara, die Schutzpatronin der Bergleute, stand dort auf einem Felsvorsprung an die Wand gelehnt.

»Sieht aus, als wäre hier ein Bergmann ums Leben gekommen«, kommentierte Pierre fassungslos.

»Die Figur sieht noch gut erhalten aus. Lange steht sie noch nicht dort«, meinte Anke.

»Das kann aber nicht sein«, widersprach Pierre. »Seit fünfzig Jahren wird hier nicht mehr gearbeitet.

»So lange steht diese Figur hier noch nicht«, stellte nun auch Kullmann klar. »Dafür sieht sie zu unbeschädigt aus. Trotzdem sollten wir weitergehen. Die Zeit für unseren Kollegen Grewe steht nicht still.«

Die Strecke wurde immer steiler. Sie verließen den Bereich des Deckgebirges und tauchten in die Welt der Steinkohle ein.

⚒

Schüttelfrost überfiel ihn. Er zitterte unkontrolliert am ganzen Körper. Grewe versuchte sich zur Ruhe zu zwingen, doch das gelang ihm nicht. Die Fesseln an seinen Armen schnitten ihm immer qualvoller ins Fleisch. Die Hosenbeine waren durchgescheuert. Aber befreien hatte er sich nicht können. Das einzige, was er erreicht hatte, waren Schmerzen, die mit jeder geringen Bewegung schlimmer wurden.

Er schaute auf den Zeitanzeiger. Noch zehn Stunden.

Er ahnte, dass Remmark nicht zur Polizei gegangen war. Warum sollte er das tun? Erst jetzt überkam Grewe diese Erkenntnis. Und traf ihn wie ein Hammerschlag.

Remmark setzte sich mit dem Geld einfach ab und keiner würde etwas merken. Alle würden Bonhoff hinter dem Verbrechen vermuten. Und durch das Verschwinden seines Freundes hatte er auch niemals eine Chance, seine Unschuld zu beweisen.

Also konnte er nicht mehr mit Hilfe rechnen.

Diese Erkenntnis erschütterte ihn so sehr, dass das Zittern noch zunahm. Er hielt seinen Blick auf die Mauer gerichtet, hinter der sein Freund lag.

Doch schon seit Stunden hatte er nichts mehr aus dieser Ecke gehörte. Lebte er überhaupt noch? Jeder klare Gedanke, den er noch fassen konnte, überzeugte ihn davon, dass Bonhoff unmöglich noch leben konnte. Ein Verletzter kam nicht so lange ohne medizinische Hilfe aus. Und er würde auch nicht lebend aus diesem Stollen herauskommen. Trauer mischte sich mit Angst. Der Gedanke zu sterben jagte seinen Puls in die Höhe. Er war noch nicht bereit und doch sah er keine Chance mehr. Er hatte keine Kraft mehr, an den Fesseln zu zerren. Sein Kampfgeist hatte ihn verlassen. Er fühlte sich ausgelaugt, Durst machte sich quälend bemerkbar. Seine Mundhöhle war nicht nur ausgetrocknet, auch die Zunge fühlte sich angeschwollen an, sodass er es nicht mehr schaffte, Speichel anzusammeln. Auch wurde die Luft knapp, weil ihm in seiner großen Not immer wieder Tränen in die Augen stiegen und damit die Nasenschleimhäute ebenfalls anschwollen. Die Augen aufzuhalten fiel ihm immer schwerer. Und doch riss er sie immer wieder auf in der Hoffnung, seinen Freund Michael um die Ecke kommen zu sehen. Manchmal glaubte er, seine Gestalt wahrzunehmen. Doch jedesmal hatte es sich als Halluzination herausgestellt. Und sein verzweifelter Versuch zu schreien endete in einem erstickten, undefinierbaren Laut.

Sein Blick wurde verschwommen, bis alles wieder schwarz vor Augen wurde. Sein Kopf fiel nach vorne und Grewe versank im Nichts.

⚒

Schnur platzte in Andreas Zimmer und rief: »Es ist möglich, dass wir es tatsächlich mit Karl Fechter zu tun haben.«

Andrea brach ihr Telefonat abrupt ab und legte auf. Mit erstauntem Gesicht entgegnete sie: »Wie kommst du zu dieser Erkenntnis?«

»Es ist die Grenznähe, die wir ständig vor Augen haben und trotzdem nicht gesehen haben«, antwortete er. »Er könnte durch diese Strecke entkommen sein, durch die Kullmann und Anke gerade gehen, um Anton Grewe zu finden. Dieser Stollen führt nach Petite-Rosselle, das ist in Frankreich. Und wenn er all die Jahre unauffällig dort gelebt hat, hat das keiner von uns mitbekommen.«

»Das ist ja heimtückisch«, entgegnete Andrea. »Sind Anke und Kullmann schon darüber informiert?«

»Nein! Ich komme nicht mit ihnen in Verbindung. Deshalb fahren wie jetzt nach Velsen zu den Bergleuten der Grubenwehr. Von dort aus können wir zumindest mit den Männern der Grubenwehr unter Tage Kontakt aufnehmen und ihnen den neuesten Stand der Ermittlungen durchgeben.«

Sofort brachen sie auf. Auf dem Grubengelände herrschte ein Betrieb, als sei die Nacht zum Tag geworden.

»Wer ist hier der Verantwortliche?«, fragte Schnur einen der Männer, die sich im Fördermaschinenhaus versammelt hatten.

»Das ist der Truppführer. Er ist unter Tage«, lautete die Antwort.

»Und wer koordiniert die Arbeit von hier oben?«

»Ich!«

»Okay. Dann geben Sie den Männern dort unten bitte durch, dass wir hinter dem Unbekannten, von dem die Bergleute ständig sprechen, Karl Fechter vermuten.«

⚒

Schwellen lagerten an den Seiten des Stollens und erschwerten den Durchgang. Deren Oberschicht war bereits mit Schimmel überzogen. Dahinter stapelten sich Rohre in unterschiedlichen Durchmessern und aus verschiedenen Materialien. Alle sahen verrostet aus.

»Was ist das hier?«, fragte Kullmann.

»Die Schwellen waren für den Weiterbau des Schienennetzes vorgesehen. Und diese Rohre sollten der Bewetterung dienen. Aber der geplante Ausbau hat nie stattgefunden. Deshalb vergammeln diese Sachen jetzt hier.«

Anke fuhr mit dem Finger darüber und spürte eine kalte, feuchte Patina. Angeekelt rieb sie sich den Finger an ihrer Jacke ab.

Sie gingen weiter durch den Stollen, dessen Wände nach und nach die Form eines Gewölbes annahmen. Der Anblick beruhigte Kullmann, weil er genau wusste, dass nur Gewölbe mit grobem Stein größere Räume ohne Unterstützung von Pfeilern oder anderen Hilfskonstruktionen stabil halten konnten. Lose Gesteinsbrocken hinter den Verzugsmatten schimmerten im Schein der Taschenlampe und boten einen charakteristischen Anblick.

Die Schienen auf dem Boden endeten plötzlich. Der Lehm unter ihren Füßen ging in stabilen Steinboden über, was das Gehen deutlich beschleunigte.

Immer mehr Gänge nach allen Seiten tauchten auf. Anke und Kullmann mussten aufpassen, dass sie Pierre nicht aus den Augen verloren. Die Finsternis wurde immer bedrückender, je tiefer sie in den Berg hineingingen. Die Stahlrundbögen, die plötzlich an der Decke auftauchten, zeigten ihnen, dass die Last, die das Gewölbe tragen musste, immer größer wurde. Lampen waren ebenfalls zu erkennen. Doch keine von ihnen war eingeschaltet.

»Jetzt sind wir auf der deutschen Seite und auf der vierten Sohle«, erklärte Pierre, »in einer Teufe von minus vierhundertzwanzig Metern. Der Strom ist abgeklemmt, weil hier schon seit Jahren nicht mehr gearbeitet wird. Nur noch Wasser wird abgepumpt und Luft zugeführt.«

Stahltüren zu beiden Seiten erweckten ihr Interesse.

»Kann es sein, dass Anton Grewe hinter einer dieser Türen versteckt gehalten wird?«, fragte Anke und rüttelte an der Klinke.

»Ich vermute, dass wir weiter in Richtung Velsen vordringen müssen. Dort sind die ehemaligen Sprengkammern. Hier sind wir zu weit außerhalb.«

Sie gingen weiter. Trotzdem versuchte sich Anke immer wieder an den Türklinken, bis sie auf eine stieß, die plötzlich nachgab. Fast wäre sie in den Gang hineingefallen, der sich plötzlich vor ihren Augen offenbarte.

Ein Bergmann entfernte sich von ihr. Sie starrte ihm verwundert nach und überlegte, was Pierre gerade gesagt hatte. Angeblich wurde hier nicht mehr gearbeitet.

Was tat dieser Mann also hier?

»Hallo!«, rief sie.

Der Bergmann blieb stehen.

»Was tun Sie hier?«, fragte sie.

Daraufhin drehte sich der Mann um und ging auf Anke zu. Je näher er kam, umso deutlicher erkannte sie das Gesicht.

⚒

Schnur hatte es endlich geschafft, bis zum Truppführer unter Tage vorzudringen. Er nahm das Sprechgerät und berichtete ihm von seinen Erkenntnissen.

»Sie meinen also, dass wir tatsächlich Karl Fechter dort unten treffen werden?«, fragte die Stimme aus der Tiefe.

»Es könnte sein«, gab Schnur zurück. »Nach unseren Ermittlungen hätte Karl Fechter eine gute Ausgangsbasis gehabt, um sich elf Jahre vor uns zu verstecken. Nämlich in Frankreich. Deshalb bitte ich Sie, nicht zu zögern, wenn Sie ihn dort unten sehen. Suchen Sie alle Verbindungen nach Frankreich ab.«

»Okay! Wie Karl Fechter aussieht, wissen wir ja. Es gibt keine Gedenktafel ohne ein Foto von ihm«, sprach der Truppführer. »Auf der fünften Sohle haben wir sämtliche Kammern inspiziert, die mal als Sprengstofflager genutzt wurden. Fehlanzeige! Jetzt gehen wir auf die vierte Sohle, dort gibt es auch noch eine Wetterverbindung in Richtung Frankreich. Die Kammer kann nur noch dort liegen. Die Sohlen darüber sind abgedämmt. Da kann keiner überleben.«

Das Gespräch war beendet.

Nun konnte Schnur nichts anderes tun, als abwarten. Er war froh, dass Andrea an seiner Seite war. Sie strahlte trotz der gefährlichen Situation immer noch eine beneidenswerte Ruhe aus, von der sich Schnur anstecken lassen wollte.

⚒

»Tim Fechter!«, rief Anke erstaunt aus. »Was machen Sie denn hier?«

»Vermutlich dasselbe wie Sie«, antwortete der große, blonde Mann mit einem gehetzten Lächeln. Mit langsamen und bedächtigen Schritten trat er immer näher auf Anke zu. »Ich will mich davon überzeugen, ob mein Vater wirklich noch lebt und sich hier herumtreibt.«

»Wie sind Sie hierhergekommen?«

»Durch den Schacht«, antwortete Tim. »Die Männer oben kennen mich und lassen mich runterfahren.«

Anke staunte. Diese Aussage passte nicht zu dem, was sie in den Protokollen gelesen hatte.

»Ich dachte, Sie haben sich gegen den Bergmannsberuf entschieden«, hakte sie nach.

»Das stimmt! Aber ich bin nie aus der Bergmannssiedlung weggezogen. Deshalb kennen mich die Jungs. Ich gehöre sozusagen dazu.« Er lachte sein entwaffnendes Lächeln, das Ankes Verdacht zerstreute.

»Und was tun Sie hier unten?«

»Wir suchen einen Mann, der hier eingesperrt wurde.« Sie tastete ihre Taschen ab und überlegte fieberhaft, wo sie das Foto hingesteckt hatte, auf dem Anton Grewe in dieser Kammer abgebildet war.

Plötzlich hörte sie hinter sich Kullmanns Stimme: »Anke, wo steckst du?«

»Ich bin hier!«

»Was tust du da?«

»Ich habe Tim Fechter getroffen.«

Pierre näherte sich den beiden, schaute auf Tim Fechter und sagte zu Kullmann: »Der Mann heißt nicht Tim. Dieser Mann heißt Charles.«

»Das kann nicht sein«, widersprach Kullmann. »Das ist Karl Fechters Sohn Tim.«

»Uns ist er nur als Charles bekannt.«

⚒

»Wir haben die erste Sprengstoffkammer gefunden«, lautete plötzlich die Mitteilung über das Sprechgerät der Grubenwehr. »Aber dort ist niemand. Wir suchen weiter.«

»Okay! Nach unseren Berechnungen bleiben dem Mann noch sieben Stunden«, erklärte Schnur.

»Wir beeilen uns.«

Die Verbindung war beendet.

Schnur trat vor die Maschinenhalle hinaus in die kalte, klare Luft des frühen Morgens.

Die Stille tat ihm gut. Er spazierte einige Schritte über den Hof, bis er bemerkte, dass er Andrea schon eine Weile nicht mehr gesehen hatte. Einer Eingebung folgend steuerte er die Kaffeeküche an. Er ahnte, dass sie dort einen heißen Kaffee trank. Genau das wollte er jetzt auch tun.

Als er die Tür öffnete, schlug ihm sofort polternder Lärm entgegen. Es hörte sich an, als herrschte dort eine Schlägerei. Doch als er sich genauer umsah, stellte er fest, dass die Männer einfach nur heftig miteinander diskutierten, wobei sie ihre Stühle zum Tisch schoben, was ein schabendes Geräusch verursachte. Andrea stand in der Mitte der vielen Männer. Sie machte den Eindruck, als diskutierte sie genauso laut und lebhaft.

Damit hatte sie Schnur nun doch neugierig gemacht. Was hatte die Kollegin wieder herausgefunden?

Er drängte sich an den murrenden Bergmännern vorbei zu der Frau in der Mitte und fragte: »Was ist hier los?«

»Ich habe eine interessante Entdeckung gemacht«, meinte Andrea und grinste Schnur schelmisch an.

»Und was?«

»Schau hier!« Sie zeigte Schnur zwei Fotos. Auf beiden war ein Mann mit blonden Haaren und Vollbart abgebildet. Am Qualitätsunterschied der beiden Fotos war deutlich zu erkennen, dass sie zu verschiedenen Zeiten gemacht worden sind.

»Das hier«, meinte sie und zeigte auf das Bild in schlechterer Qualität, »ist Karl Fechter in jüngeren Jahren.«

Dann hob sie das andere Foto hoch und meinte: »Und hier sehen wir Tim Fechter, seinen Sohn.«

Die Männer sahen sich zum Verwechseln ähnlich.

⚒

Anke verstand sofort.

Mit der Hand griff sie nach dem Holster. Doch Tim Fechter kam ihr zuvor. Mit grober Gewalt riss er ihren Arm hoch und nach hinten. Vor Schmerz stieß sie einen Schrei aus, der ihr jedoch im Hals steckenblieb, als sie das Messer an ihrer Kehle spürte, das er plötzlich in seiner freien Hand hielt.

Kullmann und Pierre wollten sich nähern, doch er rief mit Panik in der Stimme: »Keinen Schritt näher, oder ich schlachte sie ab.«

Die beiden alten Männer blieben erschrocken stehen.

»Das wollen Sie doch gar nicht, Tim«, sprach Anke, obwohl ihr die scharfe Seite der Klinge schmerzhaft in den Hals drückte.

»Halt' die Klappe!« Mehr sagte Tim nicht dazu und zerrte Anke tiefer in den Stollen hinein.

Sie konnte nicht erkennen, ob ihr Kullmann folgte. Alles um sie herum war dunkel. Das Licht an Tim Fechters Helm wackelte so hastig, dass sie nur Flimmern sah. Sie wusste nicht, was dieser Mann mit ihr vorhatte. Das einzige war die Erkenntnis, dass Tim Fechter das Phantom war. Und dieser Mann war für viele grausame Morde verantwortlich. Ihr Adrenalinspiegel stieg schlagartig an. Das Bild ihrer lachenden Tochter tauchte vor ihren Augen auf. Sie durfte jetzt nicht aufgeben. Es gab ein kleines Mädchen, für das es sich lohnte, ums Überleben zu kämpfen.

»Denk nicht dran!«, kam es so unvermittelt von Tim, dass Anke glaubte, er könne Gedanken lesen. »Ich habe noch nie eine Frau getötet. Aber wie sagt man so schön: Einmal ist immer das erste Mal!«

»Wo gehen wir hin?«, fragte sie, um sich und ihn abzulenken.

»Am Ende dieses Stollens gibt es einen uralten Blindschacht. Dort bringe ich dich hin.«

Anke bekam eine Gänsehaut. Das klang nicht gut.
»Wie tief?«
»Tief genug.«

⚒

Schnurs Versuche, die Grubenwehr auf den Mann aufmerksam zu machen, den er inzwischen für das Phantom hielt, scheiterten daran, dass sie ihm nicht mehr glaubten.

»Sie kommen ständig mit neuen Theorien.« An diesem Argument prallte Schnurs Warnung einfach ab.

»Was haben Sie inzwischen unter Tage erreicht?«, fragte der Kriminalkommissar, um seine Wut über diese Sturheit in den Griff zu bekommen. Insgeheim hoffte er auf die Auskunft, dass die Männer dort unten auf Kullmann, Anke und Pierre getroffen seien. Aber kein Kommentar dieser Art fiel.

Andreas Gesichtsausdruck zeigte ihm deutlich, dass sie Angst hatte. Auch er fühlte sich nicht mehr wohl. Der Gedanke, hinter dem Altmeister herzulaufen, schreckte ihn ab, da er nicht wusste, welche heimtückischen Fallen ihn in diesem ungeschützten Schacht erwarteten. Aber dieses untätige Herumsitzen und dabei etwas zu wissen, was weder Kullmann noch Anke wussten, erschien ihm ebenfalls unmöglich.

»Darf ich mal Ihr Telefon benutzen?«, fragte er in seiner Not den Grubenwehrmann, der ständig in Kontakt mit den Männern vor Ort blieb.

»Nein! Für Plaudereien sind diese Dinger nicht gedacht.«

⚒

Schon von weitem sah Anke im hastigen, hin und her springenden Licht ein quadratisches Loch in der Erde. Die oberen Ränder waren mit runden Holzbohlen verstärkt. Je näher sie kamen, desto deutlicher sah sie, dass dieses Loch in eine unabsehbare Tiefe führte. Die hölzernen Stützen sahen uralt aus. Und doch wirkten sie stabil. An einer Seite waren sie wie Sprossen an der Wand befestigt, was ein Absteigen in die Tiefe ermöglichte. Und leider auch ein Absteigen von zwei Menschen nebeneinander. Denn Tim Fechter drängte sich dicht an Anke, ließ sie die Spitze seines Messers fühlen und forderte sie auf, mit ihr hinunterzuklettern.

Das war immerhin besser, als sie hinunterzustoßen, dachte Anke und begann zu klettern.

»Wo kommen wir dort raus?«, fragte sie.

»Im Schachtsumpf«, antwortete Tim und grinste böse.

»Sumpf?« Anke kreischte.

»Keine Sorge! In diesem Sumpf stirbt man nicht. Dort sammelt sich einfach nur das Grubenwasser«, erklärte er. »Und dieser Schacht hatte sogar mal eine Unterfahrungssohle. Die ist inzwischen zwar verdreckt, aber es kann dort immer noch Wasser absickern. Ich habe gar nicht vor, dich zu töten. Meine Mission betrifft nur die Männer, die es verdient haben. Da gehörst du nicht dazu.«

Anke hörte nur mit halbem Ohr zu, was Tim sagte. Viel mehr beschäftigte sie die Frage, wie sie aus dieser ausweglosen Situation herauskommen sollte. Wie hatte sie so blind sein können? Eigentlich hätte es ihr doch dämmern müssen, wer wirklich das Phantom war. Dass es Karl Fechter sein sollte, hatte sie von Anfang an nicht glauben können. Nur Schnur war plötzlich von dieser Theorie so überzeugt, dass sie ihren eigenen Instinkten nicht mehr getraut hatte.

Und nun saß sie in der Falle. Dabei war sie doch gerade noch auf dem Weg gewesen, Grewe aus der Falle zu befreien, in die dieser Mann ihn gebracht hatte.

»Was haben Sie mit Anton Grewe gemacht?«, platzte es aus ihr heraus, als sie den nächsten Tritt nach unten balancierte.

»Anton Grewe?«, fragte Tim zurück. »Du meinst Tony?«

»Ja!«

»Was sollte ich mit Tony zu tun haben? Dass er zu euch gehört, weiß ich.«

»Woher?«

»Er ist mir doch auf eurem Flur begegnet.«

Anke erinnerte sich.

»Aber solange er mir nicht in meine Arbeit pfuscht, habe ich keinen Grund, ihn auszuschalten. Ich sagte doch, was meine Mission ist. Tony steht nicht auf meiner Todesliste.«

Anke verstand etwas nicht. »Was soll das heißen?«

»Rede ich undeutlich oder was?«, plärrte Tim plötzlich los.

Doch Anke hörte nicht zu. Auf ihrer Seite entdeckte sie ein schwarzes Loch in der Wand. Sollte das ein Seitenstollen sein?

⚒

Kullmann tastete nach seiner Waffe, die er gut versteckt unter dem Mantel trug. Immer den schwachen Lichtschein im Auge folgte er Anke und Tim Fechter in gebührendem Abstand.

Pierre folgte ihm.

Sein Angebot, den Stollen zu verlassen und Hilfe zu holen, hatte Kullmann abgelehnt. Es würde zu lange dauern und im Notfall könnte er sich und Anke nicht retten, weil sie sich gnadenlos verirren würden.

Außerdem vertraute er auf die kriminalistischen Fähigkeiten seiner ehemaligen Schülerin. Sie hatte viel von ihm gelernt.

Zusammen würden sie Tim Fechter überwältigen.

Sein Adrenalinspiegel war so hoch, dass er sich angetrieben fühlte. Er folgte der langgezogenen Kurve, versuchte, immer den wackelnden Lichtkegel von Ankes Taschenlampe im Auge zu behalten.

Doch plötzlich war er verschwunden!

Was hatte das zu bedeuten?

⚒

»Sie haben unseren Mann an eine Bombe gefesselt«, platzte es aus Anke heraus.

Plötzlich lachte Tim Fechter laut los und meinte: »Das ist wirklich ein guter Witz. Erstens arbeite ich nicht mit Sprengstoffen, weil ich nicht drankomme. Und zweitens töte ich niemanden, der es nicht verdient hat. Und Tony hat es nicht verdient. Er macht doch nur seine Arbeit, die im Grunde genommen auch meine Arbeit ist.«

»Und wer hat nach Ihrer Meinung den Tod verdient?« Kam Anke endlich dahinter, was dieses wirre Geschwafel bedeuten sollte?

»Alle, die Schuld am Tod meines Vaters haben!«

»Bis vor kurzem wusste doch niemand, was wirklich passiert ist.«

»Ich wusste es von Anfang an. Mein Vater hatte mir nichts verschwiegen. Er hat mir alles erzählt. Vom Drogenhandel und seinen verzweifelten Versuchen, diese Schweinerei zu unterbinden. Und du wirst es nicht glauben, er ist aus dieser Gezähekammer tatsächlich herausgekommen.«

Anke erschrak. »Und wo ist er jetzt?«

»Aber er hat es nicht überlebt. Ich fand ihn in der Nähe des Mundlochs in Petite Rosselle. Er war sehr schwach. Ich wollte Hilfe holen, doch als ich zurückkam ...«

Anke dämmerte etwas. »Haben Sie eine Heiligenfigur an die Stelle gestellt, an der ihr Vater gestorben ist?«

»Ja. Aber das geht dich nichts an. Er konnte sich nicht mehr bewegen und ließ sich ausgerechnet auf der Kante nieder, die brüchig war.«

»Das tut mir leid!« Anke meinte das ehrlich.

»Los! Weiter!«, drängte er. »Ich habe nicht vor, mich mit dir anzufreunden.«

»Was haben Sie denn mit mir vor?«, platzte es aus ihr heraus.

Er schaute Anke eine Weile an, dann drehte er sich weg, als müsste er überlegen, was er nun sagen sollte.

Das war die Gelegenheit.

Mit einem Satz sprang Anke in den Seitenstollen hinein. Schon spürte sie Tims festen Griff. Sie strampelte, doch der Mann war stärker als sie. Sie spürte, wie er sie wieder hinausziehen wollte.

Aber er hatte Ankes Waffe vergessen.

Mit einer flinken Bewegung gelang es hier, sich auf die Seite zu werfen, die SigSauer aus dem Holster zu ziehen und damit auf Tim Fechter zu zielen.

Abdrücken musste sie gar nicht. Vor Schreck ließ er ihre Füße los und fiel mit einem lauten Schrei in die Tiefe.

»Anke!«, hörte sie eine vertraute Stimme über ihrem Kopf.

Sie kroch aus dem schmalen Gang heraus, schaute nach oben, konnte aber nur Umrisse erkennen.

Kullmann richtete den Schein seiner Lampe auf sein Gesicht. Damit hatte sie die Bestätigung.

Hastig kletterte sie die Stufen wieder nach oben und meinte: »Das war knapp!«

Kullmann konnte im ersten Moment nichts sagen. Er umarmte die zitternde Frau und drückte sie eine Weile ganz fest an sich, bis er merkte, wie sie sich ein wenig beruhigte.

»Was ist mit ihm passiert?«, fragte er, als sie sich aus seiner Umarmung löste.

»Er ist runtergefallen. Wie tief dieser Schacht ist, weiß ich nicht.«

Wie auf Kommando schauten beide auf Pierre. Der setzte sein faltiges Grinsen auf und sagte: »Nicht tief genug, um zu sterben. Außerdem landet er unten weich, weil der Boden morastig ist. Dieser Blindschacht ist schon uralt. Er wurde nie fertiggebaut, weil an dieser Stelle die Kohleflöze zu schnell ausgelaufen sind. Da war er plötzlich nicht mehr nötig.«

»Zugeschüttet habt ihr ihn aber auch nicht«, grummelte Kullmann.

»Nein! Warum auch? Dort konnte man das Grubenwasser ablaufen lassen.«

»Okay! Jetzt müssen wir zusehen, dass wir diesen Mann bergen. Er ist der Einzige, der weiß, wo Anton Grewe steckt.«

Anke räusperte sich und sagte: »Nein, er weiß es nicht.«

»Was soll das heißen?«

»Dass Tim nicht für Grewes missliche Lage verantwortlich ist.« Sie gab Kullmann das Gespräch mit Tim Fechter wieder.

»Und was machen wir jetzt?«, fragte Kullmann ratlos.

»Weitersuchen!«

»Kann er wieder aus diesem Schacht heraus?«

»Nein, keine Sorge!« Pierre lachte. »Unten gibt es keine Sprossen mehr.«

»Sollten wir nicht nachsehen, ob er noch lebt?«, frage Anke verwirrt.

»Das darfst du übernehmen. Als Polizistin stehst du in der Pflicht. Wir warten hier oben«, bestimmte Kullmann.

Nur widerwillig kletterte Anke wieder in diesen Schacht. Zum Glück war ihre Taschenlampe stark genug, um nicht zu tief klettern zu müssen. Bereits in halber Höhe sah sie ihn. Er stand da und schaute nach oben. Aus Erfahrung wusste Anke, dass das Licht ihn so blendete, dass er sie nicht erkennen konnte. Er sagte kein Wort. Sie auch nicht. Sie drehte sich einfach um und kletterte wieder nach oben.

»Wir lassen ihn später abholen«, bestimmte Kullmann.

⚒

Grewes Zittern wurde so stark, dass es ihn wieder aus seiner Ohnmacht riss. Er schaute sich um. Nichts hatte sich verändert. Er war immer noch in diesem kahlen Raum an einen Stuhl gefesselt. Die Ungewissheit, ob Michael ebenfalls in diesem Raum lag, war mit ihm aufgewacht und quälte ihn. Er versuchte, sein Zittern zu unterdrücken, doch das gelang ihm nicht. Es schien so, als entwickelten seine Extremitäten ein Eigenleben. Trotz der Fesselungen zuckten die Beine wie wild auf und ab. Auch die Arme konnte er nicht still halten. Blut drang nicht mehr aus seinen Wunden. Dafür fühlten sie sich heiß an und schmerzten noch mehr.

Er überlegte, ob es einen Sinn machte, auf die Zeitanzeige zu schauen. Sie würde ihm nur signalisieren, wie lange er noch zu leben hatte.

Denn eines war ihm inzwischen klar geworden. Remmark hatte ihm in dieser fatalen Situation noch eins ausgewischt. Niemals hatte er seinen Kollegen dieses Foto zugeschickt.

Das würde sein Ende sein.

Der Ort, den er von Grund auf gehasst hatte, sollte sein Grab werden.

Tränen liefen über seine Wangen.

Krampfhaft versuchte er mit seiner angeschwollenen Zunge die Flüssigkeit, die über seine Wange lief, abzufangen. Doch er schaffte es nicht. Die Zunge fühlte sich taub an. Das Atmen fiel ihm immer schwerer. Durch die Nase konnte er schon lange keine Luft mehr ziehen.

Die Tränen kullerten auf sein Hosenbein, wo sie vom Stoff aufgesogen wurden. Verzweifelt schaute er dabei zu, wie die Flüssigkeit nutzlos versickerte. Nutzlos! So wie er nutzlos gewesen war. Sein Hoffen und Bangen, mit diesem Einsatz etwas zu bewirken, würde sich am Ende als nutzlos erweisen. Er drehte den Kopf nach links, als sei er ferngesteuert. Obwohl er es nicht wollte, richtete er seine Augen auf die Zeitschaltuhr. Nur undeutlich schimmerten die Zahlen vor seinen Augen, die er langsam entzifferte.

Noch vier Stunden.

⚒

Schnell kehrten sie zu dem Gang zurück, von dem Anke abgekommen war und setzten ihren Weg fort.

»Noch zwei Kilometer und wir stoßen auf den Gustavschacht«, erklärte Pierre.

»Wie hilft uns das weiter?«, fragte Kullmann. »Wir sind von falschen Voraussetzungen ausgegangen, weil wir dachten, dass das Phantom unseren Mann gefesselt hat. Jetzt haben wir keinerlei Anhaltspunkt mehr, wo wir suchen sollen.«

»Kein Grund zur Panik! Ich werde euch zu den Räumen führen, in denen früher Sprengstoff gelagert wurde«, versprach Pierre. »In einem davon muss er sein.«

Kullmann beneidete den Franzosen in diesem Augenblick um seine Gelassenheit.

Sie marschierten weiter. Eine Weile waren nur ihre Schritte zu hören. Doch plötzlich mischten sich noch weitere dazwischen. Hastig sprangen sie zur Seite, um sich zu verstecken. Doch schon bald erkannten sie an den orangefarbenen Jacken, dass sie auf die Männer der Grubenwehr gestoßen waren.

Sie verließen ihr Versteck wieder und gingen auf die Männer zu.

»Heiliger Strohsack«, rief einer. »Wo kommen Sie denn her?«

»Durch den Hintereingang«, erklärte Kullmann.

»Gehören Sie zu Hauptkommissar Schnur?«, fragte der Truppführer.

Diese Frage veranlasste Kullmann dazu, sich und seine kleine Mannschaft vorzustellen. Dann berichtete er von Tim Fechter und an welchem Ort der Mann zu finden war.

Diese Information ging über ein Sprechfunkgerät an die Leitstelle, die es nach oben weitergab.

»Wir werden uns weiter um den Vermissten kümmern«, sagte der Truppführer der Mannschaft. An Anke gewandt fügte er an: »Sie können mit dem Korb nach oben fahren. Einer meiner Männer begleitet Sie.«

»Wie kann der Korb wieder einsatzbereit sein?«, fragte Kullmann. »Dort lag doch erst vor wenigen Stunden noch ein Toter drauf.«

»Der andere Korb ist in Betrieb. Die Überreste des Toten sind bereits gesichert und das Korbdach bleibt abgedeckt für weitere Untersuchungen.«

»Ich werde mich an der Suche beteiligen«, mischte sich Anke ein. »Ich bin nicht den ganzen Weg von der anderen Seite gekommen, um mich von Ihnen nach oben fahren zu lassen.«

»Oh doch! Das werden Sie, liebes Fräulein. Aber dalli!«, bestimmte der Truppführer unfreundlich. »Frauen haben hier unten nichts zu suchen.«

»Ich bin nicht Ihr Fräulein.« Anke platzte vor Wut. »Ich bin Kriminalkommissarin Anke Deister und ermittle in diesem Fall. Sie sind nicht mein Chef, der mir sagen kann, was ich zu machen habe.«

»Von mir aus können Sie der Kaiser von China sein oder der Papst persönlich. Hier unten bin ich der Chef! Und sonst niemand. Wenn ich sage, dass Sie nach oben fahren sollen, dann tun Sie das auch gefälligst!«

»Und ich lasse mir von Ihnen nicht meine Arbeit verbieten.«

»Wenn Sie nicht sofort von allein zum Korb gehen, dann helfen wir Ihnen dabei.« Die Männer wurden schon ungeduldig. »Wir haben gerade andere Sorgen.«

Kullmann stellte sich schützend vor Anke und sprach in ruhigem Ton: »Welchen Sinn macht es, hier kostbare Zeit damit zu verschwenden, ob die Kriminalkommissarin hier unten bei der Suche hilft oder nicht? Das kommt unserem Mann jedenfalls nicht zugute. Denn der hat nicht mehr viel Zeit.«

»Dann bringen Sie diese Frau zur Vernunft!«

⚒

Es war Samstag.

Die Grubenwehr hatte inzwischen eine neue Mannschaft hinuntergeschickt, die mit frischen Kräften die Suche fortsetzen sollten.

Nach Schnurs Schätzungen blieben ihnen nur noch vier Stunden. Im Vergleich zu der Zeit, die sie bisher gehabt hatten, war das verdammt wenig. Er wollte sich nicht ausmalen, wie es Grewe in dieser Situation erging.

Ob er überhaupt noch bei Bewusstsein war?

Plötzlich drang eine Nachricht an sein Ohr, die ihn euphorisch stimmte. Die Männer der Grubenwehr waren auf Kullmann, Anke und Pierre gestoßen. An den mürrischen Kommentaren konnte Schnur erkennen, dass es seinen Leuten gut ging und dass sie sich nicht an die Regeln der Grubenwehr hielten.

Einerseits ahnte Schnur, dass die Entscheidung, Anke in den Schacht gehen zu lassen, böse Folgen für ihn haben könnte. Andererseits freute es ihn zu erfahren, wie kratzbürstig sie sich gegen die Männer unter Tage durchsetzte.

Doch die nächste Nachricht holte ihn sofort wieder von seinem Siegestaumel herunter. Das Phantom war geschnappt. Es war tatsächlich Tim Fechter. Aber er war nicht für Anton Grewes Entführung zuständig.

Alles sprach dafür, dass Remmark doch derjenige war! Und der lag in tausend Tüten beim Gerichtsmediziner auf dem Seziertisch.

Verzweifelt rieb er sich über sein Kinn, das sich so rau anfühlte wie Schmirgelpapier. Wie sollten sie es jetzt noch schaffen, Anton Grewe rechtzeitig zu finden?

»Hier, Barbarossa«, hörte er Andreas Stimme hinter sich und roch sofort den Kaffee, den sie ihm hinhielt.

»Nach der Tasse stehe ich bestimmt die nächsten drei Wochen stramm«, bemerkte Schnur und trank davon, ohne zu zögern.

»Dann wirst du die Zeit zum Arbeiten nutzen«, stichelte Andrea.

Schnur schaute der Kollegin ins Gesicht und musste lachen. Das tat ihm gut. Andrea schaffte es, ihn in dieser desolaten Situation noch aufzumuntern. Die Selbstvorwürfe drohten ihn innerlich zu zerreißen. Sollte Anton Grewe nicht gerettet werden …

»Was ist mit dir?«, fragte Andrea. »Du bist plötzlich noch blasser geworden.«

»Ich bin gerade zu dem Entschluss gekommen, meinen Job zu kündigen, wenn wir Grewe nicht retten können.«

⚒

Grewe spürte plötzlich eine Regung. Er versuchte aufzuschauen, aber seine Augen waren verklebt. Er hatte Mühe, die Lider nur einen kleinen Spalt zu öffnen. Doch was er durch den Spalt sah, hätte er lieber nicht gesehen.

Eine Ratte.

Sofort kehrten die Lebensgeister in seinen Körper zurück.

Er richtete sich mühsam auf, zappelte, soweit es in seiner Fesselung möglich war, um das Mistvieh abzuschütteln.

Wo kam diese Ratte her? Gab es hier einen weiteren Zugang?

Schon wieder kehrte Hoffnung in ihn zurück. Diese verdammte Hoffnung, die es ihm so schwer machte, sich mit seinem Schicksal abzufinden.

Aber zuerst galt es, die Ratte abzuschütteln, was nicht einfach war. Sie krallte sich locker an seiner Jacke fest und schien ihn dabei mit einem höhnischen Blick zu fixieren.

»Scheißvieh!«, krächzte er. Doch seine Stimme hörte sich so düster und hohl an, dass er vor sich selbst erschrak.

Im gleichen Augenblick fiel die Ratte von seinem Arm herunter. Fast hätte er darüber lachen können.

Wie von einer fremden Hand gesteuert, drehte er seinen Kopf nach links.

Die Zeit war um.

Die letzte Minute brach an.

⚒

Die Hektik gelangte an ihren Höhepunkt. Die letzte Minute war angebrochen. Sämtliche Türen hatten die Männer aufgebrochen, sämtliche Stollen und Löcher und Schächte erkundet. Aber keine Spur von Anton Grewe.

Anke war mit einer Laune zu der kleinen Gruppe über Tage hinzugestoßen, die so explosiv war, dass Schnur sich nicht wagte, sie anzusprechen. Er hatte von dem Disput unter Tage erfahren und sich selbst maßlos darüber geärgert, nicht selbst mit diesem Truppführer verhandeln zu können. Aber er hatte nicht nach unten fahren dürfen. Sein ganzes Bitten und Betteln, ihn runterzulassen, hatte nichts genützt. Dabei wusste er selbst nicht, ob er etwas hätte besser machen können.

Wie ein Verrückter rannte er hin und her, als könnte er damit Schlimmeres abwenden.

⚒

Zehn, neun, acht, sieben, sechs …

Grewe verabschiedete sich von dieser Welt. Er schaute auf die Ratte, die in den letzten Sekunden seines Lebens seine Begleiterin war und dachte sich, wie gut es doch war, dass mit der verdammten Bombe wenigstens dieser Schädling ausgerottet würde.

Ein Winseln stieß aus seiner Kehle, was ein Lachen sein sollte.

… fünf, vier, drei, …

Ein Rascheln, das nicht von der Zeitschaltuhr kam, lenkte Grewe ab.

Wollte sich jetzt Bonhoff zeigen? In der letzten Sekunde seines Lebens … ihres Lebens?

… zwei, eins …

⚒

»Ich glaube, wir sind auf einer guten Spur«, rief Pierre. »Hier war vor Kurzem noch jemand.« Er leuchtete auf den Boden, dort lag ein verknülltes Tempotaschentuch. »Wer fasst es freiwillig an, um zu testen, wie lange es schon dort liegt?«

Kullmann entknüllte das Tuch mit Widerwillen. Doch als er es aufschlug, sah er zu seiner Überraschung, dass es blutverschmiert war.

»Das sieht nicht gut aus«, stellte er fest.

»Nein! Und es liegt bestimmt nicht schon seit Tagen hier herum«, kommentierte Pierre. »Sonst wäre es mit einer dunklen Staubschicht bedeckt.«

»Wir rufen die Männer der Grubenwehr hierher«, beschloss Kullmann. »Es sieht wirklich so aus, als seien wir auf dem richtigen Weg.«

Auf die Uhr schaute er dabei lieber nicht. Er hatte jegliches Zeitgefühl verloren. Es könnte inzwischen schon vierzehn Uhr sein, der Stichpunkt, den sie sich für die Explosion gesetzt hatten. Es konnte aber genauso gut siebzehn Uhr sein. Er konnte es nicht sagen und wollte es auch nicht so genau wissen. So gab er sich immer noch der Hoffnung hin, Grewe retten zu können.

⚒

Grewe schloss die Augen.

Null!

Er erwartete einen Knall.

Nein, er wusste gar nicht, was er erwartete.

Auf keinen Fall das, was gerade eintraf.

Ein leises Buff, dann entstand eine ganze Menge Qualm. Er schaute sich verdutzt um und überlegte, ob er an Erstickung sterben sollte. Doch weiter kam er nicht mit seinen Gedanken.

Plötzlich hörte und sah er Gestalten von allen Seiten. Es waren keine Menschen. Das waren Aliens. Sie steckten in grellfarbenen Astronautenanzügen. Ihre Augen waren schwarz, oval und riesengroß. Und ihre Nasen sahen aus wie lange Rüssel, die sich über den Bauch bis zum Rücken schlängelten.

Auch sprachen sie eine ganz fremde Sprache. Sie bewegten sich wie in Zeitlupe. Ihre Arme und Beine sahen wie Tentakel aus. Zielstrebig steuerten sie ihn an. Er war ihr Ziel. Er konnte nichts dagegen tun. Plötzlich packte ihn einer dieser Außerirdischen und stülpte ihm etwas über den Kopf.

Dankbar ließ Grewe es geschehen und schwebte ins Weltall.

⚒

Die Woche begann mit strahlendem Sonnenschein.

Anke hatte den Sonntag verschlafen. Ebenso Kullmann, was sie jedoch sehr vorwurfsvoll von Martha zu hören bekommen hatten. Lisa war todunglücklich gewesen, weil ihre Mutter einfach nicht aus dem Bett wollte, bis Erik aufgetaucht und mit der Kleinen ins Calypso-Schwimmbad gefahren war. Damit war der Sonntag letztendlich doch noch gerettet. Ihr Ärger über Kullmanns Verhalten vor dem Truppführer der Grubenwehr hatte sich inzwischen wieder gelegt. Kullmann hatte in diesem Augenblick nur Grewes Sicherheit im Auge gehabt, weshalb er es vorgezogen hatte, dem Befehl des Truppführers nachzukommen und Anke aus der Suchaktion auszuschließen. Dass die Arbeitswoche gleich mit einer ganzen Menge Arbeit anfing, war nur gut für sie. Das lenkte sie ab. Der Verdächtige Tim Fechter hatte den Wunsch geäußert, von Anke vernommen zu werden. Und obwohl sie sich immer noch mit Schrecken daran erinnerte, wie sie ihm in diesem finsteren Stollen begegnet war, so wollte sie ihrer Aufgabe auf jeden Fall nachkommen. Die Neugier siegte über ihre Angst. Doch zuerst musste sie zur Dienstbesprechung. Das war Anordnung des Chefs. Tim Fechter konnte warten.

Schnur erwartete sie alle in seinem Büro.

Die Stimmung war an diesem Morgen durchwachsen. Teilweise froh, dass Grewe den Bombenanschlag gut überstanden hatte. Teilweise betrübt, weil Michael Bonhoffs Zustand sehr schlecht war. Er hatte mit Kopfverletzungen bewusstlos in derselben Kammer wie Grewe gelegen, während sie ihn dieser grausamen Taten verdächtigt hatten. Die beiden Männer hatten sich die ganze Zeit nicht sehen können. Keiner konnte sich ausmalen, wie bedrückend dieser Zustand für Grewe gewesen sein musste. Ungewissheit konnte das Leben besonders schwer machen.

Bonhoff lag im Krankenhaus und hatte bisher noch nicht wieder das Bewusstsein erlangt. Niemand wusste, wie seine Chancen standen.

»Grewe ist wieder nach Hause entlassen worden.« Mit dieser frohen Botschaft eröffnete Schnur die Besprechung. »Er war dehydriert, was durch Infusionen behoben werden konnte.«

»Was war mit der Bombe los?«, stellte Kullmann die Frage, die ihn am meisten beschäftigte. »Warum ging sie nicht hoch?«

»Die Experten haben festgestellt, dass der Sprengstoff falsch gelagert war. Er war feucht geworden. Das war unser Glück, denn rechtzeitig geschafft hätten wir es nicht mehr«, erklärte Schnur. »Und dadurch konnten wir auch Fingerabdrücke daran finden, was sonst unmöglich gewesen wäre. Es ist eindeutig bewiesen, dass Remmark für diese Schweinerei zuständig war. Aber für die anderen Morde an seinen Kameraden nicht.«

»Wer war nun das Phantom?«, fragte Andrea.

»Tim Fechter.«

Die Kollegin erschrak. »Mit dem Mann habe ich allein in meinem Büro gesessen.«

»Er sitzt im Vernehmungsraum und wartet auf Anke«, berichtete Schnur. An Anke gewandt fügte er an: »Nach dem, was in dem Stollen passiert ist, frage ich dich, ob du dir das zutraust.«

»Ja!«, antwortete Anke standhaft, auch wenn sie sich nicht so fühlte.

Schnur nickte zufrieden. »Die Leiche seines Vaters haben wir tatsächlich an der Stelle gefunden, an der die Heiligenfigur stand. Der Sumpf wurde abgepumpt. Und dort lag er.«

»Und was passiert jetzt mit Hans Rach und Paolo Tremante?« Mit dieser Frage erinnerte Erik an die weiteren Ermittlungen.

»Die beiden habe ich den Kollegen des Rauschgiftdezernats übergeben. Die haben endlich einen ganzen Ring aufgedeckt, zu denen Remmark und seine Gefolgsleute vermutlich gehörten.«

»Und Siegfried Hemmerling?«

Schnur antwortete lachend: »Der Held hatte sich im Turm über dem ehemaligen Verwaltungsgebäude der Grube Velsen versteckt. Hat wohl geglaubt, schlauer zu sein als die Polizei.«

»Wie konnte er in das Gebäude gelangen?«, staunte Erik. »Dort ist doch schon lange keine Verwaltung mehr.«

»Im Erdgeschoss haben sich einige Bergmänner ein Künstleratelier eingerichtet«, berichtete Schnur. »Weil die Räume noch renoviert werden müssen, stand die Tür offen.«

»Und nun kommt die schwerste aller Fragen«, meinte Andrea und grinste schief. »Wann kommt Kriminalrat Forseti aus dem Urlaub zurück?«

Alle lachten. Nur Schnur nicht. Er ahnte nämlich, dass dieser Fall für ihn noch lange nicht abgeschlossen war.

⚒

Tim Fechter zeigte nicht den Hauch von Ungeduld, als Anke nach zwei geschlagenen Stunden den Vernehmungsraum betrat. Er lächelte sie sogar an.

»Ihnen gefällt es ja ganz gut bei uns«, stellte sie fest.

»Nein! Ich freue mich über Ihre Anwesenheit«, erklärte er. »Damit bekomme ich die Gelegenheit, mich bei Ihnen zu entschuldigen.«

Anke machte ganz große Augen vor Erstaunen.

»Ich hätte Sie niemals töten können«, sprach Tim einfach weiter. »Es war mir auch zuwider, Sie in diese gefährliche Situation zu bringen. Doch Sie haben mich so überrascht! Niemals hätte ich damit gerechnet, dass mich jemand in dieser abgelegenen Ecke unter Tage finden würde. Ich war für den Moment kopflos.«

»Damit kommen wir zu der Frage, wie Sie überhaupt von diesem Stollen wissen konnten!«

»Ganz einfach. Mein Vater hat in Petite Rosselle gelebt. Er hatte dort eine Lebensgefährtin. Ich musste damals noch in Deutschland bleiben, um die Schule abzuschließen, deshalb konnte ich nur an den Wochenenden bei ihm sein. In unserer gemeinsamen Zeit hat er mir den Stollen gezeigt. Als ich volljährig war, bin ich ganz dorthin gezogen. Die Freundin meines Vaters hat irgendwann einen anderen Mann kennen gelernt und ist mit ihm einfach verschwunden. Das Haus hat sie mir überlassen. Jetzt lebe ich größtenteils in diesem Haus. Im Warndt-Dorf halte ich mich so gut wie nie auf, weil es dort zu spießig ist. Die Franzosen nehmen alles viel leichter, das gefällt mir besser.«

Anke erinnerte sich an seine muffige Wohnung.

»Und was brachte Sie auf die Idee, nach dem Unglück gerade an dieser Stelle nach Ihrem Vater zu suchen? Er galt doch als tot.«

»Sie wissen ja nicht, was ich wusste«, begann Tim. »Mein Vater hatte mir haarklein von der Schweinerei erzählt, die dort unten lief. Er hat mir auch die Namen genannt. Am nächsten Morgen wollte er zur Polizei gehen, wenn Schorsch nicht zur Vernunft käme. Doch der nächste Morgen kam nie für meinen Vater.«

»Dann sind Sie einfach auf Verdacht losgezogen …«

»Ich erfuhr erst am Tag darauf, dass mein Vater angeblich nach der Mittagschicht eine Nachtschicht angehängt hätte. Leider war ich ausgerechnet in der Nacht mit Freunden unterwegs. Sonst hätte ich sofort reagiert. Denn genau das war für mich ausschlaggebend, nicht an diese lächerliche Unfalltheorie zu glauben. Niemals hätte mein Vater eine Schicht angehängt.« Tim schnaubte. »Ich ging genau die Strecken ab, die mir mein Vater immer gezeigt hatte, als er noch glaubte, dass ich mal Bergmann werde. Und tatsächlich tauchte er dort auf. Den Rest habe ich Ihnen schon erzählt. Er war total schwach, konnte sich nicht mehr auf den Beinen halten. Als ich Hilfe holen wollte, bin ich unsicher geworden und zurückgekehrt, weil ich Angst hatte, er könnte in seinem Zustand in diesen Sumpf fallen. Und genau das war passiert. Ich konnte ihn nicht mehr retten.«

»Nun erzählen Sie doch mal, wie es Ihnen gelungen ist, all die Jahre für diese Männer als Phantom herumzugeistern?«

»Ganz einfach! Ich habe jeden einzeln ausspioniert. Dadurch haben sie meine Anwesenheit zwar bemerkt, kamen aber nie dahinter, wer ich war und was ich vorhatte. Dazu noch die Ähnlichkeit mit meinem Vater. Ich habe mir extra den Bart stehen lassen.« Wieder setzte er eine selbstgefällige Miene auf.

»Sie konnten sich ihnen also unbemerkt nähern und sie töten?«

»Genau!«

»Aber nicht bei Hollinger!« Anke schaute auf. »Er hatte einen Termin mit einem potenziellen Sponsor. Waren Sie das?«

»Ja!« Tim grinste.

»Dann muss er Sie doch erkannt haben.«

»Hat er auch.« Tims Grinsen wurde breiter.

»Aber dann müsste er doch verstanden haben, was dort unter Tage los ist. Die Bergmänner sprachen doch schon lang vom Phantom.«

»Nichts hat der Dummkopf verstanden. Ich habe mich gestylt mit Pomade im Haar und sonstigen kleinen Veränderungen, damit die Ähnlichkeit zu meinem Vater nicht allzu groß ist. Er hat mich sofort als Karls Sohn erkannt. Mehr aber auch nicht.«

»Und welche Erklärung hatten Sie für ihn, warum Sie in das Erlebnisbergwerk gehen wollten?«

»Ich habe ihm vorgemacht, tatsächlich bei der Firma *Kautschuk und Karkasse* zu arbeiten. Und durch meinen Vater hätte ich eine besondere Verbindung zum Bergbau, weshalb mir sehr daran gelegen wäre, diese Erinnerung zu wahren.« Tim gefiel sich in seiner Rolle, das konnte Anke ihm ansehen. Sie hatte Mühe, nicht zu kotzen. »Er war vor Begeisterung gar nicht mehr zu bremsen und hat mir freiwillig alles gezeigt. Auch die Maschinen hat er angeworfen, was er nur in Ausnahmefällen tat. Er glaubte wohl, ich sei den Einsatz wert.«

Anke zwang sich, das Gespräch weiterhin sachlich zu führen. Zu groß wurde ihre Abneigung gegen diesen Mann. Seine Selbstherrlichkeit, ja sogar Selbstbeweihräucherung für diese Gräueltaten ekelten sie an. Sie würde es niemals begreifen, wie solche Menschen tickten.

»Warum sind Sie bei all Ihren Opfern vorher eingebrochen?«, fragte sie hastig weiter, um sich von ihren Gedanken loszureißen.

»Um das Geld, das sie sich durch ihre schmutzigen Geschäfte angeeignet haben, wegzunehmen. Die Weiber hätten gut davon leben können, während junge Menschen woanders auf Drogen kommen und daran sterben.«

»Aber Ihnen stand das Geld zu?«

»Nein. Das nicht. Ich habe es an Drogenhilfezentren und Entziehungseinrichtungen gespendet. Nur damit konnte ich eine Art Wiedergutmachung leisten.«

Anke staunte. Damit hatte sie nun wirklich nicht gerechnet. Doch Tim hatte ihren Gesichtsausdruck schon verstanden und meinte: »Keine Sorge! Ich werde nicht sentimental. Es ist nur so, dass der Bruder meines Vaters drogensüchtig war und am goldenen Schuss krepiert ist. Mein Vater hatte sehr darunter gelitten und jede Art von Drogen verdammt.«

Anke nickte. Die Traurigkeit, die plötzlich in Tims Augen stand, gab ihr ein Gefühl dafür, dass er seinen Vater sehr geliebt hatte. Doch rechtfertigte das seine grausamen Taten? Nein! Also besann sie sich und stellte die Frage, vor der sie alle seit dem ersten Tag der Ermittlungen standen, die Frage, die auch kein Bergmann bisher hatte beantworten können: »Wie ist es Ihnen gelungen, Peter Dempler an das Stahlseil festzuhaken, damit er bis zur Seilscheibe hochgezogen werden konnte?«

Tim rutschte nervös auf seinem Stuhl hin und her. Lange dauerte es, bis er endlich zugab: »Das ist der einzige Fehler, der mir unterlaufen ist, sonst hätten Sie mich niemals gefasst.«

Anke genoss es, ihn endlich mal weniger selbstgerecht zu erleben. Doch hielt er sie ein bisschen zu lange mit der Antwort hin: »Ich warte auf eine Antwort.«

Tim lachte und meinte: »Immer knallhart was?«

»Ich warte ...«

»Okay! Also wenn ich es auf diese Art versucht hätte, wäre es mir nie gelungen, Pitt so dramatisch zu töten. Im Nachhinein hat es mir Spaß gemacht. Nur war mir schnell klar, dass ich damit mehr Leute auf den Plan rufe als das Bergamt und die Grubenwehr.«

»Damit ist meine Frage immer noch nicht beantwortet.«

Nach einigem Räuspern gab er zu: »Pitt war der einzige, der sich heftig gegen mich gewehrt hat. Die anderen waren alle so überrascht, dass sie es nicht kommen sahen. Doch Pitt hat gekämpft. Und da meine Zeit knapp war – ich wusste ja, dass die Leerfahrt bald stattfinden würde – habe ich ihm einen gezielten Schlag mit der Handkante ins Genick verpasst. Doch er fiel nicht – wie erwartet – in den Schacht. Er blieb tatsächlich mit dem Lampengürtel an dieser Stahllitze hängen, die ich erst in diesem Augenblick gesehen habe, und dazu noch aufrecht, weil sich irgendetwas von seiner Kleidung am Seil verfangen hatte.«

Anke staunte. »Sie wollten diesen Mord gar nicht so spektakulär zur Schau stellen?«

»Nein! Ich wollte in Ruhe meine Mission beenden. Und dazu gehörten noch einige Männer.«

»Haben Sie allen beim Sterben zugesehen?« Anke wusste, dass diese Frage nicht relevant für ihre Ermittlungen war. Und trotzdem musste sie sie stellen.

»Habe ich. Und mit Genuss. Sie haben alle den Tod verdient, weil sie meinen Vater in dieser Kammer sterben lassen wollten.«

»Dann gebe ich Ihnen zum Abschluss etwas mit ins Gefängnis.«

Tim horchte auf.

»Georg Remmark hat ganz allein Ihren Vater und Winfried Bode in dieser Kammer eingesperrt. Er hat das ohne das Wissen seiner Kameraden gemacht. Sie haben alle diese Männer für etwas bestraft, was sie nicht getan haben … bis auf Remmark.«

Sie behielt Tims Gesicht genau im Auge.

»Na! Wie fühlt sich das an?«

Der Glanz verschwand aus Tims Augen. Seine Gesichtsfarbe wechselte von gerötet in grau. Er brachte kein Wort heraus.

»Sie werden jetzt viel Zeit bekommen, darüber nachzudenken.«

⚒

Grewe saß am Krankenbett seines Freundes. Ein Atemschlauch führte in seinen Mund. Das ständige Pumpen und Luftablassen war es, was ihn am Leben hielt. Im Gleichtakt mit der Maschine hob und senkte sich seine Brust.

Grewe wurde schwer ums Herz.

Tatsächlich hatte er die ganze Zeit im selben Raum mit Bonhoff gelegen. Jetzt war er froh darüber, soviel drauflos geredet zu haben. Er hatte alles ausgesprochen, was ihn bedrückte. Alle seine Gefühle zum Ausdruck gebracht. Vielleicht gab das seinem Freund den Mut, aufzuwachen, die Augen zu öffnen und ihn anzusehen.

Grewe nahm Bonhoffs Hand. An ihr hing lediglich das blinkende Pulsmessgerät. Die Kanülen steckten in der anderen. Die Wärme, die er zu spüren bekam, berührte ihn.

Er schaute in Bonhoffs Gesicht. Es war kalkweiß und eingefallen. Seine schönen, dunkelblonden Haare klebten an seinem Kopf.

Grewe musste nicht lange überlegen, was er seinem Freund erzählen konnte. Inzwischen war wieder eine ganze Menge passiert. Also begann er, von den Ergebnissen ihrer gefährlichen Undercover-Aktion zu berichten. Von dem Phantom und von Schorsch, dem Steiger. Der Mann, der ihnen beiden Angst und Schrecken einjagen konnte.

Immer wieder schaute er auf das Gesicht seines Freundes.

Keine Reaktion.

»Mensch, Michael! Du gehörst doch mit zum Team. Also müssen wir den Erfolg zusammen feiern«, drängte Grewe.

Aber nichts geschah. Reglos blieb der Mann in seinen Kissen liegen.

Die Schuldgefühle, die Grewe plagten, wurden mit jedem Piepston, der aus der Maschine drang, stärker. Mit jeder Sekunde, die ohne ein Lebenszeichen verstrich, fühlte er sich hoffnungsloser. Bonhoff hatte über vierundzwanzig Stunden mit Kopfverletzungen in diesem Raum gelegen. Ohne ärztliche Versorgung. Dass er überhaupt noch lebte, grenzte an Wunder. Zumindest hatte Grewe gehört, wie einer der Ärzte diesen Satz ausgesprochen hatte.

Und Grewe wusste, was das zu bedeuten hatte.

Auch wenn er es nicht wahrhaben wollte.

Michael Bonhoff war der Mann, den er seit vielen Jahren liebte und begehrte und niemals erreicht hatte. Endlich hatte er eine Chance für sie beide gesehen, da hatte Bonhoff den Helden spielen müssen. Remmark hatte herausgefunden, welche Rolle Bonhoff für Grewe gespielt hatte. Ihm war nichts entgangen.

Dieser Mann war zu ihrem Verhängnis geworden.

Plötzlich spürte Grewe, wie die Hand kalt wurde. Und kälter.

Erschrocken schaute er auf die Maschine, da ging auch schon der entsetzlich eintönige Warnton los. Gleichzeitig rannten Ärzte und Schwestern ins Zimmer.

Wie paralysiert stand er daneben und besah sich das Schauspiel. Alle Wiederbelebungsmaßnahmen endeten in einem enttäuschten Kopfschütteln, bis der Arzt die Todeszeit notierte.

— ENDE —

Elke Schwab
Tod am Litermont

278 Seiten
ISBN 978-3-936950-74-8
12,90 €

Die Entdeckung der Leichen zweier Frauen erschüttert das Saarland: Die eine wurde erhängt auf dem Dachboden ihres Hauses in Diefflen gefunden. Die andere kam offenbar bei einem Sturz am Berg Litermont bei Nalbach zu Tode. Kriminalkommissarin Anke Deister steht vor Fragen: Wurden die Frauen Opfer eines Killers? Stehen die beiden Fälle überhaupt in einem Zusammenhang? Oder handelt es sich bei beiden um tragische Selbstmorde? Als herauskommt, dass die Tochter eines der Opfer vor elf Jahren entführt worden war, wirft das ein völlig neues Licht auf den Fall. Der Kommissar, der den Fall von damals leitete, muss herangezogen werden. Und das ist kein anderer als der längst pensionierte Norbert Kullmann.

Eine packende Mischung aus Lokalkolorit und Kriminalgeschichte. Wochenspiegel

Virtuos Saarbrücker Zeitung

Elke Schwab
Galgentod auf der Teufelsburg

330 Seiten
ISBN 978-3-941657-39-7
12,90 €

Ein toter Lehrer in einem Saarlouiser Gymnasium. In der Aula, vor den Augen aller Schüler und deren Handykameras. Diskretion unmöglich. Jürgen Schnur und sein Team stehen vor einem Fall, der Geduld und Fingerspitzengefühl erfordert. Schweigsame Lehrer, störrische Schüler und die verführerische Mirna erschweren die Ermittlungen. Ein zweiter Todesfall auf der Teufelsburg erhöht den Druck auf die Polizisten. Was hat es mit dem unscheinbaren Fred Recktenwald auf sich, der auf der Teufelsburg als Fremdenführer arbeitet?

Tote Lehrer, gefräßige Krähen, alte Rachegefühle und weibliche Reize stellen Jürgen Schnur, Erik Tenes und die »Neue«, Andrea Westrich, vor einen nervenaufreibenden, scheinbar unlösbaren Fall. Aber auf Kullmann ist Verlass.

Weitere Krimis im Conte Verlag

Lilo Beil ***Gottes Mühlen***

Kommissar Gontards erster Fall

184 Seiten, ISBN 978-3-936950-49-6, 9,90 €

Lilo Beil ***Das Licht unterm Scheffel***

Kommissar Gontards zweiter Fall

178 Seiten, ISBN 978-3-936950-72-4, 9,90 €

Lilo Beil ***Die schlafenden Hunde***

Kommissar Gontards dritter Fall

188 Seiten, ISBN 978-3-936950-87-8, 9,90 €

Lilo Beil ***Die Kinder im Brunnen***

204 Seiten, ISBN 978-3-941657-10-6, 11,90 €

Lilo Beil ***Die Nacht der grauen Katzen***

Kommissar Gontards vierter Fall

202 Seiten, ISBN 978-3-941657-28-1, 11,90 €

Lilo Beil ***Die Mauern des Schweigens***

Kommissar Gontards fünfter Fall

192 Seiten, ISBN 978-3-941657-60-1, 11,90 €

JuttaStina Strauss ***Koks und Kosakenkaffee***

Guzzos erster Fall

286 Seiten, ISBN 978-3-936950-54-0, 13,90 €

JuttaStina Strauss ***Mis en Vosges***

Guzzo in Lothringen

290 Seiten, ISBN 978-3-936950-80-9, 13,90 €

Gunter Gerlach ***Frauen von Brücken werfen***

184 Seiten, ISBN 978-3-941657-62-5, 11,90 €

Peter J. Kraus ***Joint Adventure***

228 Seiten, ISBN 978-3-941657-16-8, 12,90 €

Stefan Hüfner ***Der Tote von Dresden***

184 Seiten, ISBN 978-3-936950-13-7, 9,90 €

Weitere Krimis im Conte Verlag

Jens Luckwaldt ***Puder und Blei***
218 Seiten, ISBN 978-3-941657-26-7, 12,90 €

Barbara Mansion ***Mörderische Wallfahrt***
204 Seiten, ISBN 978-3-936950-59-5, 9,90 €

Barbara Mansion ***Das Geheimnis der Burgkapelle***
198 Seiten, ISBN 978-3-941657-09-0, 12,90 €

Kerstin Rech ***Schenselo***
188 Seiten, ISBN 978-3-936950-60-1, 9,90 €

Kerstin Rech ***Hotel Excelsior***
232 Seiten, ISBN 978-3-936950-77-9, 11,90 €

Carolin Römer ***Die irische Meerjungfrau***
306 Seiten, ISBN 978-3-941657-25-0, 13,90 €

Dieter Paul Rudolph ***Arme Leute***
210 Seiten, ISBN 978-3-941657-06-9, 12,90 €

Dieter Paul Rudolph ***Pixity***
292 Seiten, ISBN 978-3-941657-29-8, 13,90 €

Dieter Paul Rudolph ***Der Bote***
176 Seiten, ISBN 978-3-941657-61-8, 11,90 €

Jean Amila ***Mond über Omaha***
Reihe Amila 1
214 Seiten, ISBN 978-3-936950-33-5, 10,00 €

Jean Amila ***Mitleid mit den Ratten***
Reihe Amila 2 , 212 Seiten, ISBN 978-3-936950-43-4, 10,00 €

Jean Amila ***Bis nichts mehr geht***
Reihe Amila 3, 220 Seiten, ISBN 978-3-936950-53-3, 10,00 €

Jean Amila ***Motus!***
Reihe Amila 4, 180 Seiten, ISBN 978-3-936950-79-3, 10,00 €

Weitere Krimis im Conte Verlag

Jean Amila ***Die Abreibung***

Reihe Amila 5, 190 Seiten, ISBN 978-3-936950-96-0, 10,00 €

Jean Amila ***Auf Godot wartet keiner***

Reihe Amila 6, 200 Seiten, ISBN 978-3-941657-11-3, 10,00 €

Markus Walther (Hrsg.) ***Letzte Grüße von der Saar***

Krimi-Anthologie, 244 Seiten, ISBN 978-3-936950-68-7, 12,90 €

Lisa Huth, Karin Mayer (Hrsg.) ***Mord vor Ort***

Das Krimibuch zum Treffpunkt Ü-Wagen

230 Seiten, ISBN 978-3-941657-02-1, 12,90 €

Lisa Huth, Karin Mayer (Hrsg.) ***Mord vor Ort 2***

Das zweite Krimibuch zum Treffpunkt Ü-Wagen

236 Seiten, ISBN 978-3-941657-41-0, 12,90 €

Ingrid Schmitz (Hrsg.) ***Muscheln, Mousse und Messer*** *Eine kulinarische Krimi-Anthologie*

220 Seiten, ISBN 978-3-941657-22-9, 12,90 €